B L A N K A
L I P I Ń S K A

KOLEJNE
365
DNI

Rak szyjki macicy nie boli — ON CIĘ ZABIJE!
Zrób cytologię, żebyś mogła dalej żyć i cieszyć się
seksem!

ROZDZIAŁ 1

Gorący wiatr rozwiewał mi włosy, kiedy mknęłam kabrioletem wzdłuż plaży. W głośnikach dudniła Ariana Grande i jej kawałek *Break free*, który pasował do mojej sytuacji jak żaden inny na świecie. *If you want it, take it* – śpiewała, a ja przytakiwałam każdemu słowu i podkręcałam muzykę jeszcze głośniej.

Dziś były moje urodziny, dziś, teoretycznie, stawałam się o rok starsza niż wczoraj, dziś powinnam mieć depresję, a prawda była taka, że nigdy dotąd nie czułam się tak żywa.

Kiedy zatrzymałam auto na światłach, zaczynał się refren. Basy wybuchły wokół mnie, a mój cudowny nastrój sprawiał, że musiałam zaśpiewać razem z nią.

– *This is… the part… when I say I don't want ya… I'm stronger than I've been before…* – wrzeszczałam razem z Arianą, wymachując rękami na wszystkie strony. Młody chłopak, którego samochód zatrzymał się tuż obok, uśmiechał się zalotnie i rozbawiony moim zachowaniem uderzał o kierownicę w rytm piosenki. Zapewne oprócz muzyki i nietuzinkowego zachowania także mój strój przykuł jego uwagę, zbyt wiele dziś na sobie nie miałam.

Czarne bikini idealnie pasowało do mojego fioletowego plymoutha prowlera, do którego pasowało wszystko, bo był po prostu zajebisty. Mój samochód, piękny i nietuzinkowy, był prezentem urodzinowym. Oczywiście zdawałam sobie sprawę, że mój mężczyzna nie poprzestanie na tym, ale lubiłam się pocieszać, że to być może koniec podarunków. Zaczęło się miesiąc temu: codziennie, z okazji urodzin, dostawałam coś nowego. Trzydzieste urodziny, a więc trzydzieści dni prezentów – tak to widział. Przewróciłam oczami na tę myśl i ruszyłam, kiedy światło zmieniło się na zielone.

Zaparkowałam, chwyciłam torbę i ruszyłam w stronę plaży. Dzień był upalny, środek lata, a ja bardzo chciałam sprawdzić, gdzie leżą granice nasycenia słońcem. Popijałam przez słomkę mrożoną herbatę i szłam, zanurzając stopy w gorącym piasku.

– Wszystkiego najlepszego, starucho! – krzyknął mój mężczyzna i kiedy obróciłam się w jego stronę, gejzer Moet Rose eksplodował mi w twarz.

– Co ty wyczyniasz?! – wrzeszczałam ze śmiechem, próbując wyjść spod strumienia. Niestety bezskutecznie. Jak wężem strażackim celnie i precyzyjnie moczył mnie całą. Kiedy butelka była już pusta, rzucił się na mnie i powalił na piasek.

– Wszystkiego najlepszego – wyszeptał. – Kocham cię.

W tym momencie jego język wsunął się niespiesznie w moje usta i zaczął powolną gimnastykę. Jęknęłam, zaplatając mu ręce na szyi, i rozsunęłam nogi, kiedy kręcąc biodrami, mościł się między nimi.

Jego dłonie chwyciły moje i przygwoździły do miękkiego podłoża. On sam oderwał się ode mnie i przyglądał mi się rozbawionym wzrokiem.

– Mam coś dla ciebie. – Radośnie poruszył brwiami i wstał, ciągnąc mnie za sobą.

– Coś takiego – wymamrotałam, sarkastycznie przewracając oczami skrytymi przed nim za ciemnymi szkłami. Wyciągnął rękę i zdjął mi je, a jego twarz spoważniała.

– Chciałbym… – jąkał się, a ja patrzyłam na niego z rozbawieniem. Wtedy wziął głęboki wdech i padł na kolano, wyciągając w moją stronę małe pudełeczko. – Wyjdź za mnie – powiedział Nacho, szczerząc do mnie swoje białe zęby. – Chciałbym powiedzieć coś mądrego, romantycznego, ale tak naprawdę chciałbym po prostu powiedzieć coś, co cię przekona.

Wzięłam wdech, a on uniósł dłoń, żeby mnie uciszyć.

– Zanim coś powiesz, Lauro, zastanów się. Oświadczyny to jeszcze nie ślub, a ślub to nie wieczność. Szturchał mnie lekko pudełkiem w brzuch.

– Pamiętaj, ja do niczego nie chcę cię zmuszać, niczego ci nie każę. Powiesz „tak", jeśli będziesz chciała.

Przez chwilę milczał, czekając na odpowiedź, a kiedy jej nie uzyskał, pokręcił głową i kontynuował: – Jeśli się nie zgodzisz, naślę na ciebie Amelię, a ona zamęczy cię na śmierć.

Patrzyłam na niego przejęta, przerażona i jednocześnie szczęśliwa.

– Dobrze, widzę, że ten argument też do ciebie nie przemawia. – Popatrzył na ocean i po chwili zielone oczy wróciły do mnie. – A więc zgódź się dla niego. – Pocałował mój brzuch, po czym oparł czoło o niewidoczną krągłość. – Pamiętaj – rodzina to co najmniej trzy osoby. – Podniósł na mnie wzrok. – Co najmniej, co nie oznacza, że poprzestanę na tej jednej istocie. – Uśmiechnął się i chwycił mnie za rękę.

– Kocham cię – wyszeptałam. – I chciałam zgodzić się już na początku, kiedy zacząłeś mówić, ale skoro mnie uciszyłeś, dałam ci się wykazać. – Jego wielkie jak słońce oczy śmiały się do mnie. – Tak, wyjdę za ciebie!

ROZDZIAŁ 2

Kiedy otworzyłam oczy pierwszy raz po tym, jak zamknęłam je w rezydencji Fernando Matosa, zobaczyłam, że oplatają mnie kilometry rurek wbitych w moje ciało i otaczają dziesiątki ekranów pokazujących funkcje życiowe. Wszystko pikało, szumiało. Chciałam przełknąć ślinę, ale okazało się, że w gardle mam jakiś przewód. Bałam się, że za chwilę zwymiotuję. Oczy zaszły mi mgłą i czułam, że wpadam w panikę. Wtedy jedna z maszyn zaczęła przeraźliwie piszczeć, drzwi się otworzyły i do pokoju jak taran wpadł zdyszany Massimo. Usiadł obok i chwycił mnie za rękę.

– Kochanie – jego oczy się zaszkliły. – Dzięki Bogu!

Twarz Czarnego była zmęczona i zdawało mi się, że jest o połowę chudszy, niż go pamiętałam. Złapał głęboki oddech i zaczął gładzić mnie po policzku, a ja na jego widok zupełnie zapomniałam o duszącej mnie rurce. Z oczu zaczęły lecieć mi łzy, a on ścierał każdą, nie odrywając ust od mojej dłoni. Nagle do pokoju weszły pielęgniarki i uciszyły nieznośną maszynę.

Po nich w drzwiach pojawili się lekarze.

– Panie Torricelli, proszę wyjść. Zajmiemy się pańską żoną – powiedział starszy mężczyzna w białym kitlu, a kiedy Don nie reagował, powtórzył polecenie głośniej.

Massimo wyprostował się i górując nad nim, zmienił oblicze na najzimniejsze, jak to tylko możliwe, a potem rzucił przez zaciśnięte zęby:

– Moja żona pierwszy raz od dwóch tygodni otworzyła oczy i jeśli sądzi pan, że wyjdę, to jest pan w niewiarygodnym błędzie – warknął po angielsku, a lekarz machnął ręką.

Po tym, jak wyciągali mi z gardła rurę przypominającą tę od odkurzacza, uznałam, że faktycznie byłoby lepiej, gdyby Czarny tego nie oglądał. Ale cóż, stało się. Już chwilę później do mojego pokoju zaczęły ciągnąć wycieczki lekarzy najróżniejszych specjalizacji. A potem były badania, niekończące się badania.

Massimo nawet przez sekundę nie wyszedł i nawet na chwilę nie puścił mojej dłoni. Kilka razy wolałabym, żeby go nie było, ale nawet ja nie byłam w stanie go od siebie odgonić i przekonać, by przesunął się choć o centymetr, aby zrobić miejsce lekarzom. W końcu wszyscy zniknęli, a ja mimo to, że mówienie wciąż przychodziło mi z trudem, chciałam go zapytać, co się właściwie stało. Próbowałam łapać oddech, charcząc coś niezrozumiale.

– Nic nie mów – jęknął Czarny, kolejny raz przykładając moją dłoń do swoich cudownych ust. – Zanim zaczniesz pytać i dociekać... – westchnął i zaczął nerwowo mrugać oczami, jakby powstrzymując łzy. – Uratowałaś mnie, Lauro – jęknął, a mnie zrobiło się gorąco. – Tak jak to było w mojej wizji, uratowałaś mnie, kochanie.

Jego spojrzenie wbiło się w moją dłoń. Nie rozumiałam, do czego zmierza.

– Ale...

Próbował coś z siebie wydusić, lecz nie był w stanie.

Wtedy dotarło do mnie, o co może mu chodzić. Drżącymi rękami zaczęłam rozgarniać pościel. Czarny próbował złapać moje dłonie, ale coś nie pozwalało mu ze mną walczyć. W końcu po prostu puścił moje nadgarstki.

– Luca – wyszeptałam, widząc opatrunki na moim ciele.

– Gdzie jest nasz syn?

Mój głos był ledwo słyszalny, a każde słowo zadawało mi ból. Chciałam krzyczeć, zerwać się z łóżka i wykrzyczeć TO pytanie, by zmusić Czarnego, żeby wreszcie powiedział mi prawdę.

Uniósł się, spokojnie chwycił kołdrę i zakrył moje poszarpane ciało. Jego oczy były martwe, a we mnie, kiedy patrzyłam na niego, prócz przerażenia narastała rozpacz.

– Nie żyje – wstał, łapiąc oddech, i obrócił się do okna.

– Kula trafiła zbyt blisko... On był za mały... Nie miał szans – głos mojego męża rwał się, a ja nie miałam pojęcia, jak nazwać to, co czuję. Rozpacz to było zbyt mało. Wydawało mi się, że ktoś właśnie wyrwał mi serce. Fale płaczu, które zalewały mnie co sekundę, sprawiały, że nie mogłam oddychać. Zamknęłam oczy, próbując przełknąć gorzką żółć, która podeszła mi do gardła. Moje dziecko, szczęście, które miało być częścią mnie i ukochanego faceta. Zniknęło. Nagle cały świat się zatrzymał.

Massimo stał nieruchomy jak posąg, aż w pewnym momencie przetarł palcami oczy i odwrócił się do mnie.

– Na szczęście ty żyjesz. – Usiłował się uśmiechnąć, ale nie udało mu się. – Prześpij się, lekarze mówią, że teraz musisz dużo odpoczywać. – Pogładził mnie po głowie i otarł moje mokre policzki. – Będziemy mieć gromadę dzieci, obiecuje ci.

Kiedy to usłyszałam, wybuchłam jeszcze większym płaczem.

Stał zrezygnowany, oddychając płytko, a ja czułam niemoc, która go ogarniała. Zacisnął dłonie w pięści i nie patrząc na mnie, wyszedł. Po chwili wrócił w towarzystwie lekarza.

– Pani Lauro, podam pani leki uspokajające.

Nie mogłam się odezwać, więc pokręciłam przecząco głową.

– Tak, tak, pani musi powoli dochodzić do siebie, ale na dzisiaj już dość – rzucił Czarnemu krytyczne spojrzenie.

Podpiął strzykawkę do jednej z kroplówek, a ja poczułam, jak robię się dziwnie ciężka.

– Będę tu. – Massimo usiadł przy łóżku i chwycił moją dłoń. Zaczęłam odpływać. – Obiecuję, że będę tu, kiedy się obudzisz. – Był, kiedy otworzyłam oczy i za każdym kolejnym razem, kiedy zasypiałam i znów się budziłam. Nie odstępował mnie na krok. Czytał mi, przynosił filmy, czesał włosy, mył. Ku mojemu przerażeniu odkryłam, że tę ostatnią czynność wykonywał również wtedy, kiedy byłam nieprzytomna, nie pozwalał zbliżyć się do mnie pielęgniarkom. Zastanawiam się, jak zniósł fakt, że operujący mnie lekarze byli mężczyznami.

Z tego, co dowiedziałam się z jego lakonicznych wypowiedzi, zostałam postrzelona w nerkę. Nie dało się jej uratować. Na szczęście człowiek ma dwie, a życie z jedną to nic strasznego – pod warunkiem że jest zdrowa. W trakcie operacji moje serce postanowiło odmówić współpracy. Specjalnie mnie to nie zdziwiło. Zaskoczył mnie natomiast fakt, że lekarzom udało się je naprawić. Coś udrożnili, coś wszyli, jeszcze coś wycieli i podobno miało działać. Doktor, który wykonywał zabieg, opowiadał mi o tym dobrą godzinę, pokazując na ekranie tabletu rysunki i wykresy. Niestety, mój angielski nie był na tyle dobry, by ogarnąć szczegóły jego wypowiedzi. Poza tym w moim stanie ducha było mi to właściwie obojętne. Liczyło się to, że niebawem miałam opuścić szpital. I niby z dnia na dzień czułam się lepiej, moje ciało szybko wracało do zdrowia… Ciało, bo dusza nadal była martwa. Słowo „dziecko" zostało wyparte z naszego słownika, a imię „Luca" nagle przestało istnieć. Wystarczyła choćby wzmianka o dziecku, nawet nie w rozmowie, ale w telewizji czy internecie, a zalewałam się łzami.

Z Massimo rozmawialiśmy o wszystkim, otwierał się przede mną bardziej niż kiedykolwiek. Za nic nie chciał tylko poruszać tematu sylwestra. Coraz bardziej mnie to złościło. Dwa dni przed planowanym wyjściem ze szpitala nie wytrzymałam.

Czarny właśnie postawił przede mną tacę z jedzeniem i podciągnął rękawy.

– Nie zjem nawet grama – warknęłam, zaplatając ręce na kołdrze. – Rozmowa na ten temat cię nie minie. Nie możesz już wykręcać się moim stanem zdrowia, czuję się fenomenalnie. – Ostentacyjnie przewróciłam oczami. – Massimo, do cholery, mam prawo wiedzieć, co stało się w posiadłości Fernando Matosa!

Don upuścił łyżkę na talerz, złapał głęboki wdech i zirytowany wstał z miejsca.

– Czemu jesteś taka uparta? – Popatrzył na mnie gniewnym wzrokiem. – Jezu, Lauro. – Zakrył dłońmi twarz i przechylił się nieco do tyłu. – Dobrze. Do którego momentu pamiętasz to, co się działo? W jego głosie słychać było rezygnację.

Przekopywałam zakamarki swoich wspomnień i kiedy przed oczami stanął mi Nacho, moje serce zamarło. Przełknęłam głośno ślinę i powoli wypuściłam powietrze z płuc.

– Pamiętam, jak bił mnie ten skurwiel Flavio.

Szczęki Massimo zaczęły się rytmicznie zaciskać.

– Później pojawiłeś się ty.

Zamknęłam oczy, sądząc, że to pomoże mi w odzyskiwaniu wspomnień.

– Potem było zamieszanie i wszyscy wyszli, zostawiając nas samych.

Zawiesiłam się, niepewna tego, co było dalej.

– Podchodziłam do ciebie… Pamiętam, że bardzo bolała mnie głowa… Później już nic.

Przepraszająco wzruszyłam ramionami i spojrzałam na niego.

Widziałam, że gotuje się w środku. Cała ta sytuacja i jej wspomnienie wywoływały w nim chyba ogromne poczucie winy, z którym nie mógł sobie dać rady. Chodził po pokoju, zaciskając pięści, a jego klatka unosiła się i opadała w szaleńczym tempie.

– Flavio, ten… Zastrzelił Fernando, a później strzelił do Marcelo.

Na dźwięk tych słów poczułam, że mnie zatyka.

– Nie trafił – dodał, a ja jęknęłam z ulgą, a gdy spoczęło na mnie zaskoczone spojrzenie Massimo, udałam, że coś zabolało mnie w klatce piersiowej. Położyłam na niej dłoń i dałam mu sygnał, żeby kontynuował.

– Ten łysy skurwiel go zastrzelił. A przynajmniej tak sądził, kiedy tamten padł za biurko, zalewając wszystko krwią. Wtedy poczułaś się gorzej.

Zatrzymał się kolejny raz, a jego ściśnięte w dłoniach palce aż zbielały.

– Chciałem cię podtrzymać i wtedy strzelił kolejny raz.

Moje oczy zrobiły się wielkie jak spodki, a grzęznący w gardle oddech nie pozwalał wydusić słowa. Musiałam wyglądać okropnie, bo Czarny podszedł do mnie i gładząc po głowie, sprawdzał wskaźniki na monitorach. Byłam w szoku. Jak Nacho mógł do mnie strzelić?! Nie mogłam zrozumieć.

– I właśnie dlatego nie chciałem z tobą o tym rozmawiać – warknął Czarny, kiedy jedna z maszyn zaczęła piszczeć. Po chwili do pomieszczenia wbiegła pielęgniarka, a za nią lekarze. Zrobiło się wokół mnie zamieszanie, ale chwilę później kolejny zastrzyk w wenflon wbity w mój nadgarstek załatwił sprawę. Tym razem jednak nie usnęłam, ale uspokoiłam się. Czułam się jak warzywo. Niby wszystko widziałam i rozumiałam, lecz było mi dziwnie błogo. Jestem kwiatem lotosu na tafli jeziora – takie porównanie przebiegło mi przez myśl, kiedy leżałam na łóżku, beznamiętnie patrząc, jak Massimo wyjaśnia lekarzowi, co się stało, a ten macha mu rękami przed nosem. Och, doktorku, gdybyś wiedział, kim jest mój mąż, w życiu nie podszedłbyś do niego tak blisko – pomyślałam, delikatnie się uśmiechając. Mężczyźni dyskutowali ze sobą, aż w końcu Czarny dał za wygraną i przytaknął, opuszczając głowę w dół. Po chwili znowu byliśmy sami.

– I co dalej? – zapytałam, przeciągając nieco słowa, choć byłam pewna, że mówię całkiem normalnie.

Myślał przez chwilę, przyglądając mi się uważnie, a gdy obdarzyłam go lekko narkotycznym uśmiechem, pokręcił głową.

– Flavio niestety ocknął się i strzelił do ciebie.

Flavio – powtórzyłam za nim w głowie, a na mojej twarzy zagościła niekontrolowana radość. Don zapewne zrzucił to na działanie leków i kontynuował.

– Marcelo go zastrzelił, a raczej zmasakrował, bo wpakował w niego cały magazynek. – Czarny parsknął kpiąco i pokręcił głową. – W tym czasie ja już zajmowałem się tobą. Domenico ruszył po pomoc, bo niestety pomieszczenie było dźwiękoszczelne, więc nikt nic nie usłyszał. Matos przyniósł apteczkę. Później przyjechało pogotowie. Straciłaś dużo krwi. – Kolejny raz podniósł się z miejsca. – To wszystko.

– A teraz? Co teraz będzie? – zapytałam, mrużąc oczy, żeby wyostrzyć wzrok.

– Wracamy do domu. – Na jego twarzy zagościł pierwszy tego dnia szczery uśmiech.

– Pytam o Hiszpanów, o wasze interesy – wymamrotałam, kładąc się na plecach.

Massimo popatrzył na mnie podejrzliwie, a ja szykowałam sobie w głowie dobre usprawiedliwienie dla mojego pytania. Kiedy przez dłuższą chwilę nie odpowiadał, spojrzałam na niego.

– Jestem bezpieczna czy znów ktoś mnie porwie? – rzuciłam z udawanym rozdrażnieniem.

– Powiedzmy, że dogadałem się z Marcelo. Cały ten dom, tak jak i nasz, naszpikowany jest elektroniką, są tam i kamery, i system nagrywający. – Zamknął oczy i spuścił głowę. – Oglądałem nagranie i słyszałem, co mówił Flavio. Wiem, że rodzina Matosów została w to wmieszana. Fernando nie miał pojęcia o prawdziwych intencjach Flavio. Marcelo, porywając cię, popełnił ogromny błąd. – Oczy Czarnego zapaliły się gniewem. – Ale wiem, że uratował ci życie i zaopiekował się tobą. – Zaczął się trząść, a z jego gardła wydobył się warkot. – Nie mogę znieść myśli, że… – urwał, a ja wpatrywałam się w niego lekko otępiała. – Nigdy nie będzie pokoju! – Wstał z krzesła i cisnął nim o ścianę. – Przez tego człowieka zginął mój syn, moja żona prawie straciła życie. – Łapał płytkie oddechy. – Kiedy oglądałem nagranie, na którym ten skurwiel cię katował, przysięgam, że gdybym mógł, zabiłbym go jeszcze milion razy!

Massimo padł na kolana na środku pokoju.

– Nie mogę znieść myśli, że cię nie ochroniłem, że pozwoliłem, by ten łysy skurwiel porwał cię i doprowadził do miejsca, w którym dopadł cię ten zwyrodnialec.

– On nie wiedział – wyszeptałam przez łzy. – Nacho nie miał pojęcia, po co mnie porwano.

Przepełniony nienawiścią wzrok Massimo spoczął na moich ustach.

– Bronisz go? – Zerwał się, zrobił trzy kroki i znalazł się obok mnie. – Bronisz go po tym wszystkim, co przez niego przeżyłaś?

Wisiał nade mną, ciężko dysząc, a rozszerzone źrenice sprawiły, że jego oczy stały się zupełnie czarne.

Patrzyłam na niego i z zaskoczeniem odkryłam, że nic nie czuję. Ani złości, ani zdenerwowania, nie było mi nawet słabo. Dziwne. Leki, które mi podano, zupełnie wypruły mnie z emocji, a jedynym, co wskazywało na to, co czuję, były płynące po policzkach łzy.

– Po prostu nie chcę, żebyś miał wrogów, bo to odbija się na mnie – powiedziałam i od razu pożałowałam swoich słów. Ta wypowiedź – niedosłownie, ale jednak – była oskarżeniem. Nie chcąc tego, zasugerowałam, że to on odpowiada za mój stan.

Czarny westchnął i zamyślił się, a jego przygryziona zębami warga błagała o litość. Uniósł się i powoli ruszył w stronę drzwi.

– Idę zająć się twoim wypisem – wyszeptał i cicho wyszedł z pokoju.

Chciałam go zawołać i poprosić, żeby został, przeprosić i wyjaśnić, że nic złego nie miałam na myśli, ale słowa ugrzęzły mi w gardle. Kiedy drzwi się zamknęły, leżałam chwilę, gapiąc się na nie, w końcu zasnęłam.

Obudził mnie pęcherz. Od niedawna bardzo doceniałam to uczucie i fakt, że mogę sama iść do toalety. Wręcz upajałam się każdą wizytą tam. Usunięto mi wreszcie cewnik, a do tego lekarz powiedział, że powinnam zacząć chodzić, więc od paru dni robiłam sobie krótkie spacery. Z nieodłącznym stojakiem na kroplówkę.

W toalecie trochę mi się zeszło, bo załatwianie się z kroplówką nie należy do najłatwiejszych i wymaga niezwykłej zręczności. Zwłaszcza że musiałam poradzić sobie sama, bo po przebudzeniu z zaskoczeniem odkryłam, że Massimo zniknął z pokoju. Od razu pierwszego dnia mojego pobytu w szpitalu nakazał wstawić drugie łóżko i sypiał tuż obok mnie – trochę jak na koloniach. Pieniądze czyniły cuda. Gdyby chciał tu mieć antyczne meble i fontannę, też dałoby się to załatwić. Jego pościel była nietknięta, co oznaczało, że tej nocy miał do załatwienia ważniejsze sprawy niż pilnowanie mnie.

Nie byłam senna, bo przespałam cały dzień, postanowiłam więc przeżyć przygodę i wyjść sama na korytarz. Przekraczając próg, chwyciłam się ściany i w tym samym momencie z rozbawieniem ujrzałam, jak na mój widok dwóch rosłych ochroniarzy zrywa się z miejsca. Machnęłam do nich, by usiedli, i wlokąc za sobą stojak z kroplówką, ruszyłam przez korytarz. Niestety, obaj podążyli za mną. Kiedy uzmysłowiłam sobie, jak idiotycznie wyglądamy, zachciało mi się śmiać. Ja, w jasnym szlafroku i różowych emu na stopach, z potarganymi blond włosami, wsparta na metalowym wieszaku, a zaraz za mną dwaj goryle, drepczący w czarnych garniturach z zaczesanymi na brylantynę włosami. Niestety, prędkości, które rozwijałam, nie były powalające, więc nasz orszak kroczył bardzo dostojnie.

Musiałam usiąść na chwilę, bo mój organizm wciąż nie był przygotowany na długie wyprawy. Moi towarzysze stanęli kilka metrów ode mnie. Rozglądali się, szukając „zagrożenia", ale nic nie znaleźli, więc pogrążyli się w rozmowie. Była noc, lecz na szpitalnym korytarzu panował całkiem spory ruch. Jakaś pielęgniarka podeszła do mnie i zapytała, czy wszystko w porządku. Uspokoiłam ją, wyjaśniając, że tylko odpoczywam, więc odeszła.

Wreszcie wstałam i już miałam wracać do pokoju, gdy nagle na końcu holu dostrzegłam znajomą sylwetkę. Stała przy dużej przeszklonej szybie.

– Niemożliwe – wyszeptałam i uczepiona kroplówki ruszyłam w stronę kobiety. – Amelia?

Dziewczyna odwróciła się do mnie, a na jej twarzy pojawił się blady uśmiech.

– Co tu robisz? – zapytałam zdziwiona jej obecnością.

– Czekam – odpowiedziała, wskazując głową na coś za szybą.

Spojrzałam w lewo i zobaczyłam salę, na której w inkubatorach leżały dzieci. Były maleńkie, niektóre nie większe niż paczka cukru. Wyglądały jak lalki, do których przymocowane były rurki i kable. Ten widok sprawił, że zrobiło mi się słabo. Luca – pomyślałam, on był taki malutki. Do oczu napłynęły mi łzy, a gula ugrzęzła w gardle. Zacisnęłam powieki i nim je otworzyłam, obróciłam głowę w stronę dziewczyny. Popatrzyłam na nią kolejny raz, tym razem lepiej się przyglądając. Stała w szlafroku, a więc była pacjentką.

– Pablo urodził się za wcześnie – powiedziała, wycierając nos rękawem. Na jej policzkach widać było ślady łez. – Kiedy dowiedziałam się o tym, co się stało tacie i... – jej głos załamał się, a ja wiedziałam, co chce mi powiedzieć. Wyciągnęłam rękę i objęłam ją ramieniem, nie wiem, czy bardziej chciałam dodać otuchy jej, czy sobie. Wtedy moi stojący obok ochroniarze zrobili parę kroków w tył, dając nam odrobinę prywatności. Amelia położyła głowę na moim ramieniu. Szlochała. Nie miałam pojęcia, co wiedziała, prawdopodobnie brat oszczędził jej niepotrzebnych szczegółów.

– Przykro mi z powodu twojego męża – te słowa ledwo przeszły mi przez gardło. Przecież wcale nie było mi przykro, wręcz cieszyłam się, że Nacho go zastrzelił.

– Właściwie to nie był moim mężem – wyszeptała. – Ale tak o nim mówiłam. Chciałam, żeby tak było.

Pociągnęła nosem i wyprostowała się.

– A jak ty się czujesz? – Jej pełne troski oczy spoczęły na moim brzuchu.

– Lauro! – Warknięcie za moją głową nie zwiastowało niczego dobrego.

Obróciłam się i zobaczyłam, jak wściekły Massimo długimi susami przemierza korytarz.

– Muszę iść, znajdę cię – wyszeptałam. Odwróciłam się od niej i ruszyłam w stronę męża.

– Co ty wyprawiasz? – zapytał z irytacją i usadził mnie na wózku, który stał pod ścianą. Później przez zaciśnięte zęby skarcił po włosku dwóch ogrów i powoli popychał wózek w stronę mojego pokoju.

Weszliśmy do środka – ja raczej wjechałam, a on ułożył mnie na łóżku i opatulił kołdrą. Oczywiście nie byłby sobą, gdyby przez całą drogę nie wygłaszał litanii na temat mojej nieodpowiedzialności i lekkomyślnego zachowania.

– Kim była ta dziewczyna? – zapytał, wieszając marynarkę na oparciu krzesła.

– Matka jednego z wcześniaków – wyszeptałam, odwracając od niego głowę. – Nie wiadomo, czy jej dziecko przeżyje – głos mi się załamał. Wiedziałam, że tematu dziecka Czarny nie będzie drążył.

– Nie rozumiem, po co w ogóle poszłaś na tamten oddział – powiedział z wyrzutem. Nastała krępująca cisza, w której słychać było tylko głębokie wdechy mojego męża.

– Powinnaś odpocząć – stwierdził, zmieniając temat. – Jutro wracamy do domu.

To była ciężka noc. Co chwila budziłam się ze snów, w których pojawiały się dzieci, inkubatory i ciężarne kobiety. Miałam nadzieję, że w domu uda mi się oderwać od tych wszystkich dręczących mnie myśli. Rankiem nie mogłam się już doczekać, aż Massimo zostawi mnie samą i pójdzie molestować medyczne konsylium, które zebrało się w związku z moim wypisem. Lekarze nie byli zbyt zadowoleni z tego, że mąż zabiera mnie ze szpitala. Ich zdaniem leczenie nie zostało zakończone. Zgodzili się na to tylko pod warunkiem szczegółowego rozpisania mojej dalszej terapii i przestrzegania ich zaleceń. Don sprowadził w tym celu na Teneryfę lekarzy z Sycylii i wszyscy razem usiedli do rozmów.

Postanowiłam wykorzystać ten fakt, żeby zobaczyć Amelię. Ubrałam się w przyszykowany dla mnie dres i wsunęłam na nogi buty. Ostrożnie wychyliłam się z pokoju. Z zaskoczeniem i ulgą odkryłam, że na zewnątrz nie ma nikogo. W pierwszym momencie się przeraziłam. Byłam przekonana, że ktoś załatwił moich ochroniarzy i za chwilę przyjdzie po mnie, ale zaraz sobie przypomniałam, że przecież już nic mi nie grozi. Ruszyłam przez korytarz.

– Szukam siostry – powiedziałam, stając przy kontuarze recepcji na oddziale noworodkowym. Starsza pielęgniarka, która siedziała na krześle obrotowym, powiedziała kilka słów po hiszpańsku, przewróciła oczami i zniknęła. Po chwili jej miejsce zajęła młoda, uśmiechnięta dziewczyna.

– W czym mogę pomóc? – zapytała płynnie po angielsku.

– Szukam siostry, Amelii Matos. Leży u państwa na oddziale, urodziła przedwcześnie.

Kobieta przez chwilę patrzyła w monitor, po czym podała mi numer pokoju i wskazała kierunek.

Stanęłam przed drzwiami i zamarłam z dłonią gotową, żeby zapukać. „Co ja robię, do cholery?", pomyślałam. „Idę do dziewczyny płatnego mordercy, który mnie porwał, i chcę ją zapytać, jak się czuje po śmierci faceta, który mnie katował i chciał zabić". Było to tak surrealistyczne, że sama nie mogłam uwierzyć w to, co chcę zrobić.

– Laura? – usłyszałam za plecami. Obróciłam się. Obok mnie, z butelką wody pod pachą, stała Amelia.

– Przyszłam zobaczyć, jak się czujesz – wydukałam, biorąc głęboki wdech.

Otworzyła drzwi i wchodząc do środka, pociągnęła mnie za rękę. Pomieszczenie było jeszcze większe niż moje, miało coś na kształt salonu i dodatkową sypialnię. Wszędzie unosił się zapach lilii, których w pokoju było pewnie kilkaset.

– Mój brat codziennie przynosi mi świeży bukiet – westchnęła, siadając, a mnie sparaliżowało. Spanikowana zaczęłam rozglądać się na boki i wycofywać w stronę wyjścia.

– Nie martw się, wyjechał, dziś go nie będzie – popatrzyła na mnie, jakby czytała w moich myślach. – Wszystko mi powiedział.

– A co dokładnie? – zapytałam, siadając obok niej w fotelu.

Pochyliła głowę i zaczęła skubać paznokcie. Wyglądała jak cień człowieka, po pięknej dziewczynie nie było nawet śladu.

– Wiem, że nie byliście parą i że ojciec kazał cię porwać, a Marcelo miał zapewnić ci komfort i zaopiekować się tobą – przysunęła się w moją stronę. – Lauro, ja nie jestem głupia. Wiem, czym zajmował się Fernando Matos i w jakiej rodzinie przyszłam na świat – westchnęła. – Ale że Flavio w tym wszystkim brał udział… – jej głos się załamał, kiedy spojrzała na mój brzuch. – Jak się czuje twoje… – urwała, widząc, jak kręcę delikatnie głową, a do moich oczu napływają łzy. Zamknęła powieki, a po kilku sekundach pierwsze krople zaczęły spływać jej po policzkach. – Przepraszam – wyszeptała. – Przez moją rodzinę straciłaś dziecko.

– Amelio, to nie przez ciebie. To nie ty powinnaś mnie przepraszać – powiedziałam najpewniejszym głosem, jaki byłam w stanie z siebie wydobyć. – Możemy za to podziękować mężczyznom, z którymi przyszło nam żyć. Ty swojemu za to, że Pablo walczy o życie, a ja swojemu za to, że w ogóle znalazłam się na tej wyspie – pierwszy raz powiedziałam to głośno, a na dźwięk tych słów aż zapiekło mnie w mostku. Pierwszy raz wyartykułowałam wprost mój żal do Massimo. Tak naprawdę nie byłam całkiem szczera wobec Amelii, bo przecież jedynym winnym całego zajścia był Flavio... Ale nie chciałam jej jeszcze bardziej dołować.

– Jak się czuje twój syn? – zapytałam, tłumiąc płacz. Chociaż życzyłam małemu i jego mamie jak najlepiej, takie słowa nie przechodziły mi lekko przez usta.

– Chyba lepiej. – Uśmiechnęła się. – Jak widzisz, mój brat zadbał o wszystko. – Wskazała ręką na pokój. – Przekupił albo sterroryzował lekarzy, więc traktują mnie jak królową. Pablo ma najlepszą opiekę i z dnia na dzień jest coraz silniejszy.

Rozmawiałyśmy jeszcze kilka minut, aż uzmysłowiłam sobie, że jeśli Czarny nie zastanie mnie w pokoju, czekają mnie kłopoty.

– Amelio, muszę iść. Dziś wracam na Sycylię. – Podniosłam się z cichym stęknięciem, wspierając o fotel.

– Lauro, poczekaj. Jest jeszcze jedna sprawa... – Spojrzałam na nią pytająco. – Marcelo... Chciałabym pogadać o moim bracie.

Słysząc to, zrobiłam wielkie oczy, a ona zaczęła mówić z delikatnym skrępowaniem.

– Nie chcę, żebyś go nienawidziła, zwłaszcza że on chyba ciebie...

– Nic do niego nie mam – przerwałam jej, bojąc się tego, co chce powiedzieć. – Serio, pozdrów go. Muszę już iść – rzuciłam i niemal wybiegłam z pokoju, wcześniej całując ją i delikatnie przytulając.

Wyszłam na korytarz i oparłam się o ścianę, goniąc oddech. Było mi trochę niedobrze i piekło mnie w mostku, ale – co dziwne – nie słyszałam swojego serca. Tego okropnego dudnienia w głowie, które towarzyszyło niemal każdemu napadowi paniki. Przez moment chciałam wrócić do Amelii i poprosić ją, żeby dokończyła, ale opamiętałam się i poszłam w stronę swojego pokoju.

ROZDZIAŁ 3

– No kurwa mać – wrzasnęła Olga, kiedy wbiegła do mojej sypialni i zobaczyła, że wciąż leżę zakopana w pościeli. – Ile można na ciebie czekać, suko.

Chciała mnie uściskać, ale w połowie drogi przypomniała sobie, że jestem rozpruta z każdej strony, i dała sobie spokój. Klęknęła na łóżku, a do jej oczu napłynął potok łez, który po chwili eksplodował.

– Tak strasznie się bałam, Lari – ryknęła, a mnie zrobiło się przykro. – Kiedy cię porwali, ja chciałam… nie wiedziałam… – dukała, krztusząc się w histerii.

Chwyciłam jej dłoń i zaczęłam delikatnie głaskać, ale ona z głową wciśniętą pod moją szyję wciąż wyła jak małe dziecko.

– To ja powinnam pocieszać teraz ciebie, a nie ty mnie.

Wytarła nos i spojrzała na mnie.

– Jesteś taka chuda – jęknęła. – Dobrze się czujesz?

– Jeśli nie liczyć bólu po operacjach, faktu, że nie było mnie tu prawie miesiąc, i tego, że straciłam dziecko – wyśmienicie – westchnęłam. Musiała usłyszeć sarkazm w moim głosie, bo zamilkła i spuściła głowę. Przez chwilę myślała o czymś intensywnie, aż w końcu wzięła głęboki oddech.

– Massimo nic nie powiedział twoim rodzicom.

Skrzywiła się.

– Twoja matka popada w obłęd, a on ją zwodzi. Najpierw, kiedy chcieli pożegnać się z tobą w dzień wyjazdu, kazał mi im powiedzieć... Wyobrażasz sobie, kazał mi z nimi gadać i wciskać wał – wrzasnęła. – Powiedziałam, że Massimo przygotował dla ciebie wyprawę niespodziankę i zaaranżował porwanie. – Uniosła z rozbawieniem brwi. – Groteska, co? Że niby w prezencie świątecznym porwał cię na Dominikanę. Wiesz, to daleko i zasięg słaby. To samo kłamstwo serwowałam twojej matce przez trzy tygodnie. Za każdym razem, kiedy dzwoniła. Czasami nie wierzyła, więc pisałam do niej na Facebooku – oczywiście jako ty. – Olga wzruszyła ramionami. – Ale niestety Klara nie jest głupia.

Opadła obok mnie i schowała głowę w dłoniach.

– Czy ty wiesz, co ja przeżyłam? Każde kłamstwo rodziło następne, każda kolejna historia coraz mniej trzymała się kupy.

– Na czym stanęło? – zapytałam najspokojniej, jak to było możliwe.

– Na tym, że załatwiacie interesy na Teneryfie, a twój telefon utopił się w oceanie.

Obróciłam głowę i popatrzyłam na nią. A więc przez to wszystko kolejny raz będę musiała kłamać – pomyślałam.

– Daj mi swój telefon. Massimo nie oddał mi mojego.

– Ja go miałam – wyciągnęła smartfona z szuflady obok łóżka. – Kiedy cię porwali, znalazłam go na hotelowym korytarzu.

Podniosła się i uklękła tuż obok mnie.

– Wiesz co, Lari, zostawię cię samą.

Pokiwałam głową i wzięłam telefon do ręki. Patrzyłam na wyświetlacz i napis „mama" na liście kontaktów. Nie wiedziałam, czy powinnam mówić jej prawdę, czy kłamać. A jeśli kłamać, to co niby miałam jej powiedzieć? Po chwili uzmysłowiłam sobie, że szczerość w tym przypadku będzie okrucieństwem. Zwłaszcza teraz, kiedy wszystko się poukładało, a ona niemal pokochała mojego męża. Złapałam głęboki wdech i wybrałam numer. Przyłożyłam telefon do ucha.

– Lauro! – Piskliwy krzyk mojej mamy rozłupał mi czaszkę. – Dlaczego, do cholery, nie odzywałaś się tyle czasu? Czy ty wiesz, co ja przeżywałam? Ojciec się zamartwiał…

– Nic mi nie jest – przewróciłam oczami i poczułam łzy pod powiekami. – Dziś wróciłam, nie miałam telefonu, utopił się.

– Nic z tego nie rozumiem. Co się dzieje, dziecko?

Wiedziałam, że mnie przejrzy. Wiedziałam też, że ta rozmowa w końcu mnie czeka.

– Kiedy byliśmy na Kanarach, miałam wypadek…

Westchnęłam, a w słuchawce zapadła cisza.

– W samochód, który prowadziłam, uderzył inny i… – głos grzązł mi w gardle, a po policzkach płynęły słone strugi.

– I… – kolejny raz usiłowałam się odezwać, ale nie dałam rady. Wybuchnęłam płaczem. – Straciłam dziecko, mamo.

Po drugiej stronie zapadła przerażająca cisza. Ale czułam, że ona też płacze.

– Kochanie moje – wyszeptała, a ja wiedziałam, że nic więcej nie może mi teraz powiedzieć.

– Mamo, ja…

Żadna z nas nie była w stanie mówić, więc milczałyśmy i płakałyśmy, we dwie. I chociaż dzieliło nas wiele tysięcy kilometrów, wiedziałam, że ona jest ze mną.

– Przylecę – stwierdziła po kilku minutach. – Zajmę się tobą, dziecko.

– Mamo, to bez sensu, muszę… musimy poradzić sobie z tym sami. Massimo potrzebuje mnie teraz bardziej niż kiedykolwiek. A ja jego. To ja przylecę, jak już poczuję się lepiej.

Dłuższą chwilę zajęło mi przekonanie jej, że jestem jednak dorosła i mam męża, z którym wspólnie muszę przeżyć ten ciężki okres. Po kilkunastu minutach w końcu dała za wygraną.

Rozmowa z nią z jednej strony była jak katharsis, z drugiej wykończyła mnie do tego stopnia, że zasnęłam. Obudził mnie hałas na dole. Widząc blask płomieni z kominka, wstałam i ruszyłam w stronę schodów. Kiedy zeszłam niżej, zobaczyłam Czarnego, który dorzucał drewna do paleniska. Chwyciłam się poręczy i pomału zeszłam w jego stronę. Ubrany był w garniturowe spodnie i rozpiętą czarną koszulę. Kiedy stałam na ostatnim stopniu, podniósł na mnie wzrok.

– Po co wstałaś? – wybełkotał i padł na kanapę, gapiąc się bezmyślnie w ogień. – Nie wolno ci się przemęczać, wracaj do łóżka.

– Bez ciebie to bez sensu – oznajmiłam, siadając obok.

– Nie mogę spać z tobą.

Chwycił prawie pustą butelkę i dolał do szklanki bursztynowego płynu.

– Mógłbym niechcący coś ci zrobić, a już dość ci się stało przeze mnie.

Westchnęłam ciężko i uniosłam jego rękę, żeby wcisnąć się pod pachę, ale zabrał ją.

– Co się stało na Teneryfie?

W jego głosie słychać było oskarżenie i coś, czego jeszcze nigdy nie słyszałam.

– Czy ty jesteś pijany? – przekręciłam jego głowę w swoją stronę.

Patrzył na mnie z beznamiętnym wyrazem, a w jego oczach tliła się złość.

– Nie odpowiedziałaś mi! – uniósł głos.

Przez głowę przebiegało mi tysiąc myśli na sekundę, a zwłaszcza jedna: czy wie. Zastanawiałam się, czy wie, co wydarzyło się w domku na plaży i czy jakimś cudem znał moją słabość do Nacho.

– Ty także mi nie odpowiedziałeś.

Wstałam z miejsca nieco zbyt szybko. Poczułam ból i złapałam się kanapy.

– Ale już nie musisz nic mówić. Jesteś nawalony, więc nie będę z tobą rozmawiać.

– Będziesz! – wrzasnął, zrywając się za moimi plecami.

– Jesteś moją żoną, do cholery, i odpowiesz mi, kiedy pytam.

Cisnął szklanką o podłogę, a szkło posypało się dookoła. Stałam bosa, kuląc się, kiedy tak górował nade mną. Jego szczęki chodziły w rytm, jaki nadawały im zaciskające się zęby. Dłonie zacisnął w pięści. Milczałam przerażona tym, co widzę, a on czekał przez chwilę i kiedy nie uzyskał odpowiedzi, obrócił się i wyszedł.

Bałam się pokaleczyć, więc usiadłam na kanapie i podciągnęłam stopy na miękką poduszkę. Najbardziej niechciane wspomnienie nadleciało z prędkością światła i przed oczami zobaczyłam, jak Nacho sprząta skorupy talerza, żebym nie się pokaleczyła. Pamiętam, jak chwycił mnie i postawił obok, żeby móc wszystko dokładnie wyczyścić.

– Boże kochany – szepnęłam przerażona tym, co podsyłał mi umysł.

Zwinęłam się na kanapie i chwyciłam koc, który leżał obok. Owinęłam się nim i tępo patrząc w ogień, zasnęłam.

Kolejne dni, a może tygodnie wyglądały właściwie tak samo. Leżałam w łóżku, płakałam, myślałam, wspominałam, później znowu płakałam. Massimo pracował, chociaż właściwie nie wiem, co robił, bo widywałam go bardzo sporadycznie. Zwykle wtedy, kiedy zjawiali się lekarze i miałam badania albo rehabilitację. Nie spał ze mną, nawet nie wiedziałam, gdzie to robił, bo rezydencja była tak wielka i miała tyle sypialni, że nawet gdybym próbowała, nie znalazłabym go.

– Lari, tak nie może być – stwierdziła Olo, siadając koło mnie na ławce w ogrodzie. – Jesteś już zdrowa, nic ci nie jest, a zachowujesz się, jakbyś była obłożnie chora.

Uniosła ręce, zakrywając twarz.

– Mam dość! Massimo wścieka się i ciągle zabiera gdzieś Domenico. Ty ryczysz albo leżysz jak kukła. A ja?

Obróciłam się i spojrzałam na nią. Siedziała z wbitym we mnie wyczekująco wzrokiem.

– Daj mi spokój, Olka – wymamrotałam.

– Nic z tego. – Poderwała się z miejsca i wyciągnęła do mnie rękę. – Ubieraj się, wychodzimy.

– Powiem to najbardziej eufemistycznie, jak to tylko możliwe: pierdol się.

Mój wzrok kolejny raz powędrował na spokojne morze. Czułam, jak Olka kipi ze złości, ciepło, jakie wydzielało jej ciało, niemal mnie parzyło.

– Ty cholerna egoistko.

Wstała i zasłoniła mi widok. Zaczęła na mnie wrzeszczeć.

– Sprowadziłaś mnie do tego kraju, pozwoliłaś się zakochać. Mało tego: zaręczyłam się. A teraz zostawiasz mnie samą.

Jej ton był przejmujący, przeraźliwy i wywoływał we mnie głębokie wyrzuty sumienia.

Nie wiem, jak to zrobiła, ale udało jej się zawlec mnie na górę i wcisnąć w dres. Później załadowała mnie do samochodu.

Zatrzymałyśmy się pod małym sycylijskim domkiem w Taorminie. Kiedy wysiadała z auta, popatrzyłam na nią jak na kretynkę.

– Rusz dupę, klocu – warknęła, kiedy wciąż tkwiłam na siedzeniu. Ale w jej głosie nie było złości, raczej troska.

– Wyjaśnisz mi, co tu robimy? – zapytałam, kiedy ochroniarz zamykał za mną drzwi auta.

– Leczymy się. – Wskazała rękami na budynek. – Tu się leczą chore łby, Marco Garbi to podobno najlepszy terapeuta w okolicy.

Słysząc to, chwyciłam za klamkę, żeby ukryć się w samochodzie, ale odciągnęła mnie od niej.

– Możemy zrobić to same albo twój apodyktyczny mąż znajdzie ci jebniętego doktorka, który będzie raportował mu każdą twoją wizytę.

Uniosła brwi i czekała.

Zrezygnowana oparłam się o samochód. Nie miałam pojęcia, czego chcę, jak sobie pomóc i czy jest sens sobie pomagać. Poza tym przecież nic mi nie dolegało.

– Po co ja wyszłam z łóżka.

Westchnęłam, ale ruszyłam w końcu w kierunku schodów.

Lekarz okazał się bardzo nietuzinkowym facetem. Spodziewałam się stuletniego sycylijczyka, który będzie miał siwe włosy zaczesane na brylantynę, okulary i każe mi się położyć na freudowskiej kozetce. Marco był jednak starszy ode mnie ledwie z dziesięć lat, a cała rozmowa odbyła się przy blacie kuchennym. Nie wyglądał jak typowy terapeuta. Nosił poszarpane dżinsy, podkoszulki z rockowymi wstawkami i trampki. Miał długie, kręcone włosy związane w kucyk i zaczął od pytania, czy się napijemy. Wydało mi się to mało profesjonalne, ale to on był specjalistą, nie ja.

Kiedy wreszcie usiadł, podkreślił, że zdaje sobie sprawę, czyją jestem żoną. I dodał, jak bardzo go to nie obchodzi. Zapewnił mnie, że Massimo nie ma żadnej mocy w jego domu i nigdy nie dowie się o naszych rozmowach.

Później poprosił, bym ze szczegółami opowiedziała mu ostatni rok swojego życia, ale kiedy dotarłam do wypadku, zatrzymał mnie. Widział, że krztusiłam się od płaczu. Potem pytał: czego bym chciała, jakie miałam plany, zanim przyszedł sylwester, co mnie cieszy.

Właściwie to była zwykła rozmowa z obcym człowiekiem. Nie czułam się po niej ani lepiej, ani gorzej.

– No i co? – Olga zerwała się z fotela w przedpokoju, na którym na mnie czekała. – Jak było?

– Czy ja wiem… – wzruszyłam ramionami. – Nie wiem, jak on ma mi pomóc samym gadaniem.

Wsiadłyśmy do samochodu.

– Poza tym powiedział mi, że nie jestem na nic chora, ale potrzebna mi terapia, aby wszystko zrozumieć. – Przewróciłam oczami. – Uważa, że mogę dalej leżeć, jeśli chcę. – Pokazałam jej język. – Tylko nie wiem, czy chcę – zamyśliłam się. – Bo z tej całej wizyty wywnioskowałam, że się nudzę i to jest mój największy problem. Chyba zasugerował, choć nie mam pewności, żebym na początek poszukała sobie jakiegoś zajęcia. Innego niż czekanie, aż stare życie wróci. Oparłam głowę o szybę.

– No i to się świetnie składa. – Olo podskoczyła na siedzeniu, klaszcząc w dłonie. – Od dziś zaczynamy zajęcia. Odzyskam cię, zobaczysz.

Rzuciła mi się na szyję, a potem poklepała po ramieniu kierowcę.

– Jedziemy do domu.

Patrzyłam na nią zdziwiona z głupkowatą miną i zastanawiałam się, o co jej chodzi.

Kiedy zatrzymałyśmy się na podjeździe, zobaczyłam kilkanaście zaparkowanych na nim samochodów. Czyżbyśmy mieli gości, o których nie miałam pojęcia? – pomyślałam i popatrzyłam na swój strój. Beżowy dres Victoria's Secret był co prawda śliczny, ale nie nadawał się do pokazywania w nim ludziom. Normalnym ludziom tak, ale nie kontrahentom mojego męża, czyli gangsterom ze wszystkich zakątków świata. Z jednej strony miałam to w dupie, ale z drugiej nie chciałam, by ktoś widział mnie w takim stanie.

Przeszłyśmy przez plątaninę korytarzy, modląc się w duchu, by z żadnych drzwi nikt nie wyszedł. Szczęśliwie nikogo nie spotkałyśmy. Z ulgą opadłam na łóżko w naszej sypialni i kiedy już miałam na powrót zakopać się pod kołdrą, ręka Olgi ściągnęła ją ze mnie i zrzuciła na podłogę.

– Pojebało cię chyba, jeśli sądzisz, że po tym, jak prawie godzinę czekałam na ciebie u tego rockmana, teraz pozwolę ci dalej gnić w pościeli. Rusz dupę. Trzeba cię ubrać i doprowadzić do porządku.

Olga zmrużyła oczy, chwyciła mnie za nogę i pociągnęła w swoją stronę.

Złapałam się zagłowia łóżka. Ze wszystkich sił usiłowałam się nie poddać. Wrzeszczałam, że jestem po operacji i źle się czuję, ale to na nią nie działało. Kiedy nic już nie przynosiło efektu, w końcu mnie puściła. Myślałam, że to koniec, ale ona chwyciła ponownie, tym razem obie stopy, i zaczęła łaskotać. To był cios poniżej pasa i ona dobrze o tym wiedziała. Mój uścisk słabł i już po chwili leżałam na dywanie, a Olga wlokła mnie w stronę garderoby.

– Ty okrutna, zdradziecka, wredna... – krzyczałam.

– Tak, tak, ja też cię kocham – stwierdziła rozbawiona, sapiąc z wysiłku. – No dobra, a teraz do dzieła! – rzuciła, kiedy dotarłyśmy do garderoby.

Leżałam na dywanie z niezadowoloną miną i przyglądałam się jej z rękami zaplecionymi na piersiach. Z jednej strony absolutnie nie miałam ochoty się ubierać, zwłaszcza że piżama była strojem towarzyszącym mi od wielu tygodni, a z drugiej zdawałam sobie sprawę, że Olga nie odpuści.

– Proszę cię – wyszeptała, padając na kolana obok mnie.
– Tęsknię za tobą.

To wystarczyło, żeby do oczu napłynęły mi łzy. Chwyciłam ją w ramiona i przytuliłam do siebie.

– No dobra, postaram się.

Kiedy podskoczyła z radości, uniosłam palec wskazujący.

– Ale pod warunkiem że nie będziesz oczekiwała ode mnie zbyt dużego entuzjazmu.

Olo skakała i tańczyła, wykrzykując jakieś bzdury, po czym ruszyła w stronę półki z butami.

– Kozaki Givenchy – stwierdziła, unosząc beżowy but.
– Póki jeszcze nie ma upału, stawiam na to, a ty wybieraj resztę.

Pokręciłam głową i wstałam, podchodząc do setek wieszaków. Nie miałam weny, ale z drugiej strony to były moje ukochane buty. Poczułam, że nie mogę do nich dobrać byle czego.

– Pójdziemy na łatwiznę – stwierdziłam, sięgając po krótką, trapezową sukienkę z długim rękawem. Miała identyczny kolor jak kozaki. Wyjęłam z szuflady bieliznę i poszłam do łazienki.

Stanęłam przed lustrem i pierwszy raz od wielu tygodni przyjrzałam się sobie. Wyglądałam okropnie. Byłam blada, potwornie chuda i miałam ciemny, wstrętny odrost. Skrzywiłam się na ten widok i czym prędzej odwróciłam od swojego odbicia.

Puściłam wodę i umyłam włosy, ogoliłam nogi i wszystko inne, po czym zawinięta w ręcznik poszłam się malować. Zajęło mi to zdecydowanie więcej czasu niż zwykle. Po niemal dwóch godzinach nareszcie byłam gotowa. Choć to może zbyt dużo powiedziane, bo obraz nędzy i rozpaczy nie zniknął, był jedynie odrobinę zakamuflowany.

Kiedy weszłam do sypialni, Olo leżała na łóżku i oglądała telewizję.

– O kurwa, jaka ty ładna jesteś – stwierdziła, odkładając pilota. – Już prawie zapomniałam, że taka z ciebie petarda. Ale załóż kapelusz, błagam, bo wyglądasz jak te wieśniary, co noszą dres do białych kozaków i mają czarno-białe włosy.

Przewróciłam oczami i wróciłam do szafy poszukać nakrycia głowy. Po dziesięciu minutach i zapakowaniu jasnej torby Prady byłyśmy gotowe, założyłam na nos okrągłe okulary Valentino i ruszyłyśmy w stronę wyjścia. Chciałam, by podstawiono mój samochód, ale podobno Massimo zakazał, bym opuszczała samodzielnie rezydencję. Musiałyśmy się więc zadowolić czarnym SUV-em i nieodłącznym towarzystwem dwóch ochroniarzy.

– Dokąd jedziemy? – zapytałam, kiedy auto ruszyło.

– Zobaczysz – stwierdziła Olga z rozbawieniem.

Kilkadziesiąt minut później zatrzymałyśmy się pod tym samym hotelem, w którym byłyśmy zaraz po powrocie z mojego miesiąca miodowego. Pod tym samym, z którego uciekłam ochroniarzom, by zrobić mężowi niespodziankę i nakryłam jego bliźniaka dymającego na biurku Annę. Nie sądziłam, że kiedyś będę to wspominać z lekką tęsknotą i uśmiechem na ustach, ale właśnie tak było. Gdzieś głęboko w środku wolałabym przeżyć to jeszcze raz niż czuć to, co czułam teraz – pustkę.

Cała akcja, która potem nastąpiła, wyglądała trochę jak w filmie, w którym odkopują zamarzniętego jaskiniowca, on ożywa, więc muszą doprowadzić go do ładu. Najpierw konsultacja z lekarzem medycyny estetycznej w sprawie redukcji blizn. Moje ciało nie było już tak nieskazitelne jak kiedyś i to także nie poprawiało mi humoru. Lekarz powiedział, że jeszcze jest zbyt wcześnie na radykalne metody, ale zaczniemy od delikatnych zabiegów i kosmetyków, a z czasem wszystkie skazy zlikwidujemy laserem.

Później było już przyjemniej i milej: zabiegi na ciało, złuszczania, maski, balsamy, masaże. Dalej paznokcie, no i przerażająca część, fryzjer. Mój stylista stał przez kilka

długich minut, gładząc strzechę na mojej głowie i mamrocząc coś po włosku. Później kręcił głową i cmokał, aż
w końcu wydusił po angielsku:

– Co tobie się stało, maleńka?

Jego gejowskie ramiona zaplotły się na piersiach.

– Przez tyle miesięcy razem dbaliśmy o te gładziutkie
blond włoski, a teraz? Gdzie ty byłaś? Na jakiejś bezludnej
wyspie? Bo chyba tylko tam ludzie nie uciekali na widok
twojego odrostu.

Chwycił kosmyk w palce i wypuścił go z obrzydzeniem.

– Byłam daleko, to fakt.

Pokiwałam głową, przytakując mu.

– Ostatni raz widzieliśmy się w Wigilię Bożego
Narodzenia?

Potwierdził skinieniem.

– No to zobacz, jak one przez te trzy miesiące urosły.

Nie docenił mojego żartu. Wytrzeszczył na mnie oczy
i opadł na krzesełko obrotowe.

– No to co, rozjaśniamy i tniemy?

Pokręciłam przecząco głową.

– Za chwilę umrę.

Ostentacyjnie złapał się za pierś i odchylił na siedzeniu,
udając zawał. Ale ja myślałam o mojej rozmowie z terapeutą
i o tym, co mi powiedział: zmiany są dobre.

– Teraz będą ciemne i długie. Możesz doczepić mi
włosy?

Chwilę myślał, kręcił głową, bełkotał coś, aż zerwał się
z miejsca jak rażony piorunem.

– Tak! – wykrzyknął. – Długie, ciemne i z grzywką. Podskoczył na krzesełku i zaklaskał w dłonie. – Elena, myjemy!

Spojrzałam w bok i zobaczyłam, że Olga z otwartą szeroko buzią siedzi, a raczej leży w fotelu pod ścianą.

– Ty chcesz mnie, kurwa, wykończyć, Lari.

Wypiła łyk wody ze szklanki.

– Tylko czekam, aż pewnego dnia siądziesz w tym fotelu i oznajmisz, że tniemy na łyso.

Nie wiem, ile godzin później z bolącą głową i szyją, zmęczona jak po maratonie wstałam z fotela. Olo kolejny raz musiała przyznać mi rację. Wyglądałam obłędnie. Stałam jak zahipnotyzowana, patrząc na moje cudowne, długie włosy i idealny makijaż, który wystawał spod obciętej na prosto, opadającej na brwi grzywki. Nie mogłam uwierzyć, że jestem taka ładna. Zwłaszcza po tym, jak od kilkunastu tygodni wyglądałam jak wymiociny niemowlaka. Włożyłam na powrót sukienkę i wzięłam do ręki kapelusz, który już nie był mi potrzebny.

– Mam propozycję, a z uwagi na to, że jest weekend, będzie to propozycja nie do odrzucenia.

Olga uniosła palec.

– A jeśli odmówisz, znajdziesz w łóżku głowę konia.

– Chyba już wiem, co powiesz…

– Impreza! – wrzasnęła, wlokąc mnie do samochodu. – No bo zobacz: jesteśmy piękne, gładkie, wyszykowane. Szkoda byłoby to zmarnować. Jesteś zachwycająca, chuda…

– …i niepijąca od kilku miesięcy – westchnęłam.

– Właśnie, Lari. Przecież to się miało stać, ten dzień, terapeuta, zmiany, wszystko się zgadza. Pociągnęła mnie w stronę auta. Ochroniarze w pierwszym momencie mnie nie poznali. Wzruszyłam ramionami, kiedy tak stali jak słupy, gapiąc się na mnie. Minęłam ich i wsiadłam do środka. Czułam się dobrze. Atrakcyjna, seksowna i bardzo kobieca. Ostatni raz czułam się tak... przy Nacho.

Ta myśl spowodowała, że do żołądka ktoś wrzucił mi kamień. Przełykałam ślinę, ale gula w gardle nie chciała zniknąć. Przed oczami stanął mi kolorowy chłopiec i jego szeroki uśmiech. Zamarłam.

– Laura, co jest? Źle się czujesz?

Olga szarpała mnie za ramię, a ja wciąż siedziałam zastygła ze wzrokiem wbitym w fotel.

– Nic mi nie jest – stwierdziłam, mrugając nerwowo kilka razy. Zakręciło mi się w głowie.

– Dziś odpuśćmy sobie imprezę.

– Teraz? Kiedy ja jestem piękna i gotowa? Bujaj się.

Z udawanym śmiechem spojrzałam na Olgę. Nie chciałam, by wiedziała. Nie byłam gotowa, żeby opowiedzieć komukolwiek o tym, co czuję. Mam męża, kocham go – beształam się w myślach, kiedy mój umysł kolejny raz zaatakował mnie niechcianym obrazem.

– Kiedy planujecie ślub? – zapytałam Olgę, by zmienić temat i skupić się na czymś innym.

– Oj, nie wiem. Myśleliśmy o maju, ale może być i czerwiec. Wiesz, to nie jest takie proste...

Z ust Olgi zaczął się wylewać potok słów, a ja z ulgą wkręciłam się w rozmowę, dzieląc jej szczęście.

Kiedy wysiadałyśmy z samochodu, przed rezydencją wciąż stały podejrzane auta. Tym razem jednak nie miałam zamiaru przed nikim się chować. O dziwo, czułam się coraz lepiej. Weszłyśmy do domu i od razu moją uwagę przykuł absolutny brak obsługi. Zwykle idąc korytarzem, zaraz kogoś spotykałyśmy, ale dziś dom był jak widmo.

– Idę do siebie – stwierdziła moja przyjaciółka. – Widzimy się za pół godziny i jedziemy na kolację. No chyba że będę miała error w szafie, to przyjdę do ciebie szukać ratunku.

– Przychodź – odpowiedziałam ze śmiechem, przeglądając już w myślach zawartość garderoby.

Szłam korytarzem, machając torebką, którą trzymałam w jednej ręce, i kapeluszem w drugiej. Kiedy mijałam drzwi do biblioteki, te otworzyły się nagle i pojawił w nich Massimo. Znieruchomiałam. Stał tyłem do mnie i mówił coś do ludzi w środku, a po chwili się odwrócił.

Serce waliło mi jak oszalałe, kiedy pomału z nieukrywanym zdziwieniem zamykał za sobą drzwi. Jego oczy wędrowały po mojej sylwetce od kostek po czubek głowy, a ja ze zdenerwowania nie byłam w stanie wydusić słowa. Minęło tyle czasu, od kiedy ostatni raz dostrzegłam, że patrzy na mnie jak na kobietę. Na swoją kobietę. Mimo że w holu panował półmrok, wyraźnie widziałam jego rozszerzone źrenice i słyszałam przyspieszony oddech. Tkwiliśmy tak przez chwilę, patrząc na siebie, aż mój mózg znowu się ocknął.

– Masz spotkanie, przepraszam – wyszeptałam zupełnie bez sensu, ale nie miałam pojęcia, co innego mogłabym powiedzieć. Przecież to on tu wyszedł, kretynko, więc za co go przepraszasz – wrzeszczał mój rozum. Zrobiłam krok do przodu, ale on zastąpił mi drogę. Wciskający się przez okna blady blask latarni wokół domu padał na jego twarz. Był poważny, skupiony i... napalony. Chwycił mnie i przywarł do moich ust. Wdarł się w nie brutalnie. Jęknęłam zaskoczona, gdy oparł mnie o ścianę, wciąż całując, gryząc i przyduszając. Przesuwał ręce po moim ciele, aż dotarł do krawędzi sukienki. Nie przerywając pocałunku, podciągnął ją i chwycił mnie za nagie pośladki. Z jego ust wyrwało się coś jakby warkot, kiedy zaciskał je powoli i zaczął ściągać mi bieliznę. Wprawne palce masowały delikatną skórę na mojej pupie, a ja czułam, jak w jego kroczu budzi się pragnienie. Oprzytomniona nacierającą na mnie męskością odzyskałam władzę nad rękami i chwyciłam jego włosy. Pociągnęłam za nie. Czarny uwielbiał tę subtelną brutalność, więc kiedy poczuł szarpnięcie, jego zęby zacisnęły się na moich ustach. Jęknęłam z bólu i otworzyłam oczy. Uśmiechał się cwaniacko, nadal wodząc zębami po wargach.

Wtedy poczułam, że majtki zsuwają mi się po udach, kolanach, aż opadły przy kostkach. Massimo poderwał mnie z ziemi, posadził na swoich biodrach i ruszył w kierunku kolejnych drzwi. Przeszliśmy przez próg, a on zamknął je kopniakiem i oparł moje plecy o ścianę. Głośno dyszał, a jego ruchy były nerwowe, ewidentnie mu się spieszyło. Podtrzymując mnie jedną ręką, rozpiął rozporek i gdy uwolnił się jego gotowy kutas, bez ostrzeżenia nabił mnie na siebie. Poczułam, jak gruby penis mojego męża wdziera się w stęskniony środek. Głośno krzyknęłam, opierając czoło o jego, a nasze ciała złączyły się w namiętnym starciu. Ruchy Dona były mocne, ale bardzo powolne, jakby delektował się tą chwilą i upajał doznaniami. Kąsał moje wargi, lizał je, wchodząc we mnie coraz głębiej. W moim podbrzuszu jak tornado nadciągał potężny orgazm. Tak dawno nie czułam go w sobie, a przede wszystkim tak blisko mnie. Mój mężczyzna ubrany w ciemny garnitur pieprzył mnie jak oszalały, a ja wspinałam się na sam szczyt przyjemności. W pewnym momencie poczułam, jak przez całe moje ciało przetacza się potężny orgazm który odebrał mi dech. Usiłowałam krzyczeć, ale Massimo stłumił dźwięk pocałunkiem, i doszedł zaraz po mnie. Był spocony, jego ręce i nogi drżały. Trzymał mnie jeszcze przez chwilę nabitą na siebie. Po kilku sekundach postawił na podłodze i oparł się o ścianę.

– Wyglądasz... – wyszeptał, usiłując dogonić oddech.

– Lauro, jesteś... – jego klatka falowała w szaleńczym tempie, a usta nie nadążały łapać powietrza.

– Też tęskniłam – stwierdziłam cicho i poczułam, jak się uśmiecha.

Jego wargi kolejny raz odnalazły moje, a język wtargnął do środka, zanim zdążyłam wypowiedzieć kolejne słowa. Tym razem jego pieszczoty były delikatne, robił to powoli i zmysłowo. W końcu usłyszeliśmy głosy. Don zamarł. Podniósł palec do ust, pokazując, bym milczała. Wrócił do tego, co robił wcześniej. Głosy na korytarzu nie milkły, a on wciąż namiętnie pieścił moje usta. Jego długie place zsunęły się na wciąż pulsującą łechtaczkę. Znieruchomiałam. Po tak długiej przerwie każdy jego dotyk był dla mnie jak porażenie prądem, paraliżował mnie całą. Mimowolnie jęknęłam, a on wessał się we mnie jeszcze zachłanniej, by zatamować dźwięki. W holu rozległ się szczęk zamykanego zamka, rozmowy umilkły, a ja odetchnęłam z ulgą i poddałam się temu, co robił Czarny. Dwa palce wkładał do mojego wciąż nienasyconego środka, a jednym masował najwrażliwsze miejsce, kolejny raz wysyłając mnie w przestrzeń kosmiczną.

– Kurwa – warknął, kiedy jego kieszeń zaczęła drżeć. Wyciągnął telefon, spojrzał na wyświetlacz i ciężko westchnął. – Muszę odebrać.

Przyłożył telefon do ucha i nie przerywając tego, co robił palcami, rozmawiał przez chwilę.

– Muszę iść – wyszeptał zrezygnowany, kiedy rozmówca się rozłączył. – Jeszcze z tobą nie skończyłem – dodał.

Ta groźba była jednocześnie obietnicą, na dźwięk której w moim podbrzuszu rodził się żar. Ostatni raz przeciągnął językiem po moich ustach i zapiął rozporek.

Wyszliśmy z pokoju, a Massimo pochylił się i podniósł z podłogi moje majtki, które leżały w rogu, skryte w ciemnościach korytarza. Patrząc mi w oczy, wcisnął je sobie do kieszeni, złapał kilka głębszych oddechów i chwycił za klamkę. Usłyszeliśmy gwar dobiegający z biblioteki.

Drzwi się zamknęły, a ja wciąż stałam oparta o ścianę, nie do końca rozumiejąc, co się właśnie wydarzyło. Niby żadne święto, przecież seks z mężem jest raczej normą, ale po tylu tygodniach, a raczej miesiącach czułam, jakbym cofnęła się co najmniej do sierpnia, kiedy mnie porwał, więził, a ja w końcu uległam i go pokochałam. Kolejna myśl sprawiła, że skamieniałam. Przecież już nie jestem w ciąży i w każdej chwili mogę w nią zajść. Przerażenie, jakie ogarnęło moje ciało, było wręcz paraliżujące. Potoki myśli i scenariusze przelewające mi się przez głowę sprawiały, że oddech grząził w gardle, a do oczu napływały łzy. Nie mogłam do tego dopuścić, nie po raz kolejny, nie wtedy, gdy los wybrał za mnie inaczej. Byłam zdenerwowana, chwiałam się na nogach, ale wiedziałam, że tkwiąc tu, nic nie zdziałam. Ruszyłam więc w stronę sypialni.

Odpaliłam komputer i nerwowo stukając w klawisze, szukałam porady u wujka Google'a. Wyskoczyło tyle stron, że aż się zdziwiłam, jak dużo leków tego typu istnieje na rynku. Poczytałam przez chwilę o ich działaniu i jak je zdobyć, a po chwili uspokojona łatwością, z jaką mogę je mieć, opadłam na łóżko.

– No widzę, że zajebiście gotowa jesteś – stwierdziła Olo, wtaczając się po schodach na górę. – Torebki nie mam, ale widzę, że ty nie masz nic, więc spoko.

Przeszła obok odprowadzona moim wzrokiem.

Wyglądała bardzo smacznie, ubrana w króciutką białą sukienkę opinającą się tylko pod biustem. Powiedziałabym nawet, że była dziewczęca, a koronka, z której była zrobiona góra, dodawała jej niewinności. Popatrzyłam na dół i odetchnęłam z ulgą: nic się nie zmieniło, po jej nogach godnie

47

wspinały się czarne, skórzane kozaki do połowy uda. Całość zdawała się mówić: jestem cnotliwa, ale daj mi bat, to zobaczysz. Zamknęłam komputer i poszłam za nią.

Olo przerzucała torebki, więc ja zaczęłam przegrzebywać stroje, które ewentualnie mogły mnie zainteresować. Z głową w wieszakach poczułam przedziwne uczucie niepokoju, więc wyciągnęłam ją i popatrzyłam na Olgę. Stała z jedną brwią uniesioną i rękami zaplecionymi na piersiach.

– Bzykałaś się – stwierdziła rozbawiona. – Kiedy zdążyłaś to zrobić?

Przewróciłam ostentacyjnie oczami i wróciłam do wieszaków.

– Po czym to wnosisz? – zapytałam, wyciągając kolejne rzeczy, które mi nie pasowały.

– Może po braku majtek?

Słysząc to, zamarłam. Spojrzałam w lustro, które wisiało na przeciwległej ścianie. No tak, kiedy trzymałam ręce w górze, moja krótka sukienka nie zakrywała mi tyłka. Z udawanym wstydem opuściłam dłonie i obciągnęłam ją.

– Majtki to nie jest jedyny twój problem. – Usiadła w fotelu, zakładając nogę na nogę. – Zdradziły cię też włosy i usta napuchnięte od pocałunku. Albo loda. No, opowiadaj.

– Chryste, nie ma czego. Spotkaliśmy się w korytarzu i tak jakoś wyszło.

Rzuciłam w nią wieszakiem.

– Przestań się cieszyć i pomóż mi, bo zaraz noc nas zastanie.

– Spotkaliśmy się w korytarzu i tak jakoś wyszło – powtórzyła za mną rozbawiona.

Pół godziny później stałam już na progu, patrząc, jak Olo na obcasach walczy z kamiennym podjazdem. Groteskowa sytuacja, pomyślałam. Niestety mnie za chwilę czekało to samo. Ubrana w niebotycznie wysokie szpilki od Louboutina, całe wysadzane kryształami, miałam jeszcze mniejsze szanse powodzenia niż moja przyjaciółka. Nie chciałam się dziś stroić, dlatego wcisnęłam na tyłek podarte dżinsowe boyfriendy i najzwyklejszą białą koszulkę na ramiączkach. Zarzuciłam na to szarą marynarkę od Diora i zabrałam białą kopertówkę Miu Miu. Wyglądałam trochę jak nastolatka, a trochę jak suczysko, które tylko udaje grzeczną. Moje nowe włosy nie miały nic wspólnego z dziewczęcością.

ROZDZIAŁ 4

Kiedy jechaliśmy w dół zbocza, kierując się do Giardini Naxos, uświadomiłam sobie, że zapomniałam poinformować męża, że wychodzę. Ale gdy wzięłam do ręki telefon, przypomniałam sobie, że on też nie tłumaczy mi się ze wszystkiego, co robi. Wcisnęłam więc smartfona z powrotem do mikroskopijnej torebki. Poza tym i tak byłam pewna, że jeśli tylko Czarny oderwie się od swoich towarzyszy, zacznie mnie namierzać i zorientuje się, że zniknęłam. Wiedziona tą myślą przewróciłam ostentacyjnie oczami, co nie umknęło uwadze Olo.

– Co jest? – zapytała, obracając się w moją stronę.

– Prośbę mam – ściszyłam konspiracyjnie głos, jakby ktokolwiek poza nami rozumiał po polsku. – Chcę, żebyś jutro poszła do lekarza po receptę.

Jej zmarszczone brwi i skrzywiona mina mówiły mi, że nie ma pojęcia, o co mi chodzi.

– Potrzebuję tabletkę „po”.

W tym momencie jej wychodzące z orbit oczy i mina wyglądały na jeszcze bardziej zaskoczone niż przed chwilą.

– Co ty do mnie mówisz? – Olo rozejrzała się na boki, jakby sprawdzała, czy nikt nie podsłuchuje. – Lari, ty masz męża.

– Ale nie chcę znowu mieć z nim dziecka. – Spuściłam głowę. – Przynajmniej nie teraz.

Popatrzyłam na nią błagalnie.

– Wiesz, wolałabym nie stosować zasady, czym się strułaś, tym się lecz. Poza tym po tych wszystkich operacjach na razie nie powinnam zachodzić w ciążę.

Modliłam się w głowie, by była to prawda, bo akurat tej kwestii nie poruszałam z lekarzami.

Olo siedziała przez chwilę, lustrując mnie badawczo, aż w końcu wzięła głęboki wdech i powiedziała:

– Rozumiem i oczywiście zrobię to dla ciebie. Ale pomyśl co dalej. Nie możesz za każdym razem, kiedy pójdziecie do łóżka, żreć tych prochów. Może wezmę ci też receptę na tabletki antykoncepcyjne?

– To była druga rzecz, o którą chciałam cię poprosić – wydukałam. – Nie chcę, żeby Massimo wiedział. Poza tym nie mam zamiaru kolejny raz poruszać z nim tematu dzieci…

Pokiwała porozumiewawczo głową i oparła się o siedzenie. Po chwili auto stanęło pod restauracją.

– Serio? – Spojrzałam zirytowana na Olgę.

– Kurwa, Lari, a gdzie mamy iść? Wszystkie najlepsze knajpy należą do Torricellich. Poza tym chyba Massimo wie, że wyszłaś?

Patrzyła na mnie, a ja gapiłam się w siedzenie.

– Nie wie?! – krzyknęła, by po chwili wybuchnąć śmiechem. – No to będziemy miały ostro przejebane. Chodź.

Wysiadła z samochodu, przeszła przez chodnik i ruszyła w stronę wejścia. Myśl o tym, jak bardzo wścieknie się

mój mąż, rozbawiła mnie. Poczułam też przedziwną satys-
fakcję.

– Zaczekaj – krzyknęłam, kiwając się na moich kryszta-
łowych pantofelkach.

Zaraz po wejściu do restauracji zamówiłyśmy butelkę
szampana. Niby nie było czego opijać, ale fakt, że nie ma
okazji, również ją tworzył. Manager lokalu, kiedy tylko nas
zobaczył, kazał niemal zanieść nas na miejsce. Potem usłu-
giwał nam bardziej, niż to było konieczne. Ustawił obok
stolika kelnera, którego Olo kulturalnie kazała odprawić,
tłumacząc, że nie potrzebujemy specjalnego traktowania.
Tylko zjemy i uciekamy.

Gdy wreszcie butelka pojawiła się na stole, poczułam nie-
zdrową ekscytację. Pierwszy raz od wielu miesięcy miałam
poczuć w ustach smak alkoholu.

– Za nas – powiedziała Olo, biorąc do ręki kieliszek. – Za
zakupy, wycieczki, za życie, za to, co mamy i co nas czeka.

Puściła do mnie oko i upiła łyk. Ja, kiedy tylko poczułam
swój ukochany smak, jak prawdziwa chamka opróżniłam
szkło jednym haustem. Moja bystra przyjaciółka pokręciła
głową i sięgnęła po butelkę, by mi dolać. Niestety, jej dłoń
nawet nie zbliżyła się do coolera, bo nadgorliwy manager
już stał obok. Pięknie, mamy niańkę, pomyślałam, rzucając
mu spojrzenie pod tytułem „won".

Jadłam właśnie mule w białym winie, kiedy moja mikro-
skopijna torebka zaczęła wibrować. Mogłam spodziewać
się telefonu tylko od dwóch osób: mamy albo Massimo.
Odebrałam, nie patrząc na wyświetlacz.

– Lepiej się czujesz?

Widelec, który trzymałam w ręce, brzęknął o talerz. Przerażona wstałam od stołu i spanikowana popatrzyłam na Olgę, która rzuciła mi pytające spojrzenie.

– Skąd masz mój numer? – warknęłam, wybiegając z lokalu.

– Pytasz mnie o to po tym, jak porwałem cię z przyjęcia, na którym chroniło cię kilkudziesięciu bodyguardów?

Śmiech Nacho, który rozległ się w słuchawce, był jak wybuch nuklearny. Poczułam, że do głowy uderza mi wypity alkohol, a nogi odmawiają posłuszeństwa.

– No więc jak się czujesz? – powtórzył.

Usiadłam na ławce, a jeden z moich ochroniarzy wyskoczył z samochodu zaparkowanego kilka metrów dalej. Widząc go, podniosłam rękę i machnęłam, aby dać mu znać, że nic mi nie jest.

– Czemu dzwonisz?

Mocno skonfundowana łapałam głębokie wdechy.

– Ciężko się czegoś od ciebie dowiedzieć.

Nacho westchnął, kiedy kolejny raz zignorowałam jego pytanie.

– Mieliśmy być przyjaciółmi, a przyjaciele czasem do siebie dzwonią i mówią, jak się czują – ciągnął. – No więc?

– Przefarbowałam włosy – rzuciłam bez sensu.

– Ładnie ci w ciemnych. Tylko jakim cudem są takie długie, przecież…

Urwał, a chwilę później wymamrotał kilka słów po hiszpańsku.

– Skąd ty… – zdążyłam powiedzieć, zanim się rozłączył.

Patrzyłam na telefon, który wciąż trzymałam w ręce, i analizowałam, co właściwie się stało. W głowie buzowała mi szybko płynąca krew i bałam się podnieść wzrok w obawie, że Nacho za chwilę stanie przede mną. Tkwiłam tak zgięta wpół, aż nabrałam odwagi, by unieść oczy. Pomału wyprostowałam się i rozejrzałam na boki. Spacerujący ludzie, samochody, moja ochrona, nic szczególnego. W środku poczułam coś na kształt rozczarowania. I wtedy popatrzyłam wprost przed siebie. Olo stała w drzwiach restauracji z nadąsaną miną, pukając palcem w zegarek. Podniosłam się i potykając kilka razy w niebotycznie wysokich i średnio wygodnych butach, wróciłam do środka, by dojeść zimne mule.

Usiadłam i od razu wychyliłam kieliszek lekko wygazowanego szampana.

– Kto dzwonił?

Splecione ręce Olo wystukiwały palcami nerwowy rytm.

– Czarny – rzuciłam, nie patrząc na nią.

– Czemu kłamiesz?

– Bo prawda jest zbyt trudna – westchnęłam. – Poza tym nie wiem, co ci powiedzieć.

Wzięłam widelec i zaczęłam ładować do ust mule tak, aby się nimi zatkać i nie musieć odpowiadać na kolejne pytania.

– Co się stało na Kanarach? – dopytywała Olo, polewając nam obu i dając znać kelnerowi, by przyniósł następną butelkę.

Boże, jak ja nienawidziłam tego pytania. Za każdym razem, kiedy je słyszałam, czułam się winna i wydawało mi się, że zrobiłam tam coś złego. Poza tym ciężko było mi opowiadać ludziom, którzy umierali z niepokoju o mnie, że ja doskonale się tam bawiłam. Nie licząc oczywiście próby zabójstwa i wszystkiego, co wydarzyło się później...

Podniosłam oczy, wbijając wzrok w lekko już zirytowaną Olo.

– Jeszcze nie – wymamrotałam, pociągając kolejny potężny łyk. – I nie dziś. Dopiero zaczynam dochodzić do siebie, a ty zadajesz mi najgorsze z możliwych pytań.

– A komu chcesz o tym opowiedzieć, jeśli nie mnie? – pochyliła się nad stołem, zbliżając twarz do mojej. – Mamie raczej się nie zwierzysz, a sądząc po tym, jak się zachowujesz, Massimo nigdy nie powinien się dowiedzieć, co się tam działo. Ale kiedy widzę, jak się miotasz, jestem pewna, że najlepszym sposobem byłaby spowiedź. Wiesz, ja nie naciskam. Jeśli nie chcesz, nie mów.

Oparła się o krzesło, a ja milczałam przez chwilę, analizując to, co powiedziała. Czułam, jak wzbiera we mnie płacz.

– On był tak inny – westchnęłam, obracając nóżkę kieliszka. – Koleś, który mnie porwał. Marcelo Nacho Matos.

Na mojej twarzy pojawił się niekontrolowany uśmiech. Olga zbladła.

– Zapomnę o nim – próbowałam ją uspokoić. – Wiem to. Ale na razie nie jestem w stanie.

– O kurwa – wydusiła w końcu Olo. – Ty i on...

– Nic z tych rzeczy. Po prostu nie było mi tam tak źle, jak wszyscy sądzą.

Zamknęłam oczy, a przez moją głowę falami przetaczały się wspomnienia z Teneryfy. – Byłam wolna, prawie… A on dbał o mnie, opiekował się, uczył mnie, chronił…

Wiedziałam, że mój rozmarzony ton był czymś bardzo niewłaściwym. Ale nie mogłam się powstrzymać.

– Ja pierdolę, ty się zakochałaś! – przerwała mi Olo, robiąc wielkie oczy.

Zawiesiłam się. Nie byłam w stanie zaprzeczyć od razu. Czy się zakochałam? Nie miałam pojęcia. Może się tylko zadurzyłam albo zauroczyłam? Przecież miałam męża, kochałam go, był cudowny. Najlepszy facet, jakiego mogłam sobie wymarzyć. Ale czy na pewno?

– Pieprzysz! – rzuciłam, patrząc na Olo z uśmiechem. Pokiwałam głową. – To tylko facet. Poza tym przez niego stało się tyle złego… – Wystawiłam wskazujący palec. – Straciłam dziecko. To po pierwsze. – Dołączyłam palec środkowy. – Po drugie leżałam w szpitalu kilka tygodni, a jeszcze dłużej w domu, dochodząc do siebie. – Jako trzeci dołączył kciuk. – Do tego mój mąż oddalił się ode mnie i traktuje mnie bardziej jak wroga niż żonę.

Uniosłam wyczekująco brwi, modląc się, by Olo uwierzyła w to, co przed chwilą powiedziałam. Ja sama też bardzo chciałam w to wierzyć.

– Oj, Lari – westchnęła Olga. – On nie może sobie tego wszystkiego wybaczyć. Ucieka od ciebie, bo czuje się winny tego, że straciliście dziecko. A jeszcze bardziej tego, że musiałaś przez to wszystko przejść. Pochyliła głowę. Wiesz, że on chciał cię odesłać do Polski tylko po to, by już nikt nigdy nie skrzywdził cię z jego powodu? Był gotów oddać to, co kocha najbardziej. Chciał, byś była bezpieczna.

Olo pokręciła głową, popijając z kieliszka.

– Raz nocą zakradłam się do biblioteki i słyszałam, jak rozmawiał z Domenico – uczę się tego pierdolonego włoskiego, ale nic nie rozumiem. Tylko że wtedy nie musiałam rozumieć, żeby wiedzieć, o co chodzi.

Podniosła oczy, w których kręciły się łzy.

– Laura, on płakał. Ale jak… To był dźwięk, jakby ktoś zarzynał zwierzę, dziki ryk.

– Kiedy to było? – zapytałam, łapiąc głęboki wdech.

– W nocy, zaraz po tym, jak wróciłaś na Sycylię – stwierdziła po dłuższym zastanowieniu. – Dobra, ale koniec tych tematów, napijmy się.

Tasowałam w głowie wspomnienia tamtej nocy. To wtedy rozbił szklankę i to wtedy zaczęła się nasza samotność we dwoje. Ta noc zmieniła wszystko, a mój mąż oddalił się ode mnie.

Skończyłyśmy drugą butelkę i lekko chwiejnym krokiem wyszłyśmy z lokalu. O tej porze ciężko tu było wcisnąć choćby palec. Manager osobiście otworzył mi drzwi samochodu. Ochrona podstawiła go niemal pod samo wejście, zwracając na nas uwagę wszystkich oczekujących gości. Wyglądałyśmy jak gwiazdy, chciałabym powiedzieć damy, ale kiwając się i radośnie chichocząc, z całą pewnością nimi nie byłyśmy.

Usadowiłyśmy się na fotelach, co sprawiło nam sporą trudność, Olga wydała dyspozycje kierowcy i samochód ruszył.

Było po dwunastej, a przy wejściu do klubu tłoczyło się kilkadziesiąt osób. Oczywiście on także był własnością Torricellich, więc nie czekałyśmy nawet minuty, żeby nas wpuścili. Niemal przebiegłyśmy po czarnym dywanie, który prowadził do środka, wzajemnie asekurując się przed upadkiem. Wewnątrz nasi ochroniarze torowali nam drogę. Po przebrnięciu przez tłum usiadłyśmy w loży. Byłam już porządnie wstawiona, żeby nie powiedzieć nawalona, gdy omiatałam wzrokiem miejsce, do którego dotarłyśmy. Niestety, zza pleców czterech pilnujących nas mężczyzn niewiele byłam w stanie dostrzec. Kiedy Olga oznajmiła Domenico, że wybieramy się na imprezę, ten wszystko załatwił. Również to, żebyśmy nie miały najmniejszej szansy z nikim porozmawiać.

Szampan wjechał na stół. Olo chwyciła kieliszek i zaczęła rytmicznie wić się na podeście obok sofy. Byłyśmy na antresoli, więc kiedy tańczyła oparta o balustradę, ludzie poniżej mieli zacny widok na jej majtki. Wzięłam szkło i stanęłam obok niej. Byłam tak nawalona, że gdybym spróbowała tańczyć, zapewne skończyłoby się to upadkiem w tłum pod nami. Obserwowałam ludzi, którzy bawili się w klubie, aż w pewnym momencie poczułam, że ktoś mnie obserwuje. Widziałam niezbyt wyraźnie, bo wypity alkohol coraz mocniej uderzał mi do głowy, zamknęłam więc jedno oko, żeby złapać ostrość. A wtedy...

Na końcu długiego baru, ze splecionymi rękami stał Marcelo Nacho Matos i patrzył na mnie. Niemal zwymiotowałam. Zamknęłam oczy, by po chwili raz jeszcze je otworzyć. Miejsce, w którym stał przed chwilą, było puste. Zaczęłam mrugać nerwowo. Szukałam wzrokiem chłopaka z łysą głową, ale zniknął. Przejęta usiadłam na kanapie i dopiłam zawartość kieliszka. Chyba pierwszy raz miałam halucynacje po alkoholu. A może to wynik długiego niepicia? Kiedy nagle wlałam w siebie takie ilości alkoholu, mój mózg się zbuntował…

– Idę do łazienki – krzyknęłam do Olgi, która w rytm piosenki wiła się, zwisając już niemal po drugiej stronie barierki. Pokiwała do mnie ręką i przechyliła się jeszcze głębiej.

Zakomunikowałam ochroniarzowi, dokąd się wybieram, więc zaczął torować mi drogę. Wtedy w mroku, przy ścianie, obok której stała gigantyczna rzeźba, znowu go zobaczyłam. Stał z rękami skrzyżowanymi na piersiach, szczerząc do mnie swoje białe zęby. Poczułam, jak żołądek mi się zaciska, a oddech grzęźnie w gardle. Gdyby moje serce nadal było chore, na pewno straciłabym przytomność. Ale teraz stałam pewnie na nogach, tylko nie mogłam oddychać.

– Od kiedy wychodzisz bez mojego pozwolenia?! – usłyszałam nagle. Głos Massimo wdarł się we mnie, zagłuszając muzykę, a zaraz potem potężna sylwetka męża zasłoniła mi świat.

Podniosłam wzrok i zobaczyłam, jak góruje nade mną z zaciśniętymi mocno szczękami. Chciałam coś powiedzieć, ale jedyne, co udało mi się zrobić, to rzucić mu na szyję, żeby móc spojrzeć za jego plecy. Kolorowy chłopak zniknął, a ja przeraziłam się jeszcze bardziej. Może łączenie leków, które wciąż brałam, i alkoholu to jednak nie był szczęśliwy pomysł?

Wisiałam na szyi Dona, zastanawiając się, co teraz będzie. Dostanę opierdol roku? A może zawlecze mnie za moje nowe włosy do samochodu? Zaniepokojona faktem, że nic się nie dzieje, odsunęłam się od niego i z zaskoczeniem odkryłam, że lekko się uśmiecha.

– Cieszę się, że wstałaś z łóżka – powiedział, przykładając wargi do mojego ucha. – Chodź.

Chwycił mój nadgarstek i pociągnął tam, skąd właśnie przyszłam. Raz jeszcze się obróciłam, by spojrzeć za siebie, ale w rogu sali nie było nikogo.

Kiedy dotarłam do loży, zobaczyłam Domenico i Olgę w miłosnym, a raczej seksualnym starciu. On siedział oparty, ona na nim okrakiem, a ich języki były szybsze niż rytm piosenki dobiegającej z głośników. Dobrze, że miejsce, w którym stały kanapy, było absolutnie poza zasięgiem czyjegokolwiek wzroku. Goście klubu mogliby pomyśleć, że kręcimy tu pornosa.

Czarny usiadł na sofie, a gdy jego pośladki dotknęły miękkiego pluszu, jak spod ziemi wyrosła przed nim młoda kelnerka z butelką bursztynowego płynu i tacą. Postawiła wszystko na stoliku przed nim i wdzięcząc się odrobinę za bardzo, ruszyła w stronę wyjścia z loży. Stałam pijana, obserwując, jak Don przykłada szklankę do ust i pociąga pierwszy łyk. Wyglądał nonszalancko i zmysłowo, cały na czarno, z ramionami wspartymi o zagłówek kanapy. Patrzył na mnie, a raczej obcinał mnie wzrokiem, opróżniając szklankę. Za chwilę dolał sobie i upił do połowy, czym nieco mnie zdziwił. Nie widziałam dotąd, by Massimo pił tak dużo, a tym bardziej w takim tempie. Szturchnęłam go, żeby zrobił mi miejsce, i usiadłam obok. Sięgnęłam po swój kieliszek. Muzyka dudniła wokół nas, a Domenico i Olga zajęci sobą już niemal kopulowali.

Massimo pochylił się i zdjął pokrywę ze srebrnej tacy. Jęknęłam na widok białych kresek równiutko usypanych na lustrzanej powierzchni. Don wyjął z kieszeni banknot, zwinął go w rolkę, po czym wciągnął i odetchnął z ulgą. Byłam nieszczególnie zachwycona tym, co widziałam, ale mój mąż nic sobie z tego nie robił. Popijał ze szklanki i gapił się na mnie, co jakiś czas mrużąc oczy. Mój świetny humor mnie opuścił. Zastanawiałam się, czy robi to specjalnie, czy po prostu jest narkomanem.

Po kilkudziesięciu minutach wszyscy troje opróżniali tacę, śmiejąc się i pijąc. W pewnym momencie nie wytrzymałam. Chwyciłam banknot, który leżał na stole, pochyliłam się i wciągnęłam proszek do nosa. Czarny złapał moje ręce i pociągnął w swoją stronę. Spojrzał gniewnie.

– Wszyscy walicie to gówno, więc i ja mogę – wrzasnęłam.

Chwilę później poczułam obrzydliwie gorzki smak ściekający po tylnej ścianie gardła. Miałam wrażenie, że język staje mi kołkiem w gardle, a ślina robi się nienaturalnie gęsta.

– Nie szanujesz swojego nowego serca, Lauro – warknął przez zęby Massimo.

Nie interesowało mnie, co miał mi do powiedzenia, byłam zbyt zajęta robieniem mu na złość. Wykrzywiłam się teatralnie i wstałam, kiwając na boki. Stałam, zastanawiając się, co robić, a kiedy nic mądrego nie przyszło mi do głowy, pokazałam mu środkowy palec i ruszyłam w stronę wyjścia z loży. Zagradzający je wielki chłop spojrzał na mojego męża i ku mojemu zaskoczeniu odsunął się, pozwalając mi przejść. Waliłam na przód w bojowym nastroju. Wtedy poczułam, że ktoś łapie mnie za łokieć i wciąga do pomieszczenia ukrytego w ciemnościach korytarza. Wyrwałam się i obróciłam, niemal wpadając na Czarnego, który blokował mi wyjście.

– Wypuść mnie! – powiedziałam cicho, niemal szeptem.

Massimo pokręcił głową i pochylił się w moją stronę. Jego oczy były zupełnie obce, zdawało mi się, że jest zupełnie nieobecny. Chwycił mnie za gardło i obrócił plecami do zamkniętych drzwi. Przerażał mnie ten widok, więc zaczęłam rozglądać się po pomieszczeniu. Było zupełnie czarne, wyłożone pikowanym materiałem, a na jego środku stały niewielki podest i rura. Naprzeciwko był fotel, obok którego ustawiono niewielki stolik ze szklankami i butelkami alkoholu. Czarny przycisnął coś na panelu wmontowanym w ścianę. Zapaliły się lampki, a z głośników zaczęła sączyć muzyka.

– Co wydarzyło się na Teneryfie?

Zaciśnięte szczęki Dona nadawały mu jeszcze surowszy wyraz.

Milczałam, byłam tak pijana, że nie miałam siły na kłótnię. Ale on wciąż stał i czekał, co jakiś czas wzmacniając uścisk na mojej szyi. Kiedy cisza się przeciągała, po prostu mnie puścił. Ściągnął marynarkę i podszedł do fotela. Chwyciłam za klamkę, ale drzwi były zamknięte. Zrezygnowana oparłam czoło o ścianę.

– Zatańczysz dla mnie – powiedział. Usłyszałam, jak wrzuca lód do szklanki. – A później obciągniesz mi.

Obróciłam się i zobaczyłam, że siedzi w fotelu i rozpina koszulę.

– A po tym, jak już spuszczę ci się w usta, zerżnę cię – dokończył, upijając łyk.

Stałam, wpatrując się w niego, a po chwili dotarło do mnie, że jestem już prawie trzeźwa. Łapałam głębokie wdechy, a w moim wnętrzu budziło się uczucie, którego nie znałam. Nie rozumiałam dlaczego, ale było mi dobrze. Byłam wyluzowana, zadowolona, wręcz szczęśliwa. To było uczucie tylko nieco inne niż stan silnego zakochania. Czy tak właśnie działała kokaina? – pomyślałam. Wtedy przestało być dla mnie zagadką, dlaczego Czarny tak ją lubił.

Zrzuciłam z ramion żakiet i powoli podeszłam do rurki. Jednak po operacji prawie się nie ruszałam, więc taniec na niej był wykluczony. Oparłam plecy o drążek i zaczęłam się powoli z niego zsuwać, nie spuszczając wzroku z mojego mężczyzny. Kołysałam biodrami i ocierałam pośladkami o metal. Owinęłam nogę wokół drążka. Zrobiłam obrót, oblizując wargi i posyłając Czarnemu prowokacyjne spojrzenia. Chwyciłam koszulkę i powoli zdjęłam ją z siebie. Rzuciłam nią w stronę, gdzie siedział. Kiedy Don zobaczył koronkowy stanik, odstawił szklankę i rozpiął rozporek, uwalniając swoją imponującą erekcję. Chwycił kutasa w prawą rękę i zaczął poruszać nią w górę i w dół.

Jęknęłam, kiedy zobaczyłam, co robi, a w moim podbrzuszu zawirowało podniecenie. Rozpięłam guzik w dżinsach, później kolejny, aż w końcu mogłam je rozchylić, żeby było widać moje stringi. Massimo przeżuwał dolną wargę, a jego ruchy stawały się coraz szybsze i mocniejsze. Odchylił głowę i z półprzymkniętych oczu obserwował, co robię.

Obróciłam się do niego tyłem i na wyprostowanych kolanach zsunęłam spodnie aż do kostek. Dobrze, że kręgosłup miałam cały, a ciało wciąż było rozciągnięte. Dzięki temu mój mąż miał imponujący widok. Chwyciłam się rurki i z gracją wyciągnęłam buty z nogawek. Stałam teraz przed nim jedynie w bieliźnie i szpilkach. Po jego czole płynęły krople potu, a główka penisa z każdą sekundą robiła się coraz bardziej nabrzmiała i ciemna. Pomału zeszłam ze sceny i zbliżyłam się do niego. Pochyliłam się i wsunęłam język w jego usta. Był gorzki i smakował alkoholem, ale zupełnie mi to nie przeszkadzało. Uklękłam nad nim i nie odrywając wzroku od jego czarnych oczu, odchyliłam majtki, po czym powoli nadziałam się na niego. Z jego gardła wydobył się krzyk rozkoszy, a powieki zacisnęły się, jakby nie mógł znieść tego, co czuje. Chwycił wielkimi dłońmi moje biodra i zaczął unosić mnie i opuszczać na siebie. Jęczałam, a moja pupa mimowolnie zaczęła kołysać się w rytm muzyki płynącej z głośników. Czarny oddychał szybko, a jego ciało było zupełnie mokre. Zastygłam w bezruchu. Moje palce powędrowały do guzików jego koszuli, rozpięłam wszystkie, czując jego zniecierpliwienie. Kiedy skończyłam, podniosłam się, zeszłam z niego i klęknęłam naprzeciwko.

– Lubię swój smak – powiedziałam, zanim wzięłam go całego do gardła.

To było dla niego zbyt wiele. Szklanka, którą wziął do ręki kilka sekund wcześniej, uderzyła o miękki dywan, a jego dłonie powędrowały na tył mojej głowy. Obtłukiwał moje gardło w szaleńczym tempie, pakując mi do ust swoją męskość. Krzyczał i dyszał, a jego mokre od potu ciało zaczęło drżeć. Wtedy na języku poczułam pierwsze krople spermy, a za chwilę wystrzelił, dusząc mnie swoją objętością. Lepki płyn spływał mi do gardła, a on krzyczał i szarpał się, jakby walczył sam ze sobą. Mimo że skończył, nie poluźnił uścisku nawet na chwilę. Zamarł i wpatrywał się w moje załzawione oczy. Kiedy zaczęłam się krztusić, odczekał jeszcze kilka sekund i puścił, a ja opadłam na dywan.

– W tych włosach wyglądasz jak rasowa dziwka.

Wstał i zapiął spodnie. – Moja dziwka. – Założył koszulę, nie spuszczając ze mnie wzroku.

– Chyba o czymś zapomniałeś! – stwierdziłam, wkładając dłoń pod koronkowe majteczki.

– Miałam zatańczyć.

Zaczęłam powoli poruszać palcami.

– Obciągnąć.

Odchyliłam odrobinę materiał, by widział, co robię.

– A później miałeś zerżnąć.

Zdjęłam stringi i rzuciłam je tuż obok siebie, po czym przekręciłam się na brzuch i klękając, wypięłam pośladki.

– Wszystko tu jest twoje.

Tej prowokacji nie był w stanie zignorować. Chwycił moje biodra i nim zdążyłam złapać powietrze, poczułam, jak zanurza się we mnie. Nie był delikatny, robił to brutalnie i szybko, szarpiąc mnie za ciemne włosy. Pierwszy orgazm przyszedł po chwili, ale pijany Massimo pod wpływem narkotyków był jak karabin maszynowy. Szczytowałam kolejny raz i następny, a on nadal z niesłabnącym tempem nabijał mnie na siebie. Po godzinie i kilkunastu zmianach pozycji wreszcie doszedł kolejny raz i wlał się we mnie.

Mimo wielu prób nie byłam w stanie pozbierać się po tym maratonie. Przeklinałam fakt, że wyszłyśmy z domu i nie leżę teraz na dywanie przy kominku.

– Ubierz się, jedźmy do domu – powiedział Czarny, zapinając marynarkę.

Skrzywiłam się, słysząc jego obojętny ton, ale nie miałam siły na fochy. Pozbierałam swoje rzeczy i kilka minut później wyszliśmy do głośnego, tętniącego życiem klubu. Okazało się, że Domenico i Olga nie wytrzymali, czekając na nas, i od dawna są już w rezydencji. Zazdrościłam im. Wysiłek fizyczny sprawił, że miałam teraz kaca, a głowa bolała mnie tak, że miałam wrażenie, iż za moment odpadnie. Wyjście z czarnego pokoju było ostatnią rzeczą, jaką zapamiętałam tego wieczora.

– Jesteś doskonała – wyszeptał Nacho, gładząc mnie po policzku.

Jego delikatne, pachnące oceanem dłonie czule głaskały moją nagą skórę. Chwilę patrzył wesołymi, zielonymi oczami, aż w pewnym momencie zbliżył do mnie swoje usta. Najpierw objęły nos, później przesunęły się na policzki, brodę i szyję, w końcu objęły moje wargi. Niespiesznie, bez używania języka pieścił je, by kilkanaście sekund później wtargnąć nim do środka. Leżałam, delikatnie poruszając biodrami w rytm, jaki nadawał jego pocałunek. Zsunęłam dłoń po jego żebrach, aż dotarła do twardych jak skała pośladków. Cicho mruczał, czując moje palce, a ja delektowałam się ciepłem jego ciała. Był spokojny, nie spieszył się, każdy jego ruch, każdy gest był przepełniony namiętnością i czułością.

– Chcę wejść w ciebie – wyszeptał, patrząc mi w oczy. – Chcę cię poczuć, dziewczynko.

Jego usta spoczęły na moim czole, kiedy przesunął biodra, by znaleźć się dokładnie naprzeciwko mojego wejścia. Głośno oddychałam, czekając na natarcie, ale on tylko patrzył – jakby czekał na pozwolenie.

– Kochaj się ze mną – prosiłam, ponaglając go, a wtedy jednocześnie wszedł we mnie i głęboko wcisnął mi język do gardła…

– Jesteś taka mokra – usłyszałam znajomy brytyjski akcent i zamarłam. – Już zapomniałem, jak bardzo wyuzdana jesteś po alkoholu.

Z trudem otworzyłam oczy, czując pod powiekami miliony igieł. Pulsujący ból głowy odbierał mi chęć dalszej pobudki, ale byłam tak zdezorientowana, że musiałam rozeznać się w sytuacji. Popatrzyłam w dół i zobaczyłam, jak Massimo mości się między moimi nogami, przywierając językiem do pulsującej łechtaczki.

– Jesteś taka gotowa – wyszeptał, zanurzając się we mnie.

Jęknęłam, kiedy zaczął mnie lizać i ssać. Dopiero po chwili dotarło do mnie, dlaczego jestem tak podniecona.

To był sen...

Leżałam lekko rozczarowana i otępiała, podczas gdy mój mężczyzna usiłował zaspokoić mnie oralnie. Nie byłam w stanie skupić się na tym, co robił, bo ilekroć zamykałam powieki, przed oczami stawał mi zielonooki surfer. To była tortura. Zwykle czekałam na to, aż Czarny choćby mnie dotknie, a teraz modliłam się, by orgazm nadszedł szybko, a on dał mi spokój. Mijały jednak kolejne minuty, a ja mimo usilnych starań nie byłam w stanie choćby zbliżyć się do szczytu.

– Co się dzieje? – zapytał, podnosząc się i lekko marszcząc brwi.

Gapiłam się na niego, szukając w głowie dobrego wytłumaczenia, ale Massimo nie należał do cierpliwych osób. Odczekał jeszcze kilkanaście sekund, podniósł się i ruszył do garderoby.

– Mam potwornego kaca – wymamrotałam, kiedy wychodził.

Właściwie była to prawda. Głowa pulsowała mi w tempie muzyki techno na Mayday. Mogłabym biec za nim i przepraszać, ale jaki miało to sens? Poza tym, znając jego upór, i tak nic by to nie dało.

Gdy znikał na schodach, coś zakłuło mnie w mostku. Przypomniałam sobie, co powiedział ostatniej nocy.

– Massimo – krzyknęłam, a on się zatrzymał i obrócił.
– Powiedziałeś wczoraj, że nie szanuję swojego nowego serca. O co ci chodziło?

Stał, wpatrując się we mnie lodowato, by po chwili rzucić bez emocji:

– Miałaś przeszczep, Lauro.

Powiedział to tak, jakby zamawiał kanapkę z szynką, i zniknął.

Przekręciłam się i zakopałam w pościeli, usiłując przetrawić to, co właśnie usłyszałam. Walczyłam z potworną potrzebą zwymiotowania, ale w końcu zasnęłam.

– Żyjesz? – zapytała Olga, siadając na brzegu łóżka i wkładając mi w dłonie kubek herbaty z mlekiem.

– Absolutnie jestem martwa, a za chwilę dodatkowo się obrzygam – stwierdziłam, wygrzebując głowę spod kołdry. – Picie – jęknęłam. – Czarny zajebał superfocha. – Upiłam łyk.

– Wyjechali razem z Domenico jakąś godzinę temu, ale nie pytaj gdzie, bo nie mam pojęcia.

Kiedy to usłyszałam, zrobiło mi się przykro. Przecież wczoraj wszystko zaczęło się układać, a ja musiałam to zjebać jednym bezsensownym wyskokiem.

– Czemu się obraził? – zapytała Olo, wciskając nogi pod kołdrę i pilotem zasłaniając rolety.

– Bo nie doszłam.

Pokręciłam głową, sama nie wierząc w to, co mówię.

– Łeb mnie boli, chce mi się rzygać, a jemu zebrało się na amory. Robił, robił, a jak nie zrobił, to strzelił focha i poszedł.

– Aha – skwitowała Olo i włączyła telewizor.

Zaletą kaca, kiedy mieszka się w domu ze służbą, jest to, że wstawać trzeba tylko do łazienki. Choć pewnie gdybyśmy zażyczyły sobie nocnik, ktoś by go nam podał. Gniłyśmy więc cały dzień w łóżku, zamawiając kolejne potrawy i oglądając filmy. Gdyby nie fakt, że mój mąż był bardzo obrażony i nawet nie odbierał telefonu, powiedziałabym, że dzień był udany.

ROZDZIAŁ 5

Następnego dnia obudziłam się przed południem i z ulgą odkryłam, że nie muszę absolutnie nic robić i mogę powrócić do rytuału użalania się nad sobą w piżamie. Leżałam zakopana w pościeli i oglądałam telewizję, aż mnie olśniło – nie miałam zupełnie żadnych powodów, by popadać w depresję. Z utratą dziecka już się prawie pogodziłam, oczywiście nadal czułam ból, gdy pomyślałam o moim synu, ale był on coraz odleglejszy, jak echo. Stan mojego zdrowia był coraz lepszy, już niemal zupełnie nie odczuwałam skutków operacji. Na Sycylii zaczynała się wiosna. Było ciepło i świeciło słońce, a ja przecież wciąż byłam obrzydliwie bogatą i znudzoną żoną swojego męża.

Niezdrowo pobudzona zerwałam się z łóżka i popędziłam do łazienki. Wzięłam prysznic, uczesałam długie, sztuczne kudły i się pomalowałam. Później na dłuższą chwilę utknęłam w garderobie, przekopując kilometry wieszaków. Dawno nie byłam na zakupach i prędko się nie wybierałam, bo w mojej szafie siedemdziesiąt procent rzeczy wciąż miało metki. Po kilkudziesięciu minutach kopania wygrzebałam skórzane legginsy i luźny, zakrywający pupę sweter od Dolce & Gabbana. Sięgnęłam po ukochane kozaki

Givenchy i z aprobatą pokiwałam głową. Ubrana zupełnie na czarno wyglądałam mrocznie i zmysłowo, dokładnie tak jak powinnam: jak kreatorka nowej marki modowej.

W łóżku, kiedy piłam herbatę, ta właśnie myśl poderwała mnie do działania. Przypomniałam sobie o wspaniałym prezencie, jaki dostałam od Massimo na Boże Narodzenie. O własnej firmie. Teraz trzeba było ją rozkręcić, więc załadowałam swoją czarną torebkę Phantom od Celine, założyłam krótkie poncho ze stójką La Mania w tym samym kolorze i poszłam szukać kompanki do realizacji mojego niecnego planu.

– Dlaczego wciąż jesteś w łóżku? – zapytałam Olgę, wchodząc do jej sypialni.

Jej wzrok był wart wszystkich pieniędzy. Gapiła się na mnie, a jej oczy były wielkości satelity okrążającego ziemię. Wciąż miała otwarte usta, a ja nonszalancko oparta o framugę drzwi czekałam, aż się otrząśnie.

– Ja pierdolę – zaczęła z wdziękiem. – Wyglądasz jak rasowa suka. Dokąd się wybieramy?

– No właśnie tu jest problem, bo ja muszę pojechać na spotkanie z Emi.

Zdjęłam z oczu ciemne okulary.

– Chciałam cię zapytać, czy masz ochotę jechać ze mną.

Normalnie postawiłabym Olo przed faktem dokonanym, ale ponieważ wiedziałam, że Emi jest byłą dziewczyną Domenico, nie chciałam na nią naciskać. Siedziała w łóżku, krzywiąc się i wzdychając, ale w końcu wstała i powiedziała bez emocji:

– Oczywiście, że jadę. Nie wiem czemu przyszło ci do głowy, że puściłabym cię samą.

Zdążyłam się spocić, kilka razy rozebrać i ubrać, zanim moja przyjaciółka wreszcie była gotowa. Widać było, że nie szykowała się na zwykłe wyjście, ale na modową wojnę bez słów. Tym bardziej zaskoczył mnie jej wybór. Wyglądała... normalnie. Dżinsowe boyfriendy od Versace, biały T-shirt i szpileczki Louboutina w kolorze pudrowego różu. Na ramiona zarzuciła mocno ostentacyjne futro, a szyję obwiesiła złotem.

– Idziemy? – zapytała, mijając mnie, a ja wybuchnęłam śmiechem.

W swoich cieniowanych oprawkach od Prady wyglądała trochę jak Jennifer Lopez w teledysku do *Love Don't Cost a Thing*. Wzięłam torbę i ruszyłam za nią.

Oczywiście zaanonsowałam się wcześniej, aby Emi nie była zdziwiona na mój widok. Pokrótce wyjaśniłam jej też, o co chodzi. Nie była to dla niej nowość. Massimo już zimą rozmawiał z nią o pomocy w rozkręceniu mojego biznesu.

Weszłyśmy do pięknego atelier, a Olga ostentacyjnie rozdarła się „cześć". Jednak nikt jej nie odpowiedział. Walnęłam ją w ramię. Uznałam, że takie radosne powitanie nie pasuje do sytuacji. Wtedy drzwi na końcu pomieszczenia otworzyły się i przez próg przeszedł Bóg. Obydwie jak zahipnotyzowane patrzyłyśmy na mężczyznę w czarnych, luźnych spodniach, który boso i z kubkiem w ręku szedł w stronę wielkiego lustra. Z otwartymi ustami i w absolutnej ciszy tkwiłyśmy tak, przesuwając wzrok za muskularną sylwetką. Długie, czarne włosy niedbale opadały mu na umięśnione, ciemne ciało. Przegarnął je ręką i odwrócił się, a wtedy jego spojrzenie padło na nas. Stał tam, popijając z kubka, i uśmiechał się wesoło. A my jak te kołki tkwiłyśmy wrośnięte w ziemię swoimi drogimi butami.

– Cześć – usłyszałam radosny głos Emi i otrząsnęłam się z amoku. – Widzę, że poznałyście już Marco. Półnagi Adonis machnął do nas ręką.

– Moja nowa zabaweczka – stwierdziła Emi, klepiąc go w pośladek. – Siadajcie, zjecie coś, napijemy się wina? To może nam trochę zająć.

Byłam zdziwiona jej cudownym nastrojem, a tym bardziej stosunkiem do Olgi, który był absolutnie żaden. Zupełnie nie obeszło jej, że Domenico wybrał moją przyjaciółkę, ale patrząc na długowłosego Boga, który co jakiś czas przechodził przez pokój, domyślałam się dlaczego.

Po kilku godzinach rozmów, lunchu i wypiciu trzech butelek wina musującego Emi rozparła się w pluszowym fotelu i zaczęła masować skronie.

– Wybrałaś projektantów z akademii sztuk pięknych, z którymi chcesz pracować – powiedziała – ale wciąż pozostaje sprawa castingu. Wiesz, nie z każdym musi dobrze ci się tworzyć. Myślę, że najlepszym zadaniem dla nich będzie projekt czegoś, co ma symbolizować twoją markę.

Zanotowała coś na zabazgranej kartce.

– Kolejni na liście są ci od butów. Ale wiem, że masz już wizję, jak ich testować.

Emi uśmiechnęła się i pokiwała głową. Dobrze znała moją wielką miłość do butów.

– Ze szwalniami spotkamy się w tym tygodniu i zacznę uczyć cię, o co tam chodzi, jak patrzeć na szwy i bla bla bla. Będzie trzeba też polecieć na kontynent, żeby spotkać się z producentami tkanin.

Sięgnęła po kieliszek.

– Czy ty zdajesz sobie sprawę, ile roboty nas czeka? – spytała z uśmiechem.

– A czy ty zdajesz sobie sprawę, jak będziesz bogata, jeśli to się uda?

– I właśnie dlatego, że kiedyś chcę kupić sobie wyspę, jestem gotowa się poświęcić.

Uniosła wysoko rękę i przybiła mi piątkę.

Kolejne tygodnie były najbardziej intensywnym czasem mojego życia. Faktycznie mój terapeuta miał rację, mówiąc, że wcześniej się po prostu nudziłam. Mimo że po objawach depresji nie było już śladu, nadal chodziłam do niego dwa razy w tygodniu. Tak dla pewności, żeby pogadać.

Poświęciłam się pracy. Nie sądziłam, że branża, na której prawie zupełnie się nie znałam, może dać mi tyle satysfakcji. Moda to było jedno, a tworzenie firmy, która miała przynosić zyski, to zupełnie co innego. Ogromnym plusem całej sytuacji był fakt, że za sprawą działalności mojego męża byłam obrzydliwie bogata. Dzięki temu mogłam wszystko rozwijać bardzo szybko, zatrudniać kolejne osoby i nie zastanawiać się nad kosztami.

Massimo też wszystko to bardzo pasowało. Zwłaszcza że nienawidził mojego gderania, kiedy kolejne kreski kokainy przenikały do jego organizmu. Już nawet nie próbował się z tym kryć. Pił, ćpał i sporadycznie mnie zaspokajał. Nie znałam go z tej strony, choć z opowieści, które kiedyś słyszałam, wynikało, że po prostu wrócił do starych nawyków.

Był taki wieczór, kiedy wróciłam z pracowni, ledwo widząc na oczy. Byłam przekonana, że Czarny wyjechał. Wcześniej słyszałam jego rozmowę z Mario, który nalegał, by Don pojawił się na jakimś spotkaniu. Od pewnego czasu przyzwyczaiłam się, że żyjemy osobno. Rozmawiałam o tym z terapeutą. Mówił, że to minie. I że Massimo w ten sposób trawi ból po utracie dziecka, więc muszę uszanować jego żałobę. Poza tym uważał, że Czarny nadal bije się z myślami, czy moje bycie z nim nie jest dla mnie zbyt niebezpieczne. A to oznaczało, że walczył z własnym egoizmem. Przekaz doktora Garbiego był krótki: jeśli chcesz go odzyskać, puść go wolno. Tylko wtedy wróci do ciebie taki, jakim był dla ciebie kiedyś.

Dzięki pracy, w którą uciekłam od głupich myśli, nie miałam problemu z wolnym czasem, bo zwyczajnie go nie miałam. Tego wieczoru także byłam umówiona na spotkanie biznesowe, i to na moje nieszczęście w Palermo.

Wpadłam do domu jak huragan, niemal biegnąc przez korytarze i tratując napotkanych ludzi. Za półtorej godziny miałam samolot. Włosy zrobiłam w pracowni, dzięki temu, że mój ukochany stylista był na każde zawołanie, a sukienkę – no cóż, byłam właścicielką marki odzieżowej.

Jedna z moich projektantek, Elena, była niezwykle uzdolniona. Bardzo faworyzowałam jej projekty, ale w pełni na to zasługiwały. Były proste, klasyczne, delikatne i bardzo kobiece. W niczym nie przesadzała. Wolała raczej dopełnić kreacje dodatkami niż zrobić coś, co przytłoczy projekt. Uwielbiałam wszystko, co wyszło spod jej maszyny, od zwykłych koszulek po suknie z trenem. I właśnie jedną z takich sukien miałam dziś założyć.

Prosta, czarna góra bez ramiączek, rozkloszowana od tali aż do ziemi, w czarno-białe pasy, cięta z koła, spektakularna, szeroka forma, która mimo swojej wielkości była lekka i powiewała, kiedy szłam. Ale w tej chwili biegłam, trzymając ją na wieszaku ze świadomością, że mam pół godziny na prysznic i makijaż.

Dobrze, że mój fryzjer upiął mi wysoko włosy, bo gdyby postawił na lekkie loki, po kąpieli w tym tempie miałabym na głowie siano. Tym razem jednak bardziej przypominałam ul niż fale oceanu, więc wszystko się zgadzało. Zrzuciłam z siebie jasną tunikę i w samej bieliźnie, niemal przewracając się o ściągane buty, wpadłam do garderoby. Zdjęłam majtki i stanik, a potem cały czas w biegu pobiłam rekord świata w szybkości mycia. Wyglądałam jak obłąkana.

Nie było czasu na wycieranie, więc stwierdziłam, że nabalsamuję się na mokre ciało, a w trakcie malowania wszystko się wchłonie. Jak pomyślałam, tak zrobiłam. Kiedy usiłowałam się pomalować, z precyzją snajpera niemal wydłubałam sobie oko czarną kredką.

– Jakiś, kurwa, żart – mamrotałam, doklejając sztuczne rzęsy i zerkając na zegarek. Przecież to ja jestem Laura Torricelli, to na mnie powinno się czekać. A jednak to ja się spieszę – pokręciłam głową. – Bez sensu!

Wcisnęłam się w sukienkę i stanęłam przed lustrem. Właśnie tak miałam wyglądać. Byłam już odrobinę opalona, wróciłam do ćwiczeń, więc moje ciało znowu wyglądało zdrowo, a po bliznach operacyjnych niemal nie było śladu. Laser może nie był najprzyjemniejszym zabiegiem, natomiast nie dało mu się odmówić skuteczności. Najważniejsze jednak było to, że znowu byłam sobą. A nawet więcej, byłam lepszą wersją siebie.

Chwyciłam czarną kopertówkę wysadzaną kryształami i zapakowałam torbę. Wiedziałam, że zostanę w Palermo na noc. Usłyszałam, jak drzwi na dole zamykają się za kimś. Mój czas się skończył.

– Jestem na górze – krzyknęłam. – Weź, proszę, torbę, która leży w sypialni.

Krzyknęłam do kierowcy, chociaż wciąż go nie widziałam, i pobiegłam do łazienki zlać się litrem perfum. – Mam nadzieję, że zdążymy, bo nie mogę...

Urwałam i stanęłam jak wryta. Przede mną wyrósł Massimo. Ubrany w szary smoking tkwił naprzeciwko mnie i nie odzywał się nawet słowem. Jego szczęki zaciskały się, kiedy badał wzrokiem każdy centymetr mojego ciała. Dobrze znałam to spojrzenie i wiedziałam, że na to, czego on chce, ja nie mam ani ochoty, ani czasu.

– Myślałam, że to kierowca – powiedziałam, usiłując przecisnąć się obok niego. – Mam za godzinę samolot – warknęłam zirytowana.

– Jest prywatny – powiedział spokojnym głosem i nawet o centymetr nie przesunął się w bok.

– Mam bardzo ważne spotkanie z panem…

W tym momencie Czarny jednym wprawnym ruchem złapał mnie za szyję i przygwoździł do ściany. Wtargnął językiem do moich ust. Lizał mnie i ssał, obejmując wargami, a ja czułam, jak moja siła woli i chęć na biznesowe spotkanie słabnie.

– Jeśli ja zechcę, on będzie na ciebie czekał do przyszłego roku – wydusił między pocałunkami.

Omamiona tym niecodziennym doznaniem, które jeszcze kilka miesięcy temu było tak zwyczajne, poddałam się. Smukłe palce Dona rozpięły suwak, uwalniając moje ciało z ciasnej sukienki, która opadła na podłogę. Uniósł mnie nieco, wyciągając z niej, i ubraną jedynie w stringi i szpilki przeniósł na taras. Była druga połowa kwietnia, na dworze nie było upału, ale nie było też zimno. Morze szumiało, od brzegu wiał słony wiatr, a mnie się wydawało, że cofam się w czasie. Nie było już istotne spotkanie, firma i negocjacje. Massimo stał przede mną, jego źrenice zalewały oczy i już nic się nie liczyło. Jego dłonie objęły moją twarz i na powrót przywarł do mnie w namiętnym pocałunku. Wplotłam palce w jego aksamitne włosy i upajałam się smakiem tego niezwykłego mężczyzny. Przesuwałam je w dół jego szyi, aż dotarłam do pierwszego guzika w koszuli. Drżącymi dłońmi zaczęłam go rozpinać, ale chwycił moje ręce i unieruchomił je. Łapiąc jedną dłonią za kark, a drugą za pośladki, posadził mnie na sobie i ruszył w stronę leżanki. Położył mnie i patrząc mi głęboko w oczy, oblizał dwa palce, które za chwilę bez żadnego ostrzeżenia wsadził głęboko we mnie. Jęknęłam zaskoczona bolesnym, a jednocześnie przyjemnym doznaniem, a on tylko uśmiechnął się blado. Powoli nadał rytm swojemu nadgarstkowi, nie odrywając ode mnie zimnego wzroku. Był jak opętany, a w jego spojrzeniu nie było nawet krzty czułości. Co chwilę oblizywał moje wargi. Widział w moim spojrzeniu, że jego palce sprawiają mi zarazem ból i rozkosz. Delektował się ich smakiem, gdy wyciągał je i wkładał z powrotem, nadając dłoni bezlitosne tempo. Dyszałam i wiłam się pod jego dotykiem, a gdy uznał, że jestem wystarczająco gotowa, przekręcił mnie na brzuch i nabił na siebie. Jego twardy, gruby kutas był dla mnie jak ukochany narkotyk. Czując go w sobie, natychmiast doszłam. Głośno i długo krzyczałam, a on gryzł moje ramię, napierając coraz mocniej biodrami. Unosił moją pupę coraz wyżej, aż wreszcie wyprostował się, klęcząc za mną. Na mój pośladek spadł pierwszy klaps, a jego echo rozeszło się po ogrodzie. Nie miało dla mnie znaczenia, że jego ludzie nas słyszą. Wreszcie znowu go czułam, a on pieprzył mnie z tą swoją niepohamowaną dzikością. Po chwili poczułam, jak jego dłoń kolejny raz trafia w to samo miejsce. Wrzasnęłam głośniej, a on stłumił dźwięk, wsadzając mi palce do ust. Kiedy je wyciągnął, pochylił się i mocno wcierał ślinę w pulsującą łechtaczkę.

– Mocniej – warknęłam, czując, że kolejny orgazm wisi tuż nade mną. – Pieprz mnie mocniej.

Zęby Massimo zaczęły zgrzytać tuż za moim uchem, a jego uderzające w moje pośladki biodra nabrały jeszcze większej mocy. Dłonie przesunął mi na piersi i zaczął mocno zaciskać palce na twardych sutkach. Ból mieszał się z podnieceniem, a zimny pot zalewał moje ciało. Cała drżałam i czułam, że finał jest bliski. Wtedy wybuchł, prowadząc mnie ze sobą na sam szczyt. Nie zwalniał, krzyczał i uderzał miednicą w moją pupę tak długo, aż nogi odmówiły mu posłuszeństwa. Wtedy opadł na mnie, a jego ciepły, odbijający się na mojej szyi oddech sprawiał, że wciąż czułam orgazm.

Leżeliśmy tak przez kilka minut, aż bez ostrzeżenia wyszedł ze mnie, zostawiając po sobie pustkę. Zapiął rozporek. Czekałam na to, co zrobi, ale on tylko stał i patrzył. Napawał się widokiem mojego zbezczeszczonego przyjemnością ciała.

– Jesteś taka krucha – wyszeptał. – Taka piękna… Nie zasługuję na ciebie.

Słysząc to, ścisnęło mi się gardło. Na chwilę schowałam twarz w materacu. Obawiałam się, że zacznę płakać. Kiedy podniosłam wzrok, by popatrzeć na niego, byłam sama. Usiadłam na leżance wściekała i obolała. Poszedł sobie. Tak po prostu odszedł ode mnie.

Znów chciało mi się płakać, ale tylko przez moment, bo później ogarnęło mnie przedziwne uczucie spokoju. Owinęłam się kocem, który wisiał na oparciu fotela, i podeszłam do balustrady. Czarne morze zapraszająco szumiało, a wiatr pachniał najcudowniej na świecie. Zamknęłam oczy. Przed oczami stanął mi najbardziej niechciany i – sądziłam, że zapomniany już obraz – Nacho grillującego w samych dżinsach. Chciałam otworzyć powieki, by to, co widziałam, znikło. Ale było mi tak dobrze... Nie umiałam wyjaśnić tego, co działo się we mnie, ale spokój i radość, jakimi napełniało mnie to wspomnienie, powodowały, że łzy odeszły. Westchnęłam, opuszczając głowę.

– Lauro – mój ochroniarz stanął na progu tarasu. – Samochód czeka, samolot też.

Pokiwałam głową i poszłam do garderoby. Musiałam znaleźć moją suknię.

To była tylko jedna z atrakcji, które fundował mi mój mąż, ale zupełnie mnie to nie obchodziło. Seks stał się dla mnie czymś drugorzędnym. Na pierwszym miejscu była moja nowa pasja, moja marka.

– Powinnaś przeczytać ten mail, Lari – powiedziała Olo, wachlując się kartką papieru.

Przyszedł maj, na Sycylii było już bardzo ciepło. Niestety albo na szczęście nie miałam czasu delektować się pogodą, bo prawie nie wychodziłam z biura. Podeszłam do Olo, oparłam się o krzesło, na którym siedziała, i spojrzałam na ekran komputera.

– Co tam jest takiego ważnego? – zapytałam, czytając pierwsze zdania. – O cholera! – krzyknęłam, przepychając ją i siadając na jej miejscu. To było zaproszenie na targi mody w Portugalskim Lagos. Jakim cudem? – pomyślałam. Mail wyjaśniał pokrótce, co to za impreza. Wystawiali się tam europejscy projektanci, nowe marki modowe i producenci tkanin. Idealna impreza dla mnie – pomyślałam, klaszcząc w dłonie i podskakując.

– Olka! – obróciłam się do niej. – Lecimy do Portugalii.

– Chyba ty – warknęła, pukając się w głowę. Ślub mam za dwa miesiące, pamiętasz o tym jeszcze?

– No i co? – skrzywiłam się, parodiując jej minę. – Może chcesz mi powiedzieć, że masz na głowie przygotowania albo narzeczonego?

Chciała coś powiedzieć, ale uniosłam palec.

– Albo sukienkę? – wskazałam dłonią na spektakularną kreację z białej tkaniny, która naciągnięta na manekin stała w rogu. – Masz jeszcze jakieś wymówki?

– Jak się nie będę regularnie ruchać, to nie dochowam wierności mężowi, bo Portugalczycy są zajebiści – zaśmiała się, jakby nagle doznała olśnienia. – Więc aż do wyjazdu będę go rżnęła kilka razy dziennie. Może wtedy uda mi się utrzymać w ryzach.

– Oj, przestań. To tylko weekend. Poza tym popatrz na mnie. Mój mąż wsadza we mnie od przypadku do przypadku i w dodatku robi to tylko wtedy, kiedy on ma na to ochotę – wzruszyłam ramionami. – Ale wiesz… jak już wsadza…

Pokiwałam głową z uznaniem.

– Niech zgadnę: gadacie o seksie – powiedziała Emi, wchodząc do pokoju.

– I tak, i nie. Dostałyśmy zaproszenie na targi do Lagos.

Zatańczyłam wesoło.

– Wiem, widziałam. Ja nie mogę jechać.

Skrzywiła się i opadła na swój fotel.

– O, jakże mi przykro – wybełkotała po polsku Olga.

Skarciłam ją wzrokiem.

– Milcz – warknęłam do niej przez zęby i zwróciłam się do Emi. – Nie pojedziesz z nami?

– Niestety, mam już zaplanowany ten weekend. Rodzinne spotkanie.

Ostentacyjnie przewróciłam oczami.

– Bawcie się dobrze.

– Impreza! – powtarzała Olo, podśpiewując. – Impreza!

Popukałam się w głowę i usiadłam przed monitorem, przeglądając resztę maili.

Następne dwa dni przeleciały mi przez palce. Byłam zajęta pracą i przygotowaniami do wyjazdu. Elena w ekspresowym tempie uszyła dla mnie suknię na bankiet, który miał się odbyć w sobotę, oraz kilka niezobowiązujących kreacji na pozostałe trzy dni. Chciałam, by wszystko utrzymane było w kolorach ziemi, neutralne, bez wzorów i zbędnych zdobień. Ale młoda projektantka sprzeciwiła się temu, serwując mi zachwycającą, krwistoczerwoną suknię z trenem, bez pleców i z mocno wyciętym, marszczonym przodem.

– Cycki – powiedziałam, kiedy nakładała na mnie gotową rzecz. – Trzeba mieć do tego cycki.

– Bzdura – zachichotała, upinając ostatnie szpilki. – Pokażę ci coś – powiedziała, wyciągając z szuflady przezroczyste plastry. – Przykleimy ci te biszkopty tak, że po pierwsze będą trzymać się na swoim miejscu, a pod drugie uniosą się i zrobią większe. Przynajmniej optycznie, no, weź ręce na boki.

Faktycznie, po tym, jak przykleiła mi do ciała przedziwne wkładki, mój biust nagle zaczął wyglądać ekstra. Zachwycona obserwowałam, jak sukienka idealnie opina moje ciało, a jej wszystkie załamania dopasowują się do sylwetki. Kolor, mimo że na początku nie byłam do niego przekonana, idealnie współgrał z moimi włosami, oczami i opalenizną. Wyglądałam po królewsku.

– Wszyscy będą się na ciebie gapić – powiedziała Elena z dumą. – I o to chodzi. Ale nie panikuj, resztę ciuchów uszyłam tak, jak chciałaś.

– Bezczelna jesteś. – Obracałam się, nie mogąc uwierzyć, jak świetnie wyglądam. – To ja cię zatrudniam, musisz mnie słuchać – wydusiłam ze śmiechem, kiedy wbijała kolejną szpilkę.

– Tak, tak, mogę próbować, jeśli chcesz. – Wyjęła z ust ostatnią. – A teraz zdejmuj suknię, muszę jeszcze popracować nad detalami.

Godzinę później zapakowana w trzydzieści papierowych toreb byłam gotowa do podróży. W pierwszym odruchu usiłowałam sama zabrać się z nimi do samochodu, ale po piętnastej nieudanej próbie dałam sobie spokój i zadzwoniłam po kierowcę, który czekał na dole. Widząc pomięte i na wpół rozdarte torby, popatrzył na mnie i popukał się w głowę. Potem chwycił pakunki. Wzruszyłam ramionami i czując się pokonana przez kilogramy ciuchów, ruszyłam za nim.

Lot miałam zaplanowany na wieczór, bo cała impreza startowała w piątek rano, a ja nie chciałam, by cokolwiek mnie ominęło. Planowałam wyspać się, zrobić na bóstwo i ruszyć podbijać serca europejskich kontrahentów. Oczywiście, jak to zwykle z Olgą, planowałyśmy też ostrą najebkę, a że pogoda w Lagos sprzyjała imprezom, postanowiłam również nieco odpocząć. Zasługiwałam na odrobinę wytchnienia, dlatego apartament w hotelu zarezerwowałam od razu na tydzień. Przez myśl przeszło mi nawet, żeby poinformować o tym Massimo, ale akurat go nie było. Mój Boże, co za strata – pomyślałam, wkładając do walizki kolejne bikini. W trakcie mojej przygody ze światem mody okazało się, że ja też potrafię coś zaprojektować. Nie było jednak mowy o uszyciu. Najlepiej wychodziła mi bielizna i właśnie stroje kąpielowe. Zaopatrzona w kilkadziesiąt kompletów domknęłam ostatnią torbę.

– Wyprowadzamy się? – Olo opierała się o futrynę drzwi do garderoby i gryzła jabłko. – Czy może jakiś mały kraj potrzebuje odziać cały naród? – Uniosła z rozbawieniem brwi, przeżuwając kolejny kawałek. – Na chuj ci to wszystko?

Usiadłam po turecku, skrzyżowałam ręce na piersiach i spiorunowałam ją wzrokiem.

– Ile par butów wzięłaś?

Szukała odpowiedzi, patrząc w sufit.

– Siedemnaście. Nie, dwadzieścia dwie. No, a ty, ile wzięłaś?

– Z klapkami czy bez?

– Z klapkami to ja wzięłam trzydzieści jeden.

Olo wybuchnęła śmiechem.

– A widzisz, hipokrytko.

Pokazałam jej środkowy palec.

– Po pierwsze przede wszystkim lecimy na imprezę…

– Przynajmniej jedną – zaśmiała się Olo.

– Przynajmniej jedną – potwierdziłam. – A po drugie jest szansa, że zostaniemy tam tydzień, a może dłużej. A po trzecie przecież nie będę tego ciągle nosiła w rękach. Chcę mieć wybór, czy to takie straszne?

– Tragedia polega na tym, że ja chyba mam więcej bagaży. – Olo nerwowo poruszała głową. – Czy ten nasz odrzutowiec ma limity ciężaru?

– Pewnie ma, ale myślę, że spokojnie się w nim zmieścimy. – Kiwnęłam na nią palcem. – Chodź tu i przygnieć, walizka mi się nie domyka.

Nauczona doświadczeniem łyknęłam kilka lampek wina i dobrze zakręcona wsiadłam do samolotu. Jeszcze nie usadowiłam się na dobre w fotelu, kiedy zmorzył mnie pijacki sen. Odpłynęłam.

Półprzytomna i z kacowymi suchotami przesiadłam się do podstawionego samochodu i rozłożyłam na siedzeniu. Olga była w podobnym stanie, dlatego od razu obie rzuciłyśmy się na wodę mineralną stojącą w podłokietniku. Wciąż była noc, a my niestety już nie byłyśmy pijane.

– Boli mnie dupa – wymamrotała Olga między łykami.

– Od fotela w samolocie? – zdziwiłam się. – Przecież ma regulację.

– Od dymania. Domenico chyba chciał, żebym miała dosyć na cały tydzień.

Ta informacja niemal zupełnie mnie otrzeźwiła. Podniosłam się, jakby mnie ktoś poderwał z fotela.

– To oni byli w rezydencji?

Wytrzeszczyłam oczy ze zdziwienia.

– No byli, cały dzień. Ale później gdzieś pojechali. – Olga się skrzywiła. – Co, nie przyszedł do ciebie?

– Nie – pokręciłam przecząco głową. – Mam już tego dość. Przez połowę naszego małżeństwa on zachowuje się, jakby mnie nienawidził. Znika na wiele dni, ja nie wiem, co robi, odbiera telefon albo i nie.

Popatrzyłam na nią.

– Wiesz co, to chyba już się nie naprawi – szepnęłam. Do oczu napłynęły mi łzy.

– A możemy o tym pogadać, pijąc drinki na plaży?

Pokiwałam głową i wytarłam pierwszą kroplę płynącą po moim policzku.

ROZDZIAŁ 6

Przeciągnęłam się i sięgnęłam po pilota od zasłon. Nie chciałam porazić wzroku blaskiem słońca, więc nerwowo naciskałam guzik, żeby tylko odrobinę je uchylić. Przez szparę, która w nich powstała, do pokoju wdarł się strumień światła – pozwalał mi przyzwyczaić się do tego, że jest już dzień. Rozglądałam się po apartamencie, odganiając resztki snu. Był nowoczesny i stylowy, wszystko wyglądało w nim na sterylne, białe i nieprawdopodobnie zimne. Jedynie poustawiane niemal wszędzie czerwone kwiaty nadawały wnętrzu odrobinę ciepła.

Nagle rozległo się pukanie do drzwi.

– Otworzę.

Wrzask Olo już całkowicie mnie obudził.

– To śniadanie, rusz dupę, bo już późno.

Mamrocząc przekleństwa i groźby karalne pod adresem mojej nazbyt pobudzonej przyjaciółki, ruszyłam w stronę łazienki.

– Kakao – postawiła przede mną szklankę.

– Ratunek – stwierdziłam i wypiłam duszkiem. – Jezu, jakie to dobre. O której mamy fryzjera?

– Już!

W tym samym momencie znowu ktoś zastukał do drzwi. Przewróciłam oczami, bo nie lubiłam się spieszyć, ale ostatnio pośpiech to było moje drugie imię. Pokazałam jej na palcach, by dała mi dwie minuty, i pobiegłam pod prysznic.

Dwie godziny i dziesięć litrów mrożonej herbaty później byłyśmy gotowe. Długie, ciemne włosy miałam związane w niedbały kok, z którego wypadały niesforne kosmyki. Wyglądałam, jakbym dopiero wstała z łóżka po naprawdę dobrym seksie. Włożyłam białe, lniane, wysokie spodnie i krótką bluzkę do kompletu, która delikatnie pokazywała mój umięśniony brzuch. Wsunęłam na stopy srebrne szpilki od Toma Forda i dobraną do nich kopertówkę, którą uszył mi jeden z moich projektantów. Była kwadratowa, piękna i niezwykle stylowa. Wcisnęłam na nos okulary i stanęłam w drzwiach sypialni Olo.

– Samochód już czeka – powiedziałam zalotnie, a ona aż zagwizdała.

– No to ruszajmy na podbój rynku – zakręciła biodrami i chwyciła mnie za rękę.

Spodziewałam się, że będziemy najlepiej ubranymi osobami na targach, jednak przeliczyłam się. Niemal wszystkie kobiety zrobiły tego poranka dokładnie to samo co my. I wszystkie wyglądały jak wycięte z „Vogue'a". Wymyślne fryzury, przedziwne stroje i makijaże. Dziewczyna, która zaprosiła mnie na tę imprezę, oprowadzała nas i przedstawiała kolejnym osobom, z którymi wymieniałam uwagi i wizytówki. Zwłaszcza na Włochach moje nazwisko robiło ogromne wrażenie. Ale mnie mocno ciążyło, bo zdawałam sobie sprawę, że ich głupkowate uśmieszki mówią: to dupa tego gangstera. Olewałam ich. Nie mogłam zaprzeczyć, że start zawdzięczam mężowi, ale teraz pięłam się w górę wyłącznie dzięki swojej determinacji. Ta myśl trochę dodawała mi sił.

Obejrzałyśmy kilka pokazów, zanotowałam nazwiska trzech projektantów i było już prawie po południu. Nieco zmęczone oparami blichtru unoszącymi się w snobistycznym świecie mody postanowiłyśmy się przewietrzyć. Dzień był cudownie ciepły, a długa promenada ciągnąca się wzdłuż brzegu oceanu zachęcała do spacerów.

– Przejdźmy się – klepnęłam w plecy Olo. Wzruszyła ramionami, ale w końcu poszła za mną.

Oczywiście Massimo nie byłby sobą, gdyby nie wysłał za mną ochrony, więc troglodyci z brylantyną na głowie jechali dziesięć na godzinę, by nam towarzyszyć. Szłyśmy, rozmawiając o głupotach i oglądając ponętnych Portugalczyków. Wspominałyśmy dobre czasy wolności, a Olga niemal ze łzami w oczach obcinała kolejne ciacha.

W końcu doszłyśmy do miejsca, gdzie na plaży kłębiły się tłumy. Zainteresowane stanęłyśmy, opierając się o murek. Nad oceanem odbywała się jakaś impreza albo zawody pływackie. Ściągnęłam buty i usiadłam na kamiennej ściance oddzielającej nas od piachu. Wtedy dojrzałam główki wystające z wody. Ludzie z deskami siedzieli, czekając na fale. Jedni pływali, inni relaksowali się na plaży. A więc to zawody surferskie. W żołądku poczułam kamień, a serce zaczęło galopować na wspomnienie Teneryfy. Uśmiechnęłam się, opierając brodę o kolana, i delikatnie pokręciłam głową. Wtedy dobiegający z megafonu, mówiący po angielsku głos sprawił, że przestałam oddychać.

– Powitajmy teraz aktualnego mistrza, oto Marcelo Matos.

Przełykałam ślinę, ale było jej zbyt mało, więc przez chwilę miałam wrażenie, że zaraz zwymiotuję. Skamieniałam i w lekkiej panice przeczesywałam wzrokiem tłum stojący kilkanaście metrów ode mnie. I nagle jest, kolorowy chłopiec wbiegał z deską do wody, a jego odblaskowe spodnie świeciły w słońcu jak latarka nocą. Zakręciło mi się w głowie. Poczułam mrowienie w palcach. Wiem, że Olga coś do mnie gadała, ale ja słyszałam tylko głuchą ciszę i widziałam tylko jego. Wytatuowane ciało opadło na deskę. Marcelo zaczął wiosłować w stronę fal. Chciałam uciec, bardzo chciałam, ale moje mięśnie przestały mnie słuchać, więc tylko siedziałam i gapiłam się na niego.

Kiedy wskoczył na pierwszą falę, poczułam, jakby ktoś walnął mnie w głowę. Był taki doskonały. Jego pewne i dynamiczne ruchy sprawiały, że deska robiła to, co chciał. Wyglądało to, jakby cały ocean należał do niego, a woda słuchała wszystkich poleceń, jakie wydawał. Chryste Panie, modliłam się w duchu o to, by był to tylko sen i żebym za chwilę otworzyła oczy w innej rzeczywistości. Ale niestety to wszystko działo się naprawdę. Na moje szczęście po kilku minutach było już po wszystkim. Na brzegu rozległy się gromkie brawa.

– Idziemy – wrzasnęłam, plącząc się we własne nogi, przez co runęłam z hukiem na plecy.

Olga patrzyła na mnie z idiotycznym wyrazem twarzy, a po chwili wybuchnęła śmiechem.

– Co ty robisz, debilu?

Stanęła obok mnie, kiedy siedziałam na chodniku oparta plecami o murek, żeby się za nim ukryć.

– Czy koleś w tych świecących spodniach wyszedł już z wody?

Olga zerknęła w stronę oceanu.

– Właśnie wychodzi. – Cmoknęła kilka razy. – Dobry towar.

– Boże kochany, ja pierdolę – mamrotałam, nie mogąc się ruszyć.

– Co z tobą? – zapytała kolejny raz, lekko już przerażona, i uklękła obok mnie.

– To… to… – dukałam. – To jest Nacho.

Jej oczy przypominały teraz dwie monety, a ich średnica rosła z każdą chwilą.

– To jest ten koleś, który cię porwał? – Wyciągnęła palec w jego stronę, ale ja pociągnęłam ją w dół.

– Jeszcze zacznij machać flagą, żeby nas zobaczył.

Schowałam twarz w dłoniach.

– Co robi? – wyszeptałam tak cicho, jakbym się bała, że może mnie usłyszeć.

– O, wita się z jakąś dupą. Tuli ją i całuje. Boże, jak mi przykro.

Aż za dobrze słyszałam sarkazm w jej głosie.

– Dziewczyna?

Poczułam, jakby ktoś kopnął mnie w brzuch. Boże, co się ze mną dzieje. Resztkami sił zmusiłam się, żeby odrobinę wstać i wyjrzeć zza murka. Faktycznie, Nacho obejmował zgrabną blondynkę, która wesoło podskakiwała. Nagle dziewczyna obróciła się nieco i odetchnęłam z ulgą.

– To Amelia. Jego siostra.

Na powrót opadłam na kamienny chodnik. Olo usiadła obok i zrobiła minę, jakby się zastanawiała.

– Znasz jego siostrę? – skrzywiła się. – Może jeszcze innych członków rodziny?

– Musimy stąd uciekać – wyszeptałam.

Patrzyłam na moich ochroniarzy, którzy nie bardzo wiedzieli, co mają robić, i zastanawiałam się, jakim cudem doszło do tego spotkania.

Ukochana przyjaciółka patrzyła na mnie oskarżycielsko, a ja nie miałam jej nic mądrego do powiedzenia. Mrużyła oczy i grzebała patyczkiem w szczelinach między kamieniami, na których siedziałyśmy.

– Spałaś z nim – stwierdziła pewnym głosem.

– Nie! – wrzasnęłam oburzona.

– Ale chciałaś.

Popatrzyłam na nią.

– Może… Przez chwilę… – wyjęczałam i oparłam czoło o nasze schronienie. – Jezu, Olo, on tu jest.

Schowałam twarz w dłoniach.

– Nie da się ukryć.

Myślała dłuższą chwilę. W końcu powiedziała:
– Chodźmy już, on nie zwróci na nas uwagi. Przecież nie ma pojęcia, że tu jesteś.

Modliłam się, by miała rację. Założyłam buty i uniosłam się nieco, spoglądając w stronę plaży. Nie było go. Przyjaciółka chwyciła mnie za rękę i zasłaniając sobą, pociągnęła w stronę samochodu.

Dopiero kiedy usiadłam na fotelu pasażera, poczułam się bezpieczna. Oddychałam głęboko, czując, jak strugi potu ściekają mi po plecach. Musiałam wyglądać naprawdę słabo, bo moja ochrona zapytała, czy wszystko w porządku. Zrzuciłam to na stres i pogodę i machnęłam ręką, żeby ruszali. Potem obróciłam głowę w stronę szyby. Szukałam go w tłumie ludzi na plaży, chciałam go zobaczyć raz jeszcze.

Wtedy rozległo się trąbienie, samochód zahamował, a ja prawie wybiłam zęby o siedzenie pasażera. Kierowca krzyczał coś do faceta w taksówce, który mu zajechał drogę, a ten wysiadł z samochodu, wymachując rękami. I wtedy za szybą zobaczyłam Nacho, a mój świat się zatrzymał. Zagryzałam wargi i patrzyłam, jak podchodzi do swojego samochodu. Pochylił się i wyciągnął ze schowka telefon. Przeglądał w nim coś przez chwilę i wtedy, zainteresowany kłótnią, podniósł wzrok. Nasze oczy się spotkały, a ja zamieniłam się w kłodę. Stał i patrzył, jakby nie mógł uwierzyć w to, co widzi. Jego pierś zaczęła się unosić szybciej. A ja? Nie byłam w stanie odwrócić głowy i zwyczajnie się na niego gapiłam. Ruszył w naszą stronę, ale w tym momencie moje auto odjechało, a on zamarł w pół kroku.

Z lekko rozchylonymi wargami odprowadzałam go wzrokiem, a kiedy zniknął, obróciłam się i patrzyłam w tylną szybę. Stał za nią z opuszczonymi wzdłuż ciała rękami. Po chwili zasłonił mi go kolejny samochód.

– Widział mnie – wyszeptałam, ale Olga tego nie usłyszała. Jezu, on wie, że tu jestem.

Bóg był złośliwym dzieciakiem, skoro sprowadził mnie w to miejsce, i to teraz, kiedy wreszcie moje życie zaczęło wyglądać normalnie. Obecność Nacho sprawiła, że wszystko przestało mieć sens, nic już nie było ważne, a demony przeszłości otworzyły sobie na oścież furtkę do mojego umysłu.

– No dobrze – powiedziała Olga, kiedy kelner postawił na naszym stoliku butelkę szampana. Najebmy się, a później chcę usłyszeć całą historię, a nie tylko lakoniczne pierdolenie.

– No to faktycznie, najebmy się.

Wyciągnęłam rękę po kieliszek.

Po dwóch godzinach i hektolitrach alkoholu opowiedziałam jej wszystko ze szczegółami. O talerzu, który potłukłam, o tym, jak mnie uratował, o domku na plaży, nauce pływania, o pocałunku i o tym, jak zastrzelił Flavio. Później gadałam już zupełnie od rzeczy, zwierzając się z tego, co czuję i co myślę, a ona słuchała z nieukrywanym przerażeniem.

– Powiem tak – wybełkotała, klepiąc mnie po ramieniu.

– Ja jestem najebana, ale ty masz przejebane, Lari.

Pokiwała głową, a alkohol wykrzywiał jej twarz.

– Z deszczu pod rynnę. Jak nie sycylijski amant, to wytatuowany Hiszpan.

– Kanaryjczyk.

Pokiwałam kieliszkiem, lekko bujając się na krześle.

– Jeden chuj – stwierdziła, machając ręką, co kelner odebrał jako wezwanie. Kiedy podszedł, popatrzyła na niego zaskoczona.

– O co ci chodzi? – wybełkotała po polsku, a mnie ogarnął głupi śmiech.

– Dama.

Z rozbawienia nie mogłam oddychać.

– Bawimy się jak damy, jak nie damy, to się nie bawimy.

Ubawiona Olga patrzyła na kelnera, a gdy się okazało, że ten nie podzielał jej nastroju, rzuciła po angielsku: – Jeszcze jedną butelkę i Alka-Seltzer.

Odesłała go ruchem głowy.

– Lari – zaczęła, kiedy odszedł. – Mamy jutro ważny bankiet, ale już dziś mogę ci powiedzieć, że będziemy wyglądać jak napuchnięte wodą gówno. Wiesz, takie, co pływa w wodzie, kiedy małe dziecko narobi do basenu.

Śmiałam się jak wariatka, a ona uniosła w górę palec wskazujący.

– To pierwsza sprawa. Druga jest taka, że po alkoholu jestem łatwa, więc nic mądrzejszego niż dymanie nie przychodzi mi do głowy.

Opadła na stolik, a stojące na nim szkło podskoczyło z brzękiem.

Rozejrzałam się konspiracyjnie i odkryłam, że wszyscy gapią się na nas. Nie byłam tym szczególnie zaskoczona, bo faktycznie robiłyśmy niezłą oborę. Usiłowałam usiąść prosto, ale im bardziej się wciskałam w fotel, tym niżej się osuwałam.

– Musimy iść do pokoju – wyszeptałam, pochylając się do niej. – Ale ja nie jestem w stanie. Zaniesiesz mnie?

– Tak! – wykrzyknęła radośnie. – Zaraz po tym, jak ty zaniesiesz mnie.

W tym momencie młody kelner podszedł do stołu i otworzył kolejną butelkę. Nie zdążył jej nawet obrócić, kiedy Olo chwyciła ją i podnosząc się z miejsca, ruszyła w stronę wyjścia. Chociaż „ruszyła" to może zbyt duże słowo, bo częściej cofała się, niż posuwała naprzód. Po wielu minutach wstydu i walki z wirującą przestrzenią dotarłyśmy w końcu do windy. Mimo ciężkiego upojenia alkoholowego w przebłysku świadomości dotarło do mnie, jak wielkie cierpienia czekają mnie jutro. Na myśl o tym cichutko zakwiliłam.

Weszłyśmy do apartamentu, a raczej wpadłyśmy, przewracając się o leżący w holu dywan. Chryste, jeszcze tego brakowało, żebym rozbiła sobie głowę, pomyślałam, uderzając ręką w stojący na środku salonu stolik z kwiatami. Olga wpadła w histerię i turlała się po podłodze, aż napotkała drzwi swojej sypialni. Wczołgała się do środka i radośnie mi zamachała, wijąc się przy tym jak glista. Patrzyłam na nią jednym okiem, trzymając w ręku cudem uratowaną butelkę szampana. Kiedy otworzyłam drugie, widziałam ją potrójnie, więc wolałam jednooką formę przyswajania rzeczywistości.

– Umrzemy – wymamrotałam. – I zaczniemy się rozkładać w tym luksusowym apartamencie.

Szłam, jakbym ciągnęła za sobą nagie stopy. Buty zdjęłam z nich już w restauracji.

– Znajdą nas, kiedy zaczniemy śmierdzieć – mamrotałam. Opadłam na łóżko i wczołgałam się pod kołdrę. Mruczałam zadowolona, kiedy w końcu mościłam się w pościeli.

– Nacho, kochanie, wyłącz światło – powiedziałam, patrząc na siedzącą w fotelu sylwetkę.

– Cześć, dziewczynko.

Wstał i podszedł do łóżka.

– Ale mam zajebiste alkoholowe halucynacje – stwierdziłam rozbawiona. – Choć raczej już śpię i śnisz mi się, a to oznacza, że zaraz będziemy się kochać.

Wiłam się radośnie po łóżku, a on stał nade mną i rozbawiony szczerzył do mnie białe zęby.

– Chcesz się ze mną kochać? – zapytał, kładąc się obok. Zrobiłam mu miejsce.

– Mmm… – mruczałam, nie otwierając oczu. – Marzę o tym i kocham się z tobą we śnie od prawie pół roku.

Usiłowałam ściągnąć gniotące mnie spodnie, ale bez skutku.

Smukłe palce Łysego ściągnęły ze mnie kołdrę. Chwycił nimi guzik, z którym walczyłam. Później delikatnie zsunął je wzdłuż moich nóg i złożył w staranną kostkę. Podniosłam w górę ręce, sygnalizując mu, że teraz czas na bluzkę. Odnalazł suwak na plecach i pozbawił mnie wąskiego topu. Kręciłam się i ocierałam pupą o materac, zapraszając go do zabawy, a on odkładał poskładane ubrania na komodę.

– Bądź taki jak zawsze – szeptałam. – Dziś potrzebuję twojej delikatności, tęskniłam za nią.

Jego usta dotknęły najpierw mojego ramienia, a później obojczyka. To było tylko muśnięcie, ale ciepło dotyku Nacho sprawiło, że poczułam mrowienie na całym ciele. Chwycił kołdrę i nasunął ją na mnie.

– Jeszcze nie dziś, dziewczynko. – Pocałował mnie w czoło. – Ale już niedługo.

Westchnęłam rozczarowana i wcisnęłam głowę między miękkie poduszki. Uwielbiałam te sny.

Poranny kac rozrywał mi czaszkę, a zaraz po tym, jak otworzyłam oczy, zwymiotowałam cztery razy. Sądząc po odgłosach dobiegających z łazienki po drugiej stronie apartamentu, Olga robiła to samo. Wzięłam prysznic i z nadzieją na ulgę łyknęłam znalezione w bagażu tabletki paracetamolu.

Stanęłam przed lustrem i jęknęłam, widząc swoje odbicie. „Źle wyglądasz" to byłby dziś komplement. Wyglądałam, jakby ktoś mnie zmielił, ubił kotleta, zjadł i wydalił. Czasem zapominałam, że nie mam osiemnastu lat, a alkohol to nie woda, której trzeba wypijać co najmniej trzy litry dziennie.

Na miękkich nogach wróciłam do łóżka i położyłam się, czekając, aż tabletka zadziała. Usiłowałam przypomnieć sobie wydarzenia ostatniego wieczoru, ale mój umysł zatrzymał się w restauracji, gdzie zachowywałyśmy się jak rasowe chamki. Grzebałam w zakamarkach pamięci, by znaleźć coś pocieszającego, na przykład zwieńczoną sukcesem wędrówkę do pokoju – ale niestety bezskutecznie.

Sfrustrowana własną nieodpowiedzialnością wzięłam do ręki telefon, by przełożyć fryzjera na późniejszą godzinę. Na odblokowanym ekranie pojawiła się wiadomość wysłana z nieznanego numeru: „Mam nadzieję, że przyśniło Ci się to, czego chciałaś".

Skrzywiłam się i patrząc na wyświetlacz, analizowałam znaczenie SMS-a. I nagle jak puzzle w mojej głowie ułożył się obraz siedzącego w fotelu Kanaryjczyka. Przerażona popatrzyłam w lewo: siedzisko przysunięte było do łóżka. Ból w mojej głowie przybrał na sile, zerknęłam na komodę, gdzie poskładane w kostkę leżały moje rzeczy. Poczułam, jak wypita chwilę wcześniej woda podchodzi mi do gardła. Zerwałam się biegiem w stronę toalety. Po kolejnym bolesnym pozbyciu się zawartości żołądka wróciłam przerażona do sypialni. Zobaczyłam, że na moich białych spodniach leżał mały breloczek z deską surferską.

– To nie był sen – wyszeptałam.

Nogi ugięły się pode mną i padłam na kolana między łóżkiem a komodą.

– On tu był.

Byłam przerażona. Czułam się jeszcze gorzej niż kwadrans temu. Usiłowałam przypomnieć sobie, co dokładnie mówiłam i robiłam, ale mój mózg chyba postanowił chronić mnie przed tym obrazem i nie pozwalał otworzyć szuflady ze wspomnieniem. Leżałam na podłodze, gapiąc się w sufit.

– Umarłaś? – Olo pochyliła się nade mną. – Nie rób mi tego, Massimo mnie zabije, jeśli umarłaś z powodu zatrucia alkoholem.

– Owszem, chcę umrzeć – wymamrotałam i zacisnęłam powieki.

– No wiem, ja też. Ale zamiast agonii proponuję tłuszcz.

Olo położyła się obok mnie tak, by nasze głowy stykały się ze sobą.

– Musimy zjeść dużo tłustych rzeczy, to wytrzeźwiejemy.

– Obrzygam cię.

– Bzdura, już nie masz czym – obróciła na mnie wzrok.

– Zamówiłam śniadanie i dużo mrożonej herbaty.

Leżałyśmy tak, nie mogąc się ruszyć, a ja biłam się z myślami, czy powinna wiedzieć o tym, co zdarzyło się w nocy. Z dywagacji wyrwało mnie pukanie do drzwi, ale żadna z nas nawet nie drgnęła.

– Ja pierdolę – wysapała Olga.

– No właśnie – przytaknęłam w bólu. – Ja się nie ruszam. Poza tym to ty chcesz jeść, więc ciśnij.

Przez posiłek dosłownie brnęłyśmy, zwłaszcza że Olo zamówiła kiełbaski, bekon, jajka smażone, placki. Generalnie tłuszczowo-węglowodanową bombę. Wdzięczna byłam losowi, że spotkania zaczynały się wieczorem, na bankiecie, bo w przeciwnym razie dzień byłby zupełnie bezproduktywny. Byłyśmy w stanie tylko leżeć na tarasie, opalać się nago, i popijać mrożoną herbatę w ilościach przemysłowych. To była jedna z niekwestionowanych zalet naszego apartamentu: taras z widokiem na ocean i surferów. Co prawda z piętra, na którym byłyśmy, wyglądali jak kropki postawione długopisem na kartce, ale świadomość, że on tam może być, pobudzała mnie.

Zastanawiałam się, jak mnie znalazł, jak tu wszedł i przede wszystkim dlaczego, do cholery, nic nie zrobił. Nie dało się ukryć, że dzisiejszej nocy byłam tak łatwa, jak to tylko możliwe. Wystarczyło, by ściągnął mi majtki.

Przypomniała mi się nasza kłótnia w domu na plaży, kiedy powiedział, że chciał mnie tylko wydymać. Wtedy miałam nadzieję, że kłamie. Dziś byłam tego zupełnie pewna. Nie mogłam przestać myśleć o tym, że byłam tak pijana. A najbardziej złościło mnie, że wreszcie był tak blisko, a ja nic z tym nie zrobiłam. Choć w sumie zrobiłam – pozwoliłam mu się rozebrać i zobaczyć niemal nagą.

– O czym myślisz? – zapytała Olo, zasłaniając oczy przed słońcem. – Wiercisz dupą po materacu, jakbyś chciała go wydymać.

– Bo dymam – rzuciłam nonszalancko.

O dziewiętnastej sztab stylistów opuścił pokój, a my nawodnione i poratowane paczką medykamentów stanęłyśmy w salonie. Patrzyłyśmy na siebie z aprobatą, byłyśmy gotowe. Ja w oszałamiającej krwistoczerwonej sukni i Olga w kremowej kreacji bez ramiączek. Obie od moich projektantów – inaczej w ogóle nie miałoby to sensu. Dzisiejsza impreza była bowiem ostatnią, na której mogłam oszołomić talentem swoich ludzi większe grono wpływowych figur z branży.

Moja komórka w maleńkiej torebce zawibrowała i głos w słuchawce oznajmił, że samochód czeka. Rozłączyłam się i kolejny raz zerknęłam na monitor, bo telefon wydał krótki dźwięk. Rozładowywała mi się bateria, a ja nie miałam ładowarki. Zaklęłam w duchu i wsadziłam komórkę z powrotem do torebki.

Zeszłyśmy do samochodu i zapakowałyśmy eleganckie tyłki do limuzyny, która zawiozła nas do lokalu, gdzie odbywał się bankiet.

– Chce mi się browara – wymamrotała Olga, kiedy podawałam zaproszenie człowiekowi stojącemu w wejściu. – Zimnego, gazowanego browara – ciągnęła, rozglądając się na boki.

– Kufel będzie ci idealnie pasował do sukienki – stwierdziłam, omiatając ją wzrokiem. W odpowiedzi wyciągnęła do mnie środkowy palec i zaraz popędziła do baru.

Moja portugalska opiekunka dopadła mnie niczym wygłodniała lwica antylopę. Chwyciła mnie za rękę i pociągnęła w tłum. Byłam nieco zdziwiona jej postępowaniem, bo nikim innym nie opiekowała się tak jak mną. A przecież zaprosiła jeszcze kilka osób. Odpychałam tę myśl, ale gdzieś z tyłu głowy miałam przeświadczenie, że to mój mąż maczał w tym swoje smukłe, gangsterskie paluszki.

Dwie godziny później znałam już chyba wszystkich, których warto było znać. Producentów tkanin, właścicieli szwalni, projektantów, kilka gwiazd z Karlem Lagerfeldem na czele, który z aprobatą pokiwał głową, widząc moją suknię. Myślałam, że padnę albo będę skakała, piszcząc jak nastolatka, jednak zachowałam resztki klasy i jedynie skinęłam głową.

Kiedy ja usiłowałam budować swoje imperium, moja przyjaciółka wlewała w siebie kolejne browary, wesoło szczebiocąc z prześlicznym Portugalczykiem, który ją obsługiwał. Faktycznie, chłopak był zachwycający i ktoś, kto postawił go za barem, zrobił doskonały ruch marketingowy. Niestety ciągły pobyt przy wodopoju skutkował tym, że po niecałych trzech godzinach Olo była ostro nawalona.

– Lauro, to jest Nuno. – Wyciągnęła palec w stronę mężczyzny, który uprzejmie skinął głową i uśmiechnął się do mnie, pokazując cudowne dołeczki w policzkach. – A jak mnie stąd nie zabierzesz, to Nuno, który za godzinę kończy pracę, zerżnie mnie na plaży – bełkotała po polsku, a ja wiedziałam, że tak to się właśnie skończy.

Uśmiechnęłam się czarująco do rozczarowanego Portugalczyka i pociągnęłam zwiotczałe ciało przyjaciółki w stronę wyjścia. Kiedy moja ochrona zobaczyła, co się dzieje, od razu dyskretnie pomogła mi wlec Olgę do samochodu. Niestety, po wyjściu na zewnątrz coś jej się odwidziało i chciała natychmiast wracać.

– Ja to się chyba jeszcze napiję – mamrotała, zataczając się i plącząc w sukni.

– Wsiadaj do samochodu, patolu! – nakazałam, popychając ją w stronę otwartych drzwi.

Ale Olga nie miała najmniejszego zamiaru zapakować do środka swojego sterczącego tyłka. Mój ochroniarz złapał ją i trzymając wierzgającą w objęciach, z wyczekiwaniem patrzył na mnie. Zrezygnowana pokręciłam głową.

– Wsiądź z nią do tyłu i trzymaj, bo inaczej wyskoczy ci w połowie drogi – westchnęłam. – Ja muszę jeszcze porozmawiać z kilkoma osobami.

– Don nie pozwolił, byś pozostawała bez ochrony.

– Daj spokój, nic mi tu nie grozi.

Rozłożyłam ręce, pokazując otoczenie. Plaża, palmy, spokojne morze.

– Zawieźcie ją i wróćcie po mnie.

Obróciłam się i wróciłam do pomieszczenia, z którego kilka zaskoczonych osób śledziło przedstawienie, które urządziłyśmy na zewnątrz.

Brylowałam wśród gości, którzy zaczepiali mnie co chwilę, i popijałam szampana. Tego wieczoru nieszczególnie miałam na niego ochotę, ale mimo kaca smak Moet Rose działał na mnie kojąco.

– Laura? – usłyszałam nagle znajomy głos. Odwróciłam się i zobaczyłam, że przez salę pędzi w moją stronę Amelia.

W mostku poczułam ukłucie, a wypity sekundę wcześniej szampan uderzył mi do głowy. Zachwiałam się na nogach. Dziewczyna chwyciła mnie w ramiona i przytuliła do siebie.

– Przyglądałam ci się już od dobrej godziny, ale dopiero kiedy zobaczyłam twoją ochronę, upewniłam się, że to ty. – Uśmiechnęła się promiennie. – Wyglądasz niesamowicie.

– To fakt...

Dźwięk tego głosu sprawił, że wrosłam w ziemię, a mój oddech zanikł.

– Rzeczywiście wyglądasz oszałamiająco – stwierdził Nacho, wyrastając zza pleców siostry jak duch.

On też wyglądał nieziemsko w jasnoszarym garniturze, białej koszuli i krawacie w kolorze identycznym co marynarka. Jego ogolona głowa lekko połyskiwała, a opalona skóra sprawiała, że zielone oczy świeciły jak lampki choinkowe. Stał poważny, obejmując w pasie siostrę, która cały czas coś mówiła. Nie mam jednak pojęcia co, bo cały świat zniknął, kiedy on stanął przede mną, udając twardego mafiosa. Widziałam już kiedyś tę pozę. To było w dniu, kiedy zostałam postrzelona. A teraz Amelia wciąż trajkotała jak najęta, a my staliśmy zafascynowani sobą.

– Ładny krawat – rzuciłam bez sensu, przerywając Amelii.

Dziewczyna zastygła z otwartymi ustami, po czym zamknęła je, krzywiąc się, kiedy zauważyła, że jest tu absolutnie zbędna.

– Przeproszę was na chwilę – powiedziała i ruszyła w stronę baru.

Staliśmy wciąż wpatrzeni w siebie, zachowując jednak bezpieczną odległość. Nie chcieliśmy zwracać niczyjej uwagi. Rozchyliłam usta, by brać głębsze hausty powietrza. Nacho głośno przełykał ślinę.

– Wyspałaś się? – spytał, kiedy minęła wreszcie kolejna minuta ciszy.

W jego oczach zatańczyła wesołość, ale starał się mieć nadal poważną twarz. Na wspomnienie tego, co działo się w nocy, zakręciło mi się w głowie.

– Słabo mi – wyszeptałam, odwracając się w stronę drzwi, które prowadziły na taras. Chwyciłam w ręce suknię i niemal biegiem rzuciłam się w stronę wyjścia. Podbiegłam do barierki i stanęłam, opierając się o nią. Kilka sekund później był już obok mnie. Wyciągnął mi z ręki torebkę i przyłożył palce do mojego nadgarstka, by zmierzyć tętno.

– Już nie mam chorego serca – wydyszałam. – To jeden z plusów pobytu na Teneryfie. Dostałam nowe.

– Wiem – rzucił krótko, patrząc na zegarek.

– Jak to, wiesz?

Byłam naprawdę zaskoczona. Wyrwałam mu rękę, ale on ponownie ją chwycił i skarcił mnie wzrokiem.

– Rozmawiałaś o tym z mężem? – zapytał, puszczając mnie. Sam teraz oparł się pośladkami o barierkę.

Nie chciałam mu opowiadać o swoich małżeńskich problemach, zwłaszcza że nie dotyczył go fakt, że od kilku tygodni widuję Massimo raczej sporadycznie. Dlatego o żadnych rozmowach między nami nie było mowy.

– Teraz rozmawiam o tym z tobą i chcę poznać twoją wersję.

Westchnął i opuścił głowę.

– Wiem bo… załatwiłem ci to serce.

Patrzył na mnie, a moje oczy rozszerzały się ze zdziwienia.

– A sądząc po tym, jaki masz teraz wyraz twarzy, nie miałaś o tym pojęcia. Moi lekarze nie dawali ci większych szans na przeżycie bez nowego narządu, dlatego…

Zawiesił głos, jakby chciał coś przede mną ukryć.

– Dlatego teraz masz nowe – dokończył, wciąż się nie uśmiechając.

– Powinnam poznać sposób, w jaki to serce trafiło do mnie? – zapytałam niepewnie, podnosząc mu podbródek, tak by spojrzał mi prosto w oczy.

Jego zielone oczy prześlizgiwały się po mojej twarzy, a język lekko zwilżał suche usta. Boże, czy on to robi specjalnie, pomyślałam i już zapomniałam, jakie pytanie zadałam chwilę wcześniej. Zapach miętowej gumy do żucia i świeżej wody toaletowej mnie odurzył. Nacho stał z jedną ręką w kieszeni, drugą gładził moją torebkę i patrzył na mnie. Świat się zatrzymał, wszystko stanęło, byliśmy tylko ja i on.

– Tęskniłem.

Dźwięk tych słów sprawił, że zabrakło mi tchu, a do oczu napłynęły łzy.

– Byłeś na Sycylii – wyszeptałam, przypominając sobie wszystkie swoje halucynacje.

– Byłem – potwierdził poważnym tonem. – Kilkakrotnie.

– Po co? – zapytałam, ale podświadomie znałam już odpowiedź.

– Po co tęskniłem, po co jeździłem czy po co chciałem cię zobaczyć?

– Po co to robisz?

Oczy szkliły mi się od łez. Chciałam uciec, zanim odpowie na pytanie.

– Chcę więcej.

W tym momencie na przystojnej twarzy Nacho zagościł szeroki uśmiech, który tłumił od chwili, kiedy stanął obok mnie. Uniósł radośnie brwi, a jego ciało się rozluźniło.

– Chcę więcej ciebie, chcę nauczyć cię surfować i pokazać ci, jak się łowi ośmiornice. Chcę jeździć z tobą motocyklem i pokazać ośnieżone zbocza Teide. Chcę...

Uniosłam rękę, przerywając mu.

– Muszę iść – obróciłam się, łapiąc w palce boki sukienki.

– Odwiozę cię – krzyknął, idąc za mną.

– Moja ochrona to zrobi.

– Twoja ochrona gania po hotelu Olgę, więc raczej tego nie zrobi.

Obróciłam się energicznie i już miałam zapytać, skąd to wie, kiedy przypomniałam sobie, że on wie wszystko. Znał nawet rozmiar mojego stanika.

– Dziękuję, wezwę taksówkę – rzuciłam i w tym momencie popatrzyłam na jego prawą rękę, w której trzymał moją maleńką kopertówkę, machając nią do mnie.

Stał rozbawiony i górował nade mną mimo niebotycznie wysokich szpilek, które miałam na sobie. Sięgnęłam po torebkę, ale uniósł ją wyżej, cmokając i kręcąc głową na boki.

– Mój samochód stoi przed hotelem, zapraszam – powiedział i omijając mnie, ruszył w stronę wyjścia.

Gdyby nie fakt, że miałam w torebce telefon, który pewnie już się rozładował, olałabym to. Ale niestety nie mogłam. Byłam uzależniona od komórki. Sunęłam za nim w bezpiecznej odległości, aż w końcu wyszliśmy na zewnątrz. Wtedy on chwycił mój nadgarstek i pociągnął mnie w mrok. Kiedy jego palce zetknęły się z moją skórą, po całym ciele przeszedł mnie dreszcz. Musiał poczuć to samo, bo zatrzymał się i zdziwiony popatrzył na mnie.

– Nie rób tego – wyszeptałam schowana w ciemnościach nocy. Wtedy jego ręka puściła mój nadgarstek, jedna dłoń chwyciła mnie w okolicy lędźwi, a druga złapała za kark. Przyciągnął mnie do siebie, a ja mimowolnie odchyliłam szyję, żeby ułatwić mu dostęp do moich ust. Staliśmy złączeni, lekko dysząc, a on patrzył na mnie. Nie ruszał się przy tym, nic nie robił – tylko patrzył. Wiedziałam, że to zły pomysł, wiedziałam, że powinnam uciekać, olać ten telefon i pędzić do hotelu nawet biegiem. Ale nie mogłam. Był tu, wreszcie, prawdziwy stał tuż obok mnie, a ciepło jego ciała zalewało mnie całą.

– Kłamałem – wyszeptał – kiedy mówiłem, że chcę cię tylko przelecieć.

– Wiem.

– Kłamałem też, kiedy mówiłem, że chcę być twoim przyjacielem.

Głęboko westchnęłam, bojąc się tego, co powie dalej, ale on zamilkł i puścił mnie.

Przycisnął kluczyk, a światła samochodu zamigotały. Otworzył drzwi pasażera i czekał. Podwinęłam suknię i usiadłam w środku, czekając, aż do mnie dołączy. Kolejny raz siedziałam w przedziwnym, a jednocześnie pięknym aucie, które z pewnością nie pochodziło z naszej epoki. Z tego, co udało mi się dostrzec w bladym świetle latarni, było niebieskie i miało dwa białe pasy pociągnięte przez środek karoserii. Oglądałam wnętrze, kiwając głową z aprobatą. To jest normalny samochód, pomyślałam, a nie statek kosmiczny. Miał może trzy wskaźniki i cztery przełączniki, a na drewnianej kierownicy nie było żadnych przycisków. Genialne. Jedynym minusem i ewentualnym mankamentem był brak dachu.

– To zdecydowanie nie jest auto, którym jeździliśmy na Teneryfie – stwierdziłam, kiedy usiadł obok i położył mi torebkę na kolanach.

– Twoja bystrość mnie zaskakuje – odparł z szerokim uśmiechem. – Na Teneryfie jest corvette stingray, a to shelby cobra. Ale mogę się założyć, że nawet pedalskich Ferrari nie rozróżniasz.

Zaśmiał się ironicznie i włączył silnik.

– Samochód powinien mieć duszę, a nie tylko kosztować.

Kiedy ruszył, w głośnikach rozbrzmiał Guano Apes – *Lords Of The Boards*. Dźwięk ciężkiego brzmienia sprawił, że podskoczyłam na siedzeniu. Nacho się zaśmiał.

– Zrobię nam atmosferę – powiedział radośnie, unosząc brwi i wciskając jakiś przycisk na skromnej desce rozdzielczej auta. Wtedy subtelne dźwięki *My Immortal* zespołu Evanescence wypełniły przestrzeń. Najpierw pianino, a później delikatny i zarazem głęboki głos wokalistki, która śpiewała o tym, że jest taka zmęczona byciem tu, zduszona przez wszystkie dziecinne lęki…

Każde słowo w tej piosence, każdy jej fragment był jak śpiewany przeze mnie samą. Czy Nacho wybrał tę piosenkę celowo, czy może utwór był całkowicie przypadkowy?

„Twoja twarz nawiedza moje niegdyś miłe sny, twój głos wypłoszył ze mnie cały rozsądek" – wokalistka śpiewała coraz mocniejszym głosem. Do moich oczu napływały łzy paniki, kiedy niespiesznie, bez słów jechaliśmy prawie pustymi uliczkami miasteczka, coraz bardziej oddalając się od plaży. „Tak mocno próbowałam wmówić sobie, że odszedłeś. I choć wciąż jesteś ze mną, przez cały czas byłam samotna…".

Tego wersu już nie wytrzymałam.

– Zatrzymaj się! – krzyknęłam, kiedy poczułam, że zaraz wybuchnę. – Zatrzymaj ten pierdolony samochód.

Ryczałam, a on zaparkował przy krawędzi ulicy i spojrzał na mnie przerażonymi oczami.

– Jak mogłeś!

Otworzyłam drzwi i wybiegłam z samochodu.

– Jak mogłeś mi to zrobić! Byłam szczęśliwa, wszystko było poukładane. On był idealny, zanim się zjawiłeś…

W tym momencie Nacho chwycił mnie w ramiona i oparł o mur domu, przed którym stanęliśmy. Nie walczyłam z nim, nie mogłam. Nie broniłam się nawet wtedy, gdy powoli, jakby prosząc o pozwolenie, zbliżył do mnie swoje wargi. Ale wciąż czekał. A ja nie byłam już w stanie czekać. Złapałam mocno jego głowę i przywarłam ustami do jego warg. Dłonie Kanaryjczyka powoli przesuwały się w górę, przez biodra i talię, ramiona, aż wreszcie chwyciły moją twarz. Nacho delikatnie gryzł moje wargi, pieścił je, oblizywał, aż rozchylił je swoim językiem i głęboko, spokojnie pocałował.

Zapętlona piosenka rozbrzmiała na nowo, kiedy zastygliśmy złączeni czymś, co było nieuniknione. Nacho był ciepły, delikatny i szalenie zmysłowy. Jego miękkie wargi nie były w stanie oderwać się od moich, a język wnikał coraz głębiej, aż pozbawił mnie tchu. Było mi tak dobrze, że zapomniałam o wszystkim.

I wtedy nastała cisza, która nas otrzeźwiła. Muzyka zamilkła i cały świat zwalił się na dwa złączone ciała. Oboje to poczuliśmy. Zamknęłam usta, tym samym dając mu sygnał, by się wycofał. Odsunął się nieco i oparł czoło o moją skroń, zaciskając mocno powieki.

– Kupiłem dom na Sycylii, by być bliżej ciebie – wyszeptał. – Cały czas cię pilnuję, bo widzę, co się dzieje, dziewczynko.

Podniósł nieco głowę i pocałował mnie w czoło.

– Kiedy zadzwoniłem pierwszy raz, siedziałem w tej samej restauracji co ty. W klubie też nie spuszczałem z ciebie wzroku, zwłaszcza że byłaś potwornie pijana.

Usta Nacho przesuwały się po moim policzku. – Wiem, kiedy zamawiasz lunch do firmy i jak mało jadasz. Wiem, kiedy chodzisz do terapeuty i że od tygodni z Torricellim nie układa ci się najlepiej.

– Przestań – wyszeptałam, kiedy jego wargi kolejny raz zbliżały się do moich. – Po co to robisz?

Podniosłam wzrok i lekko odepchnęłam go od siebie. Teraz musiał się wyprostować. Przyjrzałam mu się. Światło latarni sprawiło, że zauważyłam, iż jego zielone oczy były jednocześnie wesołe, ale i skupione, a piękna twarz złagodniała, kiedy zabłąkał się na niej uśmiech.

– Chyba się w tobie zakochałem – rzucił od niechcenia, odwracając się i ruszając w stronę auta. – Chodź.

Stanął przy otwartych drzwiach od strony pasażera i czekał. Ja natomiast przykleiłam się plecami do ostrych kamieni muru wokół jakiejś posiadłości. Też czekałam. Czekałam na odzyskanie władzy w nogach, którą straciłam po tym, co przed chwilą powiedział Nacho. Niby gdzieś z tyłu głowy było to dla mnie oczywiste, a raczej spodziewałam się tego – zwłaszcza po tym, co usiłował mi powiedzieć, kiedy w trakcie drogi do rezydencji jego ojca zatrzymaliśmy się, by podziwiać Los Gigantes. Patrzyłam na niego, a on na mnie i tak mijały kolejne sekundy, może minuty. W końcu dźwięk telefonu w mojej torebce sprowadził mnie na ziemię. Nacho podał mi kopertówkę, a ja przestałam oddychać, widząc na wyświetlaczu litery układające się w napis „Massimo”. Przełknęłam ślinę i kiedy już chciałam przycisnąć zieloną słuchawkę, mój telefon wydał ostatni dźwięk i rozładował się zupełnie.

– Kurwa – warknęłam przez zaciśnięte zęby. – Ale będę miała przejebane.

– Nie powiem, że mnie martwi, iż Don Torricelli się nieco wkurwi.

Nacho wyglądał na rozbawionego, kiedy się przyglądał, jak gapię się w czarny ekran.

– Zaraz go naładujesz.

Podał mi dłoń i pomógł wsiąść do samochodu.

ROZDZIAŁ 7

Podjechaliśmy pod bramę, a on wcisnął guzik na pilocie. Przez to wszystko, co wydarzyło się w ciągu ostatnich trzydziestu minut, zupełnie zapomniałam, że miał odwieźć mnie do hotelu.

– Ja tu nie mieszkam – powiedziałam, rozglądając się po prześlicznym ogrodzie.

– To duży błąd.

Kąciki ust uniosły mu się wysoko i wyszczerzył szereg białych zębów.

– Mam ładowarkę do twojego telefonu – stwierdził, gasząc silnik. – Mam też wino, szampana, wódkę, ognisko i pianki. Niekoniecznie w takiej kolejności.

Czekał, aż wysiądę, ale ja wciąż tkwiłam w samochodzie.

– Do najbliższego domu jest jakieś siedem kilometrów – zaśmiał się. – Kolejny raz porwałem cię, moja droga, więc zapraszam.

Zniknął w drzwiach domostwa.

Nie czułam się uprowadzona, wiedziałam, że żartuje i jeśli będę nalegać, odwiezie mnie do hotelu. Ale czy nie wolałabym zostać? Na myśl o tym, co może stać się dzisiejszej nocy, w moim brzuchu zaczęło krążyć stado motyli.

To było przerażenie wymieszane z ulgą i pragnieniem, które od wielu miesięcy paliło moje ciało.

– Boże, daj mi siłę – szeptałam, wychodząc z samochodu i idąc w stronę wejścia.

W środku było niemal zupełnie ciemno. Wąski korytarz przechodził w duży, piękny salon. Oświetlało go kilka lampek wiszących na ścianach. Dalej dostrzegłam otwartą na salon kuchnię, z dużą wyspą i całą masą wiszących nad nią noży, patelni i garnków. Można było się ganiać dookoła niej. Szłam dalej. Zobaczyłam gabinet, stylowy, cały w drewnie z żeglarskimi akcentami. Był skromnie urządzony, ale za to z ogromnym oknem zajmującym całą ścianę. Przed nim stało tylko ciemne, prostokątne biurko i gigantyczny skórzany fotel.

– Muszę czasem pracować – wyszeptał Nacho, a ja poczułam na szyi ciepło jego oddechu. – Niestety, po śmierci ojca zostałem szefem.

Przed moją twarzą pojawił się kieliszek czerwonego wina.

– Lubię, a raczej lubiłem swoją pracę – opowiadał. Wciąż stał za mną, a ja upajałam się bliskością i łagodnym brzmieniem jego głosu.

– Do wszystkiego można się przyzwyczaić, zwłaszcza kiedy traktujesz to jak sport.

– Zabijanie i porywanie ludzi to dla ciebie sport? – spytałam, wciąż stojąc w progu i gapiąc się na wielkie, czarne biurko.

– Uwielbiam, kiedy ludzie drżą na dźwięk mojego nazwiska.

Jego cichy głos i słowa, które wypowiedział, sprawiły, że po mojej skórze wędrowały dreszcze.

– A teraz zamiast leżeć z karabinkiem na dachu albo strzelać komuś w głowę, stojąc przed nim twarzą w twarz, siedzę za biurkiem i zarządzam imperium ojca.

Westchnął i objął mnie w pasie.

– Ale ty nigdy się mnie nie bałaś...

Zaskoczona patrzyłam, jak moje biodra otacza kolorowe ramię. Uświadomiłam sobie, że Nacho musiał się rozebrać, bo kiedy wysiadał z samochodu, miał na sobie garnitur. Bałam się odwrócić przekonana, że stoi nagi za moimi plecami, a ja nie będę umiała powstrzymać się na widok jego smukłego ciała.

– Niestety, nie przerażasz mnie – wypiłam łyk wina.

– Choć wiem, że kilka razy próbowałeś mnie przestraszyć.

Obróciłam się i uwolniłam z jego uścisku.

Zobaczyłam, że stał w samych spodniach. Miał bose stopy, a na widok moich wpatrzonych w niego oczu jego klatka piersiowa zaczęła unosić się szybciej.

– Rzucę ci do stóp cały świat, dziewczynko.

Zaczął dłonią gładzić mój nagi bark, podążając wzrokiem za ruchem swoich palców.

– Pokażę ci miejsca, o jakich ci się nie śniło.

Pochylił się i pocałował kawałek skóry, który głaskał.

– Chcę, żebyś zobaczyła wschód słońca w Birmie, kiedy będziemy lecieć balonem.

Jego usta osunęły się na moją szyję.

– Żebyś upiła się nocą w Tokio, obserwując kolorowe światła miasta.

Zamknęłam oczy, kiedy wargi Nacho głaskały moje ucho.

– Będziesz kochała się ze mną na desce u wybrzeży Australii. Pokażę ci cały świat.

Odsunęłam się od niego. Czułam, jak moja wola słabnie. Bez słowa przeszłam przez otwarte drzwi na tyłach monumentalnego salonu i znalazłam się na tarasie, który niemal bezpośrednio graniczył z plażą. Ściągnęłam buty i weszłam na wciąż ciepły piasek. Moja suknia, ciągnąc się za mną, zostawiała na nim smugę. Nie miałam pojęcia, co wyprawiam. Zdradzałam męża z jego największym wrogiem i najgorszym koszmarem. Równie dobrze mogłam wbić mu nóż w plecy i przekręcać, patrząc, jak cierpi. Usiadłam i wsłuchując się w rytm fal, upiłam spory łyk.

– Możesz uciekać przede mną – powiedział, siadając obok. – Ale oboje wiemy, że nie uciekniesz przed tym, co masz w głowie.

Nie wiedziałam, co odpowiedzieć. Z jednej strony miał rację, z drugiej absolutnie nie chciałam zmian. Nie teraz, nie w momencie, kiedy moje życie wreszcie nabierało kształtu. Pomyślałam o Massimo i doznałam tragicznego olśnienia.

– Boże, mój telefon – jęknęłam przerażona. – Jego ludzie zaraz tu będą, mam wbudowany lokalizator i nawet jeśli telefon jest rozładowany, on wie, gdzie jestem.

– Nie tutaj – odpowiedział spokojnie, podczas gdy ja zrywałam się z miejsca. – Dom ma systemy zagłuszające wszelkie urządzenia namierzające, podsłuchy i całe to gówno.

Spojrzał na mnie z czułością.

– W tym momencie zniknęłaś, dziewczynko, i możesz pozostać niewidoczna tak długo, jak zechcesz.

Ponownie usiadłam na piasku, ale w moim wnętrzu myśli i emocje wciąż miotały się rozpaczliwie. Jedna część mnie chciała za wszelką cenę wracać do hotelu. Druga marzyła, by Nacho wziął mnie na wilgotnym piasku. Trzęsłam się, czując jego bliskość, moje serce galopowało, a dłonie drżały na myśl o jego cieple.

– Muszę jechać – wyszeptałam, zaciskając powieki.

– Jesteś pewna? – zapytał, kładąc się na plecach i rozciągając.

– Boże... Robisz to celowo.

Odstawiłam kieliszek i oparłam się na dłoniach, żeby móc się na nich wesprzeć i unieść.

Nacho chwycił je i pociągnął, nakrywając mną swoje ciało. Leżałam na nim, a on uśmiechał się wesoło, przytrzymując mnie, jakby się bał, że zaraz ucieknę. Kiedy poczuł, że nie zamierzam stawiać oporu, zaplótł ręce pod głową.

– Chcę cię gdzieś zabrać – powiedział, a twarz mu się rozpromieniała jak dzieciakowi na widok czekoladki. – Niedaleko stąd mój znajomy ma tor wyścigowy i kilka motocykli.

Na dźwięk tych słów oczy otworzyły mi się szeroko.

– Z tego, co wiem, umiesz jeździć, a przynajmniej masz prawo jazdy na motor.

Kiwnęłam głową.

– No i świetnie!

Przekręcił się na piasku. Przytrzymał mnie, więc teraz to ja leżałam pod nim.

– Jutro zapraszam cię na wyścig. Możesz zabrać ze sobą Olgę, a ja wezmę Amelię. Spędzimy trochę czasu razem, zjemy lunch, później może popływamy.

– Ty mówisz poważnie?

– Oczywiście. Poza tym z tego, co wiem, wynajęłaś apartament na tydzień, więc czasu jest aż nadto.

Nie mogłam uwierzyć w to, co słyszę. Z jednej strony perspektywa była kusząca, z drugiej wiedziałam, że kolejny raz nie ucieknę mojej ochronie, która i tak zapewne przeżywa koszmar, gdy Massimo się zorientował, że nie jest w stanie mnie zlokalizować.

– Nacho, potrzebuję czasu – szepnęłam. Uśmiechnął się jeszcze szerzej.

– Ja już teraz ci powiem, do jakich dojdziesz wniosków, tylko owiń mnie mocno udami.

Zdziwiłam się, ale wykonałam jego prośbę. Podniósł się ze mną i usiadł, a moje najwrażliwsze miejsce znalazło się dokładnie na jego buzującej erekcji.

– W pewnym momencie dotrze do ciebie, że twój mąż nie jest już człowiekiem, którego poznałaś, a tylko imitacją faceta, którego chciałaś w nim widzieć. Kiedy w końcu uniezależnisz się od niego, zostawisz go, bo moim zdaniem nie spełnia twoich podstawowych potrzeb.

– Ach tak?

Skrzyżowałam ręce na piersiach, tak żeby stworzyć dystans między nami. W tym momencie Nacho lekko uniósł biodra do góry. Jęknęłam cicho, kiedy otarł się o moją łechtaczkę twardym wybrzuszeniem.

– Ach tak! – potwierdził, szczerząc zęby.

Kolejny raz objął mnie w pasie jedną ręką, a drugą chwycił za kark. Przycisnął do siebie moje ciało i uniósł biodra jeszcze wyżej, żeby dać mi mocniej poczuć, co dzieje się między jego nogami.

– Pragniesz mnie, dziewczynko, ale nie dlatego, że mam kolorowe tatuaże i jestem bogaty.

Kolejny raz wykonał pchnięcie, a ja mimowolnie odchyliłam głowę.

– Pragniesz mnie, ponieważ jesteś we mnie zakochana, tak samo jak ja jestem zakochany w tobie. Biodra Nacho były bezlitosne. Już po chwili moje dłonie powędrowały na jego szorstką od zarostu twarz i zaczęły ją głaskać.

– Nie chcę cię pieprzyć, tak jak to robi twój mąż. Nie chcę posiadać twojego ciała.

Jego usta zaczęły delikatnie głaskać moje wargi.

– Chcę, żebyś sama przyszła po to, by być blisko mnie. Chcę, żebyś pragnęła poczuć mnie w sobie, bo nie jesteśmy w stanie być ze sobą bliżej i bardziej.

Całował mnie subtelnie, a ja pozwalałam mu na wszystko, co robił.

– Będę cię wielbił, każdy kawałek twojej duszy będzie dla mnie święty, uwolnię cię od wszystkiego, co zabiera ci spokój.

Język Kanaryjczyka kolejny raz wsunął się w moje usta i zaczął zabawę z moim.

Gdyby ktoś patrzył na tę scenę z boku, byłby pewien, że kochamy się ze sobą. Moje biodra nacierały na niego, a jego na moje. Nasze dłonie splecione na twarzach sterowały policzkami, by ułatwić językom dotarcie we właściwe miejsce. Jeszcze chwila i poczułam, jak w dole mojego brzucha wzbiera potężna fala orgazmu. Nacho też to poczuł, próbowałam uciec od niego, ale przytrzymał mnie.

– Nie walcz ze mną, kochanie.

Jego dłoń wsunęła się pod moje włosy, a druga powędrowała na pośladek, by mógł mocniej docisnąć mnie do siebie.

– Chcę dać ci rozkosz, chcę dać ci wszystko, czego pragniesz.

Po tych słowach osiągnęłam szczyt. Z głośnym jękiem, ocierając się coraz szybciej o rozporek jego spodni, doszłam. Delikatny język Nacho spokojnie nadawał rytm pocałunkom, a otwarte i wbite we mnie radosne zielone oczy zdradzały pełnię szczęścia. Nie wiem, czy tak zadziałała na mnie ta sytuacja, czy fakt, że od paru tygodni nie kochałam się z mężem, a może to, że Nacho był ze mną, a ja realizowałam jedną ze swoich fantazji? Jednak w tym momencie nie było dla mnie ważne, co sprawiało, że doszłam tak intensywnie.

– Co my wyprawiamy? – powiedziałam, przytomniejąc nieco. Jego biodra przestały się poruszać, a usta zniknęły z moich.

– Niszczymy ci sukienkę.

Jego poczucie humoru było zaraźliwe.

– Mam teraz ogromny problem, bo moje spodnie też nadają się już tylko do prania.

Zsunęłam się z niego i popatrzyłam na ciemną plamę na jego jasnych spodniach. On również doszedł. To było nieprawdopodobne, wręcz mistyczne, doszedł razem ze mną, chociaż nawet się nie kochaliśmy.

– Ostatni raz nie byłem w stanie pohamować wytrysku w szkole podstawowej. – Nacho zaśmiał się i opadł na piasek.

– Jadę do hotelu – rzuciłam, uśmiechając się głupkowato, i wstałam z niego.

– Odwiozę cię – poderwał się. Stanął obok i zaczął otrzepywać z piasku.

– Nic z tego, Marcelo, zamówię sobie taksówkę.

– Nie mów tak do mnie – jego ton był poważny, ale gdzieś w głębi próbował ukryć uśmiech. – Poza tym masz wielką plamę na sukience.

Popatrzyłam w dół i odkryłam, że ma rację. Nie byłam pewna, czy to plama po jego nasieniu, czy to ja byłam aż tak mokra. Westchnęłam zrezygnowana i ruszyłam w stronę wejścia.

– Daj mi suszarkę do włosów – rzuciłam, pocierając plamę mokrą szmatką, którą znalazłam na kuchennym blacie.

– Suszarka to coś absolutnie mi niezbędnego. – Nacho pogłaskał się po łysej głowie i zaśmiał figlarnie. – Dam ci coś z rzeczy Amelii, przebierzesz się – powiedział i zniknął w salonie.

Szłam za nim i zobaczyłam, jak wędrując w stronę schodów, ściąga z siebie brudne spodnie, pod którymi nie miał majtek. Widok wytatuowanych pośladków sprawił, że jęknęłam cichutko.

– Słyszałem – rzucił, zanim zniknął na górze.

Przebrana w lekko opadający na pupie szary dres, białą koszulkę na ramiączka i różowe air maxy stałam przed domem, czekając na Nacho. Żadne argumenty do niego nie docierały, chociaż przekonywałam, że nie może mnie odwieźć, bo nie wiadomo, kto obserwuje miejsce, w którym mieszkam. Stanęło na tym, że zatrzyma się kilkadziesiąt metrów od hotelu i dalej pójdę piechotą.

– Dziewczynka gotowa? – spytał, klepiąc mnie w pośladek.

Był bezczelny w uroczy sposób, chłopięcy i męski zarazem. Wciąż stałam oparta o drzwi wejściowe, ale moje spojrzenie wędrowało za Nacho. Mój porywacz w czarnym dresie z bluzą zapinaną na suwak wyglądał bardzo pociągająco. Kiedy podchodził do auta i się pochylił, zobaczyłam szelki od broni.

– Czy coś nam grozi? – zapytałam przejęta, wskazując głową skórzane paski.

– Nie.

Popatrzył na mnie zaskoczony, a później zerknął, w co tak intensywnie wbijam wzrok.

– Aaa, mówisz o tym… Zawsze noszę broń, to taki nawyk, lubię to.

Oparł się o samochód i lekko przymkniętymi oczami wpatrywał się w moją koszulkę.

– Czasem jestem genialny do tego stopnia, że sam zazdroszczę sobie własnego intelektu – rzekł rozbawiony. – Twoje sterczące sutki bardzo umilą nam podróż.

Uniósł brwi i wyszczerzył świecące w ciemnościach zęby. Zerknęłam w dół i zobaczyłam, że moje nabrzmiałe brodawki doskonale odciskają się na koszulce, którą mi przygotował. Ostatnio kiedy tak przed nim stałam, zaatakował mnie swoimi ustami. Z tą różnicą, że wtedy byłam zupełnie mokra, a teraz wilgoć ukrywała się tylko między moimi nogami.

– Dawaj bluzę – warknęłam, tłumiąc śmiech i zasłaniając piersi rękami.

Jechaliśmy powoli, co jakiś czas zerkając na siebie. Ale nie zamieniliśmy nawet jednego słowa. Myślałam o tym, co teraz będzie, co powinnam zrobić i czy będę w stanie skupić się na czymkolwiek. Rozważałam w głowie jego propozycję jutrzejszego spotkania. Z jednej strony marzyłam o tym, by spędzić z nim dzień, z drugiej wiedziałam, że Massimo dowie się o tym szybciej niż najszybciej i zabije nas oboje. Olga na wieść o planowanym dniu z Nacho dostałaby zawału i miałabym na sumieniu kolejnego trupa. Wir myśli w mojej głowie pędził, powodując nieznośny ucisk. Obróciłam twarz w lewo i popatrzyłam na Nacho. Jechał bez koszulki, a na kolorowej klatce wisiały dwa ogromne pistolety. Na lewej ręce, wspartej na łokciu, opierał głowę, prawą trzymał kierownicę i co jakiś czas nucił sączącą się z głośników piosenkę.

– Chcesz, żebym cię porwał? – spytał, gdy wjechaliśmy do znanej mi części miasta, by po chwili stanąć.

– Zastanawiałam się nad tym – jęknęłam, obracając się do niego i ściągając bluzę. – Ułatwiłbyś mi decyzję.

– Raczej podjąłbym ją za ciebie – zaśmiał się.

– Ale z drugiej strony – ciągnęłam – nigdy nie uporałabym się z przeszłością i nie zamknęła drzwi, które teraz wciąż są otwarte.

Westchnęłam, zakrywając rękami twarz. Ja muszę to wszystko przemyśleć, poukładać.

– Czekałem na ciebie te miesiące, a wcześniej całe życie, jeśli będzie trzeba, poczekam i lata.

– Nie mogę się z tobą spotkać jutro ani pojutrze... Na razie chcę, żebyś zniknął.

– Dobrze, dziewczynko. – Westchnął i pocałował mnie w czoło. – Będę w pobliżu.

Kiedy wysiadłam z samochodu i zaczęłam iść chodnikiem, poczułam nieznośny ból w moim nowym sercu. Pulsowało, a do oczu napłynęły łzy. Chciałam się odwrócić, ale wiedziałam, że zobaczę go i zawrócę, rzucę mu się na szyję i pozwolę porwać. Dławiłam się gulą, która rosła w gardle, i modliłam w duchu, by Bóg dał mi siłę na wszystko, co jeszcze mnie spotka.

Przeszłam przez wejście do hotelu i poszłam do windy. Z tego wszystkiego zapomniałam zabrać z samochodu Nacho kopertówkę i torbę z sukienką. Kurwa, warknęłam i wróciłam do recepcji, by poprosić o kopię klucza do pokoju. W windzie wciąż czułam na sobie obezwładniający zapach Kanaryjskiego surfera. Był wszędzie: na moich związanych w niedbały kok włosach, na ustach, szyi. Nie mogłam znieść tego, że rozsadza mnie tęsknota, chociaż zostawiłam go piętnaście minut wcześniej. Co ja wyprawiam, jęknęłam, wchodząc do pokoju.

Podeszłam do komody, wyjęłam z kieszeni telefon i podłączyłam go do ładowarki.

– Gdzie byłaś? – warknął znany mi głos i zapaliła się niewielka lampka przy łóżku. – Odpowiedz mi, do cholery! – wrzasnął Massimo, unosząc się z fotela.

O kurwa…

Mój mąż zbliżył się do mnie, a jego surowy wyraz twarzy oznaczał kłopoty.

– Nie drzyj się, obudzisz Olkę.

– Jest taka najebana, że nawet wybuch nuklearny jej nie zbudzi. A poza tym jest z Domenico.

Chwycił mnie za barki.

– Gdzie byłaś Lauro?

Jego wzrok płonął gniewem, źrenice się rozszerzały, a rytmicznie zaciskające szczęki powodowały, że kości rozsadzały mu policzki. Był wściekły, tak rozjuszonego jeszcze go nie widziałam.

– Musiałam pomyśleć – stwierdziłam, patrząc mu w oczy.

– Poza tym od kiedy tak cię interesuje, co robię?

Wyrwałam się z jego uścisku.

– Czy ja cię pytam, z kim i dokąd jeździsz, kiedy znikasz na wiele dni? Ostatni raz widziałam cię przez chwilę nocą, kilkanaście dni temu, kiedy postanowiłeś wsadzić we mnie swojego kutasa.

Rozdarłam się i poczułam, jak fala gniewu wzbiera we mnie, by za chwilę przepełnić mnie całą.

– Dość mam ciebie i tego, jaki jesteś od prawie pół roku! To ja straciłam dziecko i to ja musiałam dochodzić do siebie po operacjach.

Uderzyłam go w twarz.

– A ty mnie zostawiłeś, pierdolony egoisto!

Massimo stał z zaciśniętymi ustami, a ja niemal słyszałam, jak łomocze mu serce.

– Jeśli myślisz, że ode mnie odejdziesz, to się mylisz.

Chwycił dłońmi moją koszulkę i rozdarł ją na pół, przywierając zębami do sutka. Krzyknęłam i próbowałam odeprzeć atak, ale złapał mnie i cisnął na łóżko.

– Za chwilę przypomnę ci, za co kochasz mnie najbardziej – warknął, wyciągając pasek ze spodni. Chciałam przed nim uciec, ale zdążył chwycić moją nogę i ściągnął w dół, po czym usiadł na mnie okrakiem unieruchamiając pod sobą. Wprawnie i tylko sobie znanym sposobem obwiązał paskiem moje nadgarstki, a później przypiął go do nowoczesnej ramy łóżka. Wierciłam się i wrzeszczałam, kiedy wstał ze mnie i powoli zaczął mnie rozbierać. Po policzkach ze złości ciekły mi łzy, a ręce paliły od siły, z jaką zostały spętane. Mój mąż patrzył na mnie z satysfakcją, a w jego spojrzeniu czaiła się furia.

– Massimo, proszę – wyszeptałam.

– Gdzie byłaś? – powtórzył pytanie, rozpinając koszulę.

– Poszłam się przejść. Musiałam pomyśleć.

– Kłamiesz.

Jego ton był spokojny i cichy. Przeraziłam się.

Powiesił koszulę na oparciu fotela i jednym ruchem ściągnął spodnie, które upadły na podłogę, odsłaniając sterczącego kutasa; był gotowy. Jego muskularne ciało było większe, niż zapamiętałam, i bardziej wyrzeźbione, a erekcja doprawdy imponująca. W normalnych okolicznościach kipiałabym z podniecenia, a zanim by mnie dotknął, wybuchłabym jak noworoczne fajerwerki. Ale nie dziś. Moje myśli krążyły wokół wytatuowanego ciała Kanaryjczyka, który prawdopodobnie wciąż tkwił tam, gdzie go zostawiłam. Okno było otwarte, a do pokoju wpadało oceaniczne powietrze. Gdybym krzyknęła jego imię, usłyszałby mnie i przybiegł na ratunek. Potok łez zalewał mi twarz, dając ukojenie myślom, a ciało napięło się, kiedy zupełnie nagi Massimo pochylił się nade mną.

– Otwórz usta – powiedział, klękając mi nad głową, a ja pokręciłam nią, żeby zaprzeczyć.

– Oj, mała – zaśmiał się kpiąco, gładząc mnie po policzku. – I tak to zrobię, obydwoje o tym wiemy, więc bądź grzeczna.

Moje usta wciąż były zaciśnięte.

– Widzę, że masz dziś ochotę na bardzo ostre jebanie.

Chwycił mnie za nos i czekał, aż w płucach zabraknie mi tlenu.

Kiedy zaczęło mi się już kręcić w głowie, rozchyliłam wargi, a on natarł na moje gardło z całą mocą bioder.

– O tak, maleńka – wyszeptał, zanurzając się w nich brutalnie. – Właśnie tak.

Choć usiłowałam nic nie robić, całe wnętrze moich ust zaciskało się na grubym kutasie mojego męża. Po kilku minutach wstał, pochylił się nade mną i pocałował głęboko.

Poczułam odór alkoholu i gorzki smak narkotyku. Był całkowicie odurzony i nieobliczalny. W tym momencie przestraszyłam się jeszcze bardziej, a przerażenie mieszało się z ufnością, którą zawsze do niego czułam. Był przecież moim ukochanym mężem, moim obrońcą, człowiekiem, który mnie wielbił, który mnie sobie wymyślił. Ale teraz leżałam przed nim zupełnie bezbronna i zastanawiałam się, kiedy zada mi ból.

Ustami przesuwał się w dół, lizał moją szyję, aż dotarł do piersi, ujął brodawkę w usta i zaczął mocno ssać. Przygryzał ją, a drugą ugniatał smukłymi palcami. Wierciłam się, błagając, by przestał, ale ignorował mój szloch. Zsuwał się niżej, aż dotarł do mocno zaciśniętych ud, które jednym ruchem rozdarł na boki i bez ostrzeżenia zaczął lizać, gryźć i pieprzyć palcami moją cipkę.

– Gdzie masz wibrator? – zapytał, podnosząc na mnie wzrok.

– Nie mam – wydusiłam z płaczem.

– Kolejny raz mnie okłamujesz, Lauro.

– Nie mam, jest w domu, w szufladzie koło naszego łóżka.

Celowo podkreśliłam słowo „naszego", wierząc, że to zadziała. Ale jego oczy wypełnił jeszcze większy gniew, a z ust wydobył się ryk.

Klęknął przede mną, uniósł mi obie nogi i położył je sobie na ramionach, po czym natarł buzującą erekcją, wchodząc od razu najgłębiej, jak się dało. Wrzasnęłam, czując w podbrzuszu kłujący ból.

– A więc… jakim… cudem… – cedził przez zaciśnięte zęby, pieprząc mnie w amoku. – …miałaś orgazm?

Jego biodra uderzały o mnie, a ja krzyczałam, zagłuszając ich dźwięk.

– A może powinienem zapytać, kto ci w tym pomógł?

Szaleńcze tempo i ból mieszały mi w głowie. Otworzyłam zapłakane oczy i popatrzyłam na niego. W tym momencie nienawidziłam go całą sobą i tego, co ze mną robił. Ale mimo to czułam, że zaczynam dochodzić. Nie chciałam tego, ale nie byłam w stanie powstrzymać rozkoszy, jaką sprawiał mi ten niezrównoważony mężczyzna. Po chwili orgazm zawładnął moim ciałem, a ja napinając się, wyrwałam z gardła potężny krzyk.

– Właśnie tak! – warknął Czarny i poczułam, jak jego sperma wlewa się we mnie. – Jesteś moja! – Szczytował z palcami mocno wbitymi w moje kostki, ale ja już nie czułam bólu, tylko falę potężnego tsunami przelewającą się przez moje wnętrze.

Delikatne pocałunki w kark budziły mnie i odpychały sen, w którym Nacho znowu był przy mnie, a wszystkie wydarzenia wczorajszej nocy były tylko koszmarem. Westchnęłam i otwierając zaspane oczy, popatrzyłam za siebie. Napotkałam wzrok męża.

– Dzień dobry – powiedział uśmiechnięty, a mnie zachciało się rzygać.

– Ile wczoraj wypiłeś? – warknęłam, a z jego oczu znikła wesołość. – I co ćpałeś, do cholery?

Podniosłam się i usiadłam, a jego wzrok skamieniał, kiedy patrzył na moje nagie, posiniaczone ciało. Nadgarstki były fioletowe od pasa, którym byłam związana aż do rana, a nogi i brzuch nosiły ślady jego palców.

– Chryste – szepnął i zaczął mnie nerwowo oglądać.

Skamieniałam pod wpływem jego dotyku, a on doskonale wyczuł mój strach, odsuwając się na drugi koniec łóżka i chowając twarz w dłoniach.

– Lauro… kochanie.

Kiedy Don patrzył na moją fioletową skórę, jego oczy były pełne łez. Wiedziałam, że wczoraj nie był sobą, ale dopiero jego reakcja upewniła mnie, że zupełnie nie wiedział, co robi. Westchnęłam ciężko i przykryłam się, by nie widział, jak bardzo mnie skrzywdził.

– Jak widać z twoim bliźniakiem łączy cię więcej, niż sądzisz – rzuciłam pogardliwie.

– Przestanę pić i nigdy więcej nie wezmę narkotyków – powiedział stanowczym głosem, wyciągając ku mnie dłoń.

– Bzdura – prychnęłam z kpiną. – Jeśli spotkasz mnie w takim stanie, w jakim byłeś wczoraj, zrobisz to kolejny raz.

Zerwał się z łóżka, okrążył je i padł przede mną na kolana, przyciągając moją dłoń do ust i ją całując.

– Przepraszam – szeptał. – Przepraszam…

– Muszę pojechać do Polski – wycedziłam przez zęby, a on podniósł na mnie przerażone oczy. – Albo odejdę od ciebie, albo dasz mi przestrzeń, bym mogła pomyśleć.

Otworzył usta, by coś powiedzieć, ale uniosłam dłoń.

– Massimo, jestem o krok od prośby o rozwód, nasz związek umarł razem z naszym dzieckiem. Ja próbuję wszystko sobie poukładać, a ty robisz mi wyłącznie pod górę. Twoja żałoba też musi się skończyć.

Wstałam z łóżka, minęłam go i sięgnęłam po szlafrok.

– Albo pójdziesz na terapię, przestaniesz pić i wrócisz do mnie takim, jakiego poznałam cię niemal rok temu, albo koniec z nami.

Podeszłam do niego i wyciągnęłam palec wskazujący, grożąc mu.

– A jeśli w Polsce zechcesz mnie kontrolować albo wyślesz za mną swoich goryli, lub co gorsza sam przylecisz, to przysięgam, że rozwiodę się z tobą i nigdy więcej mnie nie zobaczysz.

Obróciłam się i zniknęłam w łazience. Stałam przed lustrem i gapiłam się na swoją twarz, nie mogąc uwierzyć, że to wszystko przeszło mi przez gardło. Moja siła przerażała mnie, a stanowczość, o której istnieniu zapomniałam, zaskakiwała. W głębi duszy wiedziałam, jakie są powody i co daje mi siłę, ale ta kwestia także była zbyt bolesna, bym w tej chwili i po tym, co stało się nocą, dała radę ją rozpatrywać.

– Nie zostawisz mnie, nie pozwolę.

Podniosłam wzrok i w lustrze zobaczyłam Massimo, który stał za mną. Jego głos był stanowczy i nieznoszący sprzeciwu, a oczy udawały obojętność.

Chwyciłam poły szlafroka i pozwoliłam, by upadł na podłogę, a ja, naga i posiniaczona stanęłam przed nim, obracając ku niemu twarz. Przełknął głośno ślinę i ciężko westchnął. Wbił wzrok w swoje stopy.

– Patrz na mnie – powiedziałam, a on nie zareagował.
– Patrz, do cholery, Massimo! Możesz mnie więzić i gwałcić, możesz kolejny raz zmienić moje życie, ale wiesz co… Mojego serca i głowy mieć nie będziesz.

Zrobiłam krok w przód, a on się cofnął.

– Nie zostawiam cię, chcę tylko wszystko sobie poukładać.

Nastała długa cisza, a on patrzył na mnie beznamiętnym wzrokiem, starając się omijać spojrzeniem świeże sińce.

– Samolot jest do twojej dyspozycji, a ja obiecuję, że nie zjawię się w twoim kraju.

Obrócił się i wyszedł z łazienki. Opadłam na zimne kafelki i wyłam. Nie miałam pojęcia, co zrobić, ale łzy przynosiły ukojenie.

Było już po południu, kiedy wynurzyłam się z pokoju. Przez kilka godzin ignorowałam humory Olki, która za wszelką cenę usiłowała wyciągnąć mnie z łóżka. Nie chciałam tłumaczyć jej, co się stało, ani pokazywać, co zrobił mi mój mąż, bo gołymi rękami rozerwałaby go na strzępy. Odniosłam jednak wrażenie, że Domenico o wszystkim wiedział, bo zabierał ją do miasta i wymyślał rozrywki, by dała mi spokój.

Włożyłam jasną, cienką tunikę z długim rękawem, ogromny kapelusz, okulary i ukochane sneakersy Isabel Marant, po czym wyszłam z pokoju. Szłam deptakiem, gapiąc się bezmyślnie na ocean, a przez głowę przebiegały mi tysiące myśli. Co robić, jak się zachować, czy zostawić Massimo, czy układać sobie z nim wszystko na nowo? Każde z pytań pozostawało bez odpowiedzi i każde kolejne nasuwało nowe. A co jeśli Nacho też okaże się potworem? Wydawało mi się, że mój mąż też nigdy nim nie był, ale jego wczorajsze zachowanie pozbawiło mnie wiary w cokolwiek.

Na rogu zobaczyłam śliczną portugalską knajpkę i postanowiłam coś zjeść, napić się wina i wyluzować. Przemiły starszy człowiek odebrał ode mnie zamówienie, a ja sięgnęłam po telefon, żeby zadzwonić do mamy i oznajmić jej, że przybywam. Kiedy odblokowałam ekran, zobaczyłam wiadomość – „Spójrz w prawo". Obróciłam głowę i poczułam, jak fala płaczu zalewa moje schowane za ciemnymi szkłami oczy. Nacho siedział przy stoliku obok i wpatrywał się we mnie. Miał na sobie czapkę z daszkiem, okulary i bluzkę z długim rękawem, która całkowicie zasłaniała jego tatuaże.

– Usiądź tyłem do ulicy – powiedział, nie wstając z miejsca. – Jeździ za tobą co najmniej jeden samochód.

Podniosłam się powoli i przesiadłam, udając, że razi mnie słońce. Spojrzałam na wprost, ale kątem oka dostrzegłam stojące po lewo auto.

– Massimo jest w Lagos – wyszeptałam, nie odrywając wzroku od ekranu telefonu.

– Wiem. Zorientowałem się godzinę po tym, kiedy wysadziłem cię pod hotelem.

– Nacho, obiecałeś mi coś – westchnęłam i poczułam, jak łzy spływają mi po policzkach.

– Co się stało, dziewczynko?

Jego głos zdradzał zatroskanie, ale ja milczałam.

Starszy kelner podszedł do stolika i postawił przede mną kieliszek wina. Kiedy po niego sięgnęłam, długi rękaw mojej tuniki podwinął się nieco, uwidaczniając sine pręgi.

– Co masz na ręce? – Ton Nacho zmienił się w warkot. – Co ten skurwiel ci zrobił?

Obróciłam głowę w jego stronę i zobaczyłam, jak wbija we mnie pałający żądzą mordu wzrok. Zgniótł z trzaskiem okulary, które trzymał w dłoni, a ich szkła posypały się na ziemię.

– Za chwilę wstanę – oznajmił. – Zabiję twoją ochronę, a później pójdę po tego skurwysyna i jego też zabiję.

Podniósł się z krzesła.

– Błagam, nie – wymamrotałam, upijając potężny łyk.

– A więc wstaniesz, zapłacisz swój rachunek i spotkasz się ze mną dwie ulice dalej. Idź w lewo, a później w małą uliczkę, drugą w prawo. Kiwnęłam na kelnera.

– Ale najpierw dopij wino.

Szłam wąską uliczką wzdłuż rzędu kamieniczek. Nagle poczułam, jak ktoś chwyta mnie i wciąga w maleńkie drzwiczki. Nacho podwinął tunikę jednym ruchem i oglądał moje pokaleczone ciało, a ja stałam ze zwieszoną głową. Ściągnął mi ciemne okulary i popatrzył na zapuchnięte powieki.

– Co się stało, Lauro? – zapytał, zaglądając mi w oczy, a ja próbowałam ukryć przed nim wzrok. – Spójrz na mnie, proszę.

W jego głosie słychać było desperację i złość, które próbował maskować czułością.

– Chciał się pieprzyć… Ja… Pytał, gdzie byłam i…

Znowu ryknęłam płaczem, a on zagarnął mnie jedną ręką i przytulił do siebie.

– Rano wylatuję do Polski – powiedziałam. – Muszę pomyśleć z dala od was obu.

Milczał, tulił mnie do siebie, a jego serce pędziło w zastraszającym tempie. Uniosłam wzrok i popatrzyłam na niego, był skupiony, zimny, poważny i całkiem nieobecny.

– Dobrze – rzucił, całując mnie w czoło. – Odezwij się, kiedy wszystko sobie poukładasz.

Puścił mnie, a ja poczułam pustkę. Przeszedł przez drzwi, nie oglądając się, i zniknął. Stałam jeszcze kilka minut, krztusząc się od łez. W końcu wróciłam do hotelu.

Właśnie pakowałam ostatnią walizkę, kiedy do pokoju weszła potargana Olo.

– Znowu było avanti? – zapytała, siadając na dywanie.

– Czemu tak myślisz?

Popatrzyłam na nią tak beznamiętnie, jak to tylko było możliwe.

– Bo Massimo wynajął apartament pod naszym zamiast zostać z tobą. A przecież ja z Domenico śpimy obok.

Świdrowała mnie pytającym wzrokiem.

– Lari, co się dzieje?

– Jadę do Polski – wymamrotałam, zapinając suwak. – Muszę uciec od tego całego syfu tutaj.

– Aha, rozumiem. Ale od Massimo, Nacho czy ode mnie?

Oparła się o ścianę i zaplotła ręce na piersiach.

– A co z firmą? Co ze wszystkim, co tak ofiarnie budowałaś przez ostatnie miesiące?

– Nic. Przecież tam też mam internet. Poza tym poradzicie sobie z Emi przez kilka dni same. Westchnęłam.

– Olo, ja muszę wyjechać. Przerosła mnie sytuacja, muszę pogadać z mamą, nie widziała mnie od Bożego Narodzenia… Jest wiele powodów.

– Jedź – stwierdziła, wstając. – Tylko pamiętaj o moim ślubie.

Stanęłam przed drzwiami do pokoju Massimo i biłam się z myślami: zapukać czy nie? W końcu zdrowy rozsądek i miłość wygrały. Usłyszałam szczęk zamka i zobaczyłam Domenico, który na mój widok westchnął i uśmiechając się blado, wpuścił mnie do środka.

– Gdzie on jest? – zapytałam, zaplatając ręce na piersiach.

– W siłowni – kiwnął głową, wskazując mi kierunek.

– Myślałam, że to ja mam duży pokój, ale widzę, że najlepsze apartamenty jak zawsze zachowane są dla Dona.

Prychnęłam ironicznie i przeszłam przez kolejne pomieszczenia, z zaskoczeniem odkrywając, że apartament mojego męża zajmował połowę piętra.

Z głębi dobiegały krzyki i przedziwne odgłosy, które dobrze znałam. Przeszłam przez drzwi i zobaczyłam, jak Massimo okłada pięściami jednego z ochroniarzy. Tym razem jednak nie było ani klatki, ani walki. Wielki Włoch stał z tarczami na rękach, a Czarny z wściekłością walił w nie nogami i rękami. Tamten wydawał mu jakieś komendy, a on z największą mocą je wykonywał.

Nie zwrócili na mnie uwagi, więc odchrząknęłam. Massimo zatrzymał się i powiedział coś do swojego człowieka, a ten zdjął z rąk wielkie buły i wyszedł. Don wziął do ręki butelkę wody, wypił niemal całą i zbliżył się do mnie.

Gdyby nie to, co stało się zeszłej nocy, uważałabym, że w tej chwili jego ciało było najseksowniejszym widokiem na ziemi. Długie nogi w opiętych sportowych legginsach z napisami wyglądały na jeszcze dłuższe niż w rzeczywistości, a spocona i falująca z wysiłku klatka pobudzała moje ślinianki. Massimo dobrze to wiedział, ściągnął rękawice i przegarnął rękami ociekające włosy.

– Hej – powiedział, podchodząc, a jego oczy były czarne i zmysłowe. – Więc wyjeżdżasz.

– Chciałam... – patrząc na niego, już zupełnie zapomniałam, czego chciałam.

– Tak?

Niebezpiecznie zbliżył się do mnie, a ja zaciągnęłam się jego cudownym zapachem. Zamknęłam oczy i poczułam się dokładnie jak kilka miesięcy temu, kiedy pragnęłam go ponad wszystko.

– Czego chciałaś, mała? – zapytał raz jeszcze, a ja pewnie wyglądałam, jakbym usnęła na stojąco.

– Pożegnać się – wydukałam, otwierając oczy. Zobaczyłam, że pochyla się nade mną.

– Nie, proszę – szepnęłam, kiedy jego usta zastygły jakiś centymetr od moich. Aż się skuliłam.

– Boisz się mnie.

Cisnął butelką o ścianę.

– Jezu, Lauro, jak możesz...

W tym momencie podniosłam rękaw zasłaniający sine ślady, a on zamilkł.

– Nie chodzi o to, że mnie pieprzyłeś – powiedziałam spokojnie. – Chodzi o to, że zrobiłeś to wbrew mojej woli.

– Chryste, robiłem to setki razy wbrew twojej woli. Na tym polegała zabawa.

Chwycił moją twarz w dłonie.

– Ile razy pieprzyłem cię, kiedy mówiłaś, bym przestał, bo nie jesteś umyta, bo pogniotę ci sukienkę czy zniszczę włosy… Ale później błagałaś, bym nie przestawał.

– A ile razy powiedziałam wczoraj, żebyś nie przestawał?

Zęby Czarnego zagryzły dolną wargę, a on odsunął się nieco.

– Właśnie! Nawet nie pamiętasz, co robiłeś, nie pamiętasz, jak po policzkach lały mi się łzy bólu, nie pamiętasz, jak błagałam, byś już przestał.

Poczułam, jak eksploduje we mnie złość.

– Zgwałciłeś mnie.

Wreszcie to powiedziałam, a na dźwięk tych słów zrobiło mi się niedobrze.

Massimo stał jak kołek, łapiąc hausty powietrza, był wściekły, zrezygnowany i zrozpaczony.

– Nie mam nic na swoje usprawiedliwienie – wydusił, stojąc przede mną. – Chcę, byś wiedziała, że dziś rozmawiałem z terapeutą.

Sądzę, że w tym momencie moja twarz przybrała jakiś przedziwny wyraz.

– Kiedy tylko wrócę na Sycylię, zaczynam terapię – ciągnął Don. – Zaszyję się i nigdy więcej nie dotknę tego białego główna, zobaczysz. Zrobię wszystko, byś znowu nie bała się mojego dotyku.

Ujęłam jego dłoń. Chciałam dodać mu otuchy i pokazać, że wspieram go w tej decyzji.

– A później zrobimy sobie córkę, żebym mógł postradać zmysły już do reszty – dodał ze śmiechem, a ja uderzyłam go w bok.

Był tak cudowny w tym momencie, uśmiechnięty i niemal wyluzowany, choć ja wiedziałam, że to tylko poza.

– Co będzie później, to zobaczymy – powiedziałam, odwracając się od niego.

Chwycił mnie za rękę, ale zrobił to delikatniej niż zwykle i z większym uczuciem. Oparł mnie plecami o ścianę i zatrzymał twarz tuż przed moją, jakby czekał na pozwolenie.

– Chcę wsunąć język w twoje usta i poczuć mój ulubiony smak – wyszeptał, a mi na dźwięk jego wibrującego głosu zrobiło się gorąco. – Pozwól mi cię pocałować, Lauro, a obiecuję, że nie przyjadę do Polski i dam ci tyle swobody, ile będziesz potrzebować.

Przełknęłam głośno ślinę i złapałam głęboki wdech. Największy problem w tej chwili polegał na tym, że mój mąż wyglądał jak Bóg, któremu ciężko się było oprzeć.

– Bądź… – jęknęłam, a on, nie czekając na koniec zdania, wdarł się w moje usta.

Był jednak zadziwiająco delikatny i czuły, postępował ze mną, jakbym była ze szkła, a każdy dotyk mógłby mnie ukruszyć. Pomału błądził językiem po moim, badając każdy milimetr moich ust.

– Kocham cię – wyszeptał na koniec i złożył pocałunek na moim czole.

ROZDZIAŁ 8

Nie chciałam ochrony, szoferów i całej tej szopki, która towarzyszyła mi od wielu miesięcy. Ale mimo że Massimo przed wyjazdem obiecał mi, że nikt nie będzie za mną jeździł, wiedziałam, że to nie do końca możliwe. Przeszłam przez VIP-owski terminal i zobaczyłam uśmiechniętego Damiana opartego o samochód.

– Nie wierzę – krzyknęłam, wieszając mu się na szyi.

– Cześć, Lala – powiedział, unosząc ciemne okulary. – Nie wiem, co się tam u was działo przez te miesiące, ale twój mąż zadzwonił do Karola i poprosił, bym osobiście cię pilnował.

Zaśmiałam się w duchu, kiedy otworzył mi drzwi mercedesa. Dobrze wiedziałam, czemu Don zdobył się na taki gest. Po pierwsze chciał mi pokazać, że ma do mnie pełne zaufanie, a po drugie wiedział, że nie może złamać danego słowa, a tylko w ten sposób może chronić mnie bez ochrony.

– Dokąd jedziemy? – zapytał Wojownik, obracając się do mnie ze swojego siedzenia. – Tylko wyjaśnijmy coś sobie: nie będę nosił czapki szoferki.

– Wieź mnie do domu – odpowiedziałam ze śmiechem.

Droga nie była zbyt długa, więc już kilka minut później parkowaliśmy w garażu. Zaproponowałam, byśmy zamówili coś i pogadali, a on z radością przystał na moją propozycję.

– Słyszałem, co się stało – powiedział, odkładając na talerz niedojedzone udko kurczaka z KFC. – Chcesz o tym gadać czy udajemy, że sytuacji nie było?

– Jak bardzo musisz być lojalny wobec mojego męża i Karola?

– Mniej niż w stosunku do ciebie – odparł bez namysłu. – Jeśli chodzi ci o to, czy jestem tu, by wyciągać z ciebie informacje, to absolutnie nie. Twój mąż płaci mi niebywale wysoką pensję, ale mojej lojalności kupić sobie nie może – oparł się plecami o kanapę. – A ty masz ją z urzędu.

– Pamiętasz, jak ostatni raz rozmawialiśmy na Skypie?

Pokiwał głową.

– Tak, jasne.

– Tego dnia, zaraz po naszej rozmowie, poznałam człowieka, który mnie porwał i zmienił całe moje życie.

Opowiedzenie historii zajęło mi prawie dwie godziny. Mówiłam, a on słuchał, co jakiś czas śmiejąc się albo kręcąc z dezaprobatą głową. Aż dojechałam do ostatnich czterdziestu ośmiu godzin. Oczywiście oszczędziłam mu szczegółów spotkania z Nacho w Lagos i tego, jak doszłam na jego kolanach. Nie powiedziałam mu również o tym, jak mój mąż wziął mnie siłą.

– Wiesz, w tej twojej opowieści coś mi się nie zgadza – stwierdził, dolewając mi kolejny kieliszek wina, a sobie wody do szklanki. – Ten koleś z Hiszpanii.

– Z Kanarów – poprawiłam go.

– No właśnie, o nim mówię. Jakoś dziwnie się nim przejmujesz, a kiedy o nim opowiadasz, oczy aż ci się świecą.

Na dźwięk jego słów się przeraziłam.

– A widzisz? Teraz, kiedy cię rozszyfrowałem, masz minę, jakbyś chciała zejść na zawał. Więc mów mi zaraz, co przemilczałaś.

Nerwowo drapałam się po głowie i szukałam dobrego wytłumaczenia swojego zachowania, ale po paczce leków na uspokojenie, które pozwoliły mi przetrwać lot, i połowie butelki wina nie byłam zbyt bystra.

– To przez niego tu jestem, bez Olgi i bez Massimo – westchnęłam. – Namieszał mi w głowie, pewnie dlatego, że mu pozwoliłam.

– A nie sądzisz, że namieszał ci w głowie, bo nie byłaś aż tak szczęśliwa, jak ci się wydawało?

Zawiesił się, ale wciąż patrzył na mnie.

– No bo zobacz: jeśli jesteś czegoś pewna, nic cię od tego nie odwiedzie i nic nie zburzy solidnej konstrukcji twoich uczuć – trochę po belfersku uniósł palec do góry. – Ale jeśli masz choć cień wątpliwości, a podwaliny, na których coś stoi, nie są solidne, wystarczy niewielki podmuch, a wszystko runie.

– Mówisz tak, bo nie lubisz mojego męża.

– Sram na twojego męża. Tu chodzi o ciebie.

Podrapał się po kilkudniowym zaroście.

– Weźmy za przykład nas, mnie i ciebie sprzed lat. Byłem idiotą i nie zaryzykowałem, chociaż wiesz co, to głupi przykład.

– Właśnie – dodałam ze śmiechem. – Ale chyba wiem, co chcesz mi powiedzieć.

Następnego dnia rano miałam jechać do rodziców, ale kiedy tylko otworzyłam oczy, do głowy przyszedł mi szatański pomysł. W radosnym pląsie pobiegłam do łazienki i godzinę później stałam, przegrzebując szufladę w poszukiwaniu kluczy. Był maj, a w Polsce pogoda była cudowna, wszystko kwitło i budziło się do życia – zupełnie jak ja. Wideofon zadzwonił, a ja poinformowałam Damiana, że za chwilę zejdę, i chwyciłam torebkę. Wyglądałam apetycznie ubrana w kremowe, wysokie trampki od Louis Vuitton, prawie białe podarte szorty i cienką bluzę, która odkrywała mi niemal cały brzuch. Taka trochę nastolatka, ale pomysł, który uderzył we mnie jak pędzący pociąg, też nie należał do przesadnie dojrzałych.

– Cześć, Gorylu – powiedziałam, moszcząc się na siedzeniu.

– Dobra dupa z ciebie – zauważył Damian, obracając się w moją stronę. – Do rodziców?

Pokręciłam głową.

– Do salonu Suzuki.

Wyszczerzyłam się, a on zgłupiał.

– Ochranianie cię oznacza, że nie może ci się stać krzywda – zaznaczył.

– Do salonu Suzuki – powtórzyłam, kiwając głową.

Wskazałam palcem na GSX-R 750, a sprzedawca pokiwał głową z uznaniem.

– Ten – powiedziałam, przysiadając na motocykl i patrząc, jak Damian paruje ze złości.

– Lauro, nie mogę ci zakazywać, ale pamiętaj, że za chwilę będę musiał zadzwonić do Karola, a on do Massimo – stwierdził z żalem.

– Dzwoń! – rzuciłam krótko, kładąc się na baku.

– Moc maksymalna sto pięćdziesiąt koni mechanicznych przy ponad trzynastu tysiącach obrotów na minutę – zaczął młody sprzedawca. – Prędkość maksymalna...

– Widzę, co jest napisane na kartce – zakończyłam jego męki. – A macie taki tylko cały czarny?

Facet wytrzeszczył oczy, a ja z rozbawieniem kontynuowałam. – I kombinezon, też czarny, najlepiej Dainese, widziałam jeden, który mi się podobał, a do tego buty Sidi, takie z czerwonymi gwiazdkami na bokach. Stoją tam.

Wstałam z motocykla.

– Pokażę panu które. A co do kasku to będzie najtrudniej.

Biedny chłopak skakał koło mnie, zerkając co jakiś czas na Damiana, i pewnie cały czas się zastanawiał, czy ja mówię poważnie i czy on za chwilę zaliczy najlepszą sprzedaż w sezonie.

Kiedy już wszystko było wybrane, wynurzyłam się z przebieralni zakuta w ciasny skórzany kombinezon, rękawiczki, buty. W rękach trzymałam kask.

– Idealnie – stwierdziłam, zerkając na obydwu oszołomionych mężczyzn. – Biorę wszystko, proszę podstawić mi motocykl pod wejście.

– Pani Lauro, jest tylko jeden problem – wydukał sprzedawca, skubiąc palce. – Żeby mogła pani stąd wyjechać, motocykl musi być zarejestrowany. A motor, który pani wybrała, jest nowy...

– To znaczy? – obróciłam się do niego, lekko mrużąc oczy.

– To znaczy, że jeśli zależy pani na czasie, nowy motocykl w czarnym kolorze nie będzie dostępny. Ruszył w stronę drzwi.

– Ale mamy wersję demo, te same parametry, tylko nie jest cały czarny, lecz czarno-czerwony. No i przejechał kilkaset kilometrów na jazdach próbnych.

Chwilę myślałam, zagryzając dolną wargę, a na twarzy Damiana zatańczyła wesołość na myśl o tym, że mój niecny plan się nie powiedzie.

– Czerwony będzie pasował do gwiazdek na butach, biorę.

Podałam sprzedawcy kartę kredytową, a mój goryl uderzył ręką w czoło.

– Proszę przygotować dokumenty.

Odpaliłam silnik, a moje sto pięćdziesiąt koni ryknęło. Wyszczerzyłam zęby i naciągnęłam na głowę kask, uchylając szybkę.

– Zwolni mnie – wyjęczał Damian, stając obok.

– Coś ty, nie ma takiej opcji. Poza tym wścieknie się tak, że będzie chciał zabić mnie, a nie ciebie. Wrzuciłam pierwszy bieg i wydarłam do przodu.

Tak dawno nie czułam pod sobą mocy, że w pierwszym momencie ogarnęło mnie niezdrowe podniecenie pomieszane ze strachem. Wiedziałam, że dawno nie jeździłam i muszę się przyzwyczaić do prowadzenia tego potwora, zanim zacznę szaleć.

Przez Warszawę jechałam spokojnie, czując za sobą oddech mojego ochroniarza i wibracje w kieszeni kombinezonu. Aha, Massimo już wie o moim zakupie, pomyślałam, odkręcając manetkę z gazem. Ruch był spory, ale ja po kilkudziesięciu minutach przypomniałam sobie, za co kochałam ten sport. Prosta, szeroka jezdnia na trasie zachęcała do sprawdzenia maszyny, dlatego kiedy tylko nadarzyła się okazja, ostro ruszyłam naprzód.

– Zajebista jest moja nowa suka – powiedziałam, klepiąc ją z uznaniem, kiedy zaparkowałam przed wjazdem do domu rodziców.

Chwilę później zza rogu z piskiem wyskoczył mercedes S i blady Damian wysiadł z auta.

– Kurwa, jak on się drze – powiedział, trzaskając drzwiami. – Czy ty wiesz, co ja przeżyłem?

– Dzwonił mój mąż – stwierdziłam ubawiona.

– Dzwonił? Ja odbywałem z nim nieustanną telekonferencję, a on wrzeszczał w co najmniej trzech językach.

– Oho – powiedziałam, kiedy moja kieszeń znowu zaczęła wibrować, a na wyświetlaczu zamigotał napis „Massimo".
– Dzień dobry, mężu – zaczęłam wesoło płynną angielszczyzną.

– Jak ty się zachowujesz?! Lecę do Polski! – wrzeszczał do słuchawki tak głośno, że aż odsunęłam ją od ucha.

– Pamiętaj o naszej umowie – odpowiedziałam. – Jeśli przylecisz, rozwiodę się z tobą.

Jego głos zamilkł, a ja kontynuowałam.

– Zanim cię poznałam, jeździłam motorem i nadal zamierzam to robić. Przecież nic nie stoi na przeszkodzie – westchnęłam. – Czasem związek z tobą wydaje mi się bardziej niebezpieczny niż jazda na tym, co teraz mam między nogami.

– Lauro! – Czarny warknął do słuchawki.

– Mylę się, Don Torricelli? Jakoś przez dwadzieścia dziewięć lat nic mi się nie stało, a w ciągu ostatnich miesięcy postrzał, utracona ciąża, porwania…

– To cios poniżej pasa, mała – burknął.

– To szczera prawda i przestań wyżywać się na Damianie, bo on akurat był po twojej stronie – puściłam oczko do mojego ex. – A teraz wybacz, ale pocę się w kombinezonie.

Nastała cisza.

– I przestań świrować, wrócę cała i zdrowa.

– Jeśli coś ci się stanie, zabiję…

– Kogo tym razem? – przerwałam mu z irytacją.

– Siebie… Bo moje życie bez ciebie nie ma sensu.

Zamilkł, a po chwili się rozłączył.

Patrzyłam na czarny wyświetlacz i byłam pełna uznania dla jego samokontroli i sztuki negocjacji.

– Załatwione. – Popatrzyłam na Damiana, który stał oparty o samochód. – A teraz możesz już wracać do stolicy, bo ja zabawię tu kilka dni.

– Zostanę. Mam pokój w hotelu dwie przecznice dalej. Więc nie złość się, że będę miał cię na oku, ale sama wiesz, jaki jest Massimo.

Wzruszył ramionami, a ja mu pokazałam kciuk, akceptując to, co powiedział, i ruszyłam w górę podjazdem. Damian jeszcze wtargał walizki na werandę i zniknął.

Odpaliłam silnik i bez wrzucania biegu podkręciłam gaz do maksimum. Huk był taki, że po kilku sekundach mój przerażony tata wyskoczył z domu.

– A teraz zazdrość mi – powiedziałam, zsiadając z motocykla i rzucając mu się na szyję.

– Maleństwo! – przytulił mnie mocno, ale po chwili skupił się na maszynie. – Kupiłaś sobie motocykl? Przechodzisz jakiś kryzys? Bo wiesz, twoja mama wciąż uważa, że takie zabawki kupuje się tylko wtedy, kiedy człowiek chce coś udowodnić...

– Laura!

O wilku mowa. Głos Klary Biel tak mocno wbił mi się w czaszkę, że nabrałam ochoty, by znów założyć kask.

– Dziecko, czy ty całkiem zwariowałaś?

– Cześć, mamuniu.

Rozpięłam kombinezon i wtuliłam się w jej szyję.

– Zanim zaczniesz wrzeszczeć, chciałam powiedzieć, że mój mąż już mnie ochrzaniał, ale go spacyfikowałam, więc mam wprawę.

– Córciu – zaczęła żałośnie. – Wystarczy mi, że twój ojciec przyprawia mnie o zawał kilka razy w ciągu sezonu. A teraz jeszcze i ty?

Tata z rozbawieniem uniósł brwi.

– Poza tym co ty masz na głowie?

Pogładziłam się po włosach i przypomniałam sobie, że kiedy rodzice widzieli mnie ostatni raz, byłam blondynką.

– Musiałam coś zmienić po tym jak… – Przełknęłam ślinę. – To były ciężkie miesiące, mamo.

Jej wyraz twarzy złagodniał, jakby właśnie sobie przypomniała, co przez ten czas wydarzyło się w moim życiu.

– Tomasz, przynieś wino z lodówki. – Mama zerknęła na ojca, który wciąż chichotał za jej plecami. – A ty rozbieraj się z tego uniformu, bo zaraz się spocisz.

– Już się spociłam.

Tata wyjątkowo szybko jak na siebie uwinął się z butelką, a ja po wzięciu prysznica i przebraniu w dres usiadłam na miękkiej kanapie w ogrodzie.

– Jest ponad dwadzieścia stopni, po co ci bluzka z długim rękawem – zapytała mama, wskazując na mój strój.

Przewróciłam oczami na myśl o tym, co powie, kiedy zobaczy moje sine nadgarstki, i zmieniłam temat.

– To część nowej kolekcji, podoba ci się?

Popatrzyłam na nią z wesołością w oczach.

– Nosiłaś już rzeczy, które ci ostatnio przysłałam?

Pokiwała potwierdzająco.

– No i co?

– Są wspaniałe! Jestem z ciebie strasznie dumna. Ale, kochanie, bardziej interesuje mnie, jak ty się czujesz?

– Chyba się zakochałam – wyrzuciłam największy ciężar, jaki w sobie nosiłam, a moja mama prawie udusiła się winem.

– Słucham?! – wykrzyknęła.

– No bo widzisz…

Zaczęłam opowiadać, a ona trzęsącymi się rękami zapaliła papierosa.

– Kiedy byliśmy na Teneryfie, poznałam człowieka, który jest jednym z największych konkurentów Massimo.

Moja podświadomość właśnie strzelała sobie w głowę, bo szyłam kolejne kłamstwo.

– No i mój mąż nie miał dla mnie zbyt dużo czasu, a Nacho miał go pod dostatkiem. Uczył mnie surfować, zabierał na wycieczki.

Boże, co ja bredzę, pomyślałam, upijając łyk.

– Przedstawił mnie swojej rodzinie, no generalnie zrobił na mnie duże wrażenie i… pocałował mnie.

W tym momencie matka zaczęła krztusić się dymem.

– To właściwie byłoby nieistotne, gdyby nie fakt, że Massimo po stracie dziecka bardzo się zmienił. Odsunął się ode mnie i uciekł w pracę. Odnoszę wrażenie, że już nigdy nie wrócimy do punktu, z którego wyszliśmy – westchnęłam. – Ja się męczę, on się męczy…

– Dziecko – zaczęła moja matka, gasząc niedopałek. – Nie powiem „a nie mówiłam", ale ja już w zeszłym roku próbowałam ci uświadomić, że to wszystko dzieje się trochę zbyt szybko.

Rozlała do końca wino z butelki.

– Moim zdaniem to dziecko spowodowało ślub.

O Boże, jakże bardzo się mylisz, pomyślałam.

– A utrata dziecka jednocześnie spowodowała utratę sensu małżeństwa. – Klara wzruszyła ramionami. – Więc się nie dziwię, że kiedy na twojej drodze w takim momencie stanął ktoś intrygujący, zainteresowałaś się nim. A co byś zrobiła w obecnej sytuacji, gdyby Massimo nie był twoim mężem, tylko chłopakiem? A ty byłabyś w Polsce, a nie na Sycylii?

– Zostawiłabym go – odpowiedziałam po krótkim zastanowieniu. – Nie zniosłabym tego, że mój facet mnie ignoruje i często traktuje jak wroga.

– Tak po prostu, zrobiłabyś to?

– Po prostu? – oburzyłam się. – Mamo, ja walczę o ten związek od miesięcy. Z zerowym skutkiem. Ile mam jeszcze stracić czasu? Za kilka lat ocknę się przy człowieku, którego zupełnie nie znam.

Na twarzy mojej matki pojawił się szczery, ale lekko smutny uśmiech, a ona pokiwała głową.

– A zatem widzisz, sama sobie odpowiedziałaś na pytanie, z którym tu przyjechałaś.

Zamurowało mnie. Dopiero kiedy ktoś mnie zmusił do powiedzenia tego, czego chcę, oczekuję i potrzebuję, dotarło do mnie, że mam prawo do tego wszystkiego, co czuję. Miałam prawo popełnić błąd, miałam prawo się mylić, ale przede wszystkim miałam prawo do tego, by robić to, co mnie uszczęśliwi.

– Kochanie, dam ci złotą radę, dzięki której, jak sądzę, moje małżeństwo z twoim ojcem trwa od prawie trzydziestu pięciu lat.

Nachyliłam się w jej stronę.

– Musisz być egoistką.

Och, grubo idzie, stwierdziłam bezdźwięcznie.

– Jeśli na pierwszym miejscu postawisz swoje szczęście, będziesz robić wszystko, aby ono trwało. Będziesz więc również dbać o związek, ale taki, który nie zniszczy ciebie. Pamiętaj, kobieta, która jest wyłącznie dla mężczyzny, będzie zawsze nieszczęśliwa, będzie czuć się uciemiężona, a co za tym idzie, będzie marudziła. A mężczyźni nie lubią marudzących kobiet.

– I takich, co się nie malują – pokiwałam głową.

– Och, broń Boże. Nawet jak nie masz faceta, musisz dbać o siebie dla siebie – przytaknęła moim słowom.

No tak, w tej kwestii moja rodzicielka była niekwestionowanym ekspertem. Jej zawsze nienaganne włosy i makijaż niezależnie od pory dnia zdawały się krzyczeć: narodziłam się po to, by być piękna.

Tego popołudnia upiłyśmy się. Lubiłam ten stan, kiedy byłam przy mamie. Wtedy stawała się zabawna, a co za tym szło, trochę bardziej wyluzowana.

Kolejne dni były do siebie podobne. Chodziłam na spacery z tatą, piłam wieczorami wino z mamą i usiłowałam rozgryźć działanie teleskopu. Biedny Damian podążał za mną krok w krok, a Olga usiłowała ogarnąć firmę pod moją nieobecność. Łączyłyśmy się na Skypie, żeby wybierać kroje i dyskutować na temat projektów. A Massimo… milczał. Potraktował moje zakazy na tyle poważnie, że przez prawie dziesięć dni, które spędziłam w Polsce, zadzwonił tylko raz, by opierdolić mnie za kupno motoru. Tęskniłam za nim, ale tęskniłam też za Nacho. Mój chory umysł popadał już w obłęd, bo na zmianę śnili mi się Don i kanaryjski mafioso. Byłam rozerwana, rozdarta i waliłam głową w ścianę. Wtedy postanowiłam zadzwonić do swojego terapeuty.

– Cześć – powiedział Marco, kiedy połączyłam się z nim przez facetime.

– Prawie przespałam się z Nacho – wypaliłam, a on zagwizdał z podziwem. – Ale w końcu tego nie zrobiłam.

– Dlaczego?

– Bo nie chciałam zdradzić męża?

– Dlaczego? – powtórzył pytanie.

– Bo chyba go kocham?

– Dlaczego chyba i którego z nich dotyczyła odpowiedź?

Każda rozmowa z Marco wyglądała podobnie. Ja coś mówiłam, a on czepiał się najciekawszych jego zdaniem momentów, naprowadzając mnie na rozwiązania, które już znałam. Pozbywałam się wątpliwości w bardzo naturalny sposób, samodzielnie dochodząc do rozwiązań.

Postanowiłam pozwolić, by życie toczyło się swoim torem, a ja zamierzałam tylko obserwować jego nurt. Nie chciałam wpływać na swoje decyzje czy osądy, potrzebowałam, by cała sytuacja rozegrała się poza mną. Byłam gotowa z pokorą przyjąć każdy finał. Bo – przynajmniej w teorii – każdy był dla mnie dobry.

W weekend zaproponowałam tacie przejażdżkę. Uradowany wyciągnął z garażu swojego choppera i wystroił się w skórzany kostium z frędzlami. Zaliczaliśmy dobrze nam znane trasy, pozdrawiając innych motocyklistów korzystających z cudownej pogody. Byłam spokojna, szczęśliwa i nadal bez odpowiedzi, co powinnam zrobić.

Zatrzymaliśmy się na rynku w Kazimierzu, a ja ściągnęłam kask i w seksowny sposób potrząsnęłam głową. Długie włosy wysypały mi się na ramiona. Zupełnie jak na filmach, brakowało tylko slow motion i tego, bym pod kombinezonem miała jedynie biustonosz, a w nim niebotycznie wielkie cycki. A tu niestety, ani biustu, ani kuszącego stanika, zamiast tego zwykła czarna koszulka.

Rynek w tej maleńkiej miejscowości był ulubionym miejscem spotkań motocyklistów. Maszyny ustawione w rzędzie prowokowały turystów do odwrócenia głowy od zabytkowych budowli i zerknięcia na coś z aktualnej epoki.

– Jak za dawnych lat – stwierdził lekko rozczulony tata, obejmując mnie w pasie. – Lemoniada?

Wskazał głową naszą ulubioną knajpkę tuż obok, a kiedy skinęłam potwierdzająco, pociągnął mnie w jej stronę.

W czułym uścisku wyglądaliśmy trochę jak sponsor i jego utrzymanka, ale w dupie miałam rozbawione spojrzenia młodych chłopaków, kiedy objęta przez tatę maszerowałam do stolika.

– Jak sobie radzisz z mamą? – zapytałam, pociągając pierwszy łyk. – Mnie doprowadza do pasji po dwóch dniach, a ty walczysz z tym na co dzień.

– Maleństwo – zaczął, uśmiechając się czule. – Kocham ją, więc skoro poradziłem sobie z nią w ciąży, z jej menopauzą tym bardziej dam sobie radę.

Parsknęłam śmiechem na myśl o tym, jak moja ciężarna matka w przypływie furii rugała go bez powodu, a on przynosił jej kolejne rzeczy, które musi dostać już teraz, natychmiast. Lubiłam towarzystwo mojego ojca. Był nienachalny, ale oprócz tego, że umiał słuchać, uwielbiał też gadać. Więc ja nie musiałam tego robić.

Po godzinie przerobiliśmy już wszystkie tematy, od koni mechanicznych, przez alkohol, do inwestowania w nieruchomości. Tata mówił, ja słuchałam, później ja mówiłam, a on udowadniał mi, że nie mam racji. Udzielał rad związanych z firmą i obchodzeniem się z ludźmi.

– Wiesz, kochanie, głównym założeniem takiego biznesu jest jednak zysk...

Warkot silnika jakieś trzy metry od nas przerwał mu i oboje obróciliśmy głowy. Na brukowany rynek wjechała przepiękna żółta Hayabusa. Aż jęknęłam na widok tego cudownego motocykla. Marzyłam o takim, ale niestety nigdy nie miałam okazji dosiąść tego potwora. Kierowca zgasił silnik i sprawnie zeskoczył z maszyny. Jak zaczarowana, z lekko otwartymi ustami patrzyłam na żółte cudo stojące zaraz przed moim nosem. Wtedy człowiek w czarnym kombinezonie zdjął kask, odwiesił go na kierownicy i obrócił się w naszą stronę. Moje serce zerwało się do galopu, a całe ciało napięło. Przestałam oddychać, kiedy Nacho, robiąc dosłownie trzy kroki, stanął przede mną.

– Lauro – wyszczerzył zęby i nie odrywał ode mnie zielonych oczu, zupełnie ignorując tatę.

– Jezu Chryste – wyszeptałam po polsku, a Tomasz Biel zgłupiał jeszcze bardziej.

– Nacho Matos – powiedział, obracając się w stronę taty i podając mu dłoń, z której zdążył wcześniej ściągnąć rękawiczkę. – Pana córka teraz przez chwilę będzie dochodzić do siebie, więc może się przysiądę.

Oczy wyszły mi z orbit na dźwięk języka polskiego w jego ustach.

– Tomasz Biel. Rozumiem, że się znacie? – odparł tata, wskazując mu miejsce.

– Jezu Chryste – powtórzyłam raz jeszcze, a Kanaryjczyk zajął miejsce, nakładając na nos okulary.

– Przyjaźnimy się, ale na co dzień mieszkam dość daleko, więc pańska córka może być trochę zaskoczona moim widokiem.

Nacho zerknął na mnie, a ja miałam wrażenie, że ktoś stoi za mną i wali w łeb kijem do bejsbola.

Zdezorientowany tato patrzył raz na mnie, raz na intruza, który zdążył już zamówić sobie mrożoną herbatę i rozgościć się.

– Piękna maszyna – stwierdził Tomasz, obracając nieco głowę. – Czy to model z zeszłego roku?

– Tak, to najnowsza wersja…

Rozmawiali ze sobą, a ja miałam nieodpartą chęć zerwać się i biec przed siebie, dopóki nogi nie wejdą mi w tyłek. Był tu, kolejny raz siedział przede mną, a ja nerwowo rozglądałam się na boki. Wtedy zobaczyłam czarnego mercedesa i kolejny raz zabrakło mi tchu.

– Zaraz wrócę – rzuciłam krótko, ruszając w stronę Damiana.

Nie miałam pojęcia, czy wie, jak wygląda Nacho, i czy mój mąż dał mu jakieś wytyczne, jeśli chodzi o przebywających ze mną mężczyzn. Postanowiłam więc blefować.

– Wojowniku – powiedziałam, kiedy opuścił szybę.

– Nie chce ci się pić? Może ci coś przynieść?

– Mam wszystko – pokiwał do mnie butelką wody i zaśmiał się uroczo. – Co to za koleś?

Obróciłam się i popatrzyłam w stronę stolika, gdzie panowie zażarcie rozmawiali na temat, jak sądzę, żółtego potwora.

– Znajomy taty – wzruszyłam ramionami i odetchnęłam z ulgą, bo jego pytanie zdradzało, że Damian nie miał pojęcia, z kim siedzę.

– Fajną ma maszynę – pokiwał z uznaniem głową.

– Też mi się podoba – jęknęłam i obróciłam się, by wrócić do stolika. – Jak będziesz czegoś potrzebował, dawaj znać.

Kiedy zbliżałam się do swojego krzesła, tata nagle wstał i całując mnie w głowę, powiedział:

– Kochanie, twoja matka szaleje. Sądzi, że już zostaliśmy dawcami narządów, więc wrócę, żeby ją uspokoić.

Obrócił się i podał rękę Nacho.

– Miło było cię poznać. I pamiętaj o smarowaniu.

– Dzięki, Tomasz, to cenna rada. Do zobaczenia.

Tata zniknął, a ja opadłam na fotel, wbijając w Nacho wściekłe spojrzenie.

– Co tu robisz, do cholery, i jakim cudem jesteś na „ty" z moim ojcem?!

Nacho oparł się o krzesło i zdjął okulary. Odłożył je na blat.

– Testuję stan polskich dróg i mam pewne spostrzeżenia.

Jego rozbrajający uśmiech był zaraźliwy.

– A twój tata to fajny facet, sam zaproponował, żebyśmy mówili sobie po imieniu.

– Prosiłam o czas. Massimo zrozumiał, a ty...

– Właśnie dlatego, że on zrozumiał, ja mogłem pojawić się tutaj. Nie masz ochrony, dziewczynko, nie licząc tego fightera w mercedesie.

Uniósł z rozbawieniem brwi.

– Zostawiłeś mnie ostatnio i po prostu sobie poszedłeś.

W moich oczach wezbrały łzy na wspomnienie, jak zniknął, zostawiając mnie w bramie.

Nacho westchnął i opuścił głowę, a jego dłonie zaciśnięte w pięści odcinały dopływ krwi do palców.

– Bałem się, że on kolejny raz ukarze cię za nieposłuszeństwo i wtedy będę musiał go zabić.

Nacho podniósł na mnie lodowate spojrzenie.

– A wtedy straciłbym ciebie...

– Czemu teraz rozmawiasz ze mną po angielsku?

Zmieniłam temat, ponieważ nie miałam ochoty kontynuować rozmowy o nim, o Massimo i o mnie.

– Od kiedy znasz polski? – rzuciłam.

Rozparł się na krześle i założył ręce za głowę, a na jego twarzy zagościł uśmiech. Boże, jak ja uwielbiałam ten uśmiech.

– Znam wiele języków, ale o tym dobrze wiesz.

Jego oczy błądziły po mojej twarzy. – Ślicznie wyglądasz w tym kombinezonie. Oblizał usta, a ja kolejny raz poczułam na głowie kij bejsbolowy, który walnął mnie z taką siłą, że już dawno powinnam leżeć pod stołem.

– Nie zmieniaj tematu. Od kiedy znasz polski?

– Znam to za dużo powiedziane. – Pochylił się i wziął do ręki szklankę. – Uczę się go od dwóch lat, ale od pół roku jakoś bardziej się przyłożyłem.

Zbliżył krawędź do ust i zerknął figlarnie, a ja wiedziałam, że robi sobie ze mnie jaja.

– Jesteś nieznośny.

Nie byłam w stanie wytrzymać i na mojej twarzy zagościł uśmiech.

– Po co przyjechałeś? – powiedziałam nieco pogodniej i mniej napastliwie.

– Nie wiem – wzruszył barkami. – Może po to, żeby popatrzeć, jak robisz na złość mężowi?

Jego wzrok był łagodny i rozbawiony.

– Albo po to, by zobaczyć, jak zaczynasz żyć własnym życiem. Jestem z ciebie dumny, dziewczynko.

Pochylił się w moją stronę.

– Spełniasz się, znowu robisz to, co chcesz, i z każdym dniem rozpiera cię coraz większa radość. Wrócił do pozycji, w której siedział wcześniej, i założył na nos okulary.

– Ścigamy się? – zapytał, a ja wybuchłam śmiechem i pokręciłam głową.

– Żartujesz, prawda? Masz pewnie co najmniej siedemdziesiąt koni więcej niż ja. Poza tym jeśli nie masz ograniczników, możesz jechać prawie dwa razy szybciej. Nie mówiąc już o tym, że pewnie jeździsz kilkaset razy lepiej niż ja.

Nacho siedział, uśmiechając się w dziwny sposób, i słuchając tego, co mówię, kręcił głową.

– Imponujesz mi – stwierdził niemal szeptem. – Która kobieta wie co to konie mechaniczne?

– Nabijasz się ze mnie i kpisz z mojego intelektu – warknęłam z udawaną złością. – Masz między nogami moje marzenie, do którego mam wielki respekt, więc nie sprowokujesz mnie do tego, bym przegrała.

– Tak łatwo przyznajesz się do tego, że mnie pragniesz?

Oczy miał szeroko otwarte, a usta lekko rozchylone.

Wtedy dotarło do mnie, co przed chwilą powiedziałam, i w podbrzuszu poczułam ukłucie. Podniosłam oczy, wbijając je w jego zielone spojrzenie, a przez głowę przetoczyła się kawalkada zwierzęcych żądz. Marzyłam, by wziął mnie na swojej żółtej maszynie albo przynajmniej poderwał się z krzesła i pocałował. Ale najbardziej chciałam, by kolejny raz porwał mnie i schował przed całym światem w małym domku na plaży.

– Lauro – cicho zawołał mnie, kiedy nie odpowiadałam. – Chodź. – Wyciągnął dłoń ku mojej i kiedy mimowolnie mu ją podałam, lekko pociągnął. – Włóż kask – powiedział, kiedy czarny hełm prześlizgnął się przez jego łysą głowę, a zupełnie ciemna szyba zasłoniła oczy. Przerzucił jedną nogę przez swój motocykl i kolejny raz chwycił mój nadgarstek, żeby pomóc mi usiąść.

Zerknęłam w stronę mercedesa. Zdezorientowany Damian odpalił silnik i usiłował zawrócić. Wtedy pod moją pupą poczułam moc budzącego się do życia czterocylindrowego silnika. Ręce Kanaryjczyka chwyciły moje, owijając je sobie wokół talii, a kiedy złapałam się za nadgarstki, maszyna wyrwała do przodu. W żołądku poczułam stado motyli, które poderwało się do lotu, kiedy gnał przed siebie wąskimi uliczkami, a po chwili wyjechał na gładką drogę. Obejrzałam się i zobaczyłam Damiana wyprzedzającego inne samochody. Niestety, krowiasta S klasa nie była w stanie dogonić zwinnego motocykla i już po kilkunastu minutach poczułam, że jesteśmy sami. Wtuliłam głowę w szerokie barki Nacho i upajałam się każdym kilometrem, który pokonywaliśmy. Kiedy zwalniał, chwytał moje ręce i mocno zaciskał, jakby dawał sygnał, że czuje mnie i cieszy się z tego, że jestem.

Po kilkudziesięciu kilometrach skręcił w leśną drogę i zatrzymał się, a ja poczułam, że Hayabusa zdecydowanie nie jest crossowym motocyklem. Skąd on znał takie miejsca, pomyślałam, patrząc na dom nad jeziorem ukryty wśród drzew. Zgasił silnik i nie zsiadając, zdjął kask.

– Masz telefon? – zapytał poważnym tonem, kiedy ściągnęłam swój.

– Nie mam, został w sakwach taty.

– Myślisz, że masz na sobie inne nadajniki?

Obrócił głowę w moją stronę. Zaprzeczyłam gestem.

– To dobrze, zatem mamy dla siebie całą noc.

Na dźwięk tych słów odetchnęłam głęboko, a przerażenie mieszało się we mnie z niezdrowym podnieceniem. Oparłam się o jego silne barki i zeskoczyłam, a po chwili rozpięłam rękawiczki.

Nacho podparł motocykl i zszedł z niego, a kask powiesił na rączce. Chwycił smukłymi palcami suwak kombinezonu i rozpiął go, ukazując nagą, wytatuowaną klatkę. Przełknęłam ślinę i obserwowałam, co zrobi dalej. Zsunął całą górną część i obrócił się w moją stronę. Teraz bez słowa i nie patrząc mi w oczy, pociągnął za zamek błyskawiczny w moim kombinezonie i wkładając dłonie do środka, uwolnił mnie z przyklejonej do ciała skóry. Czułam na barku jego miętowy oddech, a dotyk jego dłoni sprawiał, że co chwilę raził mnie prąd.

– Jak to jest, dziewczynko, że za każdym razem, kiedy stykamy się ze sobą, czuję, jakby ktoś do mnie strzelał?

Uniosłam wzrok i napotkałam zielone spojrzenie; czekał.

Jego opalona skóra była lekko spocona, a zwilżone językiem usta lśniły i prowokowały do pocałunku.

– Też to czuję – szepnęłam, kiedy zastygliśmy kilka milimetrów od siebie. – Boję się… – Zwiesiłam głowę.

– Jestem tu – wyszeptał, unosząc mi ją za brodę.

– I właśnie tego boję się najbardziej.

Palce Kanaryjczyka przesunęły się na mój policzek, a kciuk objął żuchwę i ją uniósł. Zbliżałam się nieuchronnie do jego warg. Nie miałam zamiaru walczyć, uciekać ani się opierać. W głowie jak mantra dźwięczały mi słowa mamy o byciu egoistką i robieniu tego, na co mam ochotę. Usta Nacho ominęły moje i zacisnęły się na odsłoniętym obojczyku, później na szyi i uchu. Dyszałam, a moje ciało domagało się więcej. Musnął policzek i nos, a kiedy byłam przekonana, że za chwilę dotknie moich warg, zastygł.

– Chcę cię nakarmić – wyszeptał i splótł palce z moimi. Ruszyliśmy w stronę domu.

Boże, jęknęłam w duchu, jedzenie było ostatnią rzeczą, na jaką miałam w tej chwili ochotę. Całe moje ciało lgnęło do niego, a każda komórka mózgu pragnęła, by mnie posiadał. Ale on wetknął klucz w zamek, otworzył drzwi i puścił mnie przodem. Rozejrzałam się dookoła, a kiedy usłyszałam szczęk zamka, zesztywniałam.

– Proszę – powiedział, podając mi telefon. – Zadzwoń do rodziców i powiedz, że nie wrócisz na noc. Zostawił mnie i przeszedł korytarzem, na końcu którego znajdowała się kuchnia.

Stałam oszołomiona i zastanawiałam się, co zrobić. Ale przede wszystkim, jak wytłumaczę Klarze Biel, że nie zamierzam się pojawić na kolacji. Obróciłam się i przeszłam przez pierwsze napotkane drzwi prowadzące do salonu. Ściany w kolorze oliwkowej zieleni i brązowe kanapy idealnie współgrały z wiszącym nad kominkiem porożem jelenia. Dalej był stół na jakieś osiem osób, wokół którego ustawione były ciężkie drewniane krzesła z miękkimi, bordowymi siedziskami. Wyglądało to wszystko na ekskluzywną leśniczówkę.

Po krótkiej przeprawie z moją mamą i kolejnym milionie kłamstw odłożyłam telefon na kamienny blat i usiadłam na wysokim stołku.

– Suka została na rynku.

Nacho się odwrócił. W ręku trzymał patelnię i patrzył na mnie pytająco.

– Mój motocykl – wyjaśniłam – nadal stoi zaparkowany tam, gdzie go zostawiłam.

– Nie masz racji – odparł, uśmiechając się do mnie.
– Ja także nie podróżuję sam, dziewczynko. Może nie
jestem tak ostentacyjny jak Torricelli, ale wszędzie, gdzie
jestem ja, są również moi ludzie. Twoja suka – prychnął
– jest na parkingu kilkaset metrów od twojego domu ro-
dzinnego.

Postawił dwa talerze naprzeciwko siebie i wyłożył na nie
pachnące krewetki. Otworzył piekarnik i po chwili stały
przede mną grzanki z serem, oliwki i butelka wina.

– Jedz – nakazał, wbijając widelec.

– Skąd wiesz, że zostanę? – zapytałam, przeżuwając
pierwszy kęs przepysznego jedzenia.

– Nie wiem – odpowiedział, nie patrząc na mnie. – Mogę
tylko mieć nadzieję.

Podniósł na mnie oczy, a jego wzrok zdradzał strach podobny do mojego.

– Co ze mną zrobisz, jeśli zostanę?

Ciągnęłam temat figlarnym tonem. Doskonale to wyczuł.

– Sprawię ci przyjemność.

Zastygł z widelcem uniesionym w górę, patrzył na mnie,
nie uśmiechając się, a ja trawiłam sens jego słów.

– Och – jęknęłam zszokowana i zamilkłam.

Do końca posiłku postanowiłam się nie odzywać.
Wystarczyło mi, że patrzyliśmy na siebie, a w powietrzu
czuć było elektryzujące pożądanie.

Kiedy mój talerz był pusty, Nacho schował naczynia do
zmywarki i upił łyk piwa z butelki.

– Na górze, w pierwszej sypialni po lewej stronie – zaczął, patrząc na mnie spokojnie. – Na łóżku leży torba, możesz wziąć prysznic i się przebrać. Ja muszę zadzwonić do Amelii, bo dobija się do mnie od godziny.

Przechodząc przez kuchnię, pocałował mnie w czoło i wyszedł przez drzwi na taras. Kolejny raz mnie zamurowało. Był tak delikatny, a jednocześnie stanowczy i męski.

Schowałam głowę w dłoniach, zastanawiając się, co mam zrobić i czy nie powinnam zaraz wyjść, wsiąść na motocykl i uciec. Ale nie miałam pojęcia, gdzie jestem, jak wrócić do domu, a przede wszystkim żadna z części mojego ciała nie chciała kolejny raz uciekać przed Nacho. Podniosłam się niespiesznie i ruszyłam w stronę, którą mi wskazał.

Tak jak powiedział, w pierwszej sypialni po lewej, na łóżku leżała torba, a w niej ubrania, które znałam z szafy jego mieszkania na Teneryfie. Nie było mowy o markowych ciuchach. Chwyciłam więc różowe bawełniane bokserki, białą koszulkę na ramiączka i poszłam pod prysznic.

ROZDZIAŁ 9

– Dostałaś to, po co przyjechałaś? – zapytał Damian naszego ostatniego wspólnego wieczoru. Jedliśmy razem kolację w restauracji u Karola.

– Nie – odpowiedziałam lakonicznie i dalej przeżuwałam soczystego steka.

– I wracasz? – zdziwił się.

– Tak. Postanowiłam egoistycznie, że nic nie zrobię i pozwolę, by wszystkie moje problemy rozwiązały się same.

– Pamiętaj, Lalka, że jak będziesz potrzebowała pomocy, to ja zawsze jestem.

– No wiem. Przytuliłam się do jego muskularnego barku, na co Karol pogroził mi palcem.

Była jedenasta, kiedy wsiadłam do małej łupiny zwanej samolotem i lekko otumaniona środkami uspokajającymi zanurzyłam się w fotelu. Wyjrzałam przez okno. Byłam spokojna, wyciszona i skrajnie zakochana. Po nocy spędzonej z Nacho miałam o czym myśleć, więc nawet nie zauważyłam, kiedy wystartowaliśmy. Tym razem nie usnęłam, lecz z zamkniętymi oczami wspominałam niezwykłe chwile we dwoje.

Wyszłam spod prysznica i zeszłam na dół ubrana bardziej w piżamę niż strój, który mógł uchodzić za oficjalny.

Na wieszaku obok schodów wisiała pachnąca nim bluza od dresu, więc zarzuciłam ją na ramiona, głęboko wciągając cudowną woń. Powoli wynurzyłam się zza ściany i patrzyłam, jak na kanapie, z nogami opartymi o niską ławę, siedział Nacho i oglądał telewizję. Stałam przez chwilę schowana za jego plecami i patrzyłam na kolorowe barki wystające znad oparcia.

– Czuję cię – szepnął i wyłączył dźwięk w telewizorze. – Za każdym razem, kiedy zbliżasz się do mnie, mrowi mnie skóra.

Poruszył głową, jakby rozluźniał kark.

– Podobnie czuję ocean. Zawsze, kiedy idzie duża fala, a ja jeszcze jej nie widzę, odczuwam ten sam rodzaj podniecenia.

Zsunął nogi z ławy, wstał i obrócił się w moją stronę.

Stałam oparta o ścianę, z jedną stopą zawiniętą za kolano drugiej nogi, włosy miałam niedbale związane w kok, a końcówki palców wystawały mi spod luźnej bluzy.

– Nigdy nie będziesz piękniejsza niż w tej chwili – stwierdził, łapiąc wcześniej głęboki wdech.

Powoli podszedł do mnie, a ja czułam, jak ogarnia mnie obezwładniające przerażenie. Miał nagą klatkę i cienkie dresowe spodnie z szerokimi nogawkami. Bose stopy niemal zetknęły się z moimi, kiedy zatrzymał się kilka centymetrów przede mną. Staliśmy wpatrzeni w siebie, ale żadne nie było pewne, co powinno teraz zrobić.

– Chodź do mnie – powiedział cicho i wsunął mi dłonie pod pośladki. Uniósł mnie ku sobie.

Oplotłam jego biodra udami i pozwoliłam, by po kilku krokach posadził mnie na kuchennym blacie. Jego smukłe palce przesunęły się po moich barkach i wzdłuż rąk, ściągając z nich bluzę. Nie spieszył się i cały czas obserwował moje reakcje. Jakby nie chciał popełnić błędu. Każdy jego gest zdawał się mówić: zaczekam, jeśli tylko powiesz stop. Ale ja nie miałam ochoty, żeby przestawał. Kiedy materiał opadł na podłogę, on przysunął mnie do siebie jeszcze bliżej.

– Chcę cię poczuć.

Jego usta wypowiedziały to kilka milimetrów od moich.

– Tylko poczuć, dziewczynko.

Chryste Panie, zaraz dojdę, pomyślałam, kiedy jego niski głos prześlizgiwał się przez moją głowę.

Zahaczył kciuki o dół mojej koszulki i zaczął ją podciągać do góry, odsłaniając brzuch, żebra, piersi. Dyszałam lekko spanikowana, ale jego wesołe zielone oczy błądziły po mojej twarzy, przynosząc spokój. Podniosłam dłonie z zimnego blatu i uniosłam je w górę, dając znak, że może całkiem mnie rozebrać. Kiedy koszulka upadała na podłogę, stał tak blisko, że niemal przyklejał się do mnie kolorowymi rysunkami. Nie patrzył w dół, nie chciał oglądać bezbronnej kobiety siedzącej przed nim. On potrzebował mnie czuć. Kolejny raz wsadził mi dłonie pod pupę i uniósł mnie, a ja przywarłam do niego.

– Boże – jęknął, a jego smukłe palce przytuliły moją głowę do zagłębienia w szyi. – Czuję cię.

Przeszedł przez pokój, wspiął się ze mną po schodach, skręcił jeszcze raz i wszedł do pięknej ciemnej sypialni.

Na wielkim drewnianym łóżku leżały kolorowe koce i poduszki. Ukląkł i delikatnie, nie odrywając się ode mnie,
ułożył mnie na nich i przykrył sobą. Moje serce zerwało się
do galopu, a oddech grzązł w gardle. Boże, chciałam, żeby
właśnie tak to zrobił.

Rozłożył moje ręce na boki i splótł palce z moimi. Jego
zielone oczy wpatrywały się w moją twarz, a język oblizywał pełne wargi. Nie wytrzymałam i unosząc się nieco,
chwyciłam jego usta swoimi, a później wyrwałam dłonie
i łapiąc go za głowę, przyciągnęłam do siebie. Ja pragnęłam
go łapczywie, ale on całował mnie powoli, co jakiś czas zasysając dolną wargę.

– Nie taką przyjemność dam ci dzisiejszej nocy, Lauro
– wydyszał, odrywając się ode mnie. A ja całkiem zgłupiałam.
– Chcę, żebyś mi się oddała, myśląc wyłącznie o mnie, nie
mając z tyłu głowy przysięgi, którą składałaś przed Bogiem.

Kiedy to powiedział, w pierwszej chwili chciałam go
strzelić w łeb i wyjść, ale po kilku sekundach zrozumiałam,
o co mu chodzi. On nie chciał być kochankiem. On chciał
być tym, którego kocham. Wcisnęłam mocno głowę w poduszkę i patrzyłam na niego zrezygnowana.

Chwycił koc i okrył nas szczelnie, a później ściągnął
spodnie i na powrót ułożył się między moimi nogami.
Konsternacja wymalowała mi się na twarzy, bo to, co robił,
było całkowitym przeciwieństwem tego, co mówił.

– Nie będę się dziś kochał z tobą, będę cię poznawał.

Zsunęłam dłonie po jego plecach i chwytając za pośladki, ze zdziwieniem odkryłam, że ma na sobie bokserki.

– Nie zdejmę ich, ty swoich też nie – na jego twarzy zatańczył promienny uśmiech. – Będę poznawał twoje pragnienia, ale czas na ich zaspokojenie przyjdzie później.

Pochylił się i znów zaczął mnie całować, lecz tym razem nieco podkręcił tempo. Jęknęłam zaskoczona tą zmianą taktyki i mocno wbiłam palce w jego plecy. Wyżłobiłam w nich rysę paznokciami.

– Czuję, że lubisz ostrą jazdę, dziewczynko – szepnął i przygryzł moje usta, a ja bezwiednie otarłam się biodrami o jego sterczącą erekcję.

– Ale ostrą czy bardzo ostrą? – zapytał, jednocześnie mocno dociskając swojego kutasa do mojej nabrzmiałej łechtaczki.

– Bardzo! – wrzasnęłam i wyrzuciłam głowę do tyłu, czując jego intensywny ruch.

Nasze ciała falowały splecione ze sobą, a dłonie Nacho przyciskały mnie, by dzieliła nas już tylko skóra. Oboje dyszeliśmy, kiedy nasze usta co chwilę napotykały na siebie, a później gubiły, by odnaleźć barki, szyję, policzki. Natarcia jego bioder stawały się coraz bardziej bezlitosne i silniejsze, miałam wrażenie, że za chwilę eksploduję.

– Nacho – wyszeptałam, a on zwolnił i popatrzył na mnie, jakby sprawdzał, czy wszystko w porządku.

– A co ty lubisz? – zapytałam, oblizując się odrobinę wulgarnie, by go sprowokować. – Lubisz mocno?

Chwyciłam rękami jego biodra i zdecydowanym ruchem docisnęłam do swojej szparki.

– Głęboko?

Kolejny raz natarłam nim na siebie, a jego zielone oczy zaszły mgłą.

Jeszcze nigdy nie widziałam w mężczyźnie takiej samokontroli. Podniecało mnie to, a jednocześnie całą sytuację traktowałam jak wyzwanie. Puściłam prawą ręką jego pośladek i wsunęłam ją pod swoje bawełniane majtki. Boże, byłam tak mokra, że jasna tkanina na pewno stała się przezroczysta. Chwilę bawiłam się palcami, nie spuszczając z niego moich rozpalonych oczu, a później wyjęłam mokre palce i wsadziłam mu je do ust.

– Poczuj, co cię omija.

Kanaryjczyk zamknął powieki i ssał je, lekko gryzł, aż po chwili z jego wnętrza wyrwał się głośny jęk.

Ustami przywarł do moich warg, a jego biodra kolejny raz zaczęły z pełną mocą nacierać na moje. Kochał się ze mną, mocno i intensywnie, tyle tylko, że nie był we mnie. Choć nawet nie musiał, bo ja niemal czułam, jak jego penis rozsadza całe moje wnętrze.

– Chryste – szepnął i zatrzymał się, opierając twarz w zagłębieniu mojej szyi. – Marzę o tym, by wylizać cię całą, pieścić każdy centymetr twojej słodkiej cipki. Boże, jak ona pachnie – jęknął, a jego ciałem wstrząsnął dreszcz. – Kocham i jednocześnie nienawidzę tego, jaką władzę masz nade mną.

Podniósł się i popatrzył na mnie figlarnie.

– Muszę iść pod prysznic.

– Przecież przed chwilą go brałeś? – zmrużyłam oczy ze zdziwienia.

– Doszedłem przez ciebie – pocałował mnie w nos, wstając. – Za chwilę oboje będziemy się lepić.

Przytrzymałam go, kiedy chciał uciec do łazienki.

– No to będziemy – wzniosłam z rozbawieniem brwi i zacisnęłam uda wokół jego bioder, żeby go unieruchomić.

– Bądźmy obrzydliwi.

Wyszczerzyłam się, a on zamarł. Miał minę identyczną jak moja.

– Nic z tego, dziewczynko.

Krzyknęłam, kiedy ciągnąc mnie ze sobą, wstał i przeszedł do łazienki. Stanął pod prysznicem i odkręcił lodowatą wodę. Wrzeszczałam, zeskakując z niego. Próbowałam uciec, ale przytrzymywał mnie, śmiejąc się w głos, a ja okładałam go pięściami.

– Puść mnie, psycholu – krzyczałam, a jednocześnie nie mogłam powstrzymać śmiechu, chociaż zimna woda odbierała mi dech.

– Obojgu nam dobrze zrobi, jeśli ostygniemy.

Faktycznie nie był to najgorszy pomysł. Ale aby miał sens, umyliśmy się, stojąc do siebie tyłem. Wyszłam pierwsza i otuliłam się szlafrokiem, a potem mój wzrok zawiesił się na jego wytatuowanej pupie.

– Nie obrócę się, póki tam stoisz – powiedział, lekko przechylając głowę w moją stronę.

– Nie musisz, ten widok jest lepszy niż to, co jest z przodu – zaśmiałam się sarkastycznie.

– Pewna jesteś?

W tym momencie odwrócił się, a metr przede mną ukazała się imponująca erekcja.

Otworzyłam usta na widok najpiękniejszego i najprostszego kutasa, jakiego widziałam w życiu. Kiedyś już miałam okazję go zobaczyć, ale wtedy zwisał sobie, a ja usiłowałam nie patrzeć. Teraz jednak nie było takiej siły, która oderwałaby mój wzrok od tego cudu, którego koniec przebity był kolczykiem. Jęknęłam, a moje zęby mimowolnie zagryzły usta. Nacho stał oparty jedną ręką o ścianę i chichotał.

– A więc co mówiłaś? – spytał, kiedy ja usiłowałam otrząsnąć się z amoku. – Czuję, że w myślach już klęczysz przede mną.

Starł dłońmi wodę z łysej głowy i ruszył w moją stronę.

Był tak blisko, że jego przyrodzenie zniknęło z mojego pola widzenia. Skrzywiłam się rozczarowana i wydęłam wargę jak mała dziewczynka, a on sięgnął po ręcznik i zawinął go wokół bioder.

– Do łóżka – warknął ze śmiechem i popchnął mnie w stronę drzwi.

Tej nocy faktycznie nie kochał się ze mną, a żeby nie kusić losu, ani razu mnie nie pocałował. Leżeliśmy, rozmawiając, śmiejąc się, bijąc jak dzieciaki i przytulając. Ja w koszulce i majtkach, on w bokserkach. Było już jasno, kiedy wtulona w niego zasnęłam. Kiedy się obudziłam wczesnym popołudniem, zrobił mi śniadanie, posadził na motocykl i odwiózł na parking, gdzie jego ludzie zostawili moją sukę. Zanim założyłam kask, ujął moją twarz w dłonie i pocałował tak czule, że zachciało mi się płakać.

– Zawsze będę w pobliżu – powiedział, odpalając silnik żółtego potwora.

Nie pytał mnie, co teraz ani co zamierzam. O nic nie pytał. Po prostu dał mi szansę, bym go poznała, i zniknął.

Wróciłam do domu. Przy bramie spotkałam wściekłego Damiana, który wymachiwał rękami i wrzeszczał, ale nie interesowało mnie, co ma mi do przekazania.

– Dzwoniłeś do niego? – zapytałam, kiedy wreszcie zamilkł.

– Nie. Twoja mama powiedziała, że jesteś bezpieczna i to nie moja sprawa.

– Bardzo słusznie – pokiwałam palcem i wjechałam podjazdem pod dom.

Z rodzicami też o dziwo nie było wielkiej kłótni. Klara Biel popatrzyła tylko w moje roześmiane oczy i westchnęła, kręcąc głową. To było do niej niepodobne, żadnych pytań, żądania wyjaśnień – szok.

– Pani Lauro, jesteśmy – kapitan powietrznej łupiny nachylił się nade mną.

– Ale mnie odcięło. – Przeciągnęłam się, mrugając nerwowo oczami.

Włożyłam na nos okulary przeciwsłoneczne i zeszłam po maleńkich schodach na płytę lotniska. Podniosłam wzrok, który już nieco przyzwyczaił się do światła, i zobaczyłam Massimo.

Mój mąż stał oparty o samochód i uśmiechał się do mnie. W cienkim jasnoszarym garniturze i białej koszuli wyglądał obłędnie, a delikatny wiatr lekko poruszał jego włosami. Silne, muskularne ramiona opinała idealnie skrojona marynarka, a długie ręce, które trzymał w kieszeni, dodawały mu pewności siebie. Poczułam, jak w ustach brakuje mi śliny.

– Cześć, mała. – Oczy Czarnego prześlizgnęły się po moim ciele, a zęby zagryzły dolną wargę.

Tkwiliśmy tak, oglądając siebie nawzajem, ale żadne z nas nie zamierzało wykonać ruchu jako pierwsze. Ja, bo byłam całkowicie zdezorientowana. A on? Jego oczy zdradzały strach przed tym, co bym zrobiła, gdyby mnie dotknął.

– Zabiorę cię do domu – powiedział, otwierając przede mną drzwi samochodu.

Boże, to było takie dziwne, takie oficjalne i na pierwszy rzut oka bez emocji. Jego postawa wobec mnie była bardziej zachowawcza niż przez pierwsze dni po tym, jak mnie uprowadził. Wsiadłam, a on zatrzasnął drzwi, obszedł samochód i zajął swoje miejsce. Ochrona przewiozła nas pod wejście na terminal. Przeszliśmy przez niego i ruszyliśmy do stojącego przy krawężniku ferrari. „To pedalskie ferrari" – zaśmiałam się w duchu, przypominając sobie słowa Nacho. Jednak kiedy podeszłam bliżej, zauważyłam, że nie jest to jeden ze znanych mi samochodów. To nie mogło być ferrari, chociażby dlatego, że jego drzwi otworzyły się do góry, a nie na bok. Zaskoczona popatrzyłam na męża, który wciąż uśmiechając się, czekał, aż zajmę miejsce.

– Nowy? – zapytałam, oglądając ten czarny, błyszczący naleśnik.

– Nudziłem się – Massimo z cwaniackim wyrazem twarzy wzruszył barkami.

– Twoja nuda chyba bywa dość droga, co? – zapytałam, wciskając się do środka.

Don zajął miejsce kierowcy i guzikiem przypominającym przycisk do katapultowania się odpalił silnik. Wcisnął gaz, a lamborghini aventador wyrwało do przodu z mocą, która wbiła mnie w fotel. Prowadził jak zawsze pewnie, skoncentrowany, czasem jednak czułam, że zerka na mnie. Jednak nie odzywał się nawet słowem. Nagle zobaczyłam, że mijamy zjazd i jedziemy w stronę Messyny. Przełknęłam głośniej ślinę. Nie byłam w tym domu od prawie pół roku, od dnia, kiedy pierwszy raz zobaczyłam w nim Nacho.

Massimo podjechał pod same drzwi i zaparkował, a ja się zastanawiałam, czy mam ochotę wejść do środka.

– Po co tu przyjechaliśmy? – zapytałam, obracając głowę w jego stronę. – Chcę jechać do rezydencji, zobaczyć się z Olgą i odpocząć.

– Ola i Domenico wyjechali na Ibizę trochę się rozerwać, a ja mam jedyny klucz od bramy, więc możesz uznać się za porwaną – uniósł wesoło brwi i otworzył kosmiczne drzwiczki. – I zostaw w środku torebkę. Jej zawartość nie będzie ci potrzebna.

Zerknął na mnie.

– Zwłaszcza telefon.

– A jeśli ja nie chcę być porwana? – zapytałam, wyskakując z samochodu, zanim zdążył go obejść i mi pomóc.

– Na tym polega porwanie.

Jego spokojny ton mnie przeraził.

– To przetrzymywanie kogoś wbrew jego woli, maleńka.

Pocałował mnie w czoło, a raczej musnął je ustami, i wszedł do środka.

Tupnęłam kilka razy nogami i wymamrotałam dziesiątki polskich przekleństw, po czym poszłam za nim.

Wnętrze wyglądało inaczej, niż je zapamiętałam, bez wielkiej choinki wydawało się jeszcze bardziej spektakularne. Czarny położył kluczyki na blacie kuchennym i sięgnął po butelkę wina.

– Ktoś na ciebie czeka.

Postawił dwa kieliszki i nie spuszczając wzroku z obracanego w dłoni szkła, sięgnął po korkociąg.

– W jadalni – powiedział spokojnie, a na jego twarzy zatańczył uśmiech.

Zaciekawiona ruszyłam w stronę miejsca, które kojarzyło mi się wyłącznie z pieprzeniem, i aż podskoczyłam. Na wielkiej poduszce obok drewnianego stołu leżał piesek.

Pisnęłam i pochyliłam się w stronę cudownego, maleńkiego puszka, który na mój widok zaczął turlać się po posłaniu. Był najcudowniejszym stworzeniem, jakie w życiu widziałam, wyglądał jak pluszowa zabawka, taki mały misio. Tuliłam go i niemal płakałam z zachwytu.

– Podoba ci się? – zapytał Massimo, podając mi napełniony kieliszek.

– Czy podoba? Jest cudowny i taki malutki, niewiele większy niż moja dłoń.

– I całkowicie od ciebie zależy, zupełnie jak ja.

Spokojny głos Massimo przeszył moje serce.

– Jeśli troskliwie się nim nie zajmiesz, prawdopodobnie zginie. Tak samo jest ze mną.

Ukląkł przede mną i spojrzał mi w oczy.

– Zginę bez ciebie. Te wszystkie dni... – Przegarnął rękami włosy. – Co ja gadam, godziny, minuty, czułem, że... – Jego oczy były pełne smutku. – Nie umiem żyć bez ciebie i nie chcę.

– Massimo, to szczyt hipokryzji. – Westchnęłam, tuląc do siebie pieska. – Zostawiałeś mnie na wiele dni, na wiele więcej niż teraz ja zostawiłam ciebie.

– Właśnie – przerwał mi i chwycił w dłonie moją twarz. – Dopiero kiedy to ty mnie zostawiłaś, zrozumiałem, że cię tracę. Kiedy nie miałem już nad tobą kontroli i nie mogłem po prostu ciebie mieć, uświadomiłem sobie, jak ważna dla mnie jesteś. Najważniejsza.

Puścił mnie, a jego głowa opadła smętnie na pierś.

– Spierdoliłem to wszystko, Lauro, ale obiecuję ci, że naprawię każdą złą minutę twojego życia, którą przeżyłaś przeze mnie.

Patrzyłam na jego zrezygnowaną twarz i tlące się żalem oczy. Nie było w nich śladu po mężczyźnie, którego zostawiłam. Nie było brutalności i gniewu, były tylko smutek, troska i miłość.

Odłożyłam białą kuleczkę i usiadłam mu na kolanach, tuląc go do siebie. Przyciągnął mnie jeszcze bliżej, jakby chciał się schować w moje ciało, i zacisnął ramiona tak mocno, że poczułam każdy jego mięsień.

– Mała – wyszeptał. – Tak bardzo cię kocham.

Po moich policzkach popłynęły strugi łez. Zacisnęłam powieki i w tej samej chwili ujrzałam wesołego Nacho, który wygłupiał się ze mną. Zobaczyłam, jak mnie całuje i czule tuli do siebie. Do gardła podeszła mi cała zawartość żołądka. Co ja najlepszego chciałam zrobić? W tym momencie podziękowałam Bogu za rozsądek Kanaryjczyka, który nie dopuścił, bym dwie noce wcześniej mu się oddała.

Wsunęłam dłonie we włosy Czarnego i odchyliłam jego wciśniętą we mnie twarz.

– Jak się nazywa? – zapytałam, a kiedy widziałam, że nie rozumie, wskazałam na kuleczkę. – Piesek, jak się nazywa?

Massimo wyprostował się i uśmiechnął lekko, biorąc zwierzątko na ręce.

– Jeszcze nie ma imienia. Czekał na ciebie.

Ten widok mnie rozczulił. Mój wielki, silny mężczyzna przytulał do siebie stworzenie, które było wielkości jego dłoni.

– Givenchy – stwierdziłam pewnie, a Czarny przewrócił oczami. – Jak marka moich ukochanych butów.

– Kochanie – zaczął poważnie, podając mi białą kulkę. – Pies powinien mieć imię złożone z dwóch sylab, tak by wygodnie było go wołać.

– Po co mam go wołać, skoro zawsze będzie przy mnie? – zapytałam, usiłując ukryć rozbawienie. – A więc Prada, jak moja ulubiona marka torebek.

Massimo pokręcił głową i upił łyk z kieliszka.

– Ale Mario Prada był mężczyzną, a to jest suczka.

– Olga kiedyś miała kotkę, która nazywała się Andrzej, więc ja mogę mieć sukę, która nazywa się Prada.

Pocałowałam białą kuleczkę, a ta zaczęła wesoło wiercić się w moich dłoniach.

– Widzisz, podoba jej się.

Massimo siedział na dywanie i oparty plecami o ścianę patrzył, jak bawię się z nowym członkiem naszej mafijnej rodziny. Odebrał w tym czasie dwa telefony, ale nawet na sekundę nie spuścił mnie z oczu. To było dziwne widzieć go tak długo i gdzieś w głębi czuć, że nic nie jest w stanie wyciągnąć go z tego pokoju. Był spokojny i zrelaksowany.

– Jak terapia? – wypaliłam ośmielona po kolejnym kieliszku wina i od razu ugryzłam się w język, ponieważ wiedziałam, że moja niedelikatność może wzbudzić jego gniew.

– Nie wiem, chyba powinnaś zapytać o to mojego terapeutę. – Jego ton był zaskakująco łagodny. – Poza tym to dopiero dwa tygodnie, czyli cztery spotkania, więc nie spodziewam się cudów.

Podniósł się z miejsca i zniknął w kuchni. Wrócił kilka minut później z dwoma talerzami.

– Poza tym wiesz, to, co psułem przez ponad trzydzieści lat, nie naprawi się w chwilę. – Wzruszył ramionami. – Maria zrobiła pastę z owocami morza.

Postawił talerze na blacie i podał mi rękę.

– Chodź, zjesz coś, bo za chwilę tak się upijesz, że będę musiał cię nieść.

– Miałeś nie pić – stwierdziłam nieco zbyt oskarżycielsko, kiedy odstawił swój kieliszek na stół.

– I nie piję – odpowiedział rozbawiony. – To sok z wiśni i czerwonych winogron. Chcesz trochę? Wzięłam w rękę jego szkło i upiłam. Ze zdziwieniem odkryłam, że nie kłamie.

– Przepraszam – jęknęłam. Zrobiło mi się głupio.

– Spokojnie, mała, przecież ci obiecałem, że nie będę pił i ćpał, to niewielka cena za to, żeby cię odzyskać.

Zerknął na mnie czarnymi oczami, kiedy wkładał do ust kolejny kęs.

– A jeśli ja czegoś chcę, zawsze w końcu to dostaję. Tym razem też tak będzie.

Wyprostował się, a jego twarz przybrała cwaniacki wyraz.

Oto mój Don, silny, męski, pewny siebie i opanowany. Ten widok sprawił, że zaczęłam wiercić się na fotelu. Nie umknęło to jego uwadze.

– Nawet o tym nie myśl – wyszeptał. – Żadne z nas jeszcze nie jest na to gotowe. Najpierw muszę wszystko naprawić, a dopiero później wezmę, co moje.

Dźwięk tych słów i ich znaczenie sprawiły, że przez moje wnętrze przetoczył się wir.

– Co nie zmienia faktu – ciągnął Don – że marzę o tym, by powoli wejść w ciebie, czując każdy centymetr twojej wąskiej cipki.

Głośno przełknęłam kęs zalegający w moich ustach.

W jakże ciemnych odmętach była w tej chwili moja dusza. Miotałam się i biłam sama ze sobą. Z jednej strony szanowałam jego decyzję i samokontrolę, z drugiej wyzwanie, które mi rzucał, było ewidentne, a on tylko czekał, aż podejmę rękawicę.

– Jestem mokra – powiedziałam bez zastanowienia, a jego widelec brzęknął o talerz.

– Jesteś okrutna – westchnął, odsuwając od siebie niedokończony posiłek.

– Nie chcesz poczuć tego smaku, kochanie?

Figlarnie uniosłam jedną brew, prowokując go.

Massimo siedział przede mną, wbijając w moje oczy przeraźliwie czarne spojrzenie, a jego zęby bezlitośnie męczyły na zmianę dolną i górną wargę.

– Odśwież się po podróży. Ja muszę popracować.

Odsunął krzesło od stołu, zabrał mój pusty talerz i zniknął.

Siedziałam oszołomiona i byłam doprawdy pod wrażeniem tego, jak wiele było w nim samodyscypliny. – No żesz kurwa mać – zaklęłam, odsuwając z impetem krzesło, na którym siedziałam. – Nikt nie chce mnie dymać i wszyscy nagle tacy opanowani.

Wzięłam na ręce kuleczkę i poszłam na górę do naszej sypialni, by zmyć z siebie cały dzień.

Po skończonym pryszniczu, przebrana w koronkową koszulkę i figi do kompletu, poszłam poszukać swojego zapracowanego męża. Wybór bielizny oczywiście nie był przypadkowy. Doskonale zdawałam sobie sprawę, co lubi Don. Nie ma nic gorszego dla kobiety niż mężczyzna, który twierdzi, że nie chce lub nie może jej posiąść. Wtedy budzi się w nas to coś, co popycha do bezsensownych działań mających na celu udowodnienie mu, że chce i może.

Trzymając w rękach Pradę, przechodziłam przez kolejne pomieszczenia, gabinet, gościnne sypialnie, ale nigdzie go nie było. W końcu zeszłam do kuchni i postawiłam psa na blacie, nalewając sobie kolejny kieliszek wina. Kątem oka zobaczyłam ruch w ogrodzie i zamarłam. Wokół domu nie widziałam ochrony, więc to nie ludzie Massimo krążyli dookoła tarasu. Zdjęłam z blatu psa, bo bałam się, że zostawiony sam spadnie, i powoli ruszyłam w stronę okien.

Na miękkim trawniku za domem mój mąż, ubrany jedynie w luźne spodnie, wymachiwał kijem. Jego klatka i włosy były mokre od potu, a każdy mięsień napięty i pokryty małymi żyłkami. To, co robił, przypominało walkę z niewidzialnym przeciwnikiem, trochę jakby miał w ręku miecz. Przeszłam przez drzwi, a mój biały towarzysz na krótkich łapkach popędził w jego stronę.

– Prada! – wrzasnęłam przerażona myślą, że Massimo niechcący na niego nadepnie.

Czarny zamarł, a kiedy piesek radośnie do niego podbiegł, chwycił go, uniósł i podszedł do mnie.

– A więc nie będziesz musiała go wołać? – zapytał z cwaniackim uśmiechem, opierając się o kij.

Patrzyłam na niego urzeczona, myśląc, jak piękne jest jego ciało. Moje libido waliło mnie w głowę i pchało w jego stronę.

– Co to? – wskazałam na kij, kiedy podawał mi psa.

– Jo, czyli kij do walki.

Przegarnął włosy dłonią, a ja poczułam, jak jego zapach uderza mnie z prędkością pędzącego pociągu. – Wróciłem do treningu, to mnie wycisza.

Obrócił kilka razy drewnianym kołkiem.

– To Jodo, współczesna odmiana japońskiej szermierki, sztuka samoobrony. Popatrz. – Jeszcze raz wykonał kilka ruchów kijem, przyjmując jednocześnie bardzo seksowne pozycje. – Powstała ponad trzysta lat temu z połączenia najważniejszych technik kenjutsu, czyli sztuki miecza, sojutsu…

Przerwałam mu ten niezwykle seksowny wywód, przywierając łapczywymi ustami do jego warg.

– W dupie mam co to – wydyszałam, a on wypuścił kij i chwycił mnie mocniej.

– Możesz mieć tam coś innego – warknął, a ja poczułam, jak płynie przeze mnie fala pożądania.

Mój mąż, mój zimny mafioso, mój obrońca i miłość mojego życia, wrócił do mnie. Podniósł w górę moje ciało, posadził na swoich biodrach i ruszył w stronę drzwi. Delikatnie odłożył psa na jego posłanie i nie przerywając pocałunku, poszedł w stronę sypialni.

Byliśmy jak owładnięci szaleństwem, nasze dłonie nie przestawały błądzić po ciałach, a języki wiły się w szaleńczym tempie. Kiedy dotarliśmy na miejsce, Don usiadł na łóżku, a ja zastygłam na jego kolanach. Jednym pewnym ruchem ściągnął ze mnie koszulkę i przywarł do nabrzmiałej brodawki. Szarpałam go za włosy, gdy na zmianę ssał ją i gryzł.

– Nie mogę – wydyszał nagle, odrywając się ode mnie. – Nie chcę zrobić ci krzywdy.

– Ale ja mogę.

Zeskoczyłam z jego kolan i pociągnęłam za spodnie, które już lekko zsunęły mu się z bioder. Owładnięta dziką żądzą niemal zdarłam je z niego, a później padłam na kolana, biorąc do ust sterczącego kutasa. Z ust Massimo wyrwał się dziki krzyk, kiedy z tęsknotą, łapczywie, brałam go głęboko do gardła. Dłonie Czarnego powędrowały na moją głowę, a palce zacisnęły się na włosach.

– Musisz mi powiedzieć – wydyszał. – Musisz mi powiedzieć, jeśli będzie cię boleć. Musisz...

– Zamilcz, Don – rzuciłam krótko i na powrót objęłam wargami jego męskość.

Pochłaniałam go ze smakiem, delektując się każdym wsuwającym się we mnie centymetrem. Mimo że mój mąż sterował tempem ruchów głowy, był zdecydowanie łagodniejszy niż zwykle. Doskonale czułam, że kontroluje się i nie do końca poddaje chwili. Wypuściłam go z ust, podniosłam się i usiadłam na udach Dona. Moje nogi oplotły go w pasie, odchyliłam koronkowe figi i nabiłam się na twardy penis.

Massimo zastygł z otwartymi ustami, wydając z siebie niemy krzyk. Nie poruszał się, tylko patrzył. Jego klatka unosiła się w górę i w dół, kiedy przepełnione pożądaniem i przerażeniem oczy błądziły po mnie.

– Chcę się pieprzyć – wydyszałam, łapiąc go za włosy i mocno ciągnąc ku sobie.

– Nie – warknął.

Przekręcił się i nie wychodząc ze mnie, położył na łóżku, przykrywając sobą. Wciąż nawet nie drgnął.

– Massimo! – upomniałam go gniewnie, ale jego lodowate spojrzenie przeszyło mnie na wylot.

– Nie – rzucił, wykonując pierwszy ruch biodrami.

Odrzuciłam głowę na bok i jęknęłam, czując, jak trąca we mnie najwrażliwsze miejsca.

– Mała, proszę – wyszeptał, wolno poruszając biodrami.

– Nie, Massimo. – Chwyciłam jego pośladki i docisnęłam do siebie, by wszedł głębiej. – To ja proszę.

Przez chwilę patrzył na mnie zrezygnowanymi oczami, jakby zastanawiał nad czymś, a po chwili brutalnie wtargnął językiem w moje usta. Ale jego ruchy w mojej cipce wciąż były subtelne, niemal niewyczuwalne. Za to wargi pieprzyły moje jak karabin maszynowy. Już po kilkunastu sekundach poczułam, jak jego ciało tężeje i wybucha we mnie gejzer spermy. Massimo oderwał usta od moich warg, schował twarz w moją szyję, a jego ciałem wstrząsnął dreszcz.

– Zrobiłeś to specjalnie! – Mój oskarżycielki ton ciął powietrze jak rzeźniczy nóż. – Don, jak mogłeś?! Próbowałam zrzucić go z siebie, ale mnie przygniótł. Po chwili poczułam, że drży ze śmiechu.

– Maleńka. – Podniósł się nieco i wsparł na łokciach. – Co poradzę, że tak na mnie działasz.

Gapiłam się na niego wściekła, ale po kilku sekundach jego rozbawienie udzieliło się także mnie.

– Chyba będę musiała poszukać kochanka.

Pokazałam mu język.

– Kochanka? – zapytał, mrużąc oczy. – Na tej wyspie? Pokiwał głową z uznaniem.

– Jak już go znajdziesz, chciałbym poznać najodważniejszego z ludzi.

Wybuchnął śmiechem, poderwał mnie i przerzucił sobie przez ramię.

– Zrekompensuję ci to. Ale najpierw prysznic.

Klepnął mnie w pośladek, niosąc do łazienki.

Faktycznie zrekompensował, liżąc prawie godzinę i serwując kilkanaście orgazmów.

ROZDZIAŁ 10

Kolejne dni spędziliśmy tylko we dwoje zamknięci w światach swoich wyzwań. On usiłował mnie nie pieprzyć, a ja próbowałam za wszelką cenę sprowokować go, by to zrobił. Bardzo dużo trenował. Chwilami nawet się martwiłam, że coś mu się stanie, bo ilekroć czułam, że mi zaraz ulegnie, uciekał w ćwiczenia. Jak tak dalej pójdzie, zostanie kulturystą, pomyślałam, kiedy kolejny raz wkładał spodnie od dresu. Był cudowny ciepły wieczór, wręcz idealny do namiętnego rżnięcia w jacuzzi.

– Nic z tego – krzyknęłam, odkładając Pradę do kojca i szarpiąc się z nogawką Massimo.

– Mała, puść to! – Roześmiany Massimo powalił mnie na kanapę. – Zrobisz sobie krzywdę.

Łapał moje fruwające wokół ręce, aż w końcu unieruchomił je, wciskając między miękkie poduszki.

– Nacho, przestań – krzyknęłam, a kiedy dźwięk mojego głosu rozbrzmiał wokół, zamarłam.

Ręce Massimo zacisnęły się wokół moich nadgarstków z taką siłą, że po chwili skrzywiłam się z bólu. Dosłownie miażdżył mi kości.

– To boli – wyszeptałam, nie patrząc na niego.

Puścił mnie i wstał z miejsca. Wyszedł do jadalni, po chwili wrócił, chwycił wazon z kwiatami i cisnął nim o ścianę.

– Coś ty powiedziała?!

Jego wrzask przypominał ryk, a całe pomieszczenie stało się jednym wielkim pudłem rezonansowym. – Jak mnie nazwałaś? – Dosłownie płonął. Wydawało mi się, że widziałam, jak jego ubranie obraca się w popiół pod wpływem ognia buchającego z jego ciała.

– Przepraszam – jęknęłam przerażona.

– Co się stało na Teneryfie?!

Kiedy nie odpowiadałam, podszedł do mnie, chwycił za ramiona i podniósł do góry tak, że stopy przestały dotykać ziemi.

– Odpowiadaj, kurwa!

Spojrzałam mu prosto w oczy.

– Nic – wymamrotałam. – Na Teneryfie nic się nie stało.

Przez chwilę obserwował mnie uważnie, a kiedy uznał, że mówię prawdę, puścił. Zwykle nie kłamałam i chyba to pozwoliło zachować mi siłę. Na Teneryfie nic się nie stało, za to w Polsce chyba aż za dużo, skoro w chwilach szczęścia i rozbawienia mój umysł przypominał sobie o Kanaryjczyku.

– Czemu jego imię? – zapytał przerażająco spokojnie, opierając dłonie o półkę nad kominkiem.

– Nie wiem. Ostatnio często śnił mi się sylwester.

Moja podświadomość zapewne klaskała z uznaniem, słysząc to doskonałe kłamstwo.

– Może dlatego, że podświadomie cały czas przeżywam to, co stało się na Kanarach.

Usiadłam na kanapie, chowając twarz w dłoniach, tak by Massimo nie mógł dostrzec wyrazu mojej twarzy.

– To nadal we mnie jest…

– We mnie też – wyszeptał i poszedł w stronę tarasu.

Nie chciałam iść za nim, bałam się. Przede wszystkim tego, co powiedziałam. Już było tak dobrze, a ja wszystko spierdoliłam jednym słowem. Zastanawiałam się przez chwilę, co powinnam zrobić, ale nie miałam już siły na kolejną konfrontację. Wzięłam więc psa i poszłam do sypialni. Położyłam się w ubraniu i przez chwilę bawiłam z Pradą. W końcu zasnęłam.

Obudziło mnie ciche i piskliwe szczekanie. Otworzyłam oczy, ale światło nocnej lampki sprawiło, że znowu je zamknęłam.

– Pieprzył cię.

Dźwięk wypowiedzianych spokojnie słów mnie zmroził.

– Przyznaj się, Lauro.

Obróciłam się w stronę, skąd dobiegał głos. Ujrzałam nagiego Massimo obracającego w dłoni szklankę z bursztynowym płynem. Siedział w fotelu obok niewielkiego stolika, na którym stała pusta butelka.

– Robił to tak, jak lubisz?

Kolejne pytanie sprawiło, że gardło ścisnęło mi się, jakby mnie ktoś dusił.

– Wszedł w każde miejsce? Pozwoliłaś mu?

Warkot jego głosu był tak przerażający, że chwyciłam na ręce psa i mocno go tuląc, zapytałam:

– Czy ty mówisz poważnie?

W myślach modliłam się, by Bóg dał mi siłę na to wszystko, co teraz może się stać.

– Obrażasz mnie, jeśli sądzisz…

– W dupie mam, co masz mi do powiedzenia – przerwał mi ostro. Podniósł się i podszedł bliżej. – A za chwilę ty będziesz miała w dupie mnie.

Dopił i odstawił pustą szklankę.

– I to dosłownie.

Przez głowę jak film przeleciały mi sceny z Lagos. Nie miałam ochoty na powtórkę. Trzymając mocno małą kuleczkę, rzuciłam się biegiem do drzwi. Zatrzasnęłam je za sobą. Pędziłam jak oszalała, słysząc za sobą jego kroki. W tej samej chwili w całym domu dał się słyszeć niebywały huk. Nie miałam zamiaru sprawdzać, co się stało. Niemal spadając ze schodów, dobiegłam do kuchni i chwyciłam w rękę kluczyki, które leżały tam, gdzie Don zostawił je trzy dni wcześniej. Bosa wybiegłam na podjazd i wsiadłam do lamborghini.

– Nie bój się, kuleczko – szeptałam, dodając otuchy bardziej sobie niż psu. Wcisnęłam guzik i depcząc gaz, ruszyłam.

Auto wyrwało do przodu, a ja przeraziłam się jego mocą. Wtedy coś uderzyło w szybę. Zobaczyłam, że to półprzytomny Massimo usiłuje mnie gonić. Do oczu napłynęły mi łzy, ale wiedziałam, że jeśli uda mu się wyciągnąć mnie ze środka, zada mi ból równie wielki jak ten, który odczuwał on sam. Brama otwierała się zbyt wolno, a ja cały czas, obserwując tylne lusterko, stukałam nerwowo w kierownicę.

– No dalej, kurwa! – wrzasnęłam, niemal waląc w nią głową.

Kiedy szczelina była już na tyle duża, by przejechał przez nią czarny naleśnik, z piskiem opon wyjechałam na ulicę.

Spojrzałam na miejsce w nogach pasażera i ujrzałam swoją torebkę. Dzięki Bogu, że Massimo kazał mi ją zostawić. Sięgnęłam do środka i wyjęłam podłączony do power banka telefon. Był prawie rozładowany. Wybrałam numer Domenico i czekałam. To były najdłuższe trzy sygnały w moim życiu.

– No i jak wam idzie witanie się?

Jego głos brzmiał radośnie i beztrosko. W tle słyszałam też rozbawioną Olo, która darła się do słuchawki.

– On znowu chce to zrobić! – krzyczałam w panice, choć mówienie przychodziło mi z trudem. – Uciekłam, ale mnie goni. Jeśli wyśle za mną ludzi, zabiorą mnie do niego. I on znowu to zrobi.

Domenico zamilkł. Byłam niemal pewna dlaczego. Była przy nim moja przyjaciółka, która wciąż była przekonana, że mój mąż to ideał.

– Powiedz jej, że mam kłopot z tym, jakie wino podać mu do kolacji.

Domenico wciąż milczał.

– Powiedz to jej, do cholery, i odsuń się od niej.

Usłyszałam, jak udając rozbawienie, rzuca nonszalancko przygotowany przeze mnie tekst. Olo zamilkła.

– Co się dzieje? – Domenico warknął do słuchawki.

– Znowu się upił i próbował... – zawiesiłam się. – On znowu próbował...

Dusiłam się płaczem.

– Gdzie jesteś?

– Jadę autostradą w stronę Katanii.

– Dobrze, jedź na lotnisko, samolot będzie czekał. Wsiądź do niego, a ja odwołam ludzi, bo jeśli nie jest nawalony do nieprzytomności, oni już po ciebie jadą.

Na dźwięk tych słów zaczęłam się dusić.

– Laura, nie bój się, ogarnę to – uspokajał mnie Domenico.

– Dokąd mam lecieć? – wrzasnęłam z dzikim szlochem.

– Przylecisz tutaj. Ale teraz daj mi wszystko załatwić.

Pędziłam, wciskając pedały bosymi stopami, a mój biały towarzysz kwilił na siedzeniu obok. Przełożyłam go na kolana, a on ułożył się na nich i po chwili zasnął.

Kiedy usiadłam w samolocie, dziewczyna z obsługi przyniosła mi koc, a ja szczelnie się nim otuliłam.

– Mamy wódkę? – zapytałam, świetnie zdając sobie sprawę z tego, jak wyglądam: bosa, w dresie i z rozmazanym makijażem.

– Oczywiście. Stwierdziła, stawiając na podłodze jednorazowe kapcie.

– Czystą na lodzie, z cytryną – szepnęłam, a dziewczyna skinęła głową i uśmiechnęła się dobrotliwie.

Nie piłam mocnych alkoholi, ale także nie co dzień mój mąż próbował mnie zgwałcić. Kiedy szklanka pojawiła się przede mną, najpierw łyknęłam środki uspokajające, które dzięki Bogu były w torebce, i trzema łykami pochłonęłam zawartość szklanki.

– Powiesz mi, co się stało? – zapytał Domenico, kiedy otworzyłam oczy.

– Gdzie jestem?

Nerwowo odepchnęłam się stopami od materaca, usiłując wstać.

– Spokojnie – uniósł się z fotela i usiadł na łóżku, przytrzymując mnie za barki.

Jego wielkie ciemne oczy patrzyły na mnie smutno, a ja poczułam, jak ogarnia mnie rozpacz. Nie mogąc wytrzymać naporu łez, rzuciłam mu się na szyję, a jego serdeczne ramiona mnie objęły.

– Rozmawiałem z nim w nocy – prychnął kpiąco. – No może rozmawiałem to za dużo powiedziane, ale z tego, co zrozumiałem, chodziło o Teneryfę.

Wytarłam oczy w kołdrę.

– Wygłupialiśmy się, a ja powiedziałam do niego „Nacho".

Spuściłam głowę i czekałam na cios, ale on nie nadszedł. Domenico milczał.

– Nie wiem, czemu tak powiedziałam, serio. Później obudziłam się w środku nocy, a on siedział w sypialni nagi, pijany i chyba naćpany. Wydaje mi się, że na stoliku obok niego leżała torebka z proszkiem.

Podniosłam oczy, przeszywając go rozczarowanym i pełnym bólu spojrzeniem.

– Znowu chciał mnie zgwałcić.

Łzy przestały lecieć, bo ból zastąpiła wściekłość.

Domenico nie zmieniał wyrazu twarzy, nie poruszał oczami. Jakby ktoś zawiesił go w czasie.

– Kurwa mać – warknął w końcu, krzywiąc się. – Muszę wracać na Sycylię. Wczoraj wysłałem do Massimo chłopaków, zdemolował dom – pokręcił głową, jakby sam niedowierzał własnym słowom. – Ale to on jest Donem, to głowa rodziny, więc nie możemy go więzić. A jak wytrzeźwieje, wsiądzie w samolot i przyleci tutaj. Wtedy...

– Wtedy go zostawię – dokończyłam za Domenico. – To koniec.

Wstałam z łóżka i podeszłam do okna.

– To naprawdę koniec. Chcę rozwodu.

Mój głos był spokojny i stanowczy.

– Lauro, nie możesz mu tego zrobić!

– Nie mogę? No to patrz.

Zbliżyłam się do Domenico.

– Jak ty sobie wyobrażasz moje życie z nim po tym wszystkim? Na bosaka, z psem pod pachą uciekałam przed własnym mężem. Bo całe szczęście tym razem miałam szansę uciec. Stare siniaki ledwo się zagoiły, a on już chciał zrobić mi nowe.

Pokręciłam głową.

– Nie, nie ma powrotu! Powiedz mu to! – Wymachiwałam rękami tuż przed twarzą Domenico. – Ani jego pieniądze, ani władza, ani ta wasza pieprzona mafia nie zatrzyma mnie u boku faceta, który traktuje mnie jak wór na spermę.

– Dobrze. – Westchnął. – Ale wiesz, że nie będę w stanie go powstrzymać, jeśli będzie chciał się z tobą spotkać? Poza tym sama powinnaś powiedzieć mu o rozstaniu.

– Oczywiście. – Potwierdziłam skinieniem głowy.

– Sama mu to powiem, ale w swoim czasie. Na razie daję ci argumenty, żeby go przekonać, by chwilowo dał mi spokój.

– Nie wiem, czy to go znów powstrzyma. – Z niedowierzaniem pokręcił głową. – Myślę, że drugi raz to nie przejdzie. Ale zobaczymy.

Podał mi szklankę wody.

– Olga wie, że przyleciałaś z powodu waszej kłótni. Powiedz jej, ile chcesz, ja się w to nie mieszam. Przeszedł przez próg.

– Willa należy do rodziny, macie tu wszystko, czego wam potrzeba. Olga jeszcze śpi. Spraw, by po przebudzeniu nie miała ochoty mnie zabić – rzucił i zniknął w drzwiach.

Wzięłam prysznic i na dole w kuchni odnalazłam kojec. W środku była Prada. Uklękłam i przytuliłam psa do siebie, po ciuchu dziękując Bogu, że ten mały puszek wciąż był przy mnie. Zdołałam go zabrać, ale nie wiem, jak skończyłaby się dla niego tamta noc, gdyby mi się nie udało.

– O Boże, jaki śliczny!

Pisk Olki mnie poderwał. Ze strachu omal nie zadusiłam psa.

– Daj mi go, daj, daj, daj. Olga tupała nogami jak mała dziewczynka.

– Ale ty jesteś głupia!

Podałam jej psa i usiadłam na stołku, patrząc, jak tuli go do siebie.

– A teraz nie próbuj wciskać mi wała, tylko mów, co się dzieje.

– Chcę rozwodu. – Westchnęłam. – I zanim zaczniesz tę swoją gadkę, posłuchaj, co ci powiem.

Olga odłożyła psa do kojca i usiadła obok mnie.

– Pojechałam do Polski, bo Massimo… – Znów to słowo nie mogło przejść mi przez gardło. – Wtedy w Lagos… – znowu się jąkałam. – Był naćpany i pijany, a ja z bankietu wróciłam nieco zbyt późno i wtedy on… – Wzięłam głęboki wdech. – Zgwałcił mnie.

Olga zamarła.

– Ja wiem, jak to brzmi – ciągnęłam – w końcu jesteśmy małżeństwem. Ale zawsze, kiedy robi się to brutalnie i wbrew twojej woli, to jakkolwiek by patrzeć, jest to gwałt. Niektóre siniaki nie zeszły mi do dziś. – Wzruszyłam ramionami. – Teraz, kiedy wróciłam na Sycylię, wszystko było cudownie, wspaniale, powiedziałabym nawet idealnie, do czasu, aż powiedziałam do niego „Nacho"…

– Nie wierzę! – wrzasnęła, a potem wciągnęła powietrze. – Co ty gadasz? Naprawdę zajebałaś mu taki tekst?

– Ej, serio? Z tego wszystkiego tylko to cię przeraziło?

– No wiesz… – zaczęła, robiąc głupią minę. – Ja nie łapię, jak może być coś takiego jak gwałt w związku. No ale oczywiście słyszę, co do mnie mówisz. I rozumiem. Ale ten tekst był poniżej pasa.

– No wiem, ale wyrwało mi się. W Polsce tak dobrze się z nim bawiłam…

– Że co? – Olga ryknęła kolejny raz, a ja aż podskoczyłam na barowym stołku. – To ten Hiszpan był w Polsce?

– Kanaryjczyk – wybełkotałam zrezygnowana. – Ta opowieść jest dłuższa, niż sądzisz.

Olga patrzyła na mnie, jakbym nagle spadła z księżyca. Westchnęłam.

– No dobra, opowiem ci wszystko.

Więc jeszcze raz musiałam roztoczyć przed nią obraz mojego barwnego życia. Gdy kończyłam opowiadać o wczorajszej nocy i zaczynałam usprawiedliwiać rychły wyjazd Domenico, Olga mi przerwała.

– Sytuacja wygląda następująco – rzekła, a ja pomyślałam: „Oho, oto nowa wróżka Kasandra". – Twój mąż to impulsywny, brutalny i nieobliczalny narkoman, a do tego alkoholik…

Pokiwałam nie do końca przekonana.

– …a Nacho to uwodzicielski, delikatny, kolorowy porywacz. – Upiła łyk kawy. – Twoja opowieść jest mocno jednostronna, wiesz o tym? Ty nie chcesz być już z Massimo i w sumie ci się nie dziwię. Ale pamiętaj, że on też kiedyś nie był taki jak teraz.

Kąciki ust Olgi zjechały w dół. Zrobiła przepraszającą minę.

– Pamiętasz, jak przyjechałaś do Polski i mi o nim opowiadałaś? Twoje serce wtedy wariowało, Lari, a ty mówiłaś o Massimo, jakby był bogiem na ziemi. Nie zapominaj, że ludzi poznajemy najlepiej w sytuacjach kryzysowych.

Miała rację. Nie znałam Nacho i nie mogłam mieć pewności, że jego demony z biegiem czasu nie wezmą go w swoje władanie. Przecież przez ponad pół roku nie podejrzewałam mojego męża, że jest w stanie zrobić mi krzywdę i doprowadzić do sytuacji, w której przed nim uciekam.

– Wykańcza mnie to wszystko, Olo. – Oparłam się czołem o szklany blat. – Nie mam już siły.

– A tam, pierdolisz. Zobacz, gdzie jesteśmy.

Rozłożyła ręce i obróciła się wokół własnej osi.

– Imprezowy raj, a do tego oszałamiająca willa, samochody, łódź, skutery wodne i nie mamy ochrony. Pokiwała palcem. Jesteśmy wolne, piękne i prawie szczupłe.

– Chyba ty. – Zaśmiałam się. – Ja jestem tak chuda, że aż boli mnie dupa. A właściwie dlaczego nie ma ochrony? – spytałam.

– No wiesz. – Olo uniosła brew. – Domenico sam w sobie jest moją ochroną. Poza tym on nie jest tak przewrażliwiony jak Massimo.

Złapała oddech, by wypowiedzieć kolejne zdanie, ale w tym momencie mój ładujący się na blacie telefon zaczął wibrować.

– To on. – Przerażona popatrzyłam na Olgę.

– No i co się podniecasz i robisz te oczy takie… Jakby on miał wyskoczyć z tego telefonu.

Wyciszyła dzwonek, ale ekran nadal mrugał.

– Lari, przecież to tylko facet. Jeśli zechcesz, zniknie z twojego życia jak każdy inny. Nie on pierwszy i nie ostatni. A poza tym, jeśli nie chcesz, to nie odbieraj.

– Nie chcę! – rzuciłam, przyciskając czerwoną słuchawkę.

– Muszę jechać na zakupy, bo przyleciałam tu w piżamie.

W tym momencie dzwonek telefonu zabrzmiał raz jeszcze, a ja, wzdychając, odrzuciłam połączenie.

– I teraz tak będzie przez cały dzień.

Zrezygnowana opadłam na blat.

– Jestem czarodziejką i uwolnię cię od problemu. – Olo wzięła do ręki znów bzyczącego smartfona i go wyłączyła.

– Tadam! – zawołała radośnie, odkładając telefon na blat. – A teraz chodź. Ubierzemy się i w drogę. Jesteśmy w imprezowej stolicy Europy, jest piękna pogoda, świat czeka! – krzyknęła i pociągnęła mnie za sobą, przy okazji niemal wybijając mi zęby o szklany blat.

To, że nie miałam ze sobą nawet jednej pary majtek, nie robiło mi różnicy. Zawsze mogłam chodzić bez. Ale to, że nie miałam nawet jednej pary butów, było już dramatem. Na szczęście Olo nosiła ten sam rozmiar co ja, więc w końcu w jej kolekcji kurewskich szpileczek udało mi się wypatrzyć białe koturny Giuseppe Zanotti. Westchnęłam z ulgą, dobierając do nich szorty z wysokim stanem odsłaniające połowę pośladka i luźny top nad pępek. Chwyciłam jasną torebkę od Prady i kilka minut później z psem na ręce byłam gotowa do drogi.

– Że Paris Hilton? – zapytała Olga ze śmiechem, biorąc do ręki kluczyki od auta i wskazując na mnie. – Taki celebrycki styl zarzuciłaś… I ten pies. – Parsknęła śmiechem.

– Ej, a co mam zrobić z kuleczką? Zostawić? – Wykrzywiłam się. – Będzie się nudziła. A zakupy z nami to sama przyjemność, nawet dla psa. Wyszczerzyłam do niej zęby i pchnęłam drzwi.

Cała willa była zupełnie inna niż posiadłość, w której mieszkaliśmy w Taorminie. Nowoczesne, ostre kształty, dominujące wszędzie szkło i sterylność jak na sali operacyjnej. Nie było mowy o przytulnych kolorach. Wszędzie biel, zimny błękit i szarość. Wielki, otwarty salon wychodził na taras, od którego oddzielała go szklana ściana. Dalej były już tylko strome zbocze i morze. Przed domem tylko palmy, biały żwir i krwistoczerwony Aston Martin DBS Volante Cabrio.

– Nie patrz tak na mnie – stwierdziła Olo, kiedy przewróciłam oczami na widok jej kolejnej skrajnie ostentacyjnej bryki. – Mamy jeszcze hammera. Wolisz jechać budką z goframi? – Skinęła głową w stronę zaparkowanego dalej czarnego potwora, a ja skrzywiłam się z obrzydzeniem i popędziłam do drzwi pasażera.

– Wiesz, jaki jest niekwestionowany plus tego samochodu? – zapytała, kiedy sadowiłam się na białej skórzanej tapicerce. – Patrz. – Wskazała bardzo prostą deskę rozdzielczą, elegancką i nieskomplikowaną. – To samochód, nie statek kosmiczny, nie samolot z milionem guzików. To auto, które ogarnie każda kobieta.

Jakże wielkie było moje zdziwienie, kiedy zobaczyłam, jakie sklepy pootwierano na tej niewielkiej wyspie. Wszystko, czego potrzebowałam, było w zasięgu ręki, a moje niedające mi spokoju na co dzień wyrzuty sumienia w związku z trwonieniem pieniędzy męża uleciały jak dym z papierosa Olgi.

Stroje kąpielowe, tuniki, klapki, okulary, torby plażowe, a później buty i sukienki. Victoria's Secret, Chanel,

Christian Louboutin, Prada – gdzie kuleczka postanowiła zaznaczyć teren, robiąc siusiu – Balenciaga, Dolce & Gabbana, gdzie kupiłam chyba wszystkie dostępne modele dżinsów.

– To się kurwa nie zmieści. – Olga pokręciła głową, dopychając bagażnik, kiedy przystojny młody chłopak ubrany w żeglarski strój wynosił ostatnie torby. – Trzeba było wziąć czołg.

– Poniosło mnie. – Wzruszyłam ramionami.

– A ja mam jednak wrażenie, że zrobiłaś to na złość i z premedytacją. Tak jakby Massimo obchodziło, ile wydałaś. Przecież on nawet tego nie zauważy. – Wsadziła okulary na nos. – Bez sensu.

– Bez sensu to jest wyjebać takie pieniądze na ubrania i buty. – Stwierdziłam, kiwając się nerwowo.

– Pierdolisz. Twoje? Nie! To co się przejmujesz? – Olo usiadła za kierownicą. – Myślę, że gdybyś kupiła odrzutowiec, może by się zainteresował. Ale nie dlatego, że byłby drogi, tylko dlatego, że miałabyś swój.

Wróciłyśmy do domu i rozpakowałyśmy zakupy. Później ustaliłyśmy plan działania i kilkanaście minut później zgrupowałyśmy siły przed drzwiami na taras.

– Ahoj, przygodo – krzyknęłam, pędząc w stronę plaży, gdzie w niewielkiej zatoczce stały zaparkowane skutery wodne i motorówka.

– Nie pamiętam, kiedy ostatni raz taka byłaś – stwierdziła Olo, zakładając kamizelkę.

– Ja też, a to bardzo fajne uczucie, więc nie zamierzam zmieniać nastroju.

Odpaliłam silnik skutera i ruszyłam przed siebie, a ona popędziła za mną.

Wygłupiałyśmy się i pływałyśmy wzdłuż wybrzeża, obserwując na wpół nagich ludzi. Na Ibizie passé było nie być modnym, być bladym albo mieć opalone paski od bikini. Niemal wszyscy byli tu piękni, naćpani i bardzo pijani, coś wspaniałego. Doskonale się bawili, jakby cały świat przestał istnieć, a istotna była jedynie impreza. W pewnym momencie wypuściłyśmy się w morze i zatrzymałyśmy kilkaset metrów od plaży, aby pogapić się na wodę. Skutery pod nami falowały, a ja chciałam, by czas się zatrzymał.

– Hola! – krzyknął męski głos. Później dotarł do mnie jeszcze potok niezrozumiałych słów.

– Po angielsku poproszę – powiedziałam, osłaniając oczy od słońca.

Na kilkumetrowej łodzi motorowej podpływało do nas kilku Hiszpanów.

– O Chryste – jęknęła Olga, kiedy naszym oczom ukazało się sześciu przystojniaków w opiętych slipkach.

Ich opalone muskularne ciała nasmarowane oliwką działały niemal jak lustro odbijające silne promienie słońca. Kolorowe gatki opinały maleńkie wyćwiczone pośladki, a ja czułam, jak bezwiednie oblizuję się na ten widok.

– Przyłączycie się do nas? – zapytał jeden z nich, wychylając się za burtę.

– Nigdy w życiu – warknęła pod nosem przerażona Olga.

– No jasne – krzyknęłam do nich, uśmiechając się szeroko. A do czego dokładnie mamy się przyłączyć?

– Ty debilko – z wrodzoną delikatnością upomniała mnie moja przyjaciółka. – Przecież ja zaraz wychodzę za mąż.

– Przecież nie każę ci się z nimi dymać – odpowiedziałam, nie spuszczając wzroku z Hiszpana. – No więc? Zmieniłam język na angielski i uwodzicielsko zerkałam na przystojniaka.

– Hotel Ushuaia – rzucił nazwę. – O północy. Do zobaczenia.

Łódź wyrwała do przodu, a ja z radosnym uśmiechem zwróciłam się do Olo, która jak chmura gradowa nadciągała powoli w moim kierunku.

– Ochujałaś do reszty? – Uderzyła we mnie otwartymi dłońmi, a ja zwaliłam się do wody.

– No co? – dopytywałam się, śmiejąc i wdrapując na skuter. – Przecież miałyśmy się bawić. Chciałaś robić to sama?

– Domenico mnie zabije.

– A widzisz go tu gdzieś? – Zatoczyłam ręką krąg wokół nas. – Poza tym jest zajęty uspokajaniem swojego brata-furiata. Zresztą jak coś, zrzucisz wszystko na mnie.

Zrobiłam głupią minę i wyrwałam do przodu.

Przed kolacją postanowiłam uciąć sobie drzemkę. Gdy się obudziłam, było już ciemno. Zeszłam do salonu, gdzie Olga z kuleczką oglądały telewizję.

– Czy ty wiesz, że w każdym z naszych domów i apartamentów można oglądać polską telewizję?

– A co w tym dziwnego? – zapytałam, siadając obok niej.

Wciąż byłam zamulona długim snem. – Zdziwiłabym się, gdyby było inaczej.

– A wiesz, ile mamy tych posiadłości? – Odwróciła się do mnie, kiedy mościłam się na białej kanapie, by nieco oprzytomnieć.

– Nie mam pojęcia. A jeśli mam być szczera, już zupełnie mnie to nie obchodzi.

Gapiłam się tępo w telewizor.

– Olga, ja wiem, że ty nie wierzysz w to, co ci powiedziałam – ciągnęłam. – Ale ja naprawdę chcę się rozstać z Massimo.

– Ja rozumiem, ale nie sądzę, żeby on też tak to łatwo pojął.

– Mamy alkohol? – zmieniłam temat, przewracając się na plecy i gapiąc na nią.

– Oczywiście, powiedz tylko kiedy.

– Już!

Po dwóch godzinach i butelce Moet Rose byłyśmy gotowe. Znałam Ibizę tylko z opowieści i informacji w internecie, ale to mi wystarczyło, by wiedzieć, że tu nic nie jest przesadzone, a obowiązujący kolor to biel. Postawiłam więc na kombinezon w tym kolorze projektu Balmain i szpilki od Louboutina. Mój strój, mimo że nazwany był kombinezonem, miał z nim niewiele wspólnego. Ostro cięty przód przypominał raczej bikini złączone ze spodniami wąskim kawałkiem materiału. Tył natomiast dawał złudzenie, że jestem topless. Idealnie komponowało się to z moimi długimi, niemal czarnymi włosami, które umyłam i wyprostowałam. Superczarny makijaż dodawał mi drapieżności, a neutralne usta tonowały całość. Olga natomiast postanowiła ugotować się w krótkiej, cekinowej sukience w kremowym kolorze, która ledwo zasłaniała jej tyłek i zupełnie odkrywała plecy, cudownie marszcząc się nad pośladkami.

– Samochód czeka – krzyknęła, pakując torebkę.

– Podobno nie mamy ochrony?

– No nie mamy, ale jak Domenico się dowiedział, że wychodzimy, postawił mi ultimatum. Więc musiałam obiecać, że nie będziemy jeździły taksówkami.

Pokiwałam z uznaniem głową, szanując jego troskę i chęć dania nam przestrzeni.

– Ale podobno nikt nie będzie pilnował nas w środku. – Olga spojrzała na mnie. – Podobno.

Przed Ushuaia kłębiły się setki albo raczej tysiące ludzi, którzy próbowali wejść do środka. Podeszłyśmy do wejścia dla VIP-ów. Olga powiedziała coś do stojącego tam mężczyzny, a kolejny poprowadził nas do białej loży.

Niewiarygodny tłum. Czegoś takiego jeszcze nie widziałam. Ludzie dosłownie wypełniali każdy skrawek parkietu. Podświadomie dziękowałam Bogu za pieniądze mojego męża, gdyż one pozwalały mi bezpiecznie tu przebywać. Moja klaustrofobia niestety obejmowała także tłum. Więc gdybym miała w niego wejść, atak paniki byłby murowany. Zamówiłyśmy niebotycznie drogą butelkę szampana i rozłożyłyśmy się na miękkiej kanapie.

– My się chyba nie znamy…

Moje serce stanęło, a szampan wlany do ust kilka sekund wcześniej opryskał cały stolik. Zakrztusiłam się i wyplułam go jak gejzer.

– Cześć, jestem Nacho – powiedział Kanaryjczyk, schylając się do Olgi.

– Cześć, młoda.

Siedziałyśmy wbite w podłoże, kiedy on siadł spokojnie obok mnie i wyszczerzył swoje białe zęby.

– Mówiłem, że będę w pobliżu.

Po kilkunastu sekundach przy naszym stoliku pojawiło się sześciu przystojniaków, a ja o mało co nie zemdlałam z przejęcia.

– Chłopaków poznałyście na wodzie. – Uśmiechnął się Nacho, wskazując na przysiadające się do nas ciacha. Skinął na kelnerkę i po chwili trunki nie mieściły się na stoliku. – Pięknie pachniesz – wyszeptał mi wprost do ucha, kiedy jego ręka powędrowała po oparciu za moją głowę.

Myślę, że jeśli ktoś z boku obserwował całą scenę, był przekonany, że albo jesteśmy głupie, albo mamy udar mózgu. Bez słowa i z otwartymi ustami patrzyłyśmy na całą scenę, nie mogąc ogarnąć, co tu się właściwie dzieje.

Odwróciłam się do Kanaryjczyka.

– Zapytałabym, co tu robisz, ale twoje nieoczekiwane zjawienie się obok już mnie nie dziwi. – Próbowałam być poważna i udawać niezadowolenie. Nacho wyglądał tak, jakby rozsadzała go radość. – Ale może powiesz mi, czy nie jestem śledzona?

– Jesteś – stwierdził, nie zmieniając wyrazu twarzy, a ja zamarłam z przerażenia. – Ale tym razem to moi ludzie cię chronią.

Otworzył szerzej oczy i pokiwał brwiami.

– Jeśli mogę wam przerwać… – Olga pochyliła się w naszą stronę. – Wiecie, że będziemy miały ostro przejebane z powodu tego, co tu się dzieje. – Wskazała rękami stolik i wszystkich bawiących się przy nim mężczyzn. – Kiedy Domenico się dowie…

– Leci tu – powiedział wciąż rozbawiony Nacho, a ja prawie umarłam na zawał. – Sam. – Popatrzył na mnie znacząco. – Ale dopiero co wystartował, więc mamy jeszcze jakieś dwie godziny.

– Jesteś pewny?! – krzyknęła Olo i wytrzeszczyła oczy na Nacho. – Przecież jak on mnie, kurwa, zobaczy z tymi hiszpańskimi gangsterami, to zerwie zaręczyny. – Chwyciła torebkę i wstała. – Idziemy!

– Kanaryjskimi – poprawił ją i lekko spoważniał. – Samochód zawiezie cię, dokąd zechcesz, ale Laura zostaje ze mną.

Olga otworzyła usta, żeby coś powiedzieć, ale nie zdążyła, gdyż Nacho podniósł się, chwycił ją za rękę i ucałował dłoń.

– Będzie bezpieczna, nawet bardziej niż z Sycylijczykami, bo to hiszpańska wyspa.

Patrzyli na siebie, mierząc się wzajemnie wzrokiem, a ja się zastanawiałam, czy mam tutaj cokolwiek do powiedzenia.

Po chwili uznałam jednak, że właściwie nie mam nic przeciwko temu ubezwłasnowolnieniu i zamknęłam otwarte przedwcześnie usta. Olga złagodniała, kiedy Łysy obdarzył ją promiennym uśmiechem. Usiadła na swoim miejscu.

– Napiję się chyba. Chyba muszę – wymamrotała, nie spuszczając z niego wzroku. – A ty?

Pochyliła się do mnie i zmieniła język na polski. – Ja wiem, że jesteś zła na Massimo za to, co próbował zrobić dwa dni temu, ale…

– Jezu – westchnęłam, bo wiedziałam, że Nacho rozumie każde jej słowo.

– A co próbował zrobić? – zapytał poważnie Kanaryjczyk, a dźwięk mojego ojczystego języka w jego ustach zmroził Olgę.

– O kurwa mać! – Oparła się plecami o oparcie i wlała w siebie niemal pełny kieliszek. – On mówi po polsku. Popatrzyła na mnie, a ja skrzywiona, ze wzrokiem wbitym w stolik pokiwałam twierdząco głową.

– Co chciał zrobić? – Świdrujący, wściekły dźwięk wdzierał się w moje lewe ucho. – Dziewczynko, mówię do ciebie.

Zamknęłam oczy i schowałam twarz w dłoniach. Nie chciało mi się gadać, a na pewno nie o tym.

– Ja już chyba jednak pojadę. Muszę wziąć prysznic. Dasz sobie radę? – zapytała Olo, usiłując uciec z miejsca zdarzenia. Nie zareagowałam. – No dobra, już wiem, że jesteś bezpieczna. No to spierdalam, na razie.

Kiedy podniosłam oczy, jej już nie było. Zniknęli także dwaj mężczyźni spośród sześciu towarzyszy Łysego.

Usiłowałam udawać, że go tu nie ma, ale kiedy tylko od-
słoniłam twarz, delikatnie chwycił moją brodę i przekręcił
w swoją stronę.

– Dzieciaku, powiesz coś? – zapytał, a zatroskane i wściekłe zielone oczy badały moją twarz.

Była tylko jedna rzecz, która mogła sprawić, by przestał
pytać. Wyciągnęłam ręce, chwyciłam jego policzki i powoli przyciągnęłam go do siebie, delikatnie całując. Reakcja
była natychmiastowa: objął mnie w pasie i przysunął do
siebie, przywierając namiętnie ustami do moich warg. Jego
wprawny język wślizgnął się do środka, kiedy otworzyłam
je bardziej, dając mu nieme przyzwolenie na pogłębienie
tego, co zaczęłam. Po chwili oderwał się ode mnie i oparł
o mnie czołem.

– To była miła próba, ale nic z tego – stwierdził poważnie.

– Nie dziś, proszę. – Westchnęłam. – Chcę się upić, pobawić i nie myśleć.

Popatrzyłam na niego.

– Albo wiesz co? Chcę, żebyś ty się upił.

Jego zaskoczone zielone oczy wpatrywały się we mnie.

– Słucham? – Ryknął śmiechem i założył ręce za głowę.
– Po co?

– Wyjaśnię ci to innym razem. Ale obiecaj mi, że się upijesz.

Mój błagalny, zrozpaczony ton go zaskoczył. Przez chwilę myślał, aż w końcu złapał mnie za rękę.

– Dobrze, ale nie tu. – Podniósł się i powiedział coś do
bawiących się obok mężczyzn, po czym pociągnął mnie
przez klub.

Prawie biegł, torując nam drogę, a jego palce splecione z moimi dawały poczucie bezpieczeństwa. Wyszliśmy z terenu hotelu i wsiedliśmy do zaparkowanego przy ulicy kanciastego jeepa. Pierwszy raz widziałam, by Kanaryjczyk nie prowadził sam.

– Gdzie mnie porywasz? – zapytałam lekko zdyszana.

– Najpierw pojedziemy do willi Torricellich, a później dam ci prywatny raj i mnie pijanego.

Uśmiechnęłam się na dźwięk tych słów i oparłam o siedzenie. Mój plan był prosty: upić go do takiego stopnia, by nie miał pojęcia, co robi i co się z nim dzieje, a później wyprowadzić z równowagi i zobaczyć, co się stanie. Ryzykowałam całkiem sporo, ale jak mówiła moja mama – słowa pijanych to myśli trzeźwych. A ja za wszelką cenę musiałam się dowiedzieć, czy nie popełniam kolejny raz tego samego błędu. Poza tym wypity wcześniej szampan dawał mi potrzebną siłę, więc czułam się co najmniej jak żółty Power Ranger.

– Proszę – powiedział, podając mi butelkę wody. – Jeśli ja mam być pijany, ty musisz być trzeźwa. Jeśli chociaż ty nie będziesz trzeźwa, możemy narobić głupot, których oboje będziemy żałować.

Słysząc to, posłusznie wzięłam od niego płyn i upiłam co nieco.

Wpadłam do willi jak burza i mijając skonsternowaną Olo, pobiegłam do sypialni, aby załadować do torby przypadkowe rzeczy.

– Co ty wyprawiasz? – zapytała, stając w progu.

– Kurwa... Za mała jest, dawaj swoją walizkę. – Krzyknęłam i zaczęłam staranniej dobierać rzeczy.

To nie był Massimo, to był kolorowy surfer, szpilki od Louboutina raczej nie będą mi potrzebne. Zgarnęłam stroje kąpielowe, szorty, tuniki i setki innych rzeczy, a skrzywiona Olga postawiła przede mną wielką walizę.

– Pewna jesteś, że wiesz, co robisz? – zapytała z troską.

– Jak się nie przekonam, to nie będę wiedziała. – Zapięłam suwak. – Cześć. – Pobiegłam w stronę drzwi, ciągnąc za sobą gigantyczny bagaż.

– Co mam powiedzieć Domenico? – Olo krzyknęła za mną.

– Że wyjechałam. Albo wymyśl coś, improwizuj.

ROZDZIAŁ 11

Łódź płynęła bardzo szybko, ale mnie zupełnie nie obchodziło to, co działo się wokół.

Nacho był przy mnie. Kolorowy chłopak obejmował mnie ramieniem i mocno tulił do siebie. Noc była cudowna, znikające światła wyspy sprawiły, że na niebie gwiazdy były niemal na wyciągnięcie dłoni. Po chwili na horyzoncie pojawił się kolejny uśpiony w mroku ląd.

– Dokąd płyniemy? – zapytałam, szturchając wargami jego ucho.

– Na Tagomago, prywatną wyspę.

– Jak wyspa może być prywatna? – zapytałam, a on się zaśmiał i pocałował mnie w czoło.

– Zaraz zobaczysz.

Wyspa faktycznie była prywatna i stał na niej tylko jeden dom, a raczej posiadłość. Piękna, luksusowa i ze wszelkimi wygodami. Weszliśmy do środka, a za nami człowiek, ten sam, który najpierw był naszym kierowcą, a potem kapitanem motorówki.

– Ivan – przedstawił się, odstawiając moją walizkę.

– Chronię tego dzieciaka. – Wskazał ręką Nacho, który

właśnie zapalał światło nad basenem. – A teraz także i ciebie, bo Marcelo powiedział mi, czego dziś od niego oczekujesz.

Znieruchomiałam. Miał mnie chronić, bo chciałam, by Łysy się upił?

– Matos nie pije zbyt często, to znaczy pije – poprawił się Ivan – ale nie upija. Chyba nigdy nie widziałem go pijanego, a znam tego człowieka od dziecka.

To było całkiem możliwe, bo Ivan był mniej więcej w wieku mojego taty. Szpakowate włosy i opalona skóra dodawały mu lat, ale w jego niebieskich oczach było coś, co powodowało, że nie skupiałam się na jego wieku. Nie był potężny, raczej średniego wzrostu, ale sądząc po wystających spod krótkiej koszulki bicepsach, świetnie wyćwiczony.

– Proszę. – Podał mi breloczek, który wyglądał jak pilot. Miał tylko jeden guzik. – To urządzenie antynapadowe. Taki alarm. Kiedy przyciśniesz przycisk, ja usłyszę dźwięk.

Nacisnął go, a z pudełka, które trzymał w dłoni, rozległ się przeraźliwy pisk.

– Wystarczy.

Wyłączył urządzenie.

– Jeśli coś by się działo, po prostu wciśnij, będę obok. Powodzenia.

Obrócił się i wyszedł.

Stałam wpatrzona w breloczek i się zastanawiałam, czy będę musiała go użyć. Wspomnienie ucieczki przed rozjuszonym i pijanym Massimo powodowało, że ślina nie chciała płynąć przez gardło… Ale przecież to nie był on.

– Gotowa? – zapytał Nacho, stając przede mną z butelką tequili i miską cytryn. – Gdzie to zrobimy? Zapytał rozbawiony, a ja poczułam coś na kształt tremy.

– Boję się – wyszeptałam.

Odstawił miskę i butelkę na niewielki stolik, po czym przyciągnął mnie do siebie, usiadł i posadził mnie sobie na kolanach.

– Czego się boisz, dziewczynko? Mnie? – Pokręciłam głową. – A może siebie?

Raz jeszcze pokręciłam.

– No więc?

– Boję się, że się rozczaruję – szepnęłam.

– Tego to i ja się boję. Nigdy nie upiłem się aż tak, jak tego oczekujesz. Chodź.

Usiadłam nad basenem, przy niskiej ławie, a on postawił na stole butelkę, cytryny i wyszedł. Wrócił po chwili z butelką bezalkoholowego piwa dla mnie i solniczką.

– Do dzieła – rzucił i wypił pierwszy kieliszek. Wcisnął między zęby ćwiartkę cytryny. – Ivan dał ci alarm?

Pokiwałam głową.

– Masz go tu?

Jego uśmiechnięte oczy patrzyły na mnie prowokująco.

– Po co mi on? – zapytałam, obracając w dłoniach pudełko.

– Właściwie to po nic, ale pomyślałem, że skoro przez alkohol spotkało cię coś złego, dzięki niemu poczujesz się pewniej.

Wypił kolejny kieliszek.

– Powiesz mi, o czym mówiła twoja przyjaciółka?

Myślałam przez chwilę, w końcu wstałam i ruszyłam w stronę swojej walizki. Nacho nie poszedł za mną, tylko nalał sobie kolejny kieliszek.

No tak, w sumie jestem na wyspie i jest tu tylko jeden dom – pomyślałam. – Więc dokąd miałabym uciekać?

Wyciągnęłam z walizki szorty i koszulkę, a gdy się przebrałam, wróciłam i usiadłam tuż przed nim.

– Powiem, ale nie teraz. Teraz będę patrzeć, jak pijesz.

Siedzieliśmy i rozmawialiśmy. Tym razem o mnie. Opowiadałam mu o swojej rodzinie i o tym, dlaczego nie lubię kokainy. Opowiadałam, jak lubię tańczyć, ale z każdą minutą widziałam, jak jego oczy stają się coraz mniej zielone i coraz bardziej mętne. Jego głos był wolniejszy i bardziej bełkotliwy, a ja miałam wrażenie, że ktoś wrzucił mi do żołądka kamień.

Później zaczął śpiewać po hiszpańsku. Wiedziałam, że zbliżamy się do momentu, kiedy być może będę potrzebowała guzika.

Nacho słaniał się już, w końcu upadł na leżankę i stamtąd wbijał we mnie półprzytomny wzrok. Bełkotał przy tym niezrozumiale, więc uznałam, że przyszedł czas. Zostawiłam go na chwilę, mówiąc, że idę po wodę, i poszłam do kuchni, gdzie na blacie leżał jego telefon. Włączyłam kamerę i zaczęłam nagrywać film.

– Nacho, przepraszam cię za to, co teraz zrobię, ale muszę wiedzieć, jak się zachowasz, kiedy po alkoholu postaram się cię rozwścieczyć. Wiem, że to podła próba, ale kiedy wytrzeźwiejesz, opowiem ci, dlaczego to zrobiłam. Popatrz na siebie.

Obróciłam telefon w stronę pijanego Kanaryjczyka.

– Mówiłeś, że nie wiesz, jak wyglądasz po alkoholu. No to teraz już wiesz. – Uśmiechnęłam się. – I pamiętaj, że wszystko, co za chwilę usłyszysz, jest kłamstwem.

Wróciłam do niego, pomogłam mu usiąść i usiadłam okrakiem na jego kolanach. Pachniał alkoholem i gumą do żucia.

– Kochaj się ze mną – szepnęłam i zaczęłam go delikatnie całować.

– Nic z tego – wymamrotał, odsuwając głowę. – Upiłaś mnie i chcesz wykorzystać.

Sięgnęłam dłonią do rozporka w jego spodniach, ale złapał ją i przytrzymał.

– Proszę cię, zostaw – wybełkotał. Jego głowa kiwała się na boki, a powieki opadały coraz bardziej.

– Opowiem ci, co stało się na Sycylii, chcesz?

W tym momencie jego oczy otworzyły się nagle, a zielone spojrzenie wyczekująco wbiło we mnie.

– Mów – warknął, oblizując usta.

– Mój mąż pieprzył mnie bardzo mocno, tak mocno, że dochodziłam co kilka minut. – Kłamałam i dziękowałam Bogu, że jutro Nacho nie będzie nic pamiętał. – Brał mnie jak zwierzę, a ja prosiłam go o więcej.

Jego twarz stężała, a dłonie puściły moje ręce. Poczułam, jak jego serce zrywa się do galopu. Zeszłam z niego, zerkając na leżącego na stole pilota. Kanaryjczyk wpatrywał się we mnie, czekając na ciąg dalszy.

– Oddałam mu się, a on brał mnie tak, jak miał na to ochotę. Czułam go w każdym miejscu na swoim ciele.

Moje dłonie powędrowały między nogi. Zaczęłam delikatnie się głaskać.

– Do dziś czuję jego wielkiego kutasa. Nigdy mu nie dorównasz, Nacho, żaden facet nie jest w stanie mierzyć się z moim mężem.

Parsknęłam kpiąco.

– Każdy z was przy nim jest nikim.

Złapałam dłonią jego twarz, mocno zaciskając palce i zwracając ją ku sobie tak, by na mnie patrzył.

– Nikim, rozumiesz?

Jego szczęki się zacisnęły, a ostre rysy twarzy stały niemal trójkątne. Wziął głęboki wdech i opierając łokciami o kolana, schylił głowę. Czekałam, ale on milczał, oddychając w szaleńczym tempie.

– To wszystko. Chciałam ci powiedzieć, że pieprzyłam się ze swoim mężem.

– Rozumiem – wyszeptał, podnosząc na mnie zielone spojrzenie.

Omal nie pękło mi serce. Z jego oka spływała łza, jedna, wielka, smutna łza, której nie zamierzał wytrzeć.

– Massimo to miłość mojego życia, a ty byłeś tylko przygodą. Przykro mi.

Kanaryjczyk zachwiał się, wstając, ale ponieważ nie mógł ustać na nogach, padł z powrotem na leżankę.

– Ivan odwiezie cię z powrotem – wyszeptał, zamykając oczy. – Kocham cię…

Leżał jak martwy z twarzą przesłoniętą kolorowym ramieniem, a ja siedziałam, czując, że do oczu napływa mi potok łez. Nic się nie stało, nic nie zrobił, chociaż zadałam mu największe, moim zdaniem, cierpienie. On po prostu zamknął się w sobie i zasnął. Ale najstraszniejsze było to, że właśnie w takiej sytuacji postanowił wyznać mi miłość...

– Ivan. – Zapukałam do drzwi sypialni ochroniarza. Natychmiast je otworzył.

– Co się dzieje? – zapytał.

– Nic. Pomożesz mi zanieść go do sypialni? – Uśmiechnęłam się ze skruchą, a on pokręcił głową i ruszył w stronę tarasu.

Był zadziwiająco silny. Uniósł Nacho, a potem rzucił jego bezwładne ciało na łóżko w sypialni.

– Z resztą już sobie poradzę, dzięki – powiedziałam, a on machnął ręką na do widzenia i wyszedł.

Usiadłam obok kolorowego chłopaka i zaczęłam płakać. Nie mogłam przestać. Ryczałam, złoszcząc się na własny egoizm. Skrzywdziłam człowieka, który w najgorszej chwili, jaką przeżył ze mną, przyznał się do tego, że mnie kocha. Poczucie winy trawiło mnie od środka. Brzydziłam się siebie i tego, do jakich podłości popychało mnie własne, chore ego.

Wzięłam prysznic, później przytargałam do pokoju wielką walizę i włożyłam kolorowe figi. Popatrzyłam na skulonego Nacho, którego ciałem co jakiś czas wstrząsał potężny dreszcz. Podeszłam do niego i zaczęłam rozpinać mu spodnie, modląc się, by miał pod spodem majtki. Niestety, nic z tego. Kiedy tylko rozpięłam rozporek, przywitał mnie upragniony widok jego słodkich włosków. Boże, daj mi siłę, bym nie wykorzystała tego pięknego, pijanego mężczyzny.

Szarpiąc się z ciężarem jego ciała, oswobodziłam go z dziurawych dżinsów i przykryłam kołdrą, bo widok jego kutasa prowokował mnie do idiotycznych posunięć. Poszłam do kuchni i z lodówki wyciągnęłam butelkę wody mineralnej. Postawiłam ją na stoliku obok Nacho i wślizgnęłam się do łóżka, tuląc do niego.

Obudziło mnie silne, rodzące się w moim wnętrzu pożądanie. Powoli otworzyłam oczy, a widok szklanej ściany niemal powalił mnie na kolana. Przed łóżkiem rozpościerał się zapierający dech w piersiach widok na Ibizę, morze i słoneczny, budzący się do życia dzień. Złapałam głęboki wdech, czując zęby zagryzające się na mojej brodawce. Uniosłam kołdrę i napotkałam rozbawiony, półprzytomny wzrok Nacho.

– Jestem nawalony – powiedział. – I strasznie napalony.

Jego usta, muskając mostek, przesunęły się na moją drugą pierś. Całe swoje ciało umościł między moimi nogami.

– Ale nic nie utraciłem ze swojej kociej zwinności – rzekł i znów zaczął ssać.

– Ach tak? – zapytałam rozbawiona, chcąc ukryć podniecenie. – To przewalanie się po mnie nazywasz zwinnością? Nawet umarłego byś tym obudził.

Uśmiechnął się cwaniacko i uniósł na rękach. Jego twarz znalazła się naprzeciwko mojej.

– A czy umarli noszą majtki?

Jego prawa dłoń uniosła się do góry. W palcach trzymał moje kolorowe figi, zamachał nimi.

– A więc?

Zielone oczy Kanaryjczyka śmiały się do mnie.

– Zapominasz, dziewczynko, kim jestem. Jak tylko minie ten straszny stan, do którego mnie doprowadziłaś, coś ci udowodnię.

Schował się pod kołdrą, a ja przerażona faktem, że nie mam na sobie bielizny, zamarłam.

Łysy poczuł, że moje ciało napięło się i kolejny raz wyjrzał do mnie.

– Dostałaś to, czego chciałaś? – zapytał, poważniejąc, a ja wpadłam w panikę. Czyżby pamiętał?

– Chcę pogadać – stwierdziłam, usiłując złączyć nogi i zepchnąć go na bok.

Długie, kolorowe ręce wynurzyły się spod pościeli i chwyciły mnie, ściągając w otchłań ciemności.

– Serio? – zapytał, przejeżdżając wargami po moich ustach, a zapach jego gumy do żucia obezwładnił mnie.

Zacisnęłam usta, zdając sobie sprawę, że jest rano, a ja nie myłam zębów. Poczułam, że się uśmiecha, a jego lewa ręka sięga po coś na zewnątrz. Po chwili wcisnął mi to w usta; guma. Zaczęłam nerwowo przeżuwać małą drażetkę, dziękując Bogu, że facet między moimi nogami jest tak przewidujący.

– O czym chcesz rozmawiać? – zapytał, jednocześnie przywierając buzującą erekcją do mojego uda. – O wczorajszej nocy?

Kolejny raz przycisnął go do mnie, jednocześnie kolanem szturchając łechtaczkę; jęknęłam.

– Może o tym, jak bardzo lubisz seks z mężem?

Oczy miałam wielkie jak spodki, a serce, mimo że nowe, było na skraju zawału.

– Nacho, ja… – zdążyłam wydusić, zanim jego język wtargnął w moje usta i zaczął walczyć z moim. Nie całował mnie jeszcze w ten sposób, był nachalny i nieustępliwy. Czułam, że dzieje się coś złego. Że w tym momencie nie jest taki jak zawsze. Kręciłam głową na boki, aby uwolnić się od jego ust, ale przytrzymywał mnie.

– Jeśli byłem tylko przygodą, to chcę, byś zapamiętała mnie jako najlepszą w życiu. I pożegnam się z tobą, jak należy.

Jego słowa rozerwały mnie na pół. Nie mam pojęcia, jak znalazłam w sobie siłę, by odepchnąć go tak, że po chwili razem z kołdrą leżał na podłodze.

– Kłamałam! – wrzasnęłam, kuląc się, kiedy dotarło do mnie, że jestem naga. – Chciałam cię sprawdzić! – Do oczu napłynęły mi łzy. Ryknęłam płaczem, zwijając się w kulkę. – Musiałam być pewna, że pijany nie zrobisz mi krzywdy. Nie wytrzymałabym tego kolejny raz.

Nacho podniósł się, owinął mnie kołdrą, a potem ułożył sobie na kolanach.

– Kolejny? – zapytał poważnie i spokojnie. – Lauro, albo opowiesz mi, co się stało, albo sam się tego dowiem, i nie wiem, co będzie gorsze.

Jego ramiona mocno zacisnęły się wokół mnie, czułam, jak wali mu serce.

– Wolisz, żebym dowiedział się tu, na bezludnej wyspie, czy trzymając w rękach broń.

– Nic się nie stało. Uciekłam.

Złapał głęboki oddech, ale milczał.

– Z Polski wróciłam na Sycylię i było dobrze. On chciał wszystko naprawić, a ja musiałam dać mu szansę. Inaczej nigdy nie byłabym pewna, czy dobrze zrobiłam.

Oddychał jeszcze szybciej.

– Ale kiedy wygłupialiśmy się, powiedziałam do niego „Nacho"…

Klatka Kanaryjczyka zamarła, a on głośno przełknął ślinę.

– Później w nocy obudziłam się, a on siedział przy mnie. Chciał… chciał… – jąkałam się. – Chciał kolejny raz udowodnić mi, do kogo należę. Wtedy zabrałam psa i uciekłam. A potem Domenico sprowadził mnie tutaj.

Wyswobodziłam się z silnych objęć i oparłam o zagłowie łóżka. Widziałam furię, widziałam, jak Nacho zamienia się w wir, a każdy kawałek kolorowego ciała staje się twardy jak ze stali.

– Muszę wyjść na dwór – powiedział spokojnie, chociaż przez zaciśnięte zęby. Wziął do ręki telefon i powiedział po angielsku: – Ivan, przygotuj broń.

Zrobiło mi się słabo, a z twarzy odpłynęła cała krew. Chryste, on go zabije.

– Proszę – wyszeptałam.

– Ubierz się i chodź ze mną. Nie musisz niczego zabierać. Podniósł się i naciągnął poszarpane dżinsy na nagą pupę. Wyciągnął rękę po moją dłoń. Założyłam szorty i koszulkę, wsadziłam na nogi trampki, a on wyprowadził mnie z posiadłości.

Przed głównym wejściem stał prowizoryczny blat, na którym leżały różne rodzaje broni.

– Wiesz, co jest dobre w prywatnych przestrzeniach? – zapytał, a kiedy nie odpowiadałam, dokończył. – Że można tu robić to, co się lubi i chce.

Podał mi lornetkę.

– Popatrz tam.

Wskazał palcem kierunek, a ja w oddali zobaczyłam tarczę w kształcie człowieka.

– Nie odrywaj od niej wzroku – nakazał.

Wziął ze stołu karabinek i położył się na rozłożonej na ziemi czarnej macie. Ustawiał coś, a później oddał kilka strzałów. Wszystkie kule trafiły w papierową głowę. Wstał i podszedł do mnie.

– Tym się zajmuję i tak się relaksuję.

Jego oczy były zimne i wściekłe.

Zmienił broń, przeładował i oddał kilkanaście strzałów w kolejną, stojącą bliżej tarczę. Kilka razy powtórzył tę czynność, a ja stałam jak zahipnotyzowana i ze strachem patrzyłam na scenę rozpaczy w wykonaniu Nacho.

– Kurwa! – wrzasnął, kładąc na blacie kolejny karabinek. – Nie działa, idę pływać.

Wszedł do domu, a po chwili wyszedł z niego ubrany w kąpielówki i ruszył w stronę morza.

Stałam przez chwilę, zastanawiając się, co mam, do cholery, ze sobą zrobić. Nic nie wymyśliłam, więc weszłam do środka. Poszłam do kuchni, uniosłam z blatu telefon Nacho i wybrałam numer Olgi.

– Jak sytuacja? – zapytałam, kiedy w końcu odebrała.

– Mamy tu tajfun o imieniu Massimo – stwierdziła, a ja usłyszałam, jak wychodzi na dwór. – A co u was?

– Chryste, przyleciał? – jęknęłam, opierając się o ścianę.

– Kiedy w nocy Domenico nie dał mu ciebie do telefonu, wsiadł w samolot i od rana wszystko demoluje. Dobrze, że nie zabrałaś nic ze swoich rzeczy, bo z tego, co zrozumiałam, w połowie masz zainstalowane nadajniki. – Usłyszałam, jak odpala papierosa i się nim zaciąga. – Lepiej tu nie wracaj. I nie dzwoń. – Kolejny raz głęboko wciągnęła dym. – Ale się popierdoliło, co? – zapytała, a raczej stwierdziła rozbawiona.

– Śmieszy cię to? – warknęłam z niedowierzaniem.

– No jasne! Żebyś widziała ich teraz. Dom jest pełen smutnych panów i jakiegoś sprzętu. Coś knują. A ja nie mam na czym jeść, bo Don rozjebał o ścianę chyba całą zastawę. Dobrze, że znalazłam jakieś plastikowe kubki, miałam się w czym kawy napić.

– Wiesz co, on nie może was wszystkich męczyć przeze mnie. Daj mi go do telefonu.

Mój głos był pewny i stanowczy, ale po drugiej stronie zaległa cisza.

– Olga, słyszysz mnie?

– Pewna jesteś? On właśnie do mnie idzie.

– Dawaj – stwierdziłam. Po drugiej stronie usłyszałam warknięcie Czarnego. Później nastała cisza.

– Gdzie ty, kurwa, jesteś? – Wzięłam głęboki wdech.

– Chcę rozwodu.

Kiedy to powiedziałam, niemal straciłam przytomność. Osunęłam się na podłogę.

Massimo milczał, ale czułam po drugiej stronie słuchawki, jak płonie ze złości. Dziękowałam opatrzności, że moja przyjaciółka jest przyszłą żoną jego brata. Inaczej różnie by to się mogło dla niej skończyć.

– Nigdy! – wrzasnął, aż podskoczyłam. – Znajdę cię i sprowadzę na Sycylię, a wtedy nigdzie nie wyjedziesz beze mnie.

– Jeśli będziesz na mnie wrzeszczał, rozłączę się i będziemy rozmawiać już tylko przez prawników. Czy tego chcesz?

Siedziałam na podłodze oparta plecami o ścianę.

– Zróbmy to w cywilizowany sposób – westchnęłam.

– Dobrze, porozmawiajmy. Ale nie przez telefon.

Jego głos był spokojny, lecz czułam, że w środku Massimo wrze.

– Czekam na ciebie w willi.

– Nic z tego – powiedziałam stanowczo. – Tylko miejsce publiczne.

– Myślisz, że tam będziesz bezpieczniejsza? – prychnął kpiąco. – Przypominam ci, że zostałaś porwana na środku ulicy. Ale dobrze, niech będzie.

– Massimo, nie chcę się kłócić – westchnęłam, chowając głowę między kolanami. – Chcę się rozstać w zgodzie. Kochałam cię i byłam z tobą bardzo szczęśliwa. Ale to się nie uda.

W słuchawce słyszałam jego ciężki oddech.

– Boję się ciebie. Ale nie tak jak na początku. Teraz boję się, że kolejny raz mnie…

Głos mi się zawiesił, bo kiedy podniosłam głowę, aby oprzeć ją o ścianę, zobaczyłam stojącego przede mną mokrego Nacho.

Stał, ociekając wodą, a sądząc po wielkości kałuży wokół jego stóp, musiał tu być już dłuższą chwilę. Spokojnym ruchem wyciągnął mi z dłoni telefon i dotknął go palcem, przerywając rozmowę.

– Rozwód? – zapytał, odkładając go na blat, a ja pokiwałam twierdząco.

– On tu jest – wyszeptałam. – Przyleciał rano i chce się spotkać.

– Rozwód? – Kiedy powtórzył to słowo, w jego zielonych oczach zatańczyły iskierki.

– Nie chcę z nim być. Ale to jeszcze nie znaczy, że chcę być z tobą. – Zaśmiałam się, smutno grożąc mu palcem.

Kanaryjczyk podszedł do mnie i klęknął, a jego ciało wprawnie wsunęło się między moje nieco rozchylone uda. Posadził mnie sobie na mokrych spodenkach i unieruchomił, oplatając jedną rękę wokół talii, a drugą opierając na karku. Patrzył mi w oczy, był zaledwie kilka centymetrów ode mnie, a ja czułam, co za chwilę się stanie. Słone usta Nacho zbliżyły się do moich warg i zamarły kilka milimetrów od nich, więc czułam tylko jego miętowy oddech. Wtedy jego twarz przybrała wyraz największego szczęścia, a szeroki uśmiech był ostatnim, co widziałam, zanim pożądliwie wtargnął językiem do wnętrza moich ust. Całował tak zachłannie i tak namiętnie, jakby wreszcie spuścił swoje pożądanie ze smyczy. Uniósł mnie do góry i ułożył na zimnym blacie. Chwycił koszulkę, którą miałam na sobie, i jednym ruchem ściągnął ją ze mnie, łapiąc za piersi.

– Chryste – jęknął, błądząc dłońmi po moim ciele.

– Kochaj się ze mną. – Podniosłam się energicznie i oplotłam go udami.

– Jesteś pewna? – zapytał, odsuwając mnie nieco i głęboko patrząc mi w oczy.

Nie byłam pewna. A może byłam? W tej chwili nic nie było dla mnie tym, czym wydawało się jeszcze wczoraj. Ale to nie miało znaczenia. Wreszcie robiłam to, co chciałam, a nie to, co należało.

– A jeśli powiem, że nie? Powstrzyma cię to? – Musiał poczuć rozbawienie w moim głosie. – Nie mam na sobie majtek.

Zagryzłam dolną wargę i pokiwałam na niego znacząco.

– Doigrałaś się, dziewczynko.

Ściągnął mnie z blatu i sadzając na sobie, ruszył w stronę sypialni.

– Z widokiem czy bez? – zapytał, kiedy delikatnie układał mnie na łóżku i rozpinał mi guzik od szortów.

– W tym momencie mogłabym leżeć na środku Marszałkowskiej w Warszawie, nie obchodzi mnie to – wyszeptałam, wiercąc się zniecierpliwiona. – Czekałam na to prawie pół roku.

Nacho zaśmiał się i rzucił na podłogę moje spodenki.

– Chcę na ciebie patrzeć. – Zielone oczy przebiegały po każdym centymetrze mojego ciała, a mnie ogarnął nieuzasadniony wstyd. Złączyłam lekko rozchylone uda i skuliłam się w sobie.

– Nie wstydź się – powiedział, a jego szorty opadły do kostek. – Widziałem cię nagą tyle razy, że już nic w twoim ciele mnie nie zaskoczy. Uniósł z rozbawieniem brwi, zbliżając się do mnie od strony stóp.

– Ach tak? – Przytrzymałam ręką jego czoło, a on wciąż szczerzył do mnie zęby. – Kiedy? – warknęłam, udając oburzoną.

– Pierwszej nocy, mówiłem ci. – Chwycił mój nadgarstek i odsunął dłoń, robiąc sobie miejsce. – Pod suknią nie miałaś bielizny. – Pocałował delikatnie mój sutek. – Dziś, kiedy ściągałem ci zębami majtki… – Jego usta przywarły do drugiego. – Chcesz jeszcze coś przedyskutować czy mogę wreszcie spróbować, jak smakujesz? – Zawisł nade mną, udając powagę.

– Masz film na komórce. To dowód, że wszystko, co mówiłam wczoraj, było kłamstwem.

– Wiem – powiedział, zsuwając się w dół mojego brzucha.

– Obejrzałem go, zanim cię obudziłem, ale skoro ty chciałaś sprawdzić moją reakcję, ja chciałem sprawdzić twoją.

Jego język delikatnie musnął pępek.

– Poza tym inaczej nie opowiedziałabyś mi, co się stało na Sycylii.

W tym momencie jego ciepłe usta przywarły do mojej łechtaczki, lekko ją zasysając.

– Chryste – szepnęłam, wbijając głowę między poduszki.

Jego szeroko rozchylone wargi obejmowały całą cipkę, jakby chciał ją pochłonąć. Całował każdy fragment, a ja ze zniecierpliwienia czułam, jak robię się coraz bardziej mokra.

Kolorowe ręce wędrowały od ud, przez brzuch, aż na moje piersi, które delikatnie pocierał. Ale było mi wszystko jedno, co robił, tak bardzo pragnęłam go w tamtej chwili. Kiedy moje zniecierpliwienie osiągnęło zenit, jakby to wyczuł. Rozsuwając wargi, wbił język prosto w łechtaczkę.

Wrzask, który wydobył się z mojego gardła, przeleciał przez dom jak wystrzał, a Nacho zaczął słodką udrękę najwrażliwszego miejsca na moim ciele. Był spokojny i miarowy, a jednocześnie namiętny i pełen pasji. To, w jaki sposób mnie lizał, sprawiało, że małe ludziki w moim ciele biegały w panice od głowy do podbrzusza. Wierciłam się i szarpałam prześcieradło. Nie chciałam, żeby przerywał ani na sekundę. Nie chciałam, żeby skończyło się to, co czułam. W tym, co robił, nie było nawet krzty brutalności, a mimo to skrajne podniecenie nie pozwalało mi oddychać.

– Otwórz oczy – powiedział, przerywając. Kiedy udało mi się to zrobić, zobaczyłam, że jego twarz wisi tuż nad moją. – Chcę widzieć.

Jego kolano lekko odsunęło na bok moją nogę.

– Patrz na mnie, proszę – wyszeptał, kiedy drugie zrobiło to samo, a ja poczułam, że się zbliża. Splótł palce z moimi, a potem wyciągnął nasze ręce ponad moją głowę.

– Będę cię wielbił.

Jego penis oparł się o mokre wejście we mnie, a ja z trudem łapałam powietrze.

– Będę cię chronił.

Pierwszy centymetr wszedł do środka, a ja byłam gotowa dojść w tej sekundzie.

– I nigdy świadomie cię nie skrzywdzę.

Biodra Nacho wykonały mocny ruch, a ja poczułam, że już cały jest we mnie. Jęknęłam i przekręciłam głowę na bok, zamykając oczy. To było dla mnie zbyt wiele.

– Dziewczynko – wyszeptał i powoli, miarowo zaczął się we mnie poruszać. – Patrz na mnie.

Obróciłam głowę, z trudem wykonując jego prośbę. Wtedy jego biodra nabrały mocy. Nie robił tego szybko, ale z taką precyzją i namiętnością, że docierał w każdy zakątek mnie.

Usta Kanaryjczyka chwyciły moje wargi, a jego wzrok cały czas był utkwiony we mnie. Kochał się ze mną! Wypchnęłam w górę biodra, a on jęknął, wbijając się we mnie jeszcze głębiej. Pochylił głowę i zaczął całować moją brodę, szyję, gryzł barki. Nie mogłam wytrzymać tego unieruchomienia. Oswobodziłam ręce i mocno złapałam go za wytatuowane pośladki. Jego ramiona owinęły się wokół mnie.

– Nie chcę zrobić ci krzywdy – wyszeptał. Wyczułam troskę w jego głosie.

– Nie zrobisz. – Łapiąc jego pupę, mocniej przycisnęłam go do siebie.

W jego oczach jakby coś wybuchło. Stały się prawie seledynowe i jeszcze bardziej dzikie. Przyspieszył, a kiedy to zrobił, poczułam, jak wir we mnie zaczyna szybciej krążyć. Jego kutas coraz mniej miarowo nacierał na mnie, a ja czułam, że orgazm potężny jak tsunami nadciąga do mojego ciała.

233

– Właśnie to chcę zobaczyć – jęknął, nie spuszczając ze mnie wzroku. – Chcę widzieć, jak dochodzisz dla mnie, dziewczynko.

To, co powiedział, było jak uderzenie w tył głowy. Zaczęłam szczytować, a każdy mięsień w moim ciele naprężył się i zamarł. Byłam sztywna jak deska, a pulsujące uderzenia wewnątrz mnie przynosiły kolejne fale przyjemności. Zielone oczy zalewała mgła, a ja czułam, że za chwilę poczuję to samo co on. I wtedy wybuchł we mnie z taką mocą, że niemal czułam, jak jego penis się wydłuża. Z gardła Nacho wydobywało się tylko dyszenie, kiedy owładnięty przyjemnością odlatywał razem ze mną.

Zwolnił, żeby nas uspokoić, ale ja już chciałam, by zaczął od nowa. Ostatni raz uprawiałam seks w Lagos, ale wtedy nie czerpałam z tego nawet ułamka przyjemności, którą czułam w tej chwili.

Opadł na mnie, wtulając głowę w zgięcie szyi, a ja głaskałam jego mokre plecy.

– Nie mogłem już wytrzymać – wyszeptał, gryząc płatek mojego ucha. – Czułem fizyczny ból, nie mogąc wejść w ciebie, więc teraz nie zamierzam wychodzić.

Podniósł się i wsparł na rękach.

– Cześć – wyszeptał, całując mnie w nos.

– Cześć – odpowiedziałam lekko ochrypłym głosem. – Ale wiesz, że kiedyś będziesz musiał to zrobić?

– Ja jestem Marcelo Nacho Matos, ja nic nie muszę. A skoro już mam to, czego chcę, nawet szantażem nie da się mnie zmusić, żebym zrobił coś, na co nie mam ochoty.

Wyszczerzył zęby i kolejny raz wtargnął językiem w moje usta.

– Wyjedziesz ze mną? – zapytał nieoczekiwanie, przerywając pocałunek.

Wbiłam głowę między poduszki. Zastanawiałam się, czy rozumiem, o co mu chodzi.

– Mam rozmawiać z tobą o przyszłości, kiedy twój pulsujący penis wciąż mnie rozprasza?

– Dzięki temu mam nad tobą przewagę.

Z rozbawieniem poruszył biodrami, a ja jęknęłam, czując, jak napiera na mnie.

– A więc?

– To nie fair – wyszeptałam, usiłując wydostać się z otchłani przyjemności. – Wszystkie deklaracje w trakcie seksu nie mają mocy sprawczej.

Zawiesiłam się, a on widząc to, westchnął i położył się obok.

– Chodzi o niego? Jednak nie jesteś pewna?

Nacho gapił się w sufit, a ja patrzyłam na niego ze smutkiem.

– Muszę się z nim spotkać, porozmawiać, załatwić to, jak należy – wymamrotałam, obracając się na bok.

– Wiesz, że on cię wywiezie na Sycylię? – Obrócił głowę w moją stronę. – Zamknie cię gdzieś i zanim cię znajdę, zrobi z tobą rzeczy, których…

– Nie może więzić mnie do końca życia.

W tym momencie z gardła Nacho wyrwał się kpiący śmiech.

– Jesteś taka naiwna, dziewczynko. Ale skoro tak upierasz się na to spotkanie, nie mogę ci zabronić. Nie mam prawa. Ale proszę, przyjmij moją pomoc i zróbmy to po mojemu. Niech tylko spróbuje cię porwać, a zabiję go bez wahania.

Palce jego prawej dłoni splotły się z moimi.

– Teraz już cały należę do ciebie i nie wyobrażam sobie, byś kolejny raz zniknęła.

– Dobrze – westchnęłam, zaciskając palce na jego dłoni.

– No i świetnie – stwierdził, podnosząc się. – A teraz, żeby ten złamas nie spierdolił nam pięknego dnia do końca, mam dla ciebie kilka rozrywek.

– Ale ja muszę…

– Jak poczeka jeden dzień, nic mu się nie stanie.

Nacho chwycił w palce moją brodę i mnie pocałował.

– Wykazuję się daleko idącym zrozumieniem i opanowaniem w związku z twoim niebawem byłym mężem. Proszę więc, dziewczynko, nie przeginaj, bo wezmę karabinek i pójdę go zastrzelić, bym już nigdy nie usłyszał, że się go boisz…

Ciężko westchnął.

– I tak wiem, że nie mówisz mi całej prawdy. Ale skoro nie chcesz, nie będę cię zmuszał.

– Uważam po prostu, że pewne rzeczy cię nie dotyczą i muszę z nimi poradzić sobie sama.

– Od dziś z niczym nie musisz sobie radzić sama, Lauro – rzucił i poszedł w stronę łazienki.

ROZDZIAŁ 12

Siedziałam przy wyspie kuchennej z przepaską na oczach. Po tym, jak wdałam się w dyskusję na temat znajomości hiszpańskiej kuchni, zostałam uwięziona i zmuszona do testu.

– Dobrze, zaczniemy od czegoś łatwego – powiedział Nacho, stając niedaleko. Po chwili wsunął mi do ust kawałek jedzenia. – Zrobimy trzy podejścia. Jeśli wszystko zgadniesz, będziesz mogła kazać mi zrobić, cokolwiek zechcesz. Jeśli ja wygram, zgodzisz się na to, czego ja sobie zażyczę, ok?

Pokiwałam głową, przeżuwając mięso, bo to niewątpliwie było mięso. Przełknęłam i stwierdziłam pewnym głosem:

– Ubliżasz mojej inteligencji i zmysłowi smaku. To chorizio.

– Czyli? – zapytał, całując mój nagi bark.

– Miało być tylko rozpoznawanie, a nie szczegółowy opis – warknęłam. – Hiszpańska kiełbasa.

Zaśmiał się i podsunął mi kolejny smakołyk.

– Boże, aż tak nisko mnie cenisz? To jamon, wasza podsuszana szynka.

Z przyjemnością gryzłam pyszny, słony kawałeczek wędliny.

– Ale za chwilę będziesz biedny, dawaj trzecią rzecz.

– Teraz będzie coś słodkiego – ostrzegł rozbawionym tonem, a ja otworzyłam usta. – Wolałbym ci wsadzić coś innego niż jedzenie – dodał ze śmiechem.

Nie minęła sekunda, a poczułam jego miętowy oddech, później język, który delikatnie wkradał się do środka.

– Nie wykręcisz się – wybełkotałam, wypychając go ze swoich ust. – Dawaj.

Powoli przeżuwałam kolejny kęs, który mi zaserwował, i zgłupiałam. Nie miałam pojęcia, co to było. Mlaskałam i mlaskałam, aż smak zupełnie uleciał. To było jak połączenie ananasa, truskawki i mango. Siedziałam skrzywiona, przekopując zakamarki umysłu.

– I kto teraz będzie biedny? – zapytał, stając za mną. – Co zjadłaś, dziewczynko?

– To nie jest sprawiedliwe – wymamrotałam. – Owoc, to był na pewno jakiś owoc.

– A nazwa?

Milczałam.

– Poddajesz się?

Zerwałam z oczu przepaskę i popatrzyłam na niego.

– Mogę ci to nawet pokazać, bo jeśli nie rozpoznałaś smaku, to znaczy, nigdy nie miałaś z tym do czynienia – wyciągnął dłoń. Leżało na niej coś, co wyglądało jak duża zielona szyszka.

Obracałam owoc w palcach, wąchałam, stukałam w niego, ale miał rację, nigdy czegoś takiego nie widziałam.

– To czerymoja – wyszczerzył zęby. – A więc będziesz honorowa i spełnisz zakład czy się wycofujesz? – Splótł ręce na piersiach, rzucając mi wyzwanie.

Zastanowiłam się przez chwilę i przypomniawszy sobie to, co zaszło godzinę wcześniej, doszłam do wniosku, że moja przegrana prawdopodobnie będzie miała bardzo intrygujące konsekwencje.

– Słucham, Marcelo, czego sobie życzysz?

– Wyjedziesz ze mną. – Otworzyłam usta, by zaprotestować, ale podniósł rękę. – Nie mówię, że przeprowadzisz się do mnie, ale jakiś czas pobędziesz ze mną.

Jego rozbrajający uśmiech topił mnie jak wiosenne słońce topi ostatni sopel. Jeszcze jedna rzecz łączyła mnie z owym soplem – patrząc na Nacho, byłam tak mokra jak woda, która z niego kapie.

– To był podstęp.

Kanaryjczyk potwierdził ruchem głowy.

– Jesteś wyrachowanym, podstępnym…

– …bezwzględnym mordercą, który stoi przed kobietą nagi i wkłada jej jedzenie do ust, by zdobyć trochę jej czasu – dokończył. – Oto cały ja. – Rozłożył ręce.

Rozbawiło mnie to, co powiedział, ale postanowiłam jeszcze powalczyć.

– Potrzebujesz nade mną kontroli? – Zeszłam ze stołka i podeszłam do niego, przesuwając dłoń po kolorowej klacie. – Chcesz mnie zniewolić? Przykuć mi do nogi nadajnik? – Po jego spanikowanych zielonych oczach widziałam, że brał moje słowa na poważnie, podczas gdy ja się świetnie bawiłam. – Porwać i uwięzić? Czy tego właśnie chcesz?

– Czy tak się czujesz? Zniewolona? – Jego noga umiejętnie mnie podcięła, ale nim upadłam na podłogę, chwycił moją rękę i delikatnie położył mnie na ziemi. – A jeśli tak, to jak się czujesz teraz? – powiedział, kładąc się na mnie.

Zmrużył oczy, a ja wiedziałam, że przejrzał moją grę.

Uniósł moje ręce daleko za głowę, tak, że były zupełnie proste, i splótł swoje palce z moimi.

– Gdzie jest Ivan? – zapytałam, czując obezwładniające zimno posadzki na nagim ciele.

– Jak sądzę na Ibizie albo na jachcie z chłopakami. Ale jeśli chcesz, mogę to zaraz sprawdzić. Jesteśmy tu zupełnie sami, dziewczynko – wyszeptał, a jego zęby delikatnie zagryzły moją brodę. – Jeśli przyzwyczaiłaś się do dużej liczby osób w twoim otoczeniu, to przy mnie się od tego odzwyczaisz. – Przekręcił mi głowę w stronę swojej i chwycił ustami płatek ucha, a ja mruknęłam z zadowoleniem. – Cenię sobie samotność, była mi potrzebna w pracy. – Jego język bawił się na mojej szyi. – Muszę być skupiony i skrupulatny. Ale od końca grudnia czegoś mi brakowało. – Rozchylił moje uda na boki i wszedł we mnie. Krzyknęłam. – Coś ciągle mnie rozpraszało – nie przestawał mówić, a ja kręciłam biodrami, czując go w środku. – Przestałem być precyzyjny. – Biodra Nacho powoli się poruszały, docierając w miejsce gdzieś głęboko we mnie. – Zacząłem popełniać błędy… Opowiadać dalej?

– To bardzo interesujące, nie przestawaj – wydusiłam, a moje ciało zaczęło odpowiadać na jego ruchy.

– Każdy dzień był torturą. – Jego język gładził moje wargi. – Miałem wrażenie, że kręcę się w kółko. – Poruszał się
coraz szybciej, a ja jęknęłam. – Odnoszę wrażenie, że cię
nudzę.

– Jeszcze nie, czekam na finał – wyszeptałam, łapiąc zębami jego dolną wargę.

– Zabiłem kilka osób, zarobiłem trochę pieniędzy, ale nie
sprawiło mi to przyjemności.

Dyszałam, nie mogąc doczekać się końca tej historii, której sensu zupełnie nie rozumiałam.

– To straszne – powiedziałam odruchowo, a on wszedł
jeszcze głębiej. Moje wygięte w łuk plecy oderwały się od
podłogi.

– Też tak sądziłem. Dlatego zacząłem szukać przyczyny.
– Coraz szybsze ruchy bioder Nacho sprawiły, że zaczęłam
lekko odpływać. – Nie słuchasz mnie – warknął rozbawiony.

– Bzdura. – Otworzyłam oczy i głęboko nabrałam powietrza. – No i jakie jest zakończenie tej historii, hmm?

– Poleciałem więc szukać tego, co zgubiłem. – Jego
wargi przywarły do moich, a język wślizgnął się do ust.
Całował mnie głęboko, smakując każdy kawałek języka i podniebienia. – W końcu znalazłem to, a skoro już
wiem, czego mi brakowało, nie zamierzam pozwolić temu
zniknąć.

Zamilkł, a jego biodra bezlitośnie przyspieszyły. Ich ruchy
były teraz miarowe, jak wystrzały z karabinu. Kolejny raz
kochał się ze mną, ale choć był delikatny, czułam, że w tym
kolorowym mężczyźnie drzemie wielka gwałtowność.

Próbowałam wyswobodzić ręce, ale jeszcze mocniej zacisnął palce na moich.

– Nie pozwolę temu zniknąć – wyszeptał, kolejny raz mnie całując.

– Zaraz dojdę – jęknęłam, kiedy orgazm zaczynał budzić się w moim podbrzuszu.

– Czuję. – Oderwał się ode mnie i patrzył, jak przyjemność odbiera mi oddech. – Jezu – westchnął głośno, dołączając do mnie. Jego dłonie puściły moje ręce. Chwyciłam jego pośladki i mocno przycisnęłam do siebie, wbijając w nie paznokcie. Moja głowa odchyliła się do tyłu tak mocno, że niemal pękł mi kręgosłup, a z ust wydobył się wrzask. Szczyt, który osiągnęłam, był wysoki, a po chwili, kiedy jego biodra się zatrzymały, zaczęłam spadać w dół.

– Sposób, w jaki dochodzisz… – wydyszał, powoli wprawiając je ponownie w ruch. – Sprawia, że nie jestem w stanie się kontrolować.

– To straszne – westchnęłam. Moje ciało opadło bezwładnie, a ręce zsunęły się na podłogę.

– Jeśli będziesz się ze mnie nabijać, doprowadzę cię do orgazmu tyle razy, że nie utrzymasz się na desce.

– Słucham? – Szeroko otworzyłam oczy, patrząc na niego. – Przecież tu nie ma fal.

– No nie ma, ale ja chcę zobaczyć, czy dasz radę machać rękami. Poza tym najpierw będziemy ćwiczyć na deskorolce. – W jego oczach kolejny raz wybuchła chłopięca wesołość. – Chcę zobaczyć, jak tam u ciebie z balansowaniem ciałem.

– Mogę ci to zaraz pokazać – stwierdziłam, zataczając biodrami koliste ruchy. – Jestem tancerką, nie surferką.

– To też sprawdzimy – powiedział rozbawiony, podnosząc mnie.

Kiedy wyszłam spod prysznica, on kończył właśnie rozmawiać przez telefon. Podeszłam do niego i objęłam jego plecy.

– Skończyłeś we mnie, już drugi raz dzisiaj. Nie boisz się, że zrobimy sobie dziecko?

– Po pierwsze wiem, że bierzesz tabletki. Jeśli chcesz, zaraz podam ci ich nazwę, mam ją w telefonie – obrócił się i przytulił mnie do siebie. – A po drugie faceci w moim wieku nie martwią się o takie rzeczy. – Wyszczerzył zęby, a ja walnęłam go w klatkę.

– Nawet Massimo nie wie, że je biorę. – Pokręciłam głową zrezygnowana. – Jest coś, czego o mnie nie wiesz? – zapatrzyłam się na niego.

– Nie wiem, co do mnie czujesz – stwierdził, nieco poważniejąc. – Nie mam pojęcia, gdzie jestem w twojej głowie. – Przez chwilę czekał, aż odpowiem na niezadane pytanie, a gdy milczałam, dodał: – Ale myślę, że z czasem sama mi powiesz, czy jestem w głowie, czy w sercu. – Pocałował mnie w czoło, zastygając na chwilę. – Gotowa trochę się poruszać? – Pokiwałam radośnie głową. – To wkładaj majtki i chodź.

– Majtki? A pianka?

– Będziesz tylko machała rękami, leżąc na brzuchu. Myślałem, że chcesz się opalić. – Roześmiał się promiennie.

– Mówiłem ci, dzieciaku, tu nie ma fal. Wkładaj najmniejsze majteczki, jakie masz, i ruszamy.

Na niewielkiej plaży rzucił na piasek dwie deski i zaczął się rozciągać. Posłusznie, z nieukrywanym rozbawieniem, robiłam to, co mi kazał. Mimo że miałam na sobie tylko mikroskopijny dół od kolorowego bikini, czułam się bardzo komfortowo. Dziękowałam Bogu, że nie dał mi piersi wielkości melonów, bo wymachując rękami na boki, wybiłabym sobie zęby.

– Wystarczy – stwierdził niemal poważnym tonem.

– Którą nogę masz wykroczną? – Popatrzyłam na niego, jakby zapytał mnie o fizykę kwantową.

– Że co? – Tępota biła z moich oczu.

– Jeździsz na snowboardzie? – Skinęłam głową. – Którą nogę masz z przodu?

– Lewą – odpowiedziałam pewnie.

– No więc to jest twoja noga wykroczna. – Westchnął. – Kładź się!

Ułożył mnie na desce i poprzesuwał tak, żebym wylądowała na środku ze stopami na samym końcu. Później poszedł do swojej, która była dokładnie naprzeciwko, i położył się tak, że patrzyliśmy na siebie.

– Tak się wiosłuje. – Jego długie, kolorowe ramiona zaczęły imitować ruchy, jakie powinnam wykonywać w wodzie. Napinające się mięśnie jego barków przykuwały moją uwagę i rozpraszały do tego stopnia, że zaczęłam się ślinić.

– Nie słuchasz mnie – warknął rozbawiony.

– Co? – zapytałam, wracając wzrokiem do jego oczu.

– Co mówiłeś?

– Opowiadałem ci o rekinach. – Zmrużył lekko oczy.

– Co takiego? – Poderwałam się z wrzaskiem i stanęłam obok. – Jakie rekiny?!

– Kładź się i zacznij słuchać. – Zaniósł się śmiechem.

Nauka stawania na desce na sucho była czymś dziwacznym, ale wiedziałam, że kiedyś mi się przyda. Nacho co chwilę wrzeszczał, żebym go słuchała, ale jak miałam się skupić na ćwiczeniu, skoro jego wypięta pupka ciągle mnie rozpraszała. Niewiele zrozumiałam, ale ogarnęłam przynajmniej, że podnoszę się jakby w trzech ruchach. Najpierw prostuję ręce, później podciągam nogę, która będzie z tyłu, i na koniec staję. Teoretycznie proste.

W wodzie okazało się, że samo wiosłowanie sprawia mi małe trudności. Po tym, jak kilka razy zwaliłam się do wody, uznałam, że jak trafię na falę, to nawet najmniejsza mnie pokona.

Po trzydziestu minutach osiągnęłam poziom ekspercki w machaniu rękami, mniej więcej w tym samym czasie przestałam je czuć. Leżąc bezwładnie na desce, patrzyłam na mojego towarzysza, który z rozbawieniem taplał się w morzu. Był taki beztroski. Zupełnie inny niż niemal zawsze poważny Massimo. Nacho był starszy od Sycylijczyka, a mimo to potrafił zachowywać się jak dziecko. Z twarzą przyklejoną do deski obserwowałam jego wygłupy i myślałam o tym, co zrobiliśmy tego poranka. Z jednej strony pragnęłam go tak bardzo, że niemal czułam, jak paruje ze mnie pożądanie. Z drugiej miałam przecież męża. Niby już nie na długo i niby decyzja o rozstaniu została podjęta, ale sytuacja wciąż nie była czarno-biała. Rozpierała mnie radość, a jednocześnie czułam niepokój i nieustannie zadawałam sobie pytanie, czy pakowanie się kolejny raz w to samo gówno jest dobrym pomysłem.

– O czym myśli moja dziewczynka? – zapytał, podpływając.

Jego słowa uderzyły mnie jak tenisista piłkę, która pędzi ponad sto na godzinę. – Nacho... – zaczęłam niepewnie, lekko się unosząc. – Wiesz, że ja nie jestem gotowa na związek? – Jego wesołe oczy spoważniały. – Nie chcę się wiązać, nie chcę zobowiązań, a już na pewno nie chcę się zakochać. – Zaskoczenie i rozczarowanie, jakie wymalowało się na jego twarzy, było dla mnie jak kubeł zimnej wody. Tak, to cała ja: mistrzyni zjebania nawet najbardziej romantycznej chwili, twórczyni wiecznych problemów i królowa rozterek. Jak nic się nie działo, a serce kazało rozumowi milczeć, ten zawsze musiał zebrać się na szczerość i przywalić tekst, po którym atmosfera stawała się ciężka i gęsta jak smoła. Poza tym słowa, które wypłynęły z moich ust, były kompletną bzdurą. Gdzieś głęboko czułam ogromną potrzebę bycia przy Nacho. Myśl o tym, że teraz, po tym wszystkim, miałabym znowu nie widzieć go przez kilka miesięcy, rozrywała mi serce.

Kanaryjczyk patrzył na mnie przez chwilę.

– Poczekam – powiedział i zaczął wiosłować w stronę brzegu.

Westchnęłam ciężko i kilka razy walnęłam się w głowę, karząc się tym samym za bzdury wydobywające się z moich ust, po czym ruszyłam za nim.

Nie wiem, czy Nacho potrzebował się rozładować, czy zwyczajnie taki miał styl pływania, ale wyprzedził mnie o wiele długości i wyszedł z wody. Rzucił deską o piasek, zdjął mokre spodenki, po czym okręcił się ręcznikiem. Kiedy się obrócił, żeby zobaczyć, gdzie jestem, zrozumiałam, że był wściekły. Na jego przystojnej twarzy nie było uśmiechu, a i tak kanciaste rysy stały się tak ostre, że mogłyby ciąć. Nie bardzo wiedziałam, co mam zrobić. Może lepiej byłoby nie wychodzić na brzeg, ale przecież nie mogłam zostać w wodzie na całą wieczność.

Weszłam na plażę i położyłam deskę obok jego. Stanęłam przed nim i odważnie patrzyłam we wściekłe zielone oczy. Milczałam, bo niby co mogłam powiedzieć w tej sytuacji.

Jego dłoń bez słowa powędrowała do sznureczka od moich majtek. Pociągnął za niego. Ten lekko się rozwiązał, ale bikini wciąż tkwiło na swoim miejscu. Powtórzył to z drugiej strony, a mokry materiał opadł na piasek. Stałam z rozchylonymi ustami i nerwowo łapałam powietrze.

– Boisz się mnie? – wyszeptał, oblizując usta i nie spuszczając ze mnie wzroku.

– Nie – odpowiedziałam bez wahania. – Nigdy się ciebie nie bałam.

– A chcesz zacząć? – Zielone oczy stały się ciemnoszmaragdowe. – Strach cię podnieca, przyznaj. – Dłoń Kanaryjczyka lekko zacisnęła się na mojej szyi, a ja poczułam uderzenie gorąca. – Zakochasz się we mnie tylko wtedy, kiedy do całej gamy uczuć dołączę także to? – Chwycił mnie i przewrócił na ręcznik, po czym położył się na mnie.

– A więc sprawię, by tak było – warknął.

Język Nacho brutalnie i namiętnie wtargnął w moje usta, a ja mocno chwyciłam go za kark. Lizał mnie, całował, gryzł, a jego masywne ramiona miażdżyły mnie w uścisku. Zerwał z bioder ręcznik i rzucił go obok.

– Powiedz, że mnie nie pragniesz. – Szmaragdowe oczy wbiły się w moje. – Powiedz, że nie chcesz, żebym był przy tobie. – Jego dłonie chwyciły moje nadgarstki i bardzo mocno ścisnęły, unieruchamiając mnie. Jęknęłam. – Powiedz, że jeśli odejdę, nie pójdziesz za mną. – Gdy milczałam, wszedł we mnie bez ostrzeżenia. – Powiedz! – wrzasnął. Jego tkwiący we mnie kutas odebrał mi rozum, nie byłam w stanie wydusić z siebie słowa. – Tak myślałem. – Zaśmiał się cwaniacko. Po chwili wyszedł ze mnie i przekręcił mnie w taki sposób, że leżałam na brzuchu. Kolanami rozłożył mi nogi na boki, a później złapał za włosy i pociągnął tak, bym wypięła się przed nim, klękając. Trzymał mnie za kucyk niczym jeździec lejce, a ja z przejęcia niemal nie mogłam oddychać. Nigdy jeszcze ten delikatny mężczyzna nie był wobec mnie tak brutalny. Nie wiedziałam, co się dzieje, gdy całował i gryzł moje ramiona, kark, plecy. Byliśmy sami na bezludnej wyspie, a on zamierzał pieprzyć mnie na plaży. Słona woda kapała mi z włosów, kiedy jego dłoń sięgnęła do mojej łechtaczki. Palce zaczęły pocierać najwrażliwsze miejsce, a ja jęczałam zniewolona jego dotykiem.

Czułam, jak jego sterczący penis opiera się o wejście do cipki, delikatnie ją muskając. Jeszcze mocniej wypięłam biodra i zbliżyłam do niego, dając znak, żeby już zaczął. Ale on się nie ruszał – zamarł, by po chwili wejść we mnie, jednocześnie jeszcze bardziej odciągając do tyłu moje włosy.

Biodra Nacho w szalonym tempie obijały się o moje pośladki, a jego ręka zniknęła z łechtaczki i mocno złapała za mój bok. Pieprzył mnie dokładnie tak, jak tego chciałam, wprawnie, miarowo, mocno i głośno. Dźwięki, które wydobywały się z mojego gardła, upewniały go w tym, że to, co robi, sprawia mi rozkosz.

– A więc mnie nie chcesz? – zapytał, zatrzymując mnie trzy sekundy przed orgazmem. – I nie chcesz się we mnie zakochać? – Dłoń Łysego puściła moje włosy. – To tego zapewne też nie potrzebujesz. – Jego biodra zaczęły się wycofywać ze mnie, ale nie pozwoliłam mu na to.

– Żartujesz? – wysapałam, a on kpiąco się uśmiechnął. I nadal się cofał.

Pochylił się nade mną, pozostając w środku już tylko odrobinę, i zawisł nad moim uchem.

– Jesteś moją dziewczynką? – zapytał i w tej samej sekundzie pchnął biodra do przodu, nabijając mnie na siebie. Z mojego gardła wyrwał się jęk. – Jesteś? – Kolejny raz wyciągnął go i wsadził.

– Tak! – wrzasnęłam, a on chwycił moją pupę po obu stronach i znów nadał ciału szaleńczego pędu.

Kolejny raz doszliśmy niemal jednocześnie, a po chwili on opadł, przygniatając mnie do miękkiego piasku.

– A więc jesteśmy parą – stwierdził, ledwo łapiąc powietrze.

– Jesteś straszny – odpowiedziałam ze śmiechem, kiedy już zsunął się ze mnie na bok. – Mówiłam ci, że wszystko, co pada z moich ust, kiedy jesteś we mnie, nie ma mocy sprawczej.

Obrócił mnie do siebie i zarzucił na mnie jedną nogę, przyciągając ramionami do siebie.

– Nie chcesz być moją dziewczyną? – zapytał rozczarowany, robiąc smutną minę.

– Chcę, ale…

– No i widzisz, a teraz nie jestem w tobie – powiedział i zanim zdołałam dokończyć, wcisnął język w moje usta.

Siedziałam w kuchni i patrzyłam, jak on gotuje. Podobno zwykle razem z willą otrzymuje się kucharza, ale tym razem Nacho nie życzył sobie nikogo w pobliżu kuchenki i lodówki. Nawet mnie. Gdy w pierwszym odruchu chciałam mu pomóc, rzucił mnie na blat i czwarty raz tego dnia doprowadził do szczytowania.

– Dziewczynko – powiedział poważnym tonem, kiedy zabierał mój talerz – jutro zrobimy tak… – Podniosłam na niego przerażone oczy, a on usiadł przede mną. – Musisz wiedzieć, że Massimo będzie próbował cię porwać, przywiózł ze sobą małą armię. Ja także mogę ściągnąć tu więcej swoich ludzi, ale nie czuję potrzeby mierzenia się z nim. – Schowałam głowę w dłoniach i głośno westchnęłam. – Mała…

– Nie mów tak do mnie! – wrzasnęłam, gwałtownie wstając od stołu. – Nigdy… więcej… tak… nie… mów – z dziką furią cedziłam każde słowo, trzymając palec przed jego nosem.

Poczułam, jak do oczu napływają mi łzy. Miałam ochotę uciekać. Obróciłam się i wyszłam na dwór. Zatrzymałam się przy basenie. Mój oddech pędził jak galopujący koń, a ja miałam wrażenie, że z nadmiaru emocji za chwilę mnie rozsadzi. Chciałam się rozpłakać, ale nie mogłam, gula, którą czułam w gardle, też nie znikała.

– Nie musisz się z nim spotykać – powiedział, stając za mną. – To była twoja decyzja, a ja jedyne, czego chcę, to zapewnić ci bezpieczeństwo. Więc proszę nie rzucaj się, tylko porozmawiaj ze mną.

Obróciłam się w jego stronę i nabrałam powietrza, żeby zacząć wrzeszczeć. Ale kiedy zobaczyłam, jak stoi, bosy, z rękami w kieszeniach podartych dżinsów, i patrzy na mnie z troską, zmiękłam. Spuściłam głowę, a gula w moim gardle zniknęła.

– Będzie tak: jutro wrócimy na wyspę, pojedziesz do wyznaczonej przeze mnie restauracji i usiądziesz dokładnie w miejscu, które ci wskażę. – Chwycił mnie za brodę i podniósł twarz w górę. – To bardzo ważne, Lauro, musisz zrobić to tak, jak mówię. – Patrzył na mnie oczami pełnymi skupienia. – Torricelli także musi usiąść w określonym miejscu. I tak naprawdę to wszystko. Wyciągnął z kieszeni smartfona. – Kiedy jutro zadzwoni telefon, odbierz i od razu włącz na głośnik. – Wsadził mi go w rękę i przytulił mnie do kolorowej, ciepłej klaty. – Jednak gdyby coś poszło nie tak – jego głos załamał się, a mnie ogarnęła panika – pamiętaj, że znajdę cię i przyjdę po ciebie.

– Nacho… – Podniosłam głowę i pogładziłam jego twarz. – Ja muszę z nim porozmawiać, nie będę umiała żyć bez załatwienia tej sprawy.

– Rozumiem i jak powiedziałem, nie jestem w stanie niczego ci zabronić, a jedynie zrobić wszystko, byś była bezpieczna. – Pocałował mnie w czoło. – A jak już to załatwimy, od razu wracamy na Teneryfę. Amelia szykuje przyjęcie powitalne. – Przewrócił oczami i uśmiechnął się, prychając cicho. – Niemal oszalała z radości, jak jej powiedziałem, że przyjedziesz ze mną.

Boże, co ja tym razem powiem mojej mamie, pomyślałam, tuląc się do niego. Że teraz postanowiłam spróbować życia na Kanarach z facetem, którego ledwo znam. Powinnam wspomnieć jej też, że w domu jego ojca niemal zginęłam z ręki szwagra mojego nowego ukochanego.

– Chcesz spać dziś sama? – zapytał, czując napięcie w moim ciele. Ja jęknęłam, przytakując mu. – Obok sypialni, w której spaliśmy, jest następna. Będę tam, gdybyś mnie potrzebowała. – Pocałował mnie w czoło i wszedł do domu.

Massimo usiadł naprzeciwko, wbijając we mnie niemal martwe oczy. Położył dłonie na stoliku i czekał. Jego rytmicznie zaciskające się szczęki zwiastowały kłopoty, a beznamiętny wzrok skierowany na moje usta zapowiadał, że nie czeka mnie nic dobrego.

– Jeśli sądzisz, że odejdziesz, mylisz się – wycedził przez zaciśnięte zęby. – Powiem to samo, co ostatnio. Kochasz rodziców i brata? Chcesz, by byli bezpieczni? To podnieś się grzecznie i idź do samochodu. – Wskazał głową kierunek, a ja poczułam, jak chce mi się rzygać.

– I co dalej? – warknęłam. – Zamierzasz więzić mnie i gwałcić? – Podniosłam się z fotela i oparłam dłonie o stolik. – Nie kocham cię już, kocham Nacho i możesz pieprzyć mnie na wszelkie możliwe sposoby, ale wiedz, że zawsze przed oczami będę miała jego.

Owładnięty furią wrzasnął coś i chwyciwszy mnie za szyję, powalił na drewniany stolik. Stojące na nim szkło przewróciło się, wydając przerażający dźwięk. Rozejrzałam się na boki, byliśmy całkiem sami w restauracji. – Chryste – jęknęłam przerażona, a on jednym ruchem zdarł ze mnie majtki.

– To sprawdźmy, czy dasz radę – powiedział, rozpinając sobie spodnie i jednocześnie trzymając moje ręce w żelaznym uścisku.

– Nie chcę, nie! – wrzeszczałam i szamotałam się, usiłując się oswobodzić. – Proszę, nie!

– Dziewczynko, kochanie – usłyszałam cichy głos i otworzyłam oczy. – Lauro, to był sen. – Kolorowe ramiona tuliły mnie do umięśnionego ciała.

– Jezu – westchnęłam, a po moich policzkach popłynęły łzy. – Nacho, a jeśli on kolejny raz zagrozi mojej rodzinie? – podniosłam na niego zapłakane oczy.

– Twoja rodzina już ma ochronę – powiedział spokojnym tonem, głaszcząc mnie po włosach. – Od wczoraj moi ludzie mają ich na oku. Twój brat pracuje dla Massimo i z tego, co wiem, zajmuje się tą częścią spółek, na których utratę on nie może sobie pozwolić. Dlatego wydaje mi się, że Jakub jest

bezpieczny, zwłaszcza że potroił zyski Torricellich z tych firm.
– Wzruszył ramionami. – Ale dla pewności też go śledzę.

– Dziękuję – wyszeptałam, kiedy na powrót wciskał mnie pod kołdrę. – Zostań ze mną. – Pociągnęłam go za rękę, a jego nagie ciało przywarło do mnie. – Chcesz wejść we mnie? – zapytałam ledwo słyszalnym głosem, wpychając pośladki w jego biodra.

– Masz doprawdy osobliwy sposób odreagowywania stresu, dziewczynko. Śpij – stwierdził ze śmiechem i wtulił twarz w moje włosy.

Nad Togomago wstał piękny, słoneczny dzień, a ja od rana nie mogłam znaleźć sobie miejsca. Nacho poszedł pływać, a ja robiłam śniadanie, wzięłam prysznic i nawet, mimo że nie musiałam, byłam gotowa posprzątać – byle tylko przestać myśleć. Chciałabym mieć to już za sobą, pomyślałam, idąc w stronę sypialni.

Przez chwilę się zasmuciłam, bo uświadomiłam sobie, że nie wzięłam nawet jednej pary szpilek. Ale szybko stwierdziłam, że mam to gdzieś. Nie muszę już stroić się dla męża. Weszłam do pokoju i popatrzyłam na Armagedon w mojej walizce.

– Po cichu i na sucho nie dam rady – powiedziałam i włączyłam muzykę.

Kiedy wokół mnie zabrzmiała Kat DeLuna i Busta Rhymes w piosence *Run The Show*, poczułam, jak wracam do życia. Tak, właśnie tego potrzebowałam: dużo basów, dużo rytmu i muzyki. Tańcząc, nałożyłam mikroskopijne granatowe szorty Dolce & Gabbana, czarne trampki Marc by Marc Jacobs i króciutką, szarą, dekatyzowaną koszulkę z trupią czachą. To go zabije, pomyślałam, wkładając na nos cieniowane aviatory, i zaczęłam wić się w rytm muzyki.

I nagle w całym wnętrzu rozbrzmiało najpierw pianino, a później delikatny głos Nicole Scherzinger i jej *I'm done*. Zamarłam.

– Nie umiem tańczyć szybkich kawałków – powiedział Nacho, podchodząc do mnie. – Ale bardzo mi się podobało, jak wywijasz tyłeczkiem. – Złapał mnie za rękę i pocałował w wierzch dłoni.

Przytulił mocno i nagle wszystkie niepokoje odpłynęły, a wraz z nimi odpłynął cały stres i to, co dusiłam w sobie od momentu, kiedy otworzyłam dziś oczy.

Boże, czy on miał przygotowaną piosenkę na każdą okoliczność, pomyślałam, kiedy wsłuchując się w jej słowa, zrozumiałam, że jest o mnie. „Nie chcę się zakochiwać, po prostu chcę się trochę zabawić. Ale ty przyszedłeś, objąłeś mnie i teraz jestem skończona…" – śpiewała Nicole. Wiedziałam, że on wie, wiedziałam, że czuje, co jest we mnie. Wydawało mi się jednak, że tak długo, jak nie powiem tego na głos, będę bezpieczna, a uczucie, którym go darzę, nie będzie prawdziwe. Kołysał się, całując moje barki. Jedną dłoń trzymał mi na karku, a drugą na pupie. Wbrew temu, co mówił, miał znakomite poczucie rytmu. Zaczęłam podejrzewać, że okłamał mnie, twierdząc, że nie umie tańczyć.

– Gotowa? – zapytał, uśmiechając się triumfalnie.

– Nie – stwierdziłam, podchodząc do panelu sterującego dźwiękiem. – Teraz ja ci coś puszczę. Znowu rytmiczne uderzenia wypełniły przestrzeń, a on zaniósł się śmiechem, słysząc The Pussycat Dolls *I Don't Need A Man*.

– Serio? – zapytał z niby poważną miną, kiedy zaczęłam wymachiwać przed nim tyłkiem.

Trochę samby, rumby, trochę hip-hopu. Nacho stał i z rozbawianiem oglądał show, który mu przygotowałam, podczas gdy ja podśpiewywałam sobie o tym, jak to nie potrzebuję mężczyzny.

– Teraz jestem gotowa – stwierdziłam, kiedy kawałek dobiegł końca.

– Teraz to idziesz ze mną pod prysznic i tam ci pokażę, jak bardzo potrzebujesz mężczyzny.

Kolejny raz musiałam się uczesać i zrobić delikatny makijaż. Na szczęście ubranie zostało zdjęte odpowiednio wcześniej, więc teraz spokojnie nadawało się do nałożenia. Nacho stał przy blacie i popijając sok, rozmawiał po hiszpańsku. Na jego pupie luźno wisiały wytarte, jasne dżinsy, a klatkę opinała czarna koszulka z krótkim rękawem. Popatrzyłam na dół i się uśmiechnęłam – miał na nogach japonki. Morderca i mafioso w japonkach. Wypił ostatni łyk ze szklanki, odwrócił się w moją stronę i skończył rozmowę.

– Czy telefon, który dostałaś wczoraj, działa? Jest naładowany i masz go w torbie? – zapytał, nakładając okulary.

– Tak, sprawdzałam dwa razy. Nacho, posłuchaj... – zaczęłam, nabierając powietrza.

– Dziewczynko, powiesz mi to w samolocie, kiedy będziemy lecieć do domu. A teraz chodź.

ROZDZIAŁ 13

Byłam w restauracji, którą wybrał Nacho, pół godziny przed czasem. Aby dopilnować, byśmy usiedli we właściwym miejscu, musiałam pojawić się tu przed Czarnym. Massimo o tym, gdzie i o której się spotykamy, dowiedział się kwadrans wcześniej. Tak to musiało przebiegać, w przeciwnym razie przysłałby tu dziesiątki goryli i nim doszłabym do stolika, już byłabym porwana.

Nie byłam w stanie uspokoić galopującego serca, więc od razu poprosiłam o drinka na uspokojenie. Cappuccino Grand Café o tej godzinie zwykle świeciło pustkami – większość ludzi dogorywała na plaży po nocnym melanżu. Tym razem także było tu spokojnie.

Knajpka mieściła się nad zatoką, miałam z niej cudowny widok na wzgórze z zabytkowymi budynkami i port. Nagle leżący koło mnie telefon wydał dźwięk oznaczający nadejście wiadomości, a ja podskoczyłam i niemal spadłam z krzesła. Odblokowałam ekran i przeczytałam SMS: „Widzę Cię i niemal słyszę, jak galopuje Ci serce. Uspokój się, Dziewczynko".

– Uspokój się. Tak, weź i się uspokój – burknęłam pod nosem i po chwili przyszła kolejna wiadomość. „Rozumiem polski, nie zapominaj". Moje oczy zrobiły się wielkie jak spodki. On mnie naprawdę słyszy!

Upiłam łyk mojito nieco pokrzepiona informacją, że Nacho cały czas jest gdzieś w pobliżu.

– Mała – dźwięk, który przeszył powietrze, był jak cięcie samurajskiego miecza, krótkie i ostre.

Niemal tracąc przytomność, obróciłam głowę i zobaczyłam, jak mój mąż, ubrany w czarny garnitur i koszulę w tym samym kolorze, staje obok stolika. Na oczach miał okulary, więc ciężko było zgadnąć, w jakim jest nastroju, ale i tak czułam złość, która od niego emanowała.

– Rozwód? – zapytał, siadając i rozpinając marynarkę.

– Tak – warknęłam krótko, czując, jak jego zapach zaczyna uderzać w moje zmysły.

– Co się dzieje, Lauro? – Odłożył okulary na stolik, lekko przekręcając się w moim kierunku. To ma być jakiś manifest, próba? – Zmarszczył brwi. – Co ty w ogóle masz na sobie? To jakiś bunt?

Milczałam. Wreszcie doszło do rozmowy, której sama chciałam, a tymczasem nie miałam mu absolutnie nic do powiedzenia. Kelner postawił przed nim kawę, a ja wciąż przełykałam żółć podchodzącą mi do gardła.

– Nie umiem już być z tobą – powiedziałam, robiąc głęboki wdech. – Nie umiem i nie chcę. Okłamałeś mnie, a przede wszystkim kolejny raz chciałeś… – zawiesiłam się, świadoma tego, że Nacho słyszy każde słowo. – To, co stało się parę dni temu w Messynie, było gwoździem do trumny naszego związku – stwierdziłam mocnym głosem.

– Dziwisz mi się? – zapytał, zmieniając ton na oskarżycielski. – Nazwałaś mnie imieniem tego śmiecia, który pozbawił mnie potomka.

– Tak i to był świetny powód, by kolejny raz się naćpać? – Ściągnęłam okulary, by mógł zobaczyć moje nienawistne spojrzenie. – Massimo, zostawiłeś mnie na prawie pół roku, pozwoliłeś popaść w depresję, bo sam nie mogłeś poradzić sobie z tym, co nas spotkało. – Pochyliłam się nieco w jego kierunku. – A wpadłeś na to, ty cholerny egoisto, że ja będę ciebie potrzebować?! Że możemy przejść przez to razem? – Do moich oczu napłynęły łzy. – Nie chcę tego dłużej ciągnąć – jęknęłam, na powrót zakrywając oczy ciemnymi szkłami. – Tej ochrony, tego strachu, tych kontroli i nadajników – pokręciłam głową. – Nie chcę się bać, kiedy bierzesz szklankę do ust albo znikasz w bibliotece. Nie chcę budzić się w nocy i sprawdzać, czy jesteś obok. – Popatrzyłam w jego stronę. – Pozwól mi odejść, nic od ciebie nie chcę.

– Nie. – To krótkie stwierdzenie uderzyło we mnie jak rozpędzony samochód. – Jest kilka powodów, dla których zostaniesz ze mną. Po pierwsze, bo nie wyobrażam sobie, by inny mężczyzna posiadał coś, co należy do mnie. A po drugie, bo uwielbiam być w tobie – zaśmiał się kpiąco. – Poza tym uważam, że wszystko da się jakoś załatwić, to także. A teraz dopij swojego drinka i zbieraj się. Wracamy na Sycylię.

– Ty wracasz, ja zostaję – oświadczyłam stanowczo, wstając z krzesła. – Jeśli nie podpiszesz papierów rozwodowych…

– To co mi zrobisz, Lauro? – Stanął naprzeciwko, górując nade mną. – Jestem głową rodziny Torricellich, a ty chcesz mi grozić? – Wyciągnął rękę, by chwycić mnie za bark, i w tym momencie jego filiżanka pękła i rozprysnęła się na kawałeczki.

Wbiłam przerażony wzrok w kawałki porcelany, które przed chwilą eksplodowały, a moja komórka na stole zaczęła wibrować. Przycisnęłam ikonę i odebrałam telefon, przełączając na głośnik.

– Ona nie będzie ci grozić – odezwał się w słuchawce poważny głos Nacho. – Ale ja tak. Siadaj, Massimo, bo następna kula dosięgnie celu.

Czarny, wściekły, tkwił w tej samej pozycji, a po chwili cukiernica roztrzaskała się w drobny mak.

– Siadaj! – warknął Kanaryjczyk, a Massimo wrócił na fotel.

– Musisz być bardzo odważny albo bardzo głupi, strzelając do mnie – stwierdził beznamiętnym tonem.

– Nie strzelałem do ciebie, tylko do tego, co jest na stoliku – powiedział, a ja słyszałam, jak się uśmiecha. – Gdybym chciał trafić w ciebie, już byś nie żył. A teraz przejdźmy do rzeczy. Laura za chwilę wyjdzie z restauracji i wsiądzie do samochodu zaparkowanego przed wejściem. A ty, Massimo, pogodzisz się z tym, że ona nie chce być z tobą, i dasz jej odejść. W przeciwnym razie udowodnię ci, z jak wielu miejsc na twojej wyspie jestem w stanie cię zastrzelić.

– Kochanie, wynajęłaś zabójcę – roześmiał się, patrząc na mnie. – Moja własna żona – zaczął cmokać i kręcić głową na boki. – Pamiętaj, Lauro, że jeśli stąd wyjdziesz, nie będzie powrotu.

– Dziewczynko, wstań i idź do szarego mercedesa zaparkowanego przed lokalem, Ivan już na ciebie czeka.

– A może się przedstawisz? – zapytał Massimo, kiedy wstawałam. – Żebym wiedział, komu zawdzięczam stan wolny.

– Marcelo Nacho Matos.

Te trzy słowa sprawiły, że potężne ciało Czarnego napięło się jak cięciwa łuku tuż przed wypuszczeniem strzały.

– No i wszystko jasne – powiedział z drwiną w głosie.

– Ty mała dziwko, jak mogłaś mi to zrobić?!

– Hamuj Torricelli, bo za chwilę rozwalę ci łeb – warknął. – Lauro, w tej chwili idź do auta – zwrócił się do mnie.

Kiedy przechodziłam obok Massimo, nogi trzęsły mi się jak galareta. Niespodziewanie chwycił mnie i zasłonił widok Kanaryjczykowi, mocno zaciskając dłonie na moich ramionach. O Boże, nie uda się, pomyślałam.

– Massimo, popatrz na swój prawy bark – stwierdził spokojnie Nacho. – Strzelców jest kilku.

Czarny popatrzył w dół, gdzie na jego czarnym garniturze widniała mała czerwona kropeczka lasera. – Rozwalę cię, jeśli jej nie puścisz, nim doliczę do trzech. Raz...

Oczy Massimo wpatrywały się w ciemne szkła moich okularów, a gdy nie mógł przez nie przeniknąć, ściągnął mi je.

– Dwa! – odliczał Kanaryjczyk, a mój mąż patrzył na mnie jak zahipnotyzowany. Pochylił się i pocałował mnie, a ja nawet nie drgnęłam. Boże, jak on pachniał! Przed oczami przeleciały mi te wszystkie miesiące razem i, niestety, wszystkie cudowne chwile.

– Trzy! – Ręce Czarnego puściły mnie, a ja, ledwo trzymając się na nogach, ruszyłam przez knajpę.

– Do zobaczenia, mała – powiedział, poprawiając marynarkę i usiadł z powrotem w fotelu.

Prawie wybiegłam na zewnątrz, gdzie przy krawężniku rzeczywiście stał zaparkowany samochód, a przed nim czekał Ivan. Popatrzyłam w przeciwną stronę i zobaczyłam Domenico opartego o czarnego SUV-a. Smętnie pokręcił głową, a mnie zachciało się ryczeć.

– Wskakuj – powiedział Ivan, otwierając mi drzwi. Gdy siedziałam w środku, zajął miejsce kierowcy.

– Gdzie on jest? – zapytałam łamiącym się głosem. – Zabierz mnie do Nacho! – Z trudem łapałam powietrze, czując zbliżający się napad histerii.

– Musi jeszcze chwilę tam poleżeć i pobawić się w komandosa.

Samochód skręcił w kolejną uliczkę i popędził dalej przez miasto.

– Nic mu nie będzie i nikogo nie zastrzeli – powiedział Ivan.

– Mam nadzieję – odparłam.

Serce zaczęło mi walić, a ciałem wstrząsały nerwowe dreszcze. Nagle, mimo że na dworze był upał, poczułam przejmujący chłód. Zwinęłam się na tylnym siedzeniu i podciągnęłam kolana do klatki.

– Dobrze się czujesz, Lauro? – zapytał z troską Ivan.

– Jeśli bardzo chcesz, zabiorę cię do niego, ale najpierw muszę go zapytać, czy jest taka możliwość.

– Daj mi telefon, ja zadzwonię. – Próbując powstrzymać płacz, wzięłam od niego aparat. W napięciu wsłuchiwałam się w kolejne sygnały. Boże, proszę, żeby on odebrał, modliłam się w myślach, ogarnięta przerażeniem.

– Ivan? – Głos Nacho przerwał miarowe brzęczenie.

– Potrzebuję cię – jęknęłam, a on zamilkł.

– Daj mi kierowcę.

Wysunęłam rękę i podałam telefon do przodu.

Dziesięć minut później zaparkowaliśmy wśród zabytkowych uliczek. Podniosłam się i usiadłam na siedzeniu, przecierając zapłakane oczy. Patrzyłam na malownicze widoki za oknem i czekałam. Wreszcie go zobaczyłam. Szedł spokojnie w tych swoich japonkach i lekko opadających dżinsach. Na nosie miał okulary, a na plecach zarzuconą dziwną kanciastą torbę. Otworzył bagażnik, wrzucił pakunek i usiadł koło mnie.

– Już wiem, dlaczego mam nie mówić do ciebie „mała" – uśmiechnął się promiennie. – I obiecuję, że nie będę.

Z wbitymi w siedzenie plecami gapiłam się na niego, nie mając pojęcia, o co mu chodzi.

– Mam nadzieję, że już nikt nigdy nie nazwie cię „mała". Chodź do mnie. – Rozłożył ramiona, a ja w nie wpadłam. – Udało się, dziewczynko – wyszeptał i pocałował mnie w głowę. – Teraz tylko trzeba liczyć na to, że jest bardziej mądry niż zawzięty. Złożyłem mu propozycję nie do odrzucenia – zaśmiał się drwiąco. – Choć to raczej Sycylijczycy je składają.

– Dużo cię kosztowałam? – zapytałam, podnosząc się i patrząc na niego.

– Za mało – stwierdził, ściągając okulary. – Jesteś warta sporo więcej, dzieciaku. Co chciałaś mi powiedzieć w domu? – Kolejny raz przyciągnął mnie do siebie i zacisnął w potężnych ramionach.

– Już nic – wyszeptałam. – Gdzie jedziemy?

– Muszę spotkać się z chłopakami, a ty musisz odwiedzić jedno miejsce, zanim wylecimy – klatka piersiowa Nacho zaczęła podskakiwać ze śmiechu.

Usiadłam na swoim miejscu i patrzyłam na niego, kiedy z wyszczerzonymi zębami wbijał we mnie zielone oczy.

– Co wrzuciłeś do bagażnika?

Jego twarz lekko spoważniała, gdy zadałam pytanie.

– Karabinek – odpowiedział bez wahania.

– To ty strzelałeś do filiżanki?

Pokiwał twierdząco.

– Skąd wiedziałeś, że trafisz?

Roześmiał się w głos i przysunął do mnie, tak by kolejny raz mnie przytulić.

– Kochanie, gdybyś oddała tyle strzałów co ja, trafiłabyś w ziarenko cukru. Poza tym nie byłem daleko, więc to zdecydowanie prostsze. Zanim przyszedł, widziałem przez lunetę, jak pulsuje ci tętnica na szyi. Wiedziałem, że się denerwujesz.

– Też chcę tak strzelać – jęknęłam, a on przytulił mnie jeszcze mocniej.

– Wystarczy, że ja potrafię.

Samochód zatrzymał się przed pięknym salonem fryzjerskim, a ja zdziwiona popatrzyłam na Nacho.

– To przykrywka dla miejsca schadzek? – wyszeptałam konspiracyjnie.

– Nie – parsknął śmiechem. – To fryzjer, tu cię zostawię.

– Jak to? – Zdziwiona gapiłam się na niego, a on pociągnął mnie za rękę, wywlekając z auta.

Weszliśmy do środka, a śliczna brunetka podeszła do niego i pocałowała go w policzek. Była olśniewająca, niezbyt wysoka, a jej ramiona i dekolt zdobiły kolorowe tatuaże. Stała nieco zbyt blisko i nazbyt pożądliwie uśmiechała się do niego. Poczułam zazdrość – to było tak, jakby ktoś walnął mnie deską w łeb. Odchrząknęłam, złapałam go mocniej go za rękę i stanęłam z przodu.

– Laura – powiedziałam, przerywając ich szczebiotanie.

– Tak, wiem, cześć – odpowiedziała z promiennym uśmiechem. – Jestem Nina, a to są twoje doczepy.

Chwyciła w palce moje włosy i pokręciła głową.

– Daj mi godzinę, Marcelo.

Zgłupiałam. Patrzyłam na zmianę to na niego, to na nią, nie mając pojęcia, o co chodzi. Obróciłam się do Nacho, który ewidentnie szykował się do wyjścia.

– Dziewczynko, nigdy nie będę ingerował w to, jaka jesteś. – Głaskał mnie po policzku. – Ale na litość Boską, nie zniosę myśli, że te włosy nie są twoje.

Wybuchłam śmiechem, kiedy wreszcie zrozumiałam, co tu robię.

– I tak miałam to zdjąć, denerwują mnie. – Pocałowałam go delikatnie. – To była terapia, ale już jej nie potrzebuję. Do zobaczenia za godzinę – pożegnałam się i poszłam w stronę Niny, która czekała przy fotelu.

Kiedy ściągnęła mi już wszystkie sztuczne kudły, z zaskoczeniem odkryłam, że moje włosy są całkiem długie. Kolejny raz, jak to zwykle miałam w zwyczaju, razem ze zmianą życia następowała u mnie zmiana fryzury. Poprosiłam Ninę, by rozjaśniła mi kolor, a że Nacho zadzwonił z informacją, iż spotkanie się przeciąga, miałam chwilę na poczynienie spektakularnych zmian.

– Jak bardzo jasno? – zapytała, stając za mną. W dłoniach trzymała miseczkę, w której coś mieszała.

– Chcę, żeby były orzechowe – stwierdziłam.

– Z tego, co mówiłaś, radykalnie i dość często zmieniasz kolor włosów. Nie gwarantuję, że nie wyjdziesz stąd łysa – powiedziała i zaczęła nakładać mi farbę.

– Gdzie jest moja kobieta? – krzyknął Nacho, wchodząc do środka, a wszystkie klientki niemal zemdlały z wrażenia na widok wytatuowanego ciała. – Gdzie pani mojego serca?

Patrzyłam na niego, przeglądając gazetę. Chichotałam rozbawiona tym, że nawet nie popatrzył na mnie.

– A nie woli pan mieć nowej? – zapytałam, odkładając magazyn. Jego otwarte usta wskazywały na lekki szok. – A w ogóle to jak długo jesteście państwo ze sobą? – Podeszłam i chwyciłam jego koszulkę, lekko ją naciągając. – Może uda mi się pana odbić? – Roześmiałam się zalotnie.

– Kochana pani – powiedział, obejmując mnie i wpatrując się we mnie z zachwytem. – Moja kobieta jest nie do zastąpienia, poza tym zbyt długo na nią czekałem. – Uśmiechnął się promiennie. – Ale zawsze mogę sprawdzić, jak to jest całować się z surferką.

Jego delikatny język wsunął się w moje usta, nie zwracając uwagi na obserwujące nas z zazdrością kobiety. Oderwał się ode mnie po chwili i patrzył.

– Dzięki, Nina. – Machnął ręką kolorowej dziewczynie i prawie wywlókł mnie z salonu.

Wsiedliśmy do stalowego mercedesa gelende, a Nacho odpalił silnik i ruszył z piskiem.

– Spieszymy się gdzieś? – zapytałam rozbawiona, usiłując zapiąć pas.

– Teraz już tak – odpowiedział krótko, nie odrywając wzroku od drogi.

Wyszliśmy na jasną płytę lotniska, a ja niemal straciłam przytomność na widok samolotu. Był jeszcze mniejszy niż ten, którym latałam z Massimo. Przypominał taczkę ze skrzydłami, do której nie wszedłby nawet karzeł. Zatrzymałam się i gapiłam na biało-żółtą śmierć na skrzydłach zaparkowaną kilka metrów dalej. Chyba go pojebało, jeśli sądzi, że ja tam wejdę, a gdzie w środku zmieściło się to łóżko odwracające moją uwagę? Przez głowę przeleciały mi miliony wątpliwości. Nerwowo sięgnęłam do torebki i z przerażeniem odkryłam, że nie przełożyłam tabletek na uspokojenie.

– Wiem, że boisz się latać – przyznał, idąc w kierunku tego, co nazywał samolotem. – Ale tym razem nawet nie będziesz wiedziała, że lecisz.

Obrócił się i stanął, podtrzymując czarną torbę na ramieniu.

– Będziesz siedziała z przodu. – Wyszczerzył zęby. – A jak bardzo będziesz chciała, pozwolę ci pokierować. Obrócił się i wszedł do środka po niewielkich schodkach.

Uniosłam brwi i patrzyłam na metalową skorupę przede mną. Pozwoli mi pokierować, powtarzałam w myślach jego stwierdzenie. Kurwa, czy on zamierza tym sam kierować? Byłam rozdarta. Ciekawość i przeświadczenie o własnej zajebistości, spotęgowane nową fryzurą, pchały mnie w kierunku taczki ze skrzydłami. Przerażenie i nadchodzący atak paniki sprawiały, że miałam ochotę stamtąd zwiać.

– Jezu! – jęknęłam i chwyciwszy mocno torebkę, ruszyłam w stronę maszyny.

W środku nawet się nie rozejrzałam. Bałam się, że umrę ze strachu, jeśli przyjrzę się mikroskopijnemu wnętrzu. Skręciłam w lewo i weszłam do kolejnego pomieszczenia, które przypominało klatkę.

– Umieram – oznajmiłam, zajmując fotel obok Nacho. Ten nakładał właśnie słuchawki i przyciskał miliony guzików. – Mam zawał, atak paniki, histerię…

Pochylił się i pocałował mnie, a jego miękkie usta sprawiły, że zapomniałam o tym, gdzie jestem. Zapomniałam, jak mam na nazwisko, gdzie mieszkam i jak nazywała się moja przyjaciółka z podstawówki.

– Będzie fajnie – stwierdził i oderwał się ode mnie. – Wkładaj słuchawki i przygotuj się na coś lepszego niż... – zawiesił się, patrząc na mnie z rozbawieniem. – Chciałem powiedzieć niż seks, ale seks ze mną jest najlepszy, więc... – Wzruszył przepraszająco ramionami, a z urządzenia, które miałam na uszach, wydobył się dźwięk.

Męski głos gadał coś absolutnie niezrozumiałego, a Kanaryjczyk, nadal wciskając guziki, odpowiadał mu. Nacho kręcił gałkami, dotykał przycisków, patrzył na zegary, a ja siedziałam i gapiłam się na niego jak zaczarowana. Czy było coś, czego ten mężczyzna nie potrafił robić?

– Co to? – zapytałam, pokazując jeden ze wskaźników.

– Katapulta – odpowiedział poważnie, nie patrząc na mnie. – Jeśli w trakcie lotu wciśniesz czerwony guzik obok, wystrzelisz mnie w powietrze.

W pierwszym momencie chciałam odpowiedzieć tylko kiwnięciem głową, ale po chwili do mojego przerażonego umysłu dotarło, że robi sobie ze mnie jaja.

– Żebyś widziała swoją minę. – Wybuchnął śmiechem. – Kochanie, to wskaźnik paliwa. A teraz sprawdzimy, czy ster i klapy działają.

Po tym, jak wyszłam na kompletnego debila, postanowiłam nie pytać o nic i tylko obserwować, jak świetnie radzi sobie mój facet. Mój facet, powtarzałam, przyglądając mu się. Jeszcze dobrze nie zostawiłam jednego, a już mam kolejnego. Pokręciłam głową, patrząc przed siebie. Moja mama miałaby do powiedzenia kilka słów w tej sprawie. Zaczęłaby od: „Nie tak cię wychowałam", później byłoby: „Zastanów się, dziecko, co robisz", a skończyłoby się na: „Ale to jest twoje życie". Czyli nie za bardzo by mi pomogła. Ciężko westchnęłam na myśl o rozmowie, która i tak mnie nie ominie.

Silniki zaczęły warczeć, a ja poczułam, że robi mi się słabo. Co za różnica – czy mam przed oczami szyby, czy wnętrze samolotu, skoro skupiam się wyłącznie na strachu.

– Nacho, nie dam rady – wymamrotałam, kiedy ruszyliśmy z miejsca. – Wysadź mnie, błagam cię. – Popadałam w coraz większą histerię.

– Potrzebuję, żebyś podawała mi wartości wskazywane przez ten monitor – pokazał palcem. – To, co się będzie tu wyświetlać. Dasz radę? – Zerknął na mnie z troską, a ja zaczęłam czytać.

Na ekranie przeskakiwały bezsensowne cyferki, a ja, w pełni skoncentrowana, podawałam mu je po kolei. Nagle poczułam, jak maszyna unosi się w powietrze.

– Nacho... Jezu... – wyjąkałam, nie mogąc złapać tchu.

– Cyferki – rzucił z rozbawieniem, a ja znowu zaczęłam czytać.

Po kilkunastu minutach recytowania liczb poczułam na sobie wzrok. Przekręciłam głowę i zobaczyłam, jak Kanaryjczyk siedzi zwrócony w moją stronę i uśmiecha się promiennie. Jego brązowe, cieniowane aviatory unosiły się na nosie, kiedy szczerzył zęby.

– Już możesz przestać, teraz i tak nie wysiądziesz.

Popatrzyłam za okna samolotu i zobaczyłam tylko chmury pod nami i słońce. Byliśmy sami w absolutnej nicości.

Nadal było mi trochę słabo, ale błogość, którą czułam, patrząc na otaczający mnie błękit, sprawiała, że zapominałam o lęku.

– Wiesz, o czym właśnie pomyślałam? – Pokręcił głową przecząco, nie zmieniając wyrazu twarzy. – O tym, że nie dałeś mi okazji sprawdzić, jak smakujesz. – Jego zęby się zacisnęły, a usta ułożyły w cienką linię. Oparłam głowę o siedzenie i zamknęłam oczy. – Chcę zobaczyć, jak dochodzisz, kiedy to wyłącznie ja daję ci rozkosz.

– Serio pomyślałaś o tym, kiedy patrzyłaś na chmury? – zapytał zdziwiony. – Martwię się o ciebie, dziewczynko. Czy wiesz, że chmury to zbiorowiska kropelek wody lub kryształków lodu…

– Nie zmieniaj tematu – stwierdziłam, nie unosząc powiek. – Chcę zrobić ci laskę, Nacho.

– Jezu, kobieto – jęknął, a ja popatrzyłam na niego rozbawiona. – I mówisz mi to, kiedy jesteśmy tysiące metrów nad ziemią?!

Oblizał wargi, a ja zerknęłam na jego rozporek.

– Ale widzę, że sam pomysł przypadł ci do gustu? – zamknęłam ponownie oczy. – Sądząc po reakcji – dokończyłam i nadal upajałam się podróżą.

ROZDZIAŁ 14

Wysiedliśmy na południowym lotnisku Teneryfy, gdzie przed terminalem stał zaparkowany najbardziej ekstrawagancki samochód świata. Nacho otworzył drzwi i kiedy wsiadałam, złapał mnie ramionami za szyję, a pośladkami przycisnął do karoserii. Nie był brutalny, raczej stanowczy i napalony.

– Stoi mi od czasu, kiedy powiedziałaś o tym, jak będziesz mnie smakować – wycedził z uśmiechem i otarł się buzującą erekcją o moją nogę. Pocałował mnie delikatnie w nos i puścił.

Był mistrzem prowokacji. Zamarłam z jedną nogą w samochodzie i zastanawiałam się, czy nie załatwić sprawy tutaj.

– Chcę ci obciągnąć – wyszeptałam wprost do jego ucha i wsiadłam do auta, a triumfalny uśmiech zniknął z jego twarzy.

– To na chęciach się skończy – stwierdził, trzaskając drzwiami, i obszedł czarną strzałę. – Mówiłem ci, że Amelia organizuje imprezę powitalną. – Usiadł za kierownicą i odpalił silnik. – A po niej, jak sądzę, nie będziesz miała siły na igraszki. – Wyszczerzył zęby i nałożył okulary na nos.

– Zakładamy się? – zapytałam, kiedy ruszył z piskiem opon.

Jego zaraźliwy śmiech przecinał szumiące wokół powietrze. Nie musiał niczego mówić – wiedziałam, że przyjął wyzwanie.

Wjechaliśmy do garażu w apartamencie, a ja, choć samochód się zatrzymał, nie byłam w stanie wysiąść. Czułam się dziwnie, nieswojo. Jakbym cofnęła się w czasie. Z tą jednak różnicą, że kiedy ostatni raz znajdowałam się w tym samym miejscu pół roku temu, byłam szczęśliwą ciężarną mężatką. Ale czy na pewno? Na pewno byłam w ciąży, ale mężatką byłam i wtedy, i jestem nią teraz. Pytanie, czy to, co czułam w grudniu, można nazwać szczęściem? Głowa dawała mi sprzeczne sygnały. Z jednej strony bardzo żałowałam, że cała sytuacja z Massimo tak się skończyła, a z drugiej kolorowy chłopak obok mnie był spełnieniem marzeń. I to była kolejna wątpliwość, która trawiła mnie od środka: czy aby nie wmawiam sobie tego, co czuję. Może to zwykła ciekawość i zauroczenie, a ja zniszczyłam wspaniałe uczucie łączące mnie z mężem…

– Jeśli nie chcesz tu być, mogę zawieźć cię do hotelu – powiedział poważnie Nacho, stając koło drzwi. – Lauro, wiem, że to, co się wtedy stało, jest dla ciebie bardzo bolesne, ale…

– Nie jest – stwierdziłam pewnym głosem i wyszłam z samochodu. – Idziemy?

Nie miałam ochoty na wspomnienia, poza tym i tak czaszka pękała mi od natłoku myśli. Chciałam się upić, zabawić i nie myśleć. Jednocześnie świetnie zdawałam sobie sprawę z tego, że na tej wyspie zmierzę się jeszcze z niejednym potwornym wspomnieniem.

Przeszłam przez próg apartamentu i, o dziwo, poczułam się, jakbym wróciła do domu. Wszystko było dokładnie tak, jak zapamiętałam – z tą różnicą, że tym razem chciałam tu być, a nie musiałam.

Nacho zachowywał się tak, jakbyśmy wchodzili tu po raz tysięczny. Rzucił torbę, którą trzymał, i otworzył lodówkę. Wyjął z niej małą butelkę piwa i wystukawszy numer na telefonie, przyłożył go do ucha. Nie wiem, czy dawał mi czas, czy zwyczajnie poczuł się swobodnie, ale nie zamierzałam mu przeszkadzać i poszłam na górę do swojej sypialni.

Otworzyłam szafę i z zaskoczeniem odkryłam, że jest zupełnie pusta. No pięknie, pomyślałam. Zaczęłam się zastanawiać, gdzie może być moja walizka z Ibizy. Nie wkładał jej do samochodu, ale w samolocie na pewno była. Gapiłam się na półki i obmyślałam, co teraz zrobię bez nawet jednej pary majtek.

– Pomyliłaś sypialnie – stwierdził Kanaryjczyk, przytulając mnie od tyłu. – Pierwsze drzwi po prawej, zaraz za schodami.

Pocałował mnie w kark i wyszedł.

Obróciłam się i powoli poszłam za nim. Otworzyłam drzwi jego pokoju i zobaczyłam, że to pomieszczenie zmieniło się diametralnie. Były w nim inne meble, kolor ścian z białego zmienił się na szary, a łóżko z płaskiego naleśnika nagle dostało kolumn. Wciąż było nowoczesne i stylowe, ale krótkie metalowe rury wystające z każdego rogu zwiastowały niecny plan.

– Twoje rzeczy są w garderobie – otworzył drzwi, a za nimi ukazał się kolejny pokój. – Amelia dokupiła ci jakieś ubrania. Stwierdziła, że jeśli ja to zrobię, wciąż będziesz chodziła w szortach i japonkach. – Wzruszył ramionami. – Jeśli będziesz potrzebowała…

– Chcesz mnie wiązać? – zapytałam. Nacho obrócił głowę w moją stronę i wbił zielone oczy w moje. – Po co przy takim łóżku są kolumny? Poza tym po co zmieniłeś ten pokój? – zmrużyłam oczy i podeszłam do niego.

– Groziłem ci tu bronią – odpowiedział, zwieszając głowę, po czym westchnął. – Nie chciałem, żeby kojarzył ci się źle. Jeśli chcesz, przeprowadzimy się, nigdy nie inwestowałem w nieruchomości, ale sprawdzałem i jest kilka fajnych miejsc przy…

Kolejny raz przerwałam mu, przywierając ustami do jego warg. Wślizgnęłam się w nie językiem i zaczęłam delikatnie pieścić. Nacho zgiął kolana, zniżając się nieco, i chwycił moją twarz w dłonie.

– Tak, chcę cię związać – wyszeptał, a ja zamarłam. – Żebyś nigdy mi nie uciekła. – Uśmiechnął się uroczo, wskazując łóżko. – A w tych słupach są wysuwane kolumny. Nie planuję tu orgii, tylko dobre nagłośnienie. Przyda się, kiedy wieczorem będę cię męczył filmami. – Pocałował mnie w nos. – Albo muzyką, a skoro o niej mowa… – Obrócił się, idąc w stronę tabletu leżącego na nowoczesnej podwieszanej szafce. – Chętnie popatrzę, jak kręcisz pupką

– stwierdził i wcisnął guzik, a ze stalowych rur wychyliły się długie, czarne głośniki. Nagle całe pomieszczenie wypełniło się czystym dźwiękiem. Justin Timberlake śpiewał *Cry Me A River*. Roześmiałam się na myśl o tym, jak dawno nie słyszałam tego kawałka.

Nacho stał rozbawiony, a kiedy w utworze pojawiły się mocne basy, zaczął tańczyć, naśladując wokalistę. Otworzyłam usta i nie kryjąc zdziwienia, patrzyłam, jak sunie przez pokój i się wygłupia. Chwycił czapkę, która wisiała w garderobie, i zaczął podśpiewywać, wprawnie przerzucając ją z jednej strony na drugą. Byłam zauroczona, zaskoczona i rozbawiona występem. W pewnym momencie podszedł do mnie i łapiąc od tyłu moje biodra, zaczął ze mną tańczyć. Był genialny, płynnie przemieszczał się wśród zmysłowych dźwięków, a ja podążyłam za nim. Już na Ibizie byłam pewna, że umie tańczyć, ale nie spodziewałam się, że aż tak.

– Kłamca – wysyczałam, kiedy piosenka się skończyła i usłyszałam pierwsze nuty kolejnego utworu. – Mówiłeś, że nie umiesz tańczyć!

– Że nie umiem wolnych. – Zaśmiał się i ściągnął koszulkę. – Pamiętaj, surferzy mają świetne poczucie równowagi. – Puścił mi oczko i poszedł przez korytarz do łazienki, kręcąc biodrami.

Już chciałam pójść za nim, ale uświadomiłam sobie, że skończy się to najpierw półgodzinną grą wstępną, a później kilkudziesięciominutowym kopulowaniem pod prysznicem, i odpuściłam.

Pierwszy raz miałam wystąpić wśród jego znajomych jako dziewczyna bossa. Jezu, no właśnie, przecież teraz to on jest głową rodziny. Załamana ruszyłam w stronę swojej części pomieszczenia i zaczęłam grzebać wśród dziesiątek wieszaków. Po chwili odkryłam z ulgą, że jednak mam się w co ubrać. Nie było tam wcale kolorowych koszulek i dżinsów, ale sukienki, tuniki i olśniewające buty.

– Dzięki, Amelia – stwierdziłam, chwytając kolejne wspaniałe stroje. Nagle ogarnęła mnie konsternacja: jeśli on znowu nałoży szorty, będę wyglądać przy nim jak debil. Usiadłam na dywanie i zaczęłam bezmyślnie gapić się przed siebie.

– Poradziła sobie? – zapytał Nacho, przechodząc obok i wycierając głowę ręcznikiem.

Boże, dopomóż, jęknęłam, kiedy jego nagie, wytatuowane pośladki minęły mnie o kilkanaście centymetrów. Podziwiałam własną samokontrolę, kiedy nieruchomo przyglądałam się temu, jak ściąga z wieszaka szare lniane spodnie.

– Dziewczynko, czy Amelia poradziła sobie z ciuchami dla ciebie? – powtórzył, gdy nie reagowałam. Pokiwałam bezmyślnie głową. – To dobrze. Niby nie jest to oficjalna impreza, ale wiesz... od kiedy jestem szefem, nie mogę zawsze wyglądać jak osiemnastolatek.

Wciągnął jasnoszare spodnie na pupę, a ja odetchnęłam z ulgą – to, czego nie widać, nie kusi tak bardzo. Zdjął z wieszaka granatową koszulę i podwinął w niej rękawy, których kolor od spodu był identyczny jak spodni. Boże, jak on wygląda, opalony, gładki i wytatuowany. Na nogi wsunął granatowe mokasyny. Zapinając zegarek, popatrzył na mnie:

– Kochanie, wyglądasz, jakbyś miała udar i zaczekaj...
– Podszedł do mnie i otarł mi kącik ust. – Ślina ci ciek- nie! – Roześmiał się i chwytając mnie za barki, uniósł do góry. – Do łazienki! – klepnął w mój pośladek, a ja, kręcąc głową, poszłam w stronę prysznica. Jak to miałam w zwy- czaju, wzięłam zimny prysznic tak na wszelki wypadek, uważając, żeby nie zniszczyć fryzury. Nina tylko trochę po- cieniowała mi włosy, tworząc z nich coś na kształt pozornie przypadkowego seksownego nieładu. Stojąc przy umywal- ce, odkryłam, że szafki w łazience są pełne kosmetyków, kochana Amelia. Pomalowałam mocno rzęsy i lekko przy- pudrowałam twarz pudrem z opiłkami złota. Wyglądałam świeżo, naturalnie, a przede wszystkim byłam czysta. Kiedy weszłam do sypialni, Nacho tam nie było. Trochę się na- wet z tego ucieszyłam, bo mogłam w spokoju wybrać sobie to, w czym zaprezentuję się światu. Postawiłam na krótką piaskową sukienkę na ramiączkach, bez pleców, do któ- rej znalazłam idealnie pasujące sandałki z paskiem wokół kostki. Do całości dobrałam małą granatową kopertówkę, a na rękę założyłam jedną z szerokich złotych bransoletek. Uznałam, że jestem gotowa.

Zeszłam po schodach i zobaczyłam Nacho pochylonego nad laptopem. Kiedy mnie usłyszał, zamknął monitor, ob- rócił się, po czym zamarł. Sukienka nie była wąska, raczej luźna, i seksownie oblewała moje ciało.

– Będziesz moja na zawsze – stwierdził z promiennym uśmiechem.

– To się zobaczy – odpowiedziałam, nonszalancko zarzucając włosami.

Roześmiał się i podszedł do mnie, a jego kolorowa ręka uniosła moje ciało z ostatniego stopnia i postawiła na podłogę. Przyglądał mi się z lekko przymrużonymi oczami, aż w końcu delikatnie musnął językiem moje rozchylone usta.

– Jedźmy. – Wziął kluczyk i splatając palce z moimi, ruszył w stronę drzwi.

– Piłeś – stwierdziłam oskarżycielsko. – Zamierzasz prowadzić?!

– Dziewczynko, to było jedno małe piwo, ale jak chcesz, możesz ty kierować.

– A jeśli złapie nas policja?! – Mój ton był odrobinę zbyt napastliwy.

– Wiesz co? – zapytał, wodząc nosem po mojej twarzy. – Jak chcesz, to ci konwój policyjny załatwię, będziesz spokojniejsza? – Uniósł brwi z rozbawieniem. – Powiem to kolejny raz, ja jestem Marcelo Nacho Matos, a to jest moja wyspa. – Rozłożył ręce i wybuchnął śmiechem. – A teraz, jeśli nie masz więcej wątpliwości, jedźmy, bo Amelia rozładuje mi telefon. A właśnie, skoro mowa o telefonie. – Wyciągnął z kieszeni białego Iphone'a i mi go podał. – Twój nowy telefon ze skopiowaną listą kontaktów i zastrzeżonym numerem. – Wzruszył przepraszająco barkami. – Reszty nie jestem w stanie odzyskać: twoich ubrań, komputera i tego, co

zostało na Sycylii. – Jego rozczarowany wzrok mnie prze-
szywał.

– To tylko rzeczy – stwierdziłam, chowając telefon.
– Mam większe zmartwienia niż one – dodałam, a on zamarł i przysunął się do mnie.

– Jakie? – Zmarszczył brwi, nie wiedząc, o co mi chodzi.
– Jakie masz zmartwienia? – Westchnęłam.

– Olgę, jej ślub, rozwód, moją firmę. – Pokręciłam głową. – Wymieniać dalej?

– Już mam rozwiązania większości z nich. – Zatrzymał
usta na moim czole. – Jedyne, czego nie mogę zaplanować,
to twojego pobytu na jej ślubie, ale o tym podyskutujemy
innym razem. Chodź.

Kiedy wjechaliśmy na teren posiadłości rodziny
Matosów, poczułam, jak zawartość żołądka podchodzi mi
do gardła. Nie sądziłam, że aż tak emocjonalnie zareagu-
ję na pobyt tutaj. Niby się spodziewałam, gdzie jedziemy,
ale kiedy dotarliśmy na miejsce, miałam nieodpartą chęć
zwyczajnie się wyrzygać. Jak migawki z przewijanego filmu przelatywały mi przez głowę obrazy z tamtego dnia.
Ale przecież to tylko miejsce, budynek – tłumaczyłam
swojej głowie.

– Kochanie. – Głos Kanaryjczyka wbił się we mnie
jak gwóźdź w deskę, wyrywając z niemiłych dywagacji.
– Znowu wyglądasz, jakbyś miała udar – stwierdził zatroskany. Kiedy auto stanęło, chwycił moją dłoń.

– Nic mi nie jest… tylko ten dom – zawiesiłam się, patrząc na pałac przede mną. – Pamiętam, jak on mnie bił…

– Kurwa! – warknął, a ja niemal poderwałam się z fotela.
– Każdego dnia o tym myślę i za każdym razem mam ochotę rozerwać siebie na strzępy za to, co przeze mnie przeszłaś.
– Jego twarz stała się zimna, a spojrzenie pełne nienawiści.
– Dziewczynko, obronię cię przed całym światem, obiecuję, tylko proszę, wybacz mi. – Zwiesił głowę. – To nie jest czas na tę rozmowę, ale powinnaś wiedzieć, że niebawem ją odbędziemy.

– Laura! – Wrzask Amelii przerwał niezręczną ciszę, która nastała po jego słowach.

– Nie oczekuję od ciebie deklaracji, słyszałam ich wiele – powiedziałam, wysiadając. Niemal w tej samej chwili śliczna blondynka rzuciła mi się w ramiona.

– Cześć, młoda. – Pocałowałam ją, a ona wczepiła się we mnie. – Bosko wyglądasz – stwierdziłam, lekko odsuwając ją od siebie.

– Ty też – krzyknęła radośnie i chwyciła za rękę brata, który właśnie do nas podszedł. – Rozumiem, że już teraz jesteście parą i ja wreszcie mam siostrę, a Pablo ciocię? – Oboje milczeliśmy, zerkając na siebie. – Co powie Marcelo, wiem, ale mnie bardziej interesuje twoje zdanie. Znowu mnie okłamujecie?

Stałam, przyglądając się jej, aż w końcu złapałam dłoń Nacho, wsunęłam mu się pod pachę i złożyłam na jego ustach delikatny, powolny pocałunek. Kanaryjczyk nie odrywał ode mnie wzroku, kolejny raz świat przestał istnieć. Zahipnotyzowani sobą staliśmy tak przez chwilę.

– Będziemy próbować – powiedziałam, wciąż patrząc na niego. – Ale nie gwarantujemy efektów. Uniosłam brwi, dając mu sygnał, że moja odpowiedź jest bardziej do niego niż do niej.

– O Boże, ale jesteście cudownie zakochani – pisnęła Amelia, składając ręce jak do modlitwy. – No ale dość tego. Trzeba się napić. Poza tym, Marcelo, Ivan chce z tobą pogadać, jak będziesz miał chwilę. – Pociągnęła mnie za rękę w stronę wejścia.

Kiedy przekroczyłam próg, byłam zdziwiona i zaskoczona. W moich wspomnieniach ten dom wyglądał inaczej. Fakt, że byłam tu tylko kilka chwil, ale miejsce kaźni raczej zapada człowiekowi w pamięć. Szłyśmy przez długi korytarz, a Nacho z rękami w kieszeniach i promiennym uśmiechem kroczył za mną. Puściłam dłoń jego siostry i objęłam w pasie mojego mężczyznę, przytulając się do niego.

– Pozmienialiście tu coś? – Wydawało mi się, że było mniej nowocześnie i…

– Wszystko – stwierdził z uśmiechem. – Cały dom został zmieniony, mimo że widziałaś tylko jego niewielką część. Zaraz po wypadku. – Skinął głową na Amelię, która przecież nie była świadoma, że to jej niedoszły mąż był moim oprawcą. A cała sytuacja próbą zabójstwa, a nie wypadkiem. – Kazałem wyremontować całą rezydencję. Była zniszczona, a poza tym mi też nie kojarzyła się najlepiej.

– Marcelo teraz jest szefem. – Ucieszyła się blond dziewczyna. – I wreszcie rodzina wejdzie w nową erę.

– Amelio, nie interesuj się tak bardzo tym, w co wchodzimy i po co, dobrze? – poważnym tonem upomniał ją, a ona ostentacyjnie przewróciła oczami. – Zajmij się wychowywaniem syna. A właśnie, gdzie mój chrześniak?

– W swoim pokoju z opiekunkami, psami, kotami. – Popatrzyła na mnie. – Marcelo uważa, że kiedy dzieci chowają się ze zwierzętami, lepiej się rozwijają. – Popukała się palcem w czoło. – Ale to on jest szefem – dodała po chwili, uśmiechając się promiennie.

– Właśnie! – krzyknął, przyciskając mnie do siebie. – I nie zapominajcie o tym. – Popatrzył na mnie. – Obie! Doszliśmy do końca plątaniny korytarzy i moim oczom ukazała się tylna część ogrodu. Ogromny, trzypoziomowy basen w kształcie połączonych ze sobą kół zsuwał się po skalistym zboczu. Wokół niego stały drewniane altanki z baldachimami, leżaki i fotele. Dalej były kanapy ustawione w kwadrat, a między nimi ognisko. Obok nich cudowny, długi, podświetlany bar, a kilka metrów dalej, na betonowej podłodze, wśród trawy, stół na jakieś trzydzieści osób. Tylko że ludzi było zdecydowanie więcej. Głównie mężczyźni, ale też trochę dziewczyn, które bawiły się w wodzie albo leniwie popijały drinki. Wszyscy młodzi, wyluzowani i mało gangsterscy.

– Hola! – krzyknął Nacho, podnosząc w górę ręce, a wszyscy zebrani popatrzyli na nas.

Rozległy się krzyki, brawa, gwizdy i wiwaty. Kanaryjczyk mocno przycisnął mnie do siebie i pozdrowił wszystkich zebranych, którzy po chwili nieco ucichli. Kiedy muzyka zamilkła, Amelia podała bratu mikrofon, który wcześniej zabrała DJ-owi.

– Będzie po angielsku, bo wybranka mojego serca dopiero zaczyna uczyć się hiszpańskiego – wyjaśnił, a ja lekko spuściłam głowę zażenowana spojrzeniami wszystkich. – Dziękuję, że chciało wam się przyjechać na to zadupie, ale mam nadzieję, że ilość alkoholu zrekompensuje wam fatygę. – Goście kolejny raz zaczęli krzyczeć i gwizdać. – Ci, którzy nie będą czuli się usatysfakcjonowani, dostaną na wynos. A teraz chciałbym przedstawić wam Laurę, która – przykro mi, drogie panie – zdobyła mnie i moje serce. Dziękuję za uwagę i życzę dobrej zabawy. – Skończył, rzucając mikrofonem w jednego z kolegów, po czym przywarł do mnie ciepłymi ustami. Cały tłum wzniósł w górę kieliszki, a wokół nas znowu rozległy się brawa i okrzyki.

Boże, jak cholernie było mi wstyd. Ta ostentacja w jego wykonaniu była zbędna, ale jednocześnie całkowicie naturalna. Kanaryjczyk miał taki styl bycia i nie miałam prawa go za to ganić. Pocałunek trwał kolejne sekundy, a ja czułam, jak ciekawscy odwracają od nas wzrok. Język Nacho długo błądził w moich ustach, w końcu znowu usłyszałam muzykę, a goście wrócili do zabawy.

– Musiałeś? – zapytałam, kiedy powoli odsuwał się ode mnie.

– Wyglądasz dziś zbyt dobrze – stwierdził, unosząc brwi. – Musiałem zaznaczyć teren, bo zaraz któryś z moich kolegów przykleiłby się do ciebie i musiałbym go zabić. – Wyszczerzył zęby, a ja przewróciłam oczami.

– Nie wyglądają niebezpiecznie. – Wzruszyłam ramionami, patrząc na tłum.

– Bo nie wszyscy są niebezpieczni, część z nich to surferzy, niektórzy to znajomi Amelii, a tylko mała grupa to moi
pracownicy.

– Ale wszyscy wiedzą, kim jesteś? – zapytałam, zagryzając wargę, a on twierdząco pokiwał głową. – A więc żaden
facet nie będzie chciał ze mną gadać? – Wzruszył ramionami z cwaniackim uśmiechem na twarzy.

– Chyba że przez grzeczność albo jeśli jest zdeklarowa-
nym gejem. – Pociągnął mnie w stronę, gdzie Amelia nerwowo przestępowała z nogi na nogę. – Napijmy się.

Obserwowałam Nacho w jego naturalnym środowisku
i z ulgą odkryłam, że przy ludziach był identyczny jak przy
mnie. Niczego nie udawał, śmiał się, żartował i wygłupiał.
Po chwili zaczęłam rozróżniać znajomych od pracowników,
choć nie było to proste. Łysy otaczał się bowiem ludźmi
bardzo podobnymi do siebie. Surferzy mieli długie włosy,
tatuaże i byli nienaturalnie opaleni. Pracownicy natomiast
wyglądali albo jak wielkie byki, albo byli chudymi kolesia-
mi z podejrzliwym spojrzeniem. Wszyscy jednak sprawiali
wrażenie całkiem normalnych, wyluzowanych ludzi, którzy
doskonale się znają i świetnie bawią.

Nacho jak zawsze sączył piwo, a ja wlewałam w siebie kolejne lampki ukochanego szampana. Nie chciałam się nawa-
lić, zwłaszcza że nie było przy mnie Olgi, która stanowiła dla
mnie bufor bezpieczeństwa na imprezach. Na myśl o niej
zrobiło mi się przykro. Amelia świetnie pasowała na moją
przyjaciółkę, ale nikt nie zastąpi Olo. Powinnam do niej zadzwonić, pomyślałam i odwróciłam się, żeby odejść na bok.

– Co się dzieje? – zapytał Nacho, łapiąc mnie wpół i przywierając wargami do mojego ucha.

– Muszę pogadać z Olgą – stwierdziłam nieco zbyt smutno.

– Zaproś ją. – To krótkie stwierdzenie sprawiło, że stado motyli wystartowało w moim brzuchu. – O ile Domenico ją puści, niech przyleci nawet jutro, wszystkim się zajmę. – Pocałował moje czoło i puścił, a ja stałam wgapiona w niego.

Bum! W tym momencie się zakochałam. Jeśli miałam wątpliwości, czy darzę tego faceta uczuciem, właśnie zupełnie zniknęły. Stał, rozmawiając z kolegami, a ja nie byłam w stanie zrobić kroku. Jakby coś we mnie pękło. Złapałam poły jego koszuli i nie zwracając uwagi na to, że przerywam mu konwersację, pociągnęłam go tak, że jego usta bezbłędnie odnalazły moje. Mężczyźni stojący przed nim jęknęli i po chwili wybuchli śmiechem, kiedy łapczywie i zbyt wulgarnie zaczęłam go całować. Jedną dłonią chwycił mój pośladek, a drugą przytrzymywał kark. Był idealny, doskonały, wspaniały i mój.

– Dziękuję – wyszeptałam, oderwawszy się od niego, a na jego ustach zatańczył uśmiech.

– Co mówiłem? – zapytał rozbawiony, wracając do kolegów. A kiedy odchodziłam, klepnął mnie w pupę. Weszłam do domu i usiadłam na kanapie w holu. Wyjęłam telefon i wybrałam numer.

– Cześć – powiedziałam, kiedy Olga odebrała. W słuchawce nastała cisza, która trwała kilka sekund.

– Nic ci nie jest? – zapytała prawie szeptem.

– Nie, a dlaczego miałoby mi coś być?

– Kurwa, Lari – westchnęła. – Jak Massimo wrócił do willi, o mało nie pozabijał nas wszystkich. Domenico powiedział mi, co się stało. Dobrze pojebany jest ten twój Nacho. Ja wszystko rozumiem, ale żeby strzelać do Dona? – Usłyszałam, jak gdzieś idzie.

– Oj, Olka, on nie strzelał do niego, tylko do cukiernicy. – Zamilkłam, by po chwili wybuchnąć śmiechem rozbawiona swoim stwierdzeniem. – No chciał go wystraszyć i chyba mu się udało.

– Udało to mu się go wkurwić – stwierdziła stanowczo i głośniej niż wcześniej. – Dobra, wyszłam z domu, bo chuj wie, kiedy mnie podsłuchują. Opowiadaj.

– Przylecisz? – Kolejny raz usłyszałam, jak ją przytyka. – Jestem na Teneryfie. – Złapała oddech, by coś powiedzieć. – Ale obiecuję, że tym razem nie zafunduję ci kolejnej miłości. Proszę. – Zabrzmiałam żałośnie, mimo że wcale się tak nie czułam. Ale miałam świadomość, że tylko litość może nakłonić ją do tego, żeby podjęła z Domenico temat wyjazdu.

– Czy ty wiesz, że ja za dwa tygodnie wychodzę za mąż? – zapytała tonem, który zwiastował, że bije się z myślami.

– No właśnie! I czy nie powinnaś spędzić z druhną trochę czasu, żeby wszystko ustalić? Patrz, suknię już masz, musimy pogadać o firmie. Choć w sumie nie wiem, czy nadal jest moja… Powinnyśmy coś ustalić, a przez telefon to bez sensu. Domenico zrozumie. – Skrzywiłam się, słysząc, co powiedziałam – przecież gdybym była na jego miejscu, w życiu bym jej nie puściła.

– Kurwa, ty to zawsze coś wymyślisz. – Wiedziałam, że kręci teraz głową. – Dobra, pogadam z nim jutro.

Wahałam się przez chwilę, czy zadać pytanie, które chodziło mi po głowie, ale ciekawość wzięła górę.

– A jak on się trzyma? – wymamrotałam. Dopadło mnie bezsensowne poczucie winy.

– Massimo? Nie wiem. Po tym, jak wystrzelał magazynek w skuter wodny, który następnie wybuchł, zniknął. Nawet Domenico powiedział, że pierdoli, nie jedzie z nim. My wróciliśmy na Sycylię, a on chyba został na Ibizie. Opowiem ci wszystko, jak przylecę, bo teraz widzę palący wzrok Domenico i chyba bez gałki się nie obejdzie.

– Kocham cię. – Roześmiałam się.

– A ja ciebie, suko, zadzwoń jutro wieczorem albo wyślij mi swój numer, to zadzwonię, jak już z nim pogadam.

Kiedy wracałam do ogrodu, kolejny raz usłyszałam wrzawę i brawa. Przeszłam przez próg i zobaczyłam, jak Nacho staje na scenie i dłońmi uspokaja publiczność zebraną pod stołem DJ-a.

– Zawsze mi to robicie – powiedział rozbawiony. – No dobrze, skoro przyjechaliście taki kawał drogi, zagram. Ale tylko jeden kawałek.

Zagram? On na czymś gra? Zatrzymałam się na kamiennym podeście tuż za drzwiami i patrzyłam. Kanaryjczyk szybko wyłowił mnie z otoczenia, zwłaszcza że stałam poza tłumem, i wbił we mnie zielone oczy.

– Będzie trochę banalnie. – Udał zawstydzonego, zerkając na swoje stopy. – Jakiś czas temu pewna pisarka stworzyła książkę *50 twarzy Greya*, a później ktoś postanowił ją zekranizować. Głupia historia o apodyktycznym dupku uzależnionym od seksu i kontroli. No ale każdy z nas pewnie zna kogoś takiego, więc to życiowa opowieść. – Jego wzrok kolejny raz przeszył mnie na wylot. – Sam osobiście znam przynajmniej jednego. – Pokręciłam głową z drwiącym uśmiechem. – No ale co zrobić, Włosi też muszą istnieć. – Tłum ryknął śmiechem i rozległy się oklaski. – Wybacz, Marco, ty jesteś w porządku. – Wskazał palcem na jednego z kumpli, a on machnął ręką, jakby kazał mu się odwalić. – Ale wracając do muzyki. – W tym momencie na podest weszła Amelia, podając bratu skrzypce. – Jest taki koleś, Robert Mendoza, i on zrobił aranż na skrzypcach piosenki z tego filmu *Love Me Like You Do*. – Nacho chwycił instrument i położył go sobie na ramieniu. – Poznajcie moje sentymentalne oblicze – powiedział, a wokoło rozległy się brawa.

DJ włączył delikatny podkład, a on, nie odrywając ode mnie wzroku, zaczął grać. Usta otworzyły mi się szerzej niż do robienia loda. Ten facet potrafił wszystko! Delikatnie płynął przez dźwięki, wczuwając się w melodię. Kołysał ciałem, a jego wprawne palce przesuwały się po strunach. Smyczek tańczył w prawej ręce, a ja czułam, jak każda część mnie wybucha. Silne ramiona delikatnie trzymały nowoczesny drewniany instrument, a na twarzy mojego mężczyzny widać było radość.

W pewnym momencie moje stopy same zaczęły iść, nie mogłam wytrzymać ani chwili dłużej bez jego dotyku.

On grał i przyglądał się temu, jak zmierzam w jego stronę. Skrzypce podłączone do jakiegoś kabla sprawiały, że sam nie był w stanie zrobić ani kroku. Ale mnie to zupełnie nie obchodziło, podobnie jak to, że setka zupełnie obcych mi osób patrzy na mnie jak na czarownicę, którą trzeba spalić. Szłam prowadzona i wabiona jego wzrokiem, a kolejne głowy odwracały się w moim kierunku. Wreszcie dotarłam na miejsce i stanęłam metr od niego, a on odwrócił się do mnie, nie przestając grać. Byłam zaczarowana, otumaniona i totalnie zmieszana. Muzyka kolejny raz wybuchła, utwór dobrnął do refrenu, a ja się wyszczerzyłam. Nic innego nie byłam w stanie zrobić. Byłam szczęśliwa. Mój mężczyzna grał dla mnie i nawet jeśli każda dziewczyna obecna na tej imprezie tak myślała, ja wiedziałam to na pewno. Nacho spokojnie zagrał ostatni dźwięk. Odłożył skrzypce i smyczek i czekał. Wszyscy zebrani także czekali. Rzuciłam się w jego kierunku i wskakując na niego, oplotłam go udami. Przycisnął mnie do siebie, a wszyscy goście kolejny raz zaczęli klaskać. Podejrzewałam, że moja krótka sukienka w tym momencie nie zasłania mi tyłka, ale kiedy Nacho całował mnie w taki sposób, mogłam stać naga wśród tego tłumu.

– Umiesz grać na skrzypcach – wyszeptałam. Uśmiechałam się do niego szeroko, a on wciąż trzymał mnie w ramionach. – Co jeszcze potrafisz? – parsknęłam cicho. – A może powinnam zapytać, czego nie potrafisz?

– Nie potrafię cię w sobie rozkochać. – Jego wesołe zielone oczy przyglądały mi się uważnie. – I nie potrafię opanować erekcji, kiedy trzymam twoją pupę w dłoniach. – Wyszczerzył się, a ja odpowiedziałam tym samym. – Muszę już cię postawić, bo wszyscy się gapią i obawiam się, że mój sterczący penis nie umknie ich uwadze. – Delikatnie spuścił mnie na ziemię, postawił przed sobą i uniósł rękę, by pożegnać tłum. Tym samym jego występ dobiegł końca. DJ puścił kolejny kawałek, a wszyscy goście wrócili do zabawy.

– Chodź. – Pociągnęłam go za rękę. Zaczęłam go wlec w stronę wejścia do domu. Pędziłam przez korytarze, a on śmiał się, podążając za mną.

– Wiesz, gdzie idziesz? – zapytał, kiedy kolejny raz skręciłam.

– Nie mam pojęcia, ale wiem, co chcę zrobić – stwierdziłam, rozglądając się na boki.

Nacho złapał mnie wpół i przerzucając sobie przez ramię, skręcił w przeciwną stronę. Nie oponowałam i nie broniłam się. Widziałam, że stara się ułatwić mi zadanie i dokładnie wie, gdzie powinien pójść. Wszedł na monumentalne schody i powoli ruszył na piętro. Otworzył jedne z wielu drzwi. Zamknął je kopniakiem i postawił mnie w ciemnym wnętrzu, opierając o nie.

– Chcę się kochać – powiedział, unosząc mi ręce w górę. Łapczywie przywarł wargami do moich.

Pieścił mnie ustami, mocno zaciskając dłonie na nadgarstkach, które trzymał. Podniecał mnie, ale buzujący w moich żyłach alkohol popychał mnie w zupełnie w inną stronę niż uległość.

Wiedziałam, że będzie czuły i bardzo subtelny, natomiast moja ciemna strona domagała się zaspokojenia. Zagryzłam zęby na dolnej wardze Kanaryjczyka i usłyszałam cichy syk. Zamarł i po chwili odrobinę odsunął się ode mnie.

– Nie będziemy się kochać – stwierdziłam szeptem, wysuwając nadgarstki z jego uścisku.

– Nie? – zapytał rozbawiony i pozwolił, bym wyswobodziła się i oparła go o zamknięte drzwi.

– Nie – potwierdziłam i zaczęłam rozpinać guziki jego koszuli.

W pokoju było ciemno, ale ja dokładnie wiedziałam, co mam przed oczami. Kolorowa klata unosiła się w coraz szybszym tempie, w miarę jak moje ręce przesuwały się w dół. Czułam, jak oddycha, a zapach gumy do żucia sprawiał, że coraz ciężej było mi przełykać ślinę. Niektóre kobiety czują feromony, inne uwielbiają zapach wody toaletowej, mnie natomiast w mężczyźnie stojącym przede mną podniecał zapach mięty. Zsunęłam koszulę z jego barków i powoli przesuwając usta po jego ciele, pieściłam każdy kawałek. Pachniał oceanem, słońcem i sobą, zacisnęłam zęby na sutku Kanaryjczyka, a z jego gardła wydobył się nieznany mi dotąd dźwięk. Warknięcie i westchnięcie zarazem pokazywało mi, że to, co robię, zdecydowanie mu się podoba. Odrobinę zwiększyłam nacisk, ssąc jednocześnie, a jego dłonie powędrowały na mój kark.

– Dziewczynko, nie prowokuj mnie do tego, proszę.
– Ledwo słyszalny głos był jak ostrzeżenie.

Powoli przesunęłam się w kierunku drugiego sutka i zupełnie ignorując to, co przed chwilą usłyszałam, zatopiłam zęby jeszcze głębiej. Z ust Nacho wydobył się dźwięk zwiastujący irytację, a dłonie na moim karku się zacisnęły. Rysując zębami jego brzuch, zsuwałam się niżej i niżej, aż uklękłam. Długie ręce wciąż trzymały moją szyję, kiedy niespiesznie liżąc wytatuowane ciało, rozpinałam rozporek.

– Chcę ci obciągnąć – wydyszałam. Chwyciłam go za nogawki i zsunęłam je w dół.

– Jesteś wulgarna – wyszeptał.

– Jeszcze nie jestem – powiedziałam i pochłonęłam go jednym ruchem.

Dźwięk, który wypełnił powietrze, był jak ulga. Niski głos Kanaryjczyka sprawił, że niemal czułam jego podniecenie i rozkosz. Nie zwracałam uwagi na to, że jego dłonie zaciskały się coraz mocniej na moim ciele, i zachłannie ciągnęłam całą jego długość. Robiłam to mocno, głęboko i bardzo szybko. Już nie mogłam doczekać się poznania jego smaku. Nacho nie pomagał mi, a wręcz przeszkadzał, usiłując lekko spowolnić ruch warg, które obejmowały jego kutasa. To, że stawiał mi opór, w połączeniu z alkoholem krążącym w moich żyłach powodowało, iż z niewiadomych przyczyn chciałam być agresywna wobec niego. Złapałam dłonie, które trzymały mój kark i cisnęłam nimi o drzwi, dając mu wyraźny sygnał, że ma je tam trzymać. Później w prawą rękę mocno ujęłam nasadę członka i ścisnęłam, oblizując lubieżnie główkę.

– Nie ruszaj się, Marcelo – warknęłam i znów pochłonęłam go do końca.

– Chryste, nienawidzę tego imienia w twoich ustach – jęknął.

Pieprzyłam wargami jego fiuta, czując, jak wierci się oparty o drzwi, a po jego brzuchu płyną pierwsze krople potu. Mamrotał coś po hiszpańsku, polsku i chyba po niemiecku, a ja upajałam się każdą sekundą tortury, którą mu fundowałam. Wolną dłonią wślizgnęłam się za niego i wbiłam paznokcie w twardy, kolorowy pośladek. Krzyknął i uderzył pięściami o drewnianą powierzchnię, która zatrzęsła się pod wpływem silnego ciosu. Kolejny raz przyspieszyłam, a jego rozchylone usta z trudem łapały powietrze.

Nagle w pokoju rozbłysło światło. Lekko zdezorientowana zamarłam z jego kutasem w ustach i popatrzyłam w górę.

Szmaragdowe oczy były wbite we mnie, a dłoń Nacho wracała na dół, odsuwając się od włącznika, który chwilę wcześniej przycisnęła.

– Muszę cię widzieć – wymamrotał. – Muszę...

Nie obchodziło mnie, co miał do powiedzenia. Jak rasowa dziwka, nie odrywając od niego oczu, zaczęłam kolejny raz szaleńczy pęd. Lizałam go, gryzłam i obdarzałam najbardziej wyuzdanym spojrzeniem, jakie posiadałam w repertuarze. Jego ręce chciały oderwać się od drzwi, ale gdy tylko to robiły, przestawałam, a on zrezygnowany kolejny raz walił nimi o drewno. Kiedy byłam przekonana, że za chwilę poczuję na języku pierwsze krople spermy, chwycił mnie, uniósł i postawił tuż przed sobą.

– Muszę w ciebie wejść – jęknął, przeszywając mnie na wylot dzikim spojrzeniem.

– Stój i się nie ruszaj – warknęłam. Złapałam go za szyję i uderzyłam jego głową o drzwi.

– Nie – wycedził przez zęby, a jego dłoń powędrowała w to samo miejsce na moim ciele i mocno się zacisnęła.

Trzymając się w uścisku i mierząc wzrokiem, staliśmy wpatrzeni w siebie. Oboje lekko dyszeliśmy. Kanaryjczyk zrobił krok w przód i mimo że próbowałam stawiać opór, przepychał mnie w głąb pomieszczenia. Cofałam się, nie mając pojęcia, co jest za mną, aż pośladki oparły się o coś miękkiego. Nacho puścił moją szyję, chwycił mnie za ramiona i cisnął na ogromne, miękkie łóżko. Nim jeszcze moje plecy zetknęły się z materacem, złapał za uda i ściągnął mnie tak, że prawie opierałam się stopami o ziemię. Zerwał z siebie koszulę, którą wcześniej z niego zsunęłam, i zupełnie nagi padł na kolana, przywierając wargami do mojej mokrej cipki. Krzyknęłam, łapiąc go za łysą głowę. Jego usta zachłannie pieściły każdą część mojego najwrażliwszego miejsca. Nie ściągnął mi majtek, tylko odsunął je na bok i coraz głębiej wkradał się do środka. Wiłam się i drapałam jego szyję, a on coraz mocniej i brutalniej atakował łechtaczkę.

– Chcę poczuć twój smak – wyjęczałam, kiedy smukłe palce Kanaryjczyka wślizgnęły się we mnie.

– I poczujesz, obiecuję. – Oderwał się, by wypowiedzieć obietnicę, i po chwili kontynuował dynamiczny ruch we mnie.

Jego język był doskonały i odnajdywał punkty tak wrażliwe, że już po chwili byłam na skraju rozkoszy. Wtedy niespodziewanie przerwał i przekręcił mnie na brzuch, jednym ruchem ściągając niewielkie stringi z moich pośladków. Byłam zdziwiona stanowczością i temperamentem mężczyzny, który nigdy wcześniej nie używał wobec mnie siły, no może z wyjątkiem jednego razu na plaży. Zdjął ze mnie sukienkę, zostawił buty i nagi przywarł do moich pleców. Splótł palce z moimi i wyciągnął mi ręce wysoko nad głowę. Klęczałam na ziemi, a brzuchem byłam oparta o miękką pościel. Nacho rozchylił moje uda swoimi, a jego zęby zatopiły się w moim karku.

– Lauro, wiesz, kim jestem? – zapytał niskim, lodowatym głosem.

– Wiem – wyszeptałam z twarzą wciśniętą w kołdrę.

– A zatem dlaczego prowokujesz mnie do brutalności? Mam ci udowodnić, że potrafię cię wziąć?

– Chcę… – Mój ledwo słyszalny głos był niemal całkowicie zagłuszony przez jego ciężki oddech.

Dłoń Kanaryjczyka sięgnęła po moje włosy. Lekko się podniósł. Owinął je wokół nadgarstka i pociągnął mi głowę do góry. Z moich ust wydobył się krzyk, kiedy jednym wprawnym ruchem nabił mnie na siebie. To nie był on, a przynajmniej nie takiego go znałam. Do tego stopnia stał się kimś innym, że przed oczami stanął mi Massimo. Chciałam kazać mu przestać, ale nie byłam w stanie wydobyć z siebie głosu. Pieprzył mnie, a po chwili poczułam, jak jego wolna dłoń uderza mnie w pośladek, jednocześnie nie przerywał ruchu bioder i nie zwalniał uścisku na włosach. Kilkanaście sekund później uderzył ponownie i jeszcze raz. Ból mieszał mi się z rozkoszą, a ja się zastanawiałam, co czuję. Z jednej strony robił to dokładnie tak, jak lubię, a z drugiej chciało mi się płakać na wspomnienie tego, co jeszcze niedawno przeszłam.

Nagle Nacho puścił moją głowę, jakby poczuł, że coś jest nie tak. Obrócił mnie na plecy i pociągnął w górę łóżka tak, że leżałam na nim cała. Ujął moją twarz w dłonie i zaczął mnie delikatnie, a jednocześnie namiętnie całować. Poczułam, jak jego męskość ponownie wchodzi we mnie, tym razem jednak spokojnie i wyjątkowo czule.

– Czy tego właściwie chcesz, dziewczynko? – zapytał, nie przerywając ruchu bioder. – Mogę być, jaki sobie życzysz, ale muszę wiedzieć, że mi ufasz i że powiesz, gdy będziesz miała dość. Nie chcę zrobić ci krzywdy. – Jego wargi muskały mój nos, policzki i oczy. – Wielbię każdy kawałek ciebie i jeśli potrzebujesz czuć ból, dam ci go, ale musisz wiedzieć, że zrobię to wyłącznie z miłości. – Kolejny raz jego usta odnalazły moje i poczułam ten cudowny, miętowy smak. – Kocham cię… A teraz dojdziesz dla mnie. – Spokojne szmaragdowe oczy zapłonęły żywym ogniem, a ja poczułam, jak jego kutas rośnie we mnie.

Kolejny raz złączył palce z moimi i wyciągnął nasze splecione dłonie za moją głowę, a jego ruchy stały się szybsze i mocniejsze. Wiedział, że nie trzeba mi dużo. Nie wiem skąd, ale za każdym razem czuł, kiedy zbliżałam się do szczytu. Te zielone oczy, tatuaże, to, jaki był czuły, i to, że na przekór sobie potrafił zamieniać się w brutala… Każda część tego niezwykłego faceta mnie kręciła. Opuścił głowę i zagryzł moją wargę, a ja mimowolnie jęknęłam. Kolejny raz zrobił to jeszcze mocniej, a później jego usta przesunęły się, zaczął kąsać mnie w szyję i bark. Wiłam się pod nim, a jego kutas pieprzył mnie z prędkością karabinu maszynowego.

– No dalej, dziewczynko, dla mnie – wyszeptał, a na jego twarzy pojawił się szeroki uśmiech.

Zaczęłam wspinać się wyżej i wyżej. Czułam, że tracę kontrolę nad swoim ciałem.

– Chryste, Nacho – wyszeptałam, kiedy orgazm rozlał się po moim ciele, odbierając oddech.

Kanaryjczyk kolejny raz chwycił w dłonie moją twarz i całował, głęboko, mocno, dziko. Próbowałam łapać powietrze, ale nie byłam w stanie, niemal odpływałam przyduszona jego pocałunkiem. Kiedy myślałam, że to koniec, kolejny raz przyspieszył i następna fala rozkoszy przelała się przeze mnie. Moje ciało wygięło się w łuk, a wszystkie mięśnie spięły, kiedy krzycząc w jego usta, osiągnęłam najwyższy szczyt z możliwych.

– Już wystarczy – stwierdził rozbawiony. Zaczął uspokajać swoje ciało, jednocześnie wyciszając mnie.

Moja ciężka głowa opadła na poduszkę. Dziękowałam Bogu, że nie wpadłam na pomysł misternej fryzury, bo teraz wyglądałabym jak żywopłot rozjechany przez traktor.

– Nie skończyłem – powiedział, całując mnie w nos. – Ale chciałem, żebyś mogła oddychać. Chodź do mnie.

Położył się wzdłuż mnie, ale ze stopami przy mojej głowie, i pokiwał zapraszająco palcem.

– Skończ to, co zaczęłaś.

Sześć dziewięć… teraz? Kiedy ja ledwo trzymam się na nogach, leżąc – pomyślałam.

Patrzyłam na niego zdziwiona i przerażona zarazem, a kiedy nie drgnęłam, chwycił mnie za biodra i posadził sobie na twarzy. Jego język wślizgnął się między moje wargi, bezbłędnie odnajdując łechtaczkę. Nacho jęknął, a ja opadłam głową prosto na buzującą erekcję kolorowego oprawcy. Ten widok w połączeniu z jego pieszczotami sprawił, że tornado we mnie wezbrało na nowo. Wsparta na łokciu chwyciłam jego męskość i zaczęłam mocno pieprzyć go ręką i ustami. Robiłam to szybko i chaotycznie, a Kanaryjczyk wił się i jęczał. W myślach gratulowałam mu podzielności uwagi, gdyż nawet będąc głęboko w moich ustach, nie przerywał cudownej tortury językiem.

I wtedy, po kilku chwilach, nastąpiło to, na co czekałam od tylu miesięcy. Struga jego ciepłego nasienia popłynęła w dół po moim gardle. Był słodki, cudowny i dochodził z głośnym krzykiem. Jego usta opuściły moją cipkę, a zęby zagryzły na wewnętrznej stronie mojego uda. Spijałam każdą kroplę, wsłuchując się w rytm jego ciała. Jedyne, czego żałowałam w tej chwili, to to, że nie mogę w tym momencie widzieć jego zielonych oczu. Oblizywałam go i pieściłam, dopóki poczułam, że zęby na mojej nodze rozluźniają uścisk, aż w końcu znikają z mojej skóry.

– Zadowolona? – zapytał, lekko dysząc. – Czy pani mojego serca wreszcie ma to, czego chciała?

Podniosłam się i przerzuciłam nogę, siadając okrakiem na jego brzuchu. Ostentacyjnie wytarłam palcem usta, a kiedy zobaczyłam szeroki uśmiech na twarzy Kanaryjczyka, moja mina przybrała identyczny wyraz.

– Teraz tak. – Wyszczerzyłam się, głaszcząc go po tatuażach. – Długo kazałeś mi czekać.

– Ty mi dłużej – odparł, chwytając mnie i kładąc na sobie. – Bardzo chcę cię uszczęśliwić, dzieciaku. – Długie palce Nacho głaskały moje plecy. – Ale czasami się boję, że zrobię ci krzywdę, a wtedy ode mnie uciekniesz.

Podniosłam głowę i popatrzyłam na niego, nie do końca rozumiejąc, co ma na myśli. W zielonych oczach czaiły się troska i strach. Wyraźnie był smutny.

– Mówisz o Massimo? – Spuścił wzrok i zaczął się bawić moimi włosami. – Nacho, z nim to było coś zupełnie innego...

– Nigdy mi nie powiedziałaś, co dokładnie się stało. – Westchnęłam ciężko, gdy popatrzył na mnie.

– Bo wiem, że nie chcesz tego słuchać, ja z kolei nieszczególnie mam ochotę mówić o tym, co zaszło. – Chciałam unieść się z niego, ale przycisnął mnie do siebie.

– Hej, dokąd? – zapytał nieco gniewnie. – Nie puszcze cię nigdzie, póki będziesz smutna lub niezadowolona. – I tak będzie zawsze, więc nie wyrywaj się, tylko mów.

– Ramiona Kanaryjczyka zacisnęły się mocniej, kiedy milczałam. – Dziewczynko... – przeciągnął ostatnią sylabę, a ja opadłam na niego zrezygnowana.

– Zmuszasz mnie do mówienia o czymś, o czym wolałabym nie myśleć zaraz po tym, kiedy kochałeś się ze mną. – Matos czekał w napięciu z wbitymi we mnie oczami.

– Nacho, puść mnie! – syknęłam zirytowana i szarpnęłam

się kolejny raz, ale jego ręce wciąż nie chciały mnie puścić. – Kurwa, Marcelo! – wrzasnęłam, odpychając się od niego.

Zaskoczony moim wybuchem zwolnił uścisk, a ja zerwałam się i wściekła złapałam sukienkę. Kanaryjczyk przekręcił się na bok i wsparł głowę na zgiętej ręce. Wciąż czekał na odpowiedź i patrzył na mnie, poważniej, niż wymagała tego sytuacja. Właściwie to nie wiem, dlaczego się złościłam. On się martwił, a ja stroiłam fochy. Nie chciałam jednak o tym mówić, a tym bardziej myśleć.

Włożyłam sukienkę i wciągnęłam na tyłek stringi.

– Idziemy? – zapytałam, poprawiając włosy przy lustrze, które wisiało na ścianie.

– Nie – odpowiedział zdecydowanie, podnosząc się z łóżka. Przeszedł koło mnie i sięgnął po swoje spodnie.
– Porozmawiamy. – Obrócił się i popatrzył na mnie.
– Teraz! – Zaskoczył mnie jego ton, a tym bardziej stanowczość. Chyba przez chwilę zapomniałam, że mam do czynienia z bezwzględnym mordercą, a nie z pantoflarzem, którym mogę dyrygować.

– Nie zmusisz mnie do rozmowy. Poza tym piłam, a nie chcę rozmawiać z tobą pijana.

– Już nie jesteś pijana – stwierdził, zapinając rozporek.
– Wytrzeźwiałaś, a raczej wypociłaś alkohol. Naciągnął na plecy koszulę i usiadł na krześle. – No, słucham.

Stałam wbita w ziemię swoimi delikatnymi szpileczkami i nie mogłam uwierzyć własnym oczom. Oto mój czuły, delikatny kochanek zamienił się w dominującego i nieustępliwego mafiosa. Lekko zmrużyłam oczy, zastanawiając się, co powinnam zrobić. Niby miał podstawy, by oczekiwać wyjaśnień, no i przecież martwił się o mnie. Ale z drugiej strony zmuszał mnie do czegoś, na co nie miałam teraz ochoty.

– Marcelo...

– Nie mów tak do mnie – warknął. – Mówisz tak tylko wtedy, kiedy jesteś na mnie zła, a teraz nie masz do tego podstaw.

Westchnęłam, zacisnęłam zęby i ruszyłam w stronę drzwi. Kiedy jednak złapałam za klamkę, okazało się, że są zamknięte. Obróciłam się i zaplotłam ręce na piersiach, gapiąc się na plecy Kanaryjczyka, który nawet się nie obejrzał. Tupałam nogą, a dźwięk podeszwy uderzającej o podłogę rozchodził się po pomieszczeniu. Niestety, nawet ten monotonny stukot nie sprawił, że Nacho drgnął. Przeszłam kilka kroków i stanęłam naprzeciwko niego. Był poważny, zatroskany i skupiony, a zielone oczy patrzyły na mnie wyczekująco.

– Więc? – zapytał, unosząc brwi.

– Zgwałcił mnie! – wycedziłam przez zaciśnięte zęby. – Zadowolony jesteś?! – Mój krzyk rozniósł się po całym domu. – Zwyczajnie pierdolił mnie we wszystkie możliwe dziury, za karę. To chciałeś usłyszeć?! – Z moich oczu popłynął potok niekontrolowanych łez.

Kanaryjczyk wstał z miejsca i podszedł do mnie, rozkładając ramiona, ale uniosłam ręce na znak, żeby mnie nie dotykał. Telepałam się w histerii i ostatnie, na co miałam ochotę, to dotyk kogokolwiek innego niż moja mama.

Nacho stanął przede mną z dłońmi zwiniętymi w pięści i milczał, zaciskając szczęki. Ja krztusiłam się płaczem, a on złością. Kolorowa klata unosiła się i opadała w tempie, które byłoby w sam raz dla maratończyka po biegu. Staliśmy naprzeciwko siebie owładnięci emocjami, a ja się zastanawiałam, jak to możliwe, że jeszcze kilka minut wcześniej szczerzyliśmy się do siebie po cudownym seksie.

– Chodź. – Złapał mój nadgarstek i pociągnął w stronę drzwi. – W każdym pokoju jest blokada – wytłumaczył, wskazując mały przycisk na górze futryny. – Żeby wyjść, musisz go przycisnąć.

Wlókł mnie przez korytarz, a ja ledwo za nim nadążałam. Wyrwałam nadgarstek z uścisku i schyliłam się, by ściągnąć buty. Kiedy rozpięłam paski, a sandałki opadły na ziemię, wziął je w rękę i ponownie łapiąc moją dłoń, pociągnął w stronę schodów.

Mijaliśmy kolejnych ludzi, którzy próbowali nas zatrzymać na chwilę rozmowy, ale Nacho ignorował ich i nie zatrzymując się, parł naprzód. Zeszliśmy dwa piętra niżej i moja klaustrofobia dała o sobie znać – wąski korytarz pod posiadłością sprawił, że zakręciło mi się w głowie, a oddech ugrzązł w gardle. Zatrzymałam się, oparłam o ścianę i spuściłam oczy. Patrzyłam na ziemię, oczekując, że ten widok mnie uspokoi. Łysy popatrzył na mnie, a gdy zobaczył, że nie jest to kolejny z moich napadów furii, złapał mnie wpół, przerzucił przez plecy i ruszył dalej. Nagle przeszedł przez jakieś drzwi i postawił mnie na ziemi. Podniosłam wzrok i zamarłam. Strzelnica.

Nacho podszedł do jednego ze stanowisk i podał mi słuchawki. Później sięgnął do wiszącej na ścianie szafki, a ja kolejny raz zamarłam. Kilkumetrowy beton pokryty był bronią, przeróżną. Takiej ilości jeszcze nigdy nie widziałam. Karabiny, pistolety, a nawet coś, co przypominało miniarmaty – było tam wszystko.

– Ja też chcę – powiedziałam, wyciągając dłoń.

Przez chwilę patrzył na mnie, wyraźnie coś rozważając, a kiedy mój wyraz twarzy nie zmieniał się, podał mi pistolet z szafy.

– To Hammerli X Esse kaliber dwadzieścia dwa. Jest ładny, powinien ci się podobać. – Wyciągnął dłoń i zaprezentował mi broń z malinową rękojeścią. – Samopowtarzalny, szczerbinka jest regulowana w pionie i poziomie. – Przeładowywał metalowy przedmiot, pokazując mi, o czym mówi. – Magazynek mieści dziesięć naboi, jest załadowany. Proszę. – Podał mi pistolet, a ja pewnie chwyciłam go i odbezpieczyłam, po czym podeszłam do stanowiska.

Obróciłam się do niego, stanęłam w pozycji i odłożyłam słuchawki na blat. Będę kozakiem – pomyślałam. Twarz Nacho lekko się rozpromieniła na widok mnie i tego, co lubił najbardziej. Wyciągnął z szafki kolejną broń i stanął obok mnie.

– Kiedy tylko będziesz gotowa – powiedział i odsunął nasze tarcze na odpowiednią odległość.

Wzięłam głęboki wdech, później jeszcze jeden, a przed oczami zobaczyłam scenę, o której chwilę wcześniej mówiłam Kanaryjczykowi. Noc w Portugalii. Wracam do apartamentu po tym, jak to ja pierwszy raz pocałowałam Łysego, widzę pijanego Massimo, a on mnie... W klatce poczułam ból, później w oczach łzy, wreszcie ogarnęły mnie gniew i furia. Głęboki wdech i kolejne wystrzały przeszywały powietrze. Waliłam do kartki, która wisiała przede mną, jakby zmasakrowanie jej miało wymazać z pamięci to, co się stało.

– Magazynek. – Kiwnęłam do niego dłonią. – Daj mi naboje.

Twarz Nacho zdradzała zaskoczenie, ale podszedł do szafy, wykonując moją prośbę. Chwilę później postawił przede mną pudełko.

Trzęsącymi się rękami załadowałam naboje i kiedy skończyłam, kolejny raz wyżyłam się na tarczy. Odłożyłam broń, uzupełniłam magazynek i znowu zaczęłam strzelać.

– Dziewczynko – cichy szept i dotyk jego dłoni wydobył mnie z otchłani złości. – Wystarczy, kochanie. – Położył dłonie na moich i zabrał z nich to, co trzymały. – Widzę, że potrzebowałaś tego bardziej niż ja. Chodź, położę cię spać.

Zwiesiłam głowę i pozwoliłam, by wziął mnie na ręce i zaniósł do sypialni.

Leżałam w łóżku zwinięta w kłębek i czekałam, aż Nacho skończy brać prysznic. Od godziny nie odezwałam się do niego nawet słowem. Umył mnie, przebrał, położył do łóżka, a ja jak otępiała gapiłam się w ścianę. Prawie zupełnie tak jak wtedy, gdy uratował mi życie i wywiózł do domku na plaży.

– Lauro – powiedział, siadając na łóżku. – Wiem, że ten temat jest dla ciebie ciężki, ale chcę go zakończyć raz na zawsze. – Owinięte czarnym ręcznikiem kolorowe pośladki odwróciły się i zniknęły z mojego pola widzenia. – Chcę zabić Massimo. – Poważny ton Łysego sprawił, że zamarło mi serce. – Ale zrobię to tylko, jeśli mi pozwolisz. Zawsze wykonywałem egzekucje za pieniądze, nigdy z pobudek osobistych, ale tym razem chcę po prostu odebrać mu życie. – Położył ręce po obydwu stronach mojej głowy i pochylił się lekko. – Powiedz tylko „tak", a człowiek, który cię krzywdził, zniknie z tego świata.

– Nie – wyszeptałam i odwróciłam się od niego. – Jeśli ktoś miałby go zabić, to ja. – Wtuliłam twarz w poduszkę i zamknęłam oczy. – Miałam nieraz szansę i powód, by to zrobić, ale nie zamierzam być taka jak on. I nie chcę być z człowiekiem, który mi go przypomina – wyszeptałam.

Nastała cisza, a Kanaryjczyk trawił moje słowa. W końcu wstał i wyszedł, zamykając za sobą drzwi, a ja zasnęłam.

ROZDZIAŁ 15

Obudziłam się z bólem głowy, ale nie był to kac, raczej emocje, których wczorajszego wieczora miałam aż nadto. Spojrzałam dokoła i zdałam sobie sprawę, że najprawdopodobniej spałam dziś sama. No tak, zaczyna się – westchnęłam, sięgając po butelkę wody, która stała na nocnej szafce.

Rozejrzałam się po pomieszczeniu. Ostatniej nocy nie miałam na to czasu ani możliwości. Nowoczesne ciemne meble, prostokątne kształty, dużo luster i cała masa zdjęć. Szkło połączone z jasnym drewnem i metalem, skórą i kamieniami. Ogromne okno zrobione z jednej tafli szkła wychodziło na ocean i cudowny klifowy brzeg. Przed nim stały szare, prostokątne kanapy – jakby panorama miała zastąpić telewizor, którego nigdzie tu nie było.

Wstałam i podeszłam bliżej, żeby móc się nacieszyć zapierającym dech w piersiach widokiem. To, co zobaczyłam, rzeczywiście zaparło mi dech w piersiach. W ogrodzie, który był pode mną, Nacho tulił w ramionach dziecko. Bawił się z nim i je podrzucał. A ubrany był jedynie w dziurawe dżinsy. Leżał na leżaku, a Pablo jak małpka wspinał się po nim, ciągnąc za uszy, nos i wkładając ręce do buzi.

– Chryste – jęknęłam, opierając się o framugę okna.

Był przepiękny, idealny, a widok jego z maleństwem rozczulił mnie i sprawił, że zapragnęłam go jeszcze bardziej. Przez głowę przebiegły mi wydarzenia ostatniej nocy i uderzyłam czołem o zimną taflę. Boże, jaka ja jestem głupia, kiedy się napiję, pomyślałam. Dziś, na trzeźwo, wszystko wyglądało zupełnie inaczej. Zrobiło mi się wstyd. Robię afery, kiedy on chce mnie tylko chronić, i porównuję go do człowieka, którego nienawidzi najbardziej na świecie.

Prysznic wzięłam najszybciej na świecie i wciągnąwszy na siebie jedną z koszulek Nacho, pobiegłam na dół. Przeszłam przez drzwi do ogrodu i nałożyłam na nos okulary znalezione na stoliku w holu. Kanaryjczyk nie widział mnie, ponieważ siedział tyłem, ale gdy tylko przekroczyłam próg, obrócił głowę i spojrzał prosto na mnie. Spokojnie podeszłam do niego, opuszczając głowę na znak skruchy.

– Czuję cię – powiedział, wstał z leżaka i pocałował mnie w czoło. – Poznaj Pablo, dzieciaka, który przewrócił mój świat do góry nogami.

Mały jasnowłosy chłopczyk wyciągnął do mnie rączki, a ja odruchowo wzięłam go w ramiona. Wtulił się we mnie, wplatając paluszki w moje wciąż mokre włosy.

– Chryste – jęknął Nacho, kiedy całowałam małego łobuza. – Chcę mieć z tobą dzieci. – Uśmiech na jego twarzy był jaśniejszy niż blask czerwcowego słońca.

– Przestań. – Obróciłam się do niego tyłem i poszłam w stronę zastawionego jedzeniem stołu. – Rozwód mnie czeka, konfrontacja z przyjaciółką, mój facet chce zabić mojego męża, a ty mi tu o dzieciach – stwierdziłam rozbawiona i posadziłam Pablo na ustawionym obok stołu wysokim krzesełku. – I żebyśmy mieli jasność. – Uniosłam palec, kiedy stanął kilka centymetrów ode mnie.

– Powiedziałaś „mój facet" – przerwał mi, kiedy miałam zacząć wywód. Objął ramionami. – Czy to oznacza, że oficjalnie jesteśmy parą? – Ściągnął mi okulary, by zajrzeć mi w oczy.

– Oficjalnie jesteś kochankiem mężatki – stwierdziłam rozbawiona, unosząc brwi.

– Coś ty, on nigdy nie był twoim mężem. – Ugryzł delikatnie mój nos i wyszczerzył zęby. – Ja nim będę. – Nałożył okulary, które mi zabrał. – Przepraszam. – Oparł wargi o moje czoło i ciężko westchnął. – Nie powinienem był wczoraj naciskać na ciebie.

– Ostatni raz – zaczęłam poważnie, lekko odsuwając się od niego. Znów uniosłam palec. – Ostatni raz, Marcelo Nacho Matos, spałeś w innym łóżku niż to, w którym ja się znajduję. – Chwilową panikę znowu zastąpił szeroki uśmiech. – Albo rozwiodę się z tobą, nim jeszcze poprosisz mnie o rękę – dodałam żartobliwie, a on spoważniał.

– A więc zgadzasz się? – zapytał, stając znowu zbyt daleko.

– Chryste, na co? – Zdziwienie malujące się na mojej twarzy było niemal namacalne.

– Na to, by zostać moją żoną!

– Nacho, błagam. – Opuściłam bezradnie ręce. – Daj mi się rozwieść, poznać cię i zapytaj za jakiś czas. Jego twarz posmutniała i stała się poważna. – A teraz umieram z głodu. Gdzie Amelia?

– Nie chcesz być ze mną? – kontynuował.

– Posłuchaj, wytatuowany chłopaku, chcę cię poznać, za-kochać się w tobie i zobaczyć, jak będzie. Mogę? – Irytacja mieszała się we mnie z rozbawieniem.

– I tak wiem, że jesteś we mnie zakochana – stwierdził z szerokim uśmiechem i odsunął mi krzesło. – A w moich koszulkach wyglądasz najseksowniej na świecie, więc od tej pory będziesz chodziła tylko w nich. – Pocałował czubek mojej głowy, po czym wsunął ręce w moje rękawy i złapał za piersi.

– Obmacujecie się przy dziecku. – Głos Amelii prze-szył powietrze jak strzał z bicza. Nacho powoli wyjął dło-nie i oparł je o fotel, na którym siedziałam. – Biedny Pablo – stwierdziła żartobliwie, biorąc syna w ramiona. – I bied-na mama Pablo, bo jej nikt po cyckach nie obmacuje. – Rzuciła bratu prowokacyjne spojrzenie, a ten ostrzegaw-czo uniósł palec.

– Młoda, nie wkurzaj mnie! – warknął zupełnie poważ-nie i zajął miejsce obok mnie. – Zajmij się dzieckiem, zaku-pami czy czym tam się zajmujesz, ale nawet nie waż się spoj-rzeć w kierunku jakiegoś gacha, bo będę musiał go zabić.

Dziewczyna ostentacyjnie przewróciła oczami i chwyciła butelkę, żeby nakarmić małego.

– Marcelo, przecież ty byś muchy nie skrzywdził. – Pokazała mu język i ułożyła syna w ramionach. Chyba za bardzo się wczułeś w to gangsterowanie. Wybuchła śmie-chem. Kanaryjczyk złapał wdech, by coś powiedzieć, ale moja dłoń, która spoczęła na jego udzie, powstrzymała go od skomentowania słów siostry. Nałożył na talerz jajecznicę i zerkając ze złością na Amelię, zaczął jeść.

– Kontrolujesz ją za bardzo – stwierdziłam po polsku, popijając herbatę z mlekiem.

– Wcale jej nie kontroluję. Po prostu nie chcę, żeby kolejny raz zakochała się w jakimś debilu – odpowiedział, odkładając widelec. – Poza tym teraz powinna skupić się na dziecku, sobie i urządzaniu rezydencji, a nie na szukaniu wrażeń. Dużo przeszła ostatnio. Musi dojść do siebie. – Popatrzył na mnie poważnym wzrokiem i wytarł usta lnianą serwetką.

– Jesteś taki seksowny, kiedy stajesz się apodyktyczny – zagryzłam wargę i przysunęłam się do niego. – Chciałabym zrobić ci teraz laskę pod stołem. Moja dłoń na jego udzie zacisnęła się, a kutas w jego spodniach zatańczył na tyle spektakularnie, że dżinsy lekko się uniosły.

– Lauro, stajesz się wulgarna – upomniał mnie, usiłując opanować uśmiech. – Mamy dziś napięty grafik, więc nie myśl o głupotach, tylko jedz.

– Napięte to tu jest coś zupełnie innego. – Uśmiechałam się i pogładziłam go po stojącym już w pełni kutasie.

– Znowu to robicie i w dodatku rozmawiacie po polsku, żebym nic nie zrozumiała. – Amelia przewróciła oczami. – Zboki! A poza tym chciałam powiedzieć, że mam superkaca i moje libido szaleje, więc…

– Dość! – Pięść Nacho uderzyła w stół, a ja aż podskoczyłam. – Widziałem, jak ten gówniarz wczoraj przystawiał się do ciebie, i przysięgam ci, że gdyby nie fakt, że robię interesy z jego ojcem, leżałby już martwy za domem.

311

– Oj, czepiasz się. – Niewzruszona dalej spokojnie karmiła dziecko, podczas gdy jej brat wychodził z siebie. – Pocałowałam go raz czy dwa, kilka lat temu, a ty robisz aferę. – Chodź, Pablo, idziemy stąd, bo wujek za chwilę wyrzyga śniadanie ze złości.

Przechodząc obok, pochyliła się lekko, tak by Nacho mógł pocałować chłopczyka w głowę. Puściła mi oczko i zniknęła w domu.

– Nie lubię, kiedy jesteś taki – powiedziałam, obracając się w jego stronę, kiedy znowu zaczął jeść.

– Bzdura. – Sięgnął po chleb, nawet na mnie nie patrząc.

– Uwielbiasz, kiedy jestem taki. A teraz, skoro się jej pozbyłem, właź pod stół. – Szeroki uśmiech znowu zagościł na jego twarzy, ale kiedy odsunęłam krzesło i klęknęłam, lekko przygasł. – Chcesz to zrobić, kiedy jem? – zapytał zaskoczony, gdy rozpinałam rozporek w dżinsach.

– Pospieszę się, obiecuję – powiedziałam, pochłaniając go jednym ruchem.

No i pospieszyłam się, co nie zmieniało faktu, że człowiek z obsługi dwa razy o mało co nam nie przeszkodził. Mój fart polegał na tym, że Nacho, kiedy trzeba, potrafi siedzieć nieruchomo i w dodatku ma podzielną uwagę. Facet jeszcze nie zdążył przejść przez próg, a Łysy zdążył go jednym słowem odprawić. Z niemałym trudem dojadł jajecznicę, a kiedy skończył, kazałam mu przynajmniej wypić sok. Kilka razy się zakrztusił, ale szczęśliwie dobrnęliśmy do końca i po wszystkim grzecznie usadowiłam się na swoim miejscu, żeby dokończyć posiłek.

– Jesteś niemożliwa – westchnął z zamkniętymi oczami, odchylając głowę do tyłu.

– Co będziemy dziś robić? – zapytałam jak gdyby nigdy nic.

– Pieprzyć się – odpowiedział bez chwili zastanowienia.

– Słucham? – Zdziwiona obróciłam głowę.

– Jedziemy na Teide – roześmiał się i założył okulary, które leżały na blacie. – I tam będziemy się pieprzyć. – Uniósł brwi, szczerząc zęby. – Idę coś załatwić, a ty zadzwoń do Olgi i zapytaj, czy Domenico wypuści ją z wyspy.

Nacho oparł ręce o stół i odsunął krzesło, by wstać. W tym momencie pracownik, który wcześniej usiłował do nas podejść, znowu pojawił się w progu. Kiedy nie usłyszał żadnych słów protestu z naszej strony, podszedł bliżej. Trzymał przed sobą spory pakunek. Kanaryjczyk spojrzał na niego, a ten wypowiedział po hiszpańsku kilka słów, podając mu pudełko. Matos patrzył raz na mnie, raz na to, co miał w rękach, i kiedy mężczyzna zniknął, usiadł na fotelu.

– Ta paczka jest do ciebie – wyjaśnił poważnym tonem, a jego wzrok zdradzał ewidentny niepokój. – Nie wiem, skąd przyszła, ale wiem od kogo. – Wbił we mnie zielone oczy i zastygł, zastanawiając się nad czymś. – Dziewczynko, pozwól, że ja to otworzę. – Czekał na potwierdzenie z mojej strony, a ja pokręciłam głową.

– Nacho, przecież on nie chce mnie zabić. – Sięgnęłam po pakunek, postawiłam go przed sobą i zaczęłam rozdzierać papier. – On nie jest aż takim psychopatą, za jakiego go masz – stwierdziłam, rzucając na ziemię folię, w którą była owinięta paczka. Moim oczom ukazało się pudełko z logo Givenchy. Buty? – powiedziałam zdziwiona i zdjęłam wieczko.

Na widok tego, co było w środku, zjedzone dziesięć minut wcześniej śniadanie podeszło mi do gardła. Ledwo zdążyłam odejść od stołu, żeby zwymiotować na trawę. Padłam na kolana, a moim ciałem wstrząsały kolejne konwulsje. Nie mogłam oddychać, było mi słabo, a kolejne resztki niestrawionego jedzenia wylewały się ze mnie. Kanaryjczyk klęczał obok, trzymając mnie za włosy i czoło, a kiedy skończyłam, podał mi lnianą serwetkę do otarcia ust i szklankę wody.

– Nie jest psychopatą? – zapytał. Podniósł mnie z ziemi i posadził na krześle odsuniętym tyłem do stołu. – Kurwa, a mówiłem, że ja to otworzę – warknął, uderzając rękami o stół.

Trzęsłam się, nie mogąc uwierzyć w to, co zobaczyłam w pudełku. Mój piesek, kochana, mała, biała kuleczka. Jak człowiek może być taki okrutny, jak można tak potraktować bezbronne zwierzę?! Do oczu napłynęły mi łzy, a oddech ugrzązł w gardle.

Usłyszałam, jak Nacho rozrywa jakiś papier, i niepewna tego, co zobaczę, zerknęłam na niego. Trzymał w ręku kartkę i czytał.

– Ja pierdolę – wycedził przez zęby i ją zgniótł.

Wyciągnęłam rękę, aby dać mu sygnał, że też chcę to zobaczyć. Przez chwilę patrzył na mnie, wahając się, aż w końcu wsadził mi w dłoń pognieciony papier. Rozłożyłam go.

„To samo zrobiłaś ze mną…", przeczytałam. Ten krótki tekst i masakra, którą zobaczyłam w pudełku, sprawiły, że znowu poderwałam się z fotela i zwymiotowałam na trawę.

– Lauro. – Kolejny raz silne ręce podniosły mnie z ziemi. – Dzieciaku… Wezmę cię do sypialni i wezwę lekarza. – Wycieńczona nawet nie oponowałam, kiedy podniósł mnie i poszedł w stronę domu.

Włożył mnie pod kołdrę i wcisnął na pilocie guzik, który uruchomił zaciemnienie okien. W pokoju nastał mrok, a po chwili włączyły się niewielkie lampki koło łóżka.

– Nie chcę lekarza – jęknęłam, przekręcając się na bok i wycierając łzy z oczu. – Nic mi nie jest… chyba. – Wtuliłam głowę w poduszkę i patrzyłam na niego. Siedział obok, delikatnie gładząc mnie po włosach. – Co to miało być?! – zapytałam wściekła. – W waszym świecie chyba się głowę konia wysyła, a nie poćwiartowanego psa?

Kanaryjczyk prychnął kpiąco i pokręcił głową, a na jego twarzy wymalował się krzywy uśmiech.

– W moim świecie jest ocean, spokój i deska – westchnął. – Kochanie, powtórzę jeszcze raz to, co powiedziałem wczoraj. Mogę go…

– Nie! – Mój pewny ton sprawił, że Nacho zrezygnowany opuścił głowę. – Po prostu to zwierzę nie było niczemu winne, a ja nie mogę uwierzyć, że on potrafi być tak okrutny.

– Myślałem, że skoro cię zgwałcił, wiesz już, z kim masz do czynienia – powiedział i od razu pożałował słów, które wypłynęły z jego ust. – Chryste… przepraszam – jęknął.

315

Przez chwilę leżałam, ze zdziwieniem gapiąc się na niego, po czym wściekła zerwałam się z łóżka i bez słowa poszłam do garderoby. Ruszył za mną.

– Kochanie… – zaczął, a ja uniosłam rękę, uciszając go.

– Lauro, ja… – jąkał się, kiedy nakładałam szorty i koszulkę. – Boże, dziewczyno, zaczekaj. – Chwycił mnie za bark, który mu wyrwałam.

– Daj… mi… kurwa… spokój – wycedziłam przez zęby. – I nie dotykaj mnie, bo za chwilę stracę panowanie nad sobą – wrzeszczałam bez opamiętania. – Po jaką cholerę ja ci to powiedziałam?! – Uderzyłam się dłonią w czoło. Nie mogłam uwierzyć, że o tym wspomniał. – Teraz będziesz przypominał mi to na każdym kroku… Dzięki, Nacho. – Wcisnęłam stopy w trampki i chwyciłam torebkę. – Daj mi samochód – powiedziałam – wyciągając dłoń.

– Ale kochanie, nie znasz wyspy, jesteś zdenerwowana, nie powinnaś prowadzić.

– Dawaj, kurwa, te pierdolone kluczyki! – krzyknęłam mu prosto w twarz, trzęsąc się ze złości.

Kanaryjczyk wziął głęboki oddech i zacisnął zęby. Poszedł w stronę drzwi, a ja nałożyłam okulary i ruszyłam za nim.

Po chwili znaleźliśmy się w wiacie garażowej, gdzie ustawione w rzędzie stały przeróżne auta. Nacho wstukał kod na czymś, co przypominało szafę, i popatrzył na mnie.

– Duży czy mały? – zapytał, wskazując głową samochody.

– Wszystko mi jedno – warknęłam, tupiąc nogą ze zniecierpliwienia.

– Dobra, chodź, ustawię ci nawigację, żebyś później umiała do domu wrócić. – Wziął kluczyki i ruszył przez garaż, po czym wsiadł do gigantycznego czarnego cadillaca escalade. – Dom jeden to będzie apartament, dom dwa to posiadłość. Chcesz, żebym zapisał ci jeszcze jakieś miejsce? – Popatrzył na mnie obojętnym wzrokiem, a moja furia zamieniła się w rozpacz.

Nie miałam pojęcia, na co liczyłam. Może na to, że będzie apodyktyczny i nie pozwoli mi nigdzie jechać. A może że zwyczajnie mnie wydyma, bym zapomniała o ostatnich trzydziestu minutach. Skoro sama nie wiedziałam, czego chcę, jakim cudem on miał wiedzieć.

– Jak będziesz potrzebowała pomocy, dzwoń do Ivana. – Wysiadł i poszedł w stronę bramy, po czym zniknął.

– Ożeż kurwa mać! – wymamrotałam, wsiadając do ciężarówki. Odpaliłam silnik i prawie staranowałam kolejne pojazdy, wyjeżdżając. Chwilę później pędziłam przez podjazd.

Dziwnie się czułam, wiedząc, że nikt za mną nie jedzie, nie pilnuje mnie i nie chroni. Nie czułam się szczególnie zagrożona, jednak z tyłu głowy miałam obraz, który prześladował mnie od śniadania. Wjeżdżałam coraz wyżej, kierując się znakami z napisem „Teide". Chciałam być sama, a wulkan zdawał mi się najlepszym pomysłem.

Zajęło mi to kilkadziesiąt minut i w końcu dotarłam do miejsca nad chmurami. Zaparkowałam samochód i patrzyłam na ośnieżoną górę tkwiącą przede mną. Widok iście kosmiczny: kamienie, pustkowie, śnieg i krater na środku gorącej wyspy.

Oparłam się wygodnie, wyciągnęłam telefon i wybrałam numer Olgi.

– Czy ty, kurwa, wiesz, co zrobił Massimo? – zaczęłam, kiedy odebrała.

– Jesteś na głośniku, Domenico jest ze mną.

– I bardzo dobrze! Czy twój psychopatyczny brat może łaskawie odpuścić? – Nastała cisza, a ja zamknęłam oczy. Czułam, że napływają do nich łzy. – Przysłał mi poćwiartowanego psa w pudełku po ukochanych butach...

– Kurwa – warknął Domenico, a w tle usłyszałam wrzask Olgi. – Laura, ja nie mam nad nim kontroli. Nawet nie wiem, gdzie on jest, zostawił wszystkich ludzi i zniknął.

– Domenico, bardzo potrzebuję Olgi – westchnęłam, a po drugiej stronie znowu zapadła cisza. – To, co się dziś stało... Jezu, to, co się stało przez ostatnie dni... Ja muszę mieć ją obok siebie, bo zwariuję. – Z mojego gardła wydobył się niekontrolowany szloch.

– Wiesz, w jakiej sytuacji mnie stawiasz? – zapytał łagodnym tonem, a ja niemal widziałam wyraz jego twarzy. – Jak Massimo się dowie, że na to pozwoliłem, szlag go trafi.

– I chuj mnie to obchodzi! – wrzasnęła Olo. – Domenico, moja przyjaciółka mnie potrzebuje, więc i tak tam polecę. Doceń to, że pytam cię o zdanie, a twojego brata mam centralnie w dupie. – Niemal widziałam, jak macha w tym momencie rękami przed twarzą swojego faceta.

– Jezu, no i czy ja mam coś do powiedzenia? – westchnął Sycylijczyk. – Jutro wsadzę ją w samolot, więc uprzedź tego swojego... – zawiesił się i odchrząknął. – Marcelo, że nasz samolot będzie lądował na Teneryfie. Tylko Laura, pamiętaj – ona już ma narzeczonego i nie potrzebuje kolejnej przygody.

Śmiech Olgi rozbrzmiał w słuchawce i usłyszałam, jak całuje go i coś mamrocze.

– Dobra, suko, idę dymać mojego przyszłego męża, bo widzę, że potrzebuje przelecieć mnie tak, by głupoty nie przychodziły mi do głowy. – Oboje krzyknęli „pa" i się rozłączyli, a ja zostałam sama.

Po rozmowie z przyjaciółką przeszła mi złość. Poczułam smutek na myśl o tym, że pierwszy raz pokłóciłam się z Nacho. A właściwie to zajebałam focha roku, bo kłótnią bym tego nie nazwała. Wybrałam jego numer i przyłożyłam telefon do ucha. Kolejne sygnały brzęczały mi w uszach, ale niestety nikt nie odbierał. Czyżby aż tak się obraził, pomyślałam, odkładając aparat na siedzenie. Włączyłam silnik, nastawiłam nawigację na kierunek „dom dwa" i ruszyłam.

Zaparkowałam przed posiadłością i weszłam do środka w poszukiwaniu Kanaryjczyka. No niestety, nie byłam mistrzynią przemieszczania się po niej, więc już po chwili poczułam się zupełnie zagubiona. W poszukiwaniu pomocy zadzwoniłam do Amelii. Po krótkiej rozmowie okazało się, że jest gdzieś niedaleko, i kiedy opisałam jej, gdzie jestem, nie minęło pięć minut i byłam uratowana.

– Wiesz może, gdzie jest twój brat? – zapytałam, kiedy prowadziła mnie przez korytarz.

– Pokłóciliście się – westchnęła, przewracając oczami.

– Tak sądziłam, kiedy widziałam, jak rzucał się po domu,

a ciebie nigdzie nie było. Myślę, że jest w domku na plaży.

– To stwierdzenie niemal odebrało mi władzę w nogach.

Cudowne już teraz wspomnienia przeleciały mi przez głowę. Chwile, które spędziliśmy na pustkowiu, sprawiły, że byłam teraz właśnie tu, na Teneryfie.

– Amelio, czy możesz nastawić mi w nawigacji adres? – zapytałam, nerwowo zagryzając wargę.

– No jasne, chodź.

Dziesięć minut później kolejny raz wyjeżdżałam z rezydencji Matosów, lecz tym razem kierowałam się w dół. Urządzenie, które mnie prowadziło, pokazywało, że będę na miejscu za ponad godzinę, miałam więc czas na przemyślenia i zaplanowanie tego, co zrobię i powiem, gdy zobaczę Nacho. Szkoda tylko, że absolutnie nic nie przychodziło mi do głowy. Nie za bardzo wiedziałam, czy mam go przepraszać – bo w sumie za co? Tak naprawdę miałam powody do tego, by się wściekać, ale moja reakcja na to nie była najmądrzejsza. Po raz kolejny zrobiłam w trudnej sytuacji to, w czym byłam najlepsza, czyli uciekłam. Jadąc autobusem, który prowadziłam, obiecałam sobie, że już nigdy tego nie zrobię. I nie chodziło tylko o Nacho, ale o całe moje życie. Postanowiłam, że dość już ucieczek, czas stawiać czoła wszystkim swoim furiom i demonom.

Kiedy po dość długiej podróży wjechałam na piasek, moje serce puściło się galopem. Ostatni raz, kiedy tu byłam, najpierw czułam bezgraniczne przerażenie, a później rozdzierał mnie smutek, że opuszczam raj. To tu bezczelny porywacz pocałował mnie pierwszy raz i to właśnie tu zakochałam się w swoim oprawcy. Wszystko było dokładnie tak, jak zapamiętałam: drewniany domek, a na werandzie grill, na którym zrobił nam kolację. Plaża i falujący ocean. Kiedy zobaczyłam oparty o palmę motocykl, nabrałam pewności, że mój mężczyzna musi być gdzieś w pobliżu. Weszłam po schodach i zanim chwyciłam za klamkę, wzięłam kilka głębokich wdechów. Po prostu tam wejdź i tyle, bez przepraszam, bez oczekiwania przeprosin, po prostu wejdź i zobacz, co się stanie. Wypuściłam zawartość powietrza z płuc i przeszłam przez próg.

Chodziłam po kolejnych pomieszczeniach i z rozczarowaniem odkryłam, że nigdzie go nie ma. Na stole leżał telefon i napoczęta butelka piwa, z której upiłam łyk – wzdrygnęłam się, było ciepłe. A skoro tak, mogłam sądzić, że browar stoi tu już jakiś czas. Westchnęłam i wyszłam na zewnątrz. Usiadłam na schodach i zaczęłam się zastanawiać, co zrobię, kiedy wróci. I wtedy mnie olśniło: skoro jestem na pustkowiu i zamierzam godzić się z facetem, warto byłoby go nieco zaskoczyć.

Wróciłam do środka i po szybkim prysznicu, owinięta jedynie w koc, znowu usiadłam na schodach. Oparłam skroń o barierkę i patrzyłam na ocean. Fale były spore, a mnie do głowy przychodziły bezsensowne myśli o tym, że może coś mu się stało. No tak, pewnie, po tylu latach na desce akurat dziś postanowił się utopić, żeby zrobić mi na złość. Potrząsnęłam czaszką, odganiając pojawiające się w niej głupoty, i czekałam. Mijały minuty, godziny, aż w końcu moje oczy się zamknęły.

Poczułam, jak wilgotne dłonie rozchylają koc, którym byłam okryta. Odrobinę przerażona, wciąż będąc w lekkim półśnie, usiłowałam zerwać się na nogi. Ale ręce, które czułam na sobie, przytrzymały mnie i położyły na drewnianej podłodze. Spod półprzymkniętych powiek widziałam, że na dworze jest już ciemno. Odetchnęłam, gdy poczułam znajomy zapach gumy do żucia – upewnił mnie w przekonaniu, że mężczyzna delikatnie gładzący mnie wargami to Nacho.

– Czekałam – wyszeptałam, kiedy błądził językiem po mojej szyi.

– Podoba mi się takie czekanie – odpowiedział i powoli wsunął język w moje usta.

Jęknęłam, chwytając go za pośladki, i z radością odkryłam, że był zupełnie nagi. Rozłożona na kocu przyciągnęłam go do siebie tak, by wreszcie poczuć całe jego ciało. Był mokry i słony, a wszystkie mięśnie miał twarde i napięte, co wskazywało na to, że musiał długo surfować.

– Dziecinko, przepraszam – wyszeptał, odrywając się ode mnie. – Czasem jestem głupi, ale nauczę się.

– Nie ucieknę ci więcej. – Otworzyłam oczy i popatrzyłam na wiszącą nade mną ledwo widoczną postać. – Czasami muszę pomyśleć i lepiej mi to wychodzi w samotności. – Wzruszyłam przepraszająco ramionami.

– Coś ty?! – Jego uśmiech zalśnił w ciemnościach. – A więc łączy nas więcej, niż sądziłem. – Kolejny raz mocno mnie pocałował. – Obetrę ci plecy – stwierdził rozbawionym głosem. – Jeśli będę kochał się z tobą na tej podłodze.

– Mam nadzieję, że nie tylko to mi obetrzesz.
– Pociągnęłam go do siebie, zmuszając do pocałunku.

– Mogę też kolana. – Obrócił mnie na brzuch i uniósł tak, że wypięłam się przed nim. – Albo... – przeciągnął ostatnią literę, gładząc moją pupę. – Postawię cię i w ten sposób ocalę delikatne ciałko. – Poderwał mnie do góry, a ja zaskoczona aż pisnęłam. Postawił mnie obok drewnianej kolumny wspierającej dach i rozchylił mi nogami uda.

– Maleńka jesteś. – Słyszałam, jak się uśmiecha, kiedy całuje mnie w kark. – Ale zaraz sobie z tym poradzę, zaczekaj tu. – Klepnął mnie w tyłek i po chwili wrócił, po czym podniósł mnie z ziemi i opuścił na drewniany podest.

– Skrzynka po piwie? – Uśmiechnęłam się, patrząc w dół.
– Jak twórczo.

– Po twoim winie. – Kolejny raz zaczął mnie całować w kark. – Kazałem zapełnić piwniczkę. – Ręce Kanaryjczyka chwyciły moje piersi. – Lodówkę... – Na pośladku poczułam twardego jak pręt kutasa. – Łazienkę...

– Po co nam wino w łazience? – wydyszałam, gdy jego palce zsunęły się na łechtaczkę.

– Łazienkę zaopatrzyłem w kosmetyki, szafę w ubrania, a dom w szybkie łącze internetowe, żebyśmy nie musieli się stąd ruszać. – Zacisnął zęby na moim barku, a ja syknęłam. – Kupiłem ci też prezent, ale dostaniesz go, jeśli będziesz grzeczna i ładnie wypniesz pupkę. – Przycisnął moje lędźwie tak, bym pochyliła się nieco. – Złap się mocno, kochanie, o tu. – Dłonie Nacho chwyciły moje, wskazując miejsce, w którym miały się znaleźć.

Przycisnął mi palce i zaplótł je na słupie. Potem przeciągnął kolorową rękę od mojej dłoni, przez bark i plecy, aż złapał za biodro.

– Masz taką śliczną dupkę – wyszeptał, rozchylając mi lekko pośladki. – Za każdym razem, kiedy wchodzę w ciebie, mam ochotę dojść w tej samej sekundzie – skończył zdanie, a jego penis powoli wsunął się we mnie.

Kanaryjczyk jęknął i zacisnął dłonie na mnie, a w tym momencie moje ręce mocno ścisnęły drewno. Powolny ruch jego bioder i to, jak głęboko wchodził, sprawiały, że ledwo trzymałam się na nogach. Nacho przyspieszył, a ja wierciłam się i krzyczałam przy każdym jego pchnięciu. Mocne dłonie trzymały mnie, z każdą chwilą zaciskając się coraz bardziej. Po chwili kochania się zaczął ruszać się w takim tempie, że cała sytuacja zamieniła się w pieprzenie, i to bardzo energiczne. Namiętne dźwięki wydobywające się z naszych gardeł zagłuszały szum fal uderzających o plażę, a biodra odbijające się od moich pośladków rytmicznie przecinały gęste, gorące powietrze. Dominował, Boże, i robił to z takim namaszczeniem, czułością i miłością, że nie byłam w stanie dłużej walczyć z orgazmem.

– Muszę cię widzieć – wydyszał, kiedy już tylko sekundy dzieliły mnie od tego, na co czekałam.

Chwycił mnie wpół i wniósł do oświetlonego bladym światłem pomieszczenia. Ułożył na kanapie, obok kominka, i ukląkł przede mną, ściągając mnie lekko w dół, tak by mógł ponownie we mnie wejść. Prawą dłonią chwycił mnie za kark, a lewą za biodra i nie spuszczając ze mnie oczu, kolejny raz zaczął pieprzyć.

– Chryste – jęknęłam, wcisnęłam głowę między poduszki. – Mocniej! – Uniosłam biodra, wbijając się w niego, a orgazm przyszedł jak na zawołanie.

Krzyczałam tak głośno, że nie słyszałam nic innego prócz własnego głosu.

Nacho przysunął się bliżej i wsuwał język w moje otwarte usta, tamując dźwięk. Chwilę później i on zaczął szczytować, a nasze wargi złączyły się ze sobą w namiętnym uścisku. Nie wiem, jak długo całował się ze mną, ale niemal zupełnie straciłam oddech.

Kiedy się w końcu odsunął, nadal tkwił we mnie, a ja, półprzytomna, usiłowałam otworzyć oczy.

– Śpij, dziewczynko – wyszeptał i delikatnie uniósł mnie, po czym skierował się do sypialni.

– Lubię się z tobą godzić – stwierdziłam wczepiona w niego jak małpka. – Ale już nie chcę się kłócić, więc wymyślmy inny powód do godzenia.

Mimo że go nie widziałam, dobrze wiedziałam, iż się uśmiecha, a jego zielone oczy wpatrują się we mnie.

– Kocham cię. – Przykrył mnie kołdrą i przywarł do mnie.

– Wiem. – Chwyciłam jego dłoń. – Czuję... – Pocałowałam palce, które trzymałam, i zasnęłam.

ROZDZIAŁ 16

Przeskakiwałam z nogi na nogę, czekając przy samochodzie obok terminalu VIP. Na dworze było gorąco, a ja ubrana w maleńkie szorty, japonki i mikroskopijny top płonęłam smalona czerwcowym słońcem. Kolorowe ramiona objęły mnie od tyłu i przycisnęły do siebie. Westchnęłam i oparłam głowę o bark Nacho. Po tym, jak ubiegłej nocy nie dał mi spać, a o poranku zapakował do oceanu i kazał surfować, byłam wykończona. Wargi Kanaryjczyka, przesuwając się po policzku, odnalazły moje i miętowy język wcisnął mi się do ust. Z przechyloną na bok głową jak nastolatka lizałam się ze stojącym za mną łysym mężczyzną.

– Wezwałaś mnie tu, żebym patrzyła, jak walisz w ślinę?
– stwierdziła z rozbawieniem Olo.

Obróciłam głowę, odrywając się od przystojniaka, i popatrzyłam w stronę, z której dobiegał głos. Moja przyjaciółka wyglądała tak, że aż odebrało mi mowę. Ubrana w szerokie lniane spodnie, maleńką górę do kompletu i szpilki z niewielkim czubkiem była niezwykle szykowna. Miała włosy upięte w wysoki, elegancki kok i małą torebkę Chanel w ręce. Wciąż stałam oparta o klatkę Nacho, a jego kolorowe ramiona zaciskały się wokół mnie.

– Wezwałam cię, bo trzeba pogadać. – Zrobiłam krok naprzód i ją przytuliłam. – Dobrze, że jesteś – wyszeptałam, kiedy poczułam, jak całuje mnie w policzek.

– No już się przyzwyczaiłam, że ciągasz mnie po całym świecie. – Puściła mnie i wyciągnęła dłoń do Kanaryjczyka. – Cześć, Marcelo. Czy Nacho? Jak mam się do ciebie zwracać?

– Jak wolisz. – Przyciągnął ją i nonszalancko cmoknął w policzek. – Cieszę się, że widzę cię na mojej wyspie. Dziękuję, że przyleciałaś.

– No wiesz, tak jakby nie miałam wyjścia. – Wskazała na mnie głową. – Ona jest mistrzynią szantażu emocjonalnego. Poza tym już niebawem mój ślub i musimy coś ustalić.

Kanaryjczyk ciężko westchnął i otworzył drzwi do auta, zapraszając nas do środka.

Popołudnie spędziliśmy we trójkę. Chciałam, żeby Olga poznała Nacho, a dzięki temu zrozumiała też moją decyzję. Piłyśmy na plaży wino, patrząc, jak Łysy surfuje, zjedliśmy lunch w uroczej knajpce na odludziu i w końcu pojechaliśmy do rezydencji.

Nacho wskazał Oldze jej pokój, pocałował mnie w czoło i powiedział, że nadszedł czas, żeby on popracował, a ja pogadała z przyjaciółką. Uwielbiałam w nim to, że dawał mi przestrzeń, szanując moje potrzeby i chęć posiadania własnego życia.

Z rozbawieniem przyjęłam informację, że kazał przygotować dla nas piżama party. Tę noc miałyśmy spędzić tylko we dwie. Pokój został przystrojony balonami z logo najlepszych modowych marek na świecie, a na łóżkach leżały urocze dresiki Chanel – zapewne nie wybrał ich sam, bo były zbyt szykowne jak na gust Łysego. W ogromnych misach chłodził się różowy szampan, a niskie ławy uginały od przekąsek. Kolorowe muffinki, wata cukrowa, owoce morza, tartinki – wyglądało to trochę jak przyjęcie urodzinowe księżniczki. Wstawił nam tu nawet szafę grającą i zestaw do karaoke. Jakby tego było mało, okazało się, że na tarasie przylegającym do sypialni jest jacuzzi, a przy nim dwa stoły do masażu i przycisk wzywający obsługę, która miała go nam zrobić.

Olo stała, drapiąc się po głowie, i z niedowierzaniem patrzyła na wszystko dookoła.

– Kiedy dziś surfował, a to jego boskie, kolorowe ciało się napinało, myślałam, że chodzi o seks – zaczęła po chwili. – Później, kiedy rozbawił mnie do łez opowieścią o przygodach na Karaibach, byłam przekonana, że chodzi o to, że jest dzieciakiem uwięzionym w ciele mężczyzny. – Rozejrzała się, wskazując wszystko, co nas otaczało. – Ale teraz to już zupełnie zgłupiałam i jestem gotowa sądzić, że jest ideałem. – Popatrzyła na mnie, kiedy stałam oparta o ścianę. – Pamiętaj, Lari, z nim musi być coś nie tak. – Pokiwała głową z przekonaniem.

– Nooo – przeciągnęłam sylabę. – Na przykład to, że jest głową mafijnej rodziny. I zabójcą na zlecenie. – Podniosłam palec wskazujący. – Albo to, że na pośladkach też ma tatuaże. – Zaśmiałam się, gdy jej oczy zaczęły wychodzić z orbit.

– Pierdolisz! – jęknęła. – No i po co mi to powiedziałaś?

– Wiesz, do tej pory nie wiem nic na temat jego ciemnej strony. Obchodzi się ze mną jak z jajkiem, które ma bardzo cienką skorupkę, a jednocześnie daje swobodę. Nie mam ochrony, a przynajmniej nic o niej nie wiem, mogę jeździć motocyklem, surfować. Gdybym chciała skakać ze spadochronem, pewnie też nie miałby nic przeciwko temu. On mi niczego nie zakazuje, do niczego mnie nie zmusza, a wybuchowy bywa tylko w stosunku do młodszej siostry. – Wzruszyłam ramionami. – Ale ona totalnie to olewa, więc nie jest to groźne.

– Ale Massimo też kiedyś był taki. – Zerknęła na mnie badawczo.

Westchnęłam i podałam jej różowy dres.

– Nie do końca… Czarny był cudowny, ale apodyktyczny i władczy. Poza tym ja nie mówię, że było mi z nim źle. Do sylwestra było niemal doskonale. Ale jakkolwiek by na to patrzeć, do większości rzeczy byłam przez niego zmuszana. Popatrz, ślub, dziecko, każdy wyjazd… Cokolwiek robiliśmy – ja nie miałam nic do powiedzenia. – Usiadłam w fotelu i wzięłam do ręki kieliszek. – Teraz jestem wolna, a facet, który jest przy mnie, sprawia, że czuję się, jakbym miała szesnaście lat.

– To zupełnie jak ja przy Domenico. – Przebrana siadła naprzeciwko. – On bardzo to wszystko przeżywa: twoje odejście, zniknięcie brata. Wszystkim zajmuje się teraz on i Mario. Dom jest jak nawiedzony. – Pokręciła głową. – Myślę o tym, by wyprowadzić się stamtąd, a Domenico nie ma nic przeciwko, więc… – urwała, wzruszając ramionami, i upiła łyk.

– A co w firmie? – zapytałam zrezygnowana.

– Bardzo dobrze. Emi wszystkim się zajmuje, kolekcja jest szyta według twoich wytycznych. W sumie bez zmian, ale trzeba przemyśleć co dalej.

Pokiwałam bezmyślnie głową.

– Ty mi lepiej powiedz co ze ślubem? – rzuciła nagle Olo, a mnie na myśl o tym, że mam pojechać na Sycylię, zawartość żołądka podeszła do gardła. – No bo wiesz, jesteś druhną, razem z Massimo…

– Oj, no wiem. – Oparłam się czołem o blat stolika, obok którego siedziałam.

– Nie zrobisz mi tego, Laura! – warknęła, podnosząc mnie za włosy. – Niech ten twój Kanaryjczyk coś wymyśli, mnie to nie obchodzi, masz tam być. – Zaplotła ręce na piersiach. – Poza tym wcale nie wiem, czy Massimo wróci do tego czasu. Domenico mówi, że baluje w meksykańskich burdelach, więc może wykończą go choroby weneryczne. – Uniosła brwi z rozbawieniem.

Kiedy to powiedziała, poczułam dziwne ukłucie w mostku. Wcześniej nie myślałam o tym, co Massimo robi z innymi kobietami. I może była to z mojej strony hipokryzja, ale nie mogłam nic poradzić na ukłucie zazdrości, które poczułam w głębi siebie.

– Napijmy się – zaproponowałam, podnosząc kieliszek.

– Nie, kochana – powiedziała, nachylając się nieco. – Najebmy się!

Po dwóch godzinach i czterech butelkach byłyśmy takie pijane, że nie byłyśmy w stanie wstać, by zmienić piosenkę, która zacięła się w grającej szafie. Leżałyśmy na miękkim dywanie, tarzając się ze śmiechu, i wspominałyśmy wspólne lata. Rozmowa była raczej mało konstruktywna, gdyż żadna z nas nie słuchała, za to obie miałyśmy wiele do powiedzenia. W pewnej chwili Olo, próbując się podnieść, złapała za stolik, który runął na ziemię, a zaraz za nim lampa i wszystko, co stało na blacie. Huk i trzask tłukącego się szkła nieco nas otrzeźwił, ale nie na tyle, byśmy próbowały stanąć na własnych nogach. Wciąż więc leżałyśmy jak kłody.

Jednak kilkanaście sekund później do pokoju jak huragan wbiegł Nacho. Miał na sobie jedynie luźne dresowe spodnie. W obydwu dłoniach trzymał pistolety. Zamarłyśmy na ten widok, a on, kiedy zobaczył, w jakim jesteśmy stanie, tylko uśmiechnął się szeroko.

– Widzę, że rozrabiacie, dziewczyny.

Usiłowałyśmy wyglądać względnie godnie, ale otoczone butelkami i resztkami jedzenia raczej nie byłyśmy damami. Patrzyłyśmy na niego, chichocząc, a on zaczął nawijać sobie na palec watę cukrową.

– Pomóc wam wstać? – zapytał rozbawiony, a my pokiwałyśmy głowami.

Najpierw podszedł do Olgi i bez trudu uniósł ją na rękach, a potem położył do łóżka. Później wrócił po mnie. Przycisnął mocno do siebie i wciąż trzymając mnie w ramionach, usiadł na drugim łóżku.

– No i co, pijaczki? – Pocałował mnie w czoło, zerkając raz na mnie, raz na Olo. – Jutro będziecie umierać, wiecie o tym?

– Chyba zaraz się zrzygam – wycedziła przez zęby moja przyjaciółka i złapała się za głowę.

– Zanieść cię do łazienki czy chcesz wiadro?

Łysy z szerokim uśmiechem włożył mnie pod kołdrę.

– Wiadro – wybełkotała, przekręcając się na bok.

Nacho przyniósł wszystko, co mogło przydać się Olo: wiadro, wodę, ręcznik. A gdy zobaczył, że zasnęła, usiadł obok mnie, odgarniając mi włosy z twarzy.

– A ty dobrze się czujesz? – zapytał z troską. Pokiwałam twierdząco, ponieważ bałam się, że jeśli się odezwę, również zacznę wymiotować.

– Następnym razem dostaniecie soki owocowe i warzywa. – Pocałował mnie w nos. – Bo widzę, że lubicie we dwie zaliczać beton.

Nie wiem, jak długo siedział, patrząc na mnie, ale kiedy zasypiałam, czułam jego dłonie głaszczące mnie po włosach.

– Chyba chcę umrzeć. – Obudził mnie zachrypnięty głos Olo. W tym samym momencie poczułam, jak wali mnie w głowę wielki młot.

– Kurwa mać – jęknęłam, sięgając po butelkę wody. – Co za pojebany pomysł, żeby się tak załatwić.

– O, wiadro. – Zauważyła Olga, a ja jak przez mgłę przypomniałam sobie, jak się tu znalazło. – O, narzygałam do niego. – Jej niezwykle bystra uwaga mnie rozbawiła, a kiedy zaczęłam się śmiać, wielki młot kolejny raz walnął mnie w czaszkę.

– Nacho ci przyniósł – przypomniałam, usiłując się nie poruszać. – Pamiętasz?

Jęknęła i zaprzeczyła ruchem głowy.

– Chyba coś zdemolowałyśmy – wycedziła po chwili.

Popatrzyłam na zgliszcza stolika, lampki i kawałka bufetu. – Z całą pewnością coś zdemolowałyśmy i on tu wpadł z bronią, żeby nas ratować. I uratował, tyle tylko, że podnosząc z ziemi i kładąc do łóżek.

– Kochany człowiek – wysapała, po czym przyłożyła do ust butelkę z wodą. – Ej, na stoliku obok mnie stoi elektroniczna niańka. – Jednym okiem popatrzyłam w jej stronę i ze zdziwieniem stwierdziłam, że Olga ma rację. – Twój facet nas podsłuchuje – zagrzmiała oskarżycielsko, zalewając wszystko dokoła wodą.

– Wiesz co? Sądzę, że gdyby chciał nas podsłuchiwać, to nie miałybyśmy o tym pojęcia.

Niemal godzinę zajęło nam wyczołganie się z łóżek. Usiłowałyśmy nawet wziąć prysznic, ale na zamiarze się skończyło. Założyłyśmy okulary przeciwsłoneczne i ubrane wciąż w urocze różowe dresiki zeszłyśmy do ogrodu. Kolejny raz widok Nacho trzymającego w ramionach Pablo rozłożył mnie na obie łopatki. Stał w krótkich spodenkach, jedną ręką tuląc śpiącego malucha do nagiej klatki, a w drugiej trzymając telefon. Obie westchnęłyśmy, a on obrócił się i uśmiechnął.

– Laura, chyba się zakochałam – jęknęła cicho Olo, trochę się śliniąc.

– No wiem – westchnęłam. – On z tym dzieckiem to jest jakaś poważniejsza sprawa.

Chwiejąc się na nogach, jak przystało na dwie półpijane laski, ruszyłyśmy w stronę stołu. Łysy skończył rozmawiać i delikatnie ułożył małego na leżance stojącej kilka metrów dalej, w cieniu.

– Nareszcie zasnął – powiedział i pocałował mnie w głowę, po czym wskazał nam miejsca przy stole.

Na dwóch talerzach leżały jakieś pigułki, a szklanki wypełniała zielona maź.

– Moje panie, proponuję wam to wypić do dna. – Odsunął dwa krzesła. – No chyba że wolicie kroplówki? – roześmiał się i kiedy usiadłam, kolejny pocałunek wylądował na czubku mojej głowy. – To elektrolity i glukoza zmieszane z jakimś paskudztwem. – Wyszczerzył zęby. – Ale lekarz powiedział, że dzięki temu będziecie żyć.

– Co to? – zapytała Olga, stawiając obok szklanki elektroniczną niańkę.

Nacho przeszedł na drugą stronę stołu i usiadł naprzeciwko nas.

– To niania Pablo. – Nacho usiłował zachować powagę, ale nie dawał rady. – Olu, zwaliłaś się z łóżka trzy razy. – Wlał sobie soku do szklanki i upił łyk. – A ja za każdym razem, gdy słyszałem huk w waszym pokoju, byłem przekonany, że dzieje się coś złego i wpadałem tam jak, jak... Rambo. – Wybuchnął śmiechem. – Postanowiłem więc ułatwić sobie zadanie i nasłuchiwałem, czy grzecznie śpicie.

334

– Kurwa, ale wstyd – jęknęła Olga, usiłując łyknąć garść tabletek.

– Przesadzasz, wstyd to był w Lagos, kiedy pijane próbowałyście wyjść z restauracji. – Odchylił się na krześle i zaplótł ręce za głową. – Było mi was szkoda, ale nie mogłem pomóc, bo wiesz... byłem tam tylko snem. – Puścił do mnie oczko, a ja obdarzyłam go pijackim uśmiechem.

– Boże, to też widziałeś? – Moja przyjaciółka miała ciemne szkła, ale i tak wiedziałam, że przewróciła oczami. – Ależ ty musisz mieć o nas świetne zdanie.

– To, jaka jest twoja przyjaciółka, wiele mi mówi o was obu – powiedział do Olo, nie odrywając ode mnie spojrzenia. – Poza tym nie macie siedemdziesięciu lat i lubicie się bawić, nic w tym złego. – Upił kolejny łyk. – A widok rzygającej laski w różowym dresie jest nawet dość zabawny.

Olga wzięła ze stołu mininaleśnik i cisnęła nim w łysą głowę.

– Lubię go – stwierdziła po polsku, odwracając się do mnie. – Naprawdę go lubię. – Uśmiechnęła się.

– Dzięki – odpowiedział Nacho w moim ojczystym języku, a Olo walnęła się w głowę otwartą dłonią, zaskoczona, że Nacho rozumie każde nasze słowo.

– Też cię lubię – ciągnął. – Ale teraz do dna, moje panie, zielona breja czeka na was. – Roześmiał się i wskazał palcem w kierunku domu. – W razie czego wiadro jest tam.

Olga została u mnie na kilka dni. Poznała Amelię i tak jak ja niemal od razu pokochała blondwłosą dziewczynę. Kryłyśmy ją przed bratem, kiedy piła z nami wino, a gdy pewnego razu zorientował się, co jest grane, odwróciłam jego uwagę szybkim lodzikiem na strzelnicy. Niby była dorosła i właściwie mogła wszystko, ale Nacho traktował siostrę jak dziecko i zakazywał jej większości fajnych rzeczy.

Ja uczyłam się surfingu, a Olo narzekała, że pianka ją ciśnie, deska jest za duża, za ciężka i ręce ją bolą. Więc spróbowała tylko raz. Za to kiedy ja byłam w wodzie, dotrzymywała towarzystwa Amelii i Pablo. Miałam tu wszystko, czego potrzebowałam: ukochaną przyjaciółkę, słońce i faceta, który z każdym dniem zajmował coraz więcej miejsca w moim sercu. Oczywiście nie zamierzałam mu tego mówić. Bałam się, że kiedy będzie pewny, że już mnie posiada, przestanie tak bardzo się o mnie starać. I wszystko się zmieni.

Ostatniego wieczora jedliśmy kolację w jednej z nadbrzeżnych restauracji. Amelia została z Pablo, ale ja wiedziałam, że Nacho ją odprawił, bo chciał pogadać. Kiedy kończyliśmy deser, ciężko westchnął.

– Dobra, pogadajmy o tym, co się wydarzy za tydzień – stwierdził poważnie i odłożył serwetkę na stół. – Nie będę ukrywał, że wolałbym, aby Laura nie jechała na Sycylię. Ale nie mogę jej tego zakazać. – Położyłam dłoń na jego udzie i popatrzyłam na niego z wdzięcznością. – Chciałbym kwestie jej ochrony omówić z Domenico. Nie wyobrażam sobie, żeby poleciała tam bez moich ludzi. – Kolejny raz głęboko wciągnął powietrze. – Co najmniej osiem osób i zero alkoholu. – Popatrzył na mnie ostrzegawczo. – Ja rozumiem, że to jest twoje wesele, Olga, ale chcę zachować najwyższy stopień bezpieczeństwa. Zrobicie sobie potem imprezę tutaj albo gdziekolwiek na świecie, ale nie tam. – Jego ton był łagodny, ale zdecydowany.

– A dlaczego nie możesz lecieć z nią i ochraniać jej na miejscu, jako jeden z moich gości? – zapytała Olga, odstawiając kieliszek.

– To nie jest takie proste – westchnął i na chwilę zakrył twarz dłońmi. – Jesteśmy grupami przestępczymi, ale mamy swój kodeks, którego reguł musimy przestrzegać. – Przewrócił oczami i pokręcił głową. – Współpracuję z wieloma rodzinami, które robią interesy także z Massimo. Więc moja obecność na Sycylii byłaby zbyt wielką ostentacją i elementarnym brakiem szacunku do Torricellich. Pozostałe grupy nie odebrałby tego jako troskę, tylko jako wypowiedzenie wojny. – Wzruszył ramionami. – Już wystarczy, że odbiłem mu żonę, co zapewne nie umknie ich uwadze. – Uśmiechnął się smutno. – Wybierz, proszę, numer do narzeczonego i zapytaj, czy może ze mną teraz omówić kwestie ochrony.

Olo wykonała jego prośbę i po chwili podała telefon Łysemu, a ten przeprosił nas i odszedł w stronę plaży.

– Mówiłaś mu, że Massimo prawdopodobnie nie zjawi się na weselu? – zapytała, popijając wino.

– Tak, ale jakoś go to nie uspokoiło. – Wzruszyłam ramionami. – Poza tym nie wiesz tego ani ty, ani ja. Nawet Domenico nie ma pojęcia, czy jego brat wróci na czas. A Nacho woli dmuchać na zimne.

Jakieś dwadzieścia minut później Kanaryjczyk wrócił do stolika i podał telefon Olo.

– Bateria ci pada – stwierdził i machnął na kelnera, po czym zamówił kolejne piwo. – No więc tak to będzie wyglądało. Lauro, polecisz na Sycylię moim samolotem, ale niestety nie ja będę pilotem. Zamieszkasz w domu, który kupiłem, i będziesz chroniona przez kilkudziesięciu ludzi. Choć to i tak nic w porównaniu z armią, którą mają Torricelli. – Odwrócił się w moją stronę i chwycił mnie za rękę. – Kochanie, ja wiem, jak źle zabrzmi to, co powiem, ale nie możesz na weselu niczego jeść ani pić. Będziesz mogła wkładać do ust tylko to, co poda ci twoja ochrona. – Zerknął na Olgę. – Ja ufam Domenico i wiem, że on niczego złego nie zrobi, ale ludzie mogą mieć zupełnie inne rozkazy. A nie chcemy, by rozpętało się piekło. – Spuścił głowę. – Proszę, zrozumcie mnie.

Pogłaskałam go po plecach i pocałowałam w skroń. Widziałam, ile kosztuje go cała ta sytuacja.

– Chciałbym, żebyś w niedzielę rano była już na Teneryfie. Przetrwajmy tylko sobotę i będzie po wszystkim, a wtedy… – uśmiechnął się i uniósł brew.

– No dobra – wtrąciła się Olo. – Ale będzie mogła pomóc mi w przygotowaniach?

– Tak, ale ustaliłem z Domenico, że będzie się to odbywać w neutralnym miejscu, a nie w posiadłości, tak jak pierwotnie przewidywałaś – popatrzył na nią surowym wzrokiem. – To kompromis, Olga. W tej chwili wszyscy musimy wykazać się elastycznością.

– No, a to wszystko przeze mnie. – Rozłożyłam ręce.

– Bo zachciało mi się zmieniać swoje życie i przy okazji

wszystkim dookoła. – Zawiesiłam się, biorąc do ręki kieliszek. – Olga, a może…

– Nawet, kurwa, nie zaczynaj. – Uniosła rękę. – Nic ci się tam nie stanie i już moja w tym głowa. Inaczej owdowieję w dniu ślubu, bo zabiję Domenico, jeśli czegoś nie dopilnuje. – Pokiwała głową. – No, a teraz dawaj tego kelnera i jeszcze jedną butelkę.

Było mi smutno, a właściwie to trawiło mnie poczucie winy i nawet alkohol nie był w stanie go ukoić. Najważniejsze w tym momencie dla mnie osoby siedziały tuż obok i spokojnie rozmawiały, ale ja miałam ochotę wybuchnąć płaczem. Kanaryjczyk czuł, że moje myśli są zupełnie gdzie indziej, i co jakiś czas usiłował poprawić mi humor. Kiedy już wszystko zawiodło, wstał z miejsca i bez słowa ruszył w stronę kelnera. Przyglądałyśmy mu się zaskoczone.

Kiedy wszedł na niewielką scenę, a mężczyzna z obsługi podał mu skrzypce, na mojej twarzy pojawił się szeroki uśmiech, który nie umknął jego uwadze. Puścił do mnie oczko i przyłożył instrument do brody.

– Nie gadaj, że on będzie grał! – jęknęła Olga.

Pierwsze dźwięki muzyki rozlały się po ogromnym pomieszczeniu, a głosy ludzi jedzących kolację umilkły. John Legend *All Of Me*. Nacho kolejny raz dawał mi coś do zrozumienia tą piosenką – tym razem postanowił wyznać mi miłość. Olga siedziała jak zahipnotyzowana, a on grał, patrząc wyłącznie na mnie. Kiedy w końcówce refrenu wszedł na wysokie dźwięki, w moich oczach pojawiły się łzy. Nie byłam w stanie ich kontrolować, pozwoliłam, by po prostu płynęły mi po policzkach. On widział je, wiedział także, że nie oznaczają smutku. Zapatrzony we mnie nie przestawał pieścić mnie dźwiękami, aż powoli doszedł do końca utworu, który mimo że trwał kilka minut, był zdecydowanie za krótki. Zwalniał, a melodia stawała się coraz cichsza, aż w końcu umilkła. Ludzie zaczęli klaskać, a Kanaryjczyk ukłonił się i oddał kelnerowi skrzypce, klepiąc go po plecach.

– Bo wszystko we mnie kocha wszystko to, co w tobie – zacytował początek refrenu i przywarł do mnie miękkimi wargami.

Całował mnie przez chwilę, olewając mającą udar Olgę, aż w końcu odsunął się i znów usiadł obok.

– Olu, wina? – zapytał, podnosząc butelkę.

Moja przyjaciółka jęknęła tylko i głęboko nabierając powietrza, nerwowo pokiwała głową.

Następnego dnia żegnałam się z nią tak, jakbym miała jej już nigdy nie zobaczyć. Stałyśmy na płycie lotniska i obie ryczałyśmy, kiedy Nacho usiłował wciągnąć mnie do wnętrza terminalu. Kiedy wreszcie mu się to udało, objął mnie i zaprowadził do swojego szpanerskiego auta.

– Muszę pojechać do Kairu. Chciałbym, żebyś poleciała ze mną.

– Po co tam lecisz?

– Mam zlecenie – stwierdził beznamiętnie, jakby mówił o dostarczeniu pizzy.

– Aha – odpowiedziałam bezmyślnie i usadowiłam się w fotelu.

– Nie będziemy tam długo, góra dwa dni. – Zamknął drzwi i odpalił silnik.

– Aż dwa dni, żeby zabić człowieka?! – Konsternacja, która wymalowała się na mojej twarzy, rozbawiła go.

– Kochanie, wszystkie przygotowania trwają jeszcze dłużej, ale ja jadę tylko dopilnować, żeby wszystko wyszło jak należy, i pociągnąć za spust. – Zamyślił się na chwilę. – Choć w tym przypadku pewnie także nacisnę kilka guzików – wyszczerzył zęby.

– Nie ogarniam, jak możesz uśmiechać się na myśl o zabiciu człowieka?! – Pokręciłam głową.

Nacho zjechał z drogi i zatrzymał się przy krawężniku, a ja popatrzyłam na niego zdziwiona.

– Dziewczynko, jeśli nie chcesz znać odpowiedzi na pytania, to ich nie zadawaj. – Patrzył łagodnie, uśmiechając się delikatnie. – A poza tym nie próbuj tego zrozumieć, to bez sensu. To po prostu moja praca. Jadę i robię swoje. Powiem ci tylko dla uspokojenia, że to nie są dobrzy ludzie. – Pokiwał głową. – To co, popływamy?

Wytrzeszczyłam gały zaskoczona nagłą zmianą tematu i głęboko wciągnęłam powietrze, próbując się uspokoić. Widok martwych ludzi nie był dla mnie codziennością, ale z drugiej strony – co mogłam zrobić? Przecież od początku wiedziałam, że Nacho nie jest księgowym czy architektem...

Boże, jakże ciężko było mi uwierzyć w swoje własne myśli. A jednak żyjąc od prawie roku wśród ludzi takich jak Massimo i Nacho, musiałam zmienić swój punkt widzenia.

Po drodze szybko się zorientowałam, że jedziemy do naszej pustelni.

Ocean był dziś wyjątkowo wzburzony, ale Nacho twierdził, że dam sobie radę. Wciąż dostawałam dwa razy większą deskę niż jego, ale ufałam, kiedy mówił, że na mniejszą jeszcze nie czas. Uwielbiałam, kiedy mnie uczył, ale jeszcze bardziej lubiłam patrzeć na niego, kiedy popisywał się przede mną. Po tym, co usłyszałam chwilę wcześniej w samochodzie, byłam w kiepskim nastroju. Ale kiedy trochę odpoczęłam i nasyciłam oczy widokiem, ruszyłam w stronę, gdzie załamywały się fale. Obróciłam się i czekałam. Uważnie patrzyłam na ocean i kiedy dostrzegłam doskonałą, dużą falę, ruszyłam. Odepchnęłam się i stanęłam na desce, słysząc, że Kanaryjczyk coś krzyczy. Nie rozumiałam co, cieszyłam się, że kolejny raz udało mi się utrzymać na nogach. Nagle kolejna fala złożyła się za mną i zwaliła mnie do wody. Machnęłam nogami, usiłując wypłynąć na powierzchnię, ale poczułam, jak linka, którą miałam przypiętą do kostki, splątała się. Nie mogłam wykonać ruchu. Kolejne fale rzucały mną pod wodą. Straciłam orientację, gdzie jest góra, a gdzie dół. Wpadłam w panikę. Szarpałam się, usiłując oswobodzić, aż poczułam, jak deska uderza mnie w głowę. W uszach mi zadzwoniło, a oddech ugrzązł w gardle. W tym samym momencie silne ramiona uniosły mnie w górę i rzuciły na deskę. Nacho pochylił się nade mną i odpiął linkę, która krępowała mi ruchy. Tymczasem moja żółta strzała, która niemal mnie zatopiła, popłynęła w kierunku brzegu.

– Nic ci nie jest? – zapytał zdyszany, a jego przerażone oczy lustrowały każdy fragment mojego ciała. – Kochanie, musisz uważać na linkę. Jest długa i potrafi się zaplątać.

– No co ty?! – stwierdziłam niemal rozbawionym tonem, po czym wyplułam resztki słonej wody.

– Na dziś ci wystarczy. Chodź, nakarmię cię. Położył mnie na deskę i zaczął holować do brzegu.

– Nie jestem głodna, właśnie się napiłam.

Klepnął mnie z czułością w tyłek, a ja uspokajałam oddech. Czułam się przy nim bezpieczna.

Nacho rozpalił grill i ubrany dokładnie tak samo jak tamtego wieczora przed wieloma miesiącami przygotowywał pyszności wyjęte z lodówki. Oglądałam jego nagą klatę i lekko wystające spod poszarpanych dżinsów pośladki.

– Powiedziałeś wtedy, że chcesz mnie tylko przelecieć. – Obrócił głowę w moją stronę. – Po co?

– A co miałem zrobić? – zapytał, wzruszając ramionami. – Zakochiwałem się w tobie i miałem nadzieję, że jeśli cię skrzywdzę, odsuniesz się ode mnie, a dzięki temu nie zrujnuję życia tobie i sobie. – Podszedł do mnie i oparł się po obydwu stronach fotela, na którym siedziałam. – Poza tym słyszałem, jak nazywasz mnie chamem, wychodząc. – Delikatnie pocałował mój nos. – Wiesz, wtedy też pierwszy raz kobieta mnie odrzuciła. Nie bardzo wiedziałem, jak się zachować. – Podniósł się i upił łyk piwa.

– A właśnie, nigdy nie rozmawialiśmy o twojej przeszłości. – Uniosłam zaciekawiona brwi. – Słucham, panie Matos, jak wyglądało pana życie miłosne?

– Pali mi się coś na grillu – rzucił, wskazując na jedzenie, i niemal pobiegł w tamtą stronę.

– O nie. – Poderwałam się i poszłam za nim. – Nic ci się nie pali, poza gruntem pod nogami. Gadaj.

Klepnęłam go w tyłek i stanęłam z zaplecionymi na piersiach rękami, czekając na opowieść.

– Nigdy nie byłem w związku, jeśli to chcesz wiedzieć. – Przytuliłam się do jego pleców, kiedy udawał, że przekłada jedzenie na ruszcie. – Mówiłem ci w grudniu, że zawsze chciałem kobiety, która będzie inna niż wszystkie. – Obrócił się do mnie i przytulił mocno. – W końcu znalazłem. – Przywarł wargami do mojego czoła i zastygł na chwilę. – Powinniśmy pogadać o tym, co się wtedy stało.

– Ale nie ma już o czym, Nacho. – Oparłam policzek o jego klatkę. – Wszystko, co się wtedy wydarzyło, było całkowitym przypadkiem. Jeśli chcesz wiedzieć, czy winię cię za tamto, odpowiedź brzmi: nie. Wychodzę z założenia, że tak miało być.

Zamilkłam na chwilę, słuchając bicia jego serca.

– Czy żałuję, że nie mam dziecka? – ciągnęłam. – Nie wiem, jak to jest je mieć, ale wiem, że wszystko w życiu dzieje się po coś. – Podniosłam głowę, patrząc w zielone oczy. – A skoro wehikułu czasu nie mamy, po co się zastanawiać, co by było gdyby. – Wspięłam się na palce i pocałowałam go w brodę. – Mogę ci powiedzieć, co myślę teraz.

Oczy Nacho zrobiły się wielkie i błyszczące.

– Teraz jestem szczęśliwa i niczego bym nie zmieniła, lubię być z tobą, czuję się bezpieczna i… – zawiesiłam się, nie chcąc powiedzieć zbyt wiele.

– I...? – popędzał mnie.

– I już teraz naprawdę ryba ci się pali. – Cmoknęłam go w kolorowy tors i poszłam dolać sobie wina.

Kolację jedliśmy w ciszy, zerkając na siebie i uśmiechając się co jakiś czas. Czuliśmy się, nie potrzeba było do tego słów, wystarczyły gesty. Kiedy podawał mi jedzenie do ust i delikatnie muskał moje wargi, przez nasze ciała przechodził prąd. To było magiczne, romantyczne i zupełnie nowe.

Odłożyłam widelec i odkryłam z zaciekawieniem, że wypiłam butelkę wina. Byłam lekko zakręcona, ale nie pijana, więc wstałam, by pójść po kolejną. Wtedy Kanaryjczyk uniósł się, chwytając mnie za rękę, i pociągnął w stronę plaży. Zaciekawiona szłam za nim w ciemność, słysząc tylko ocean obijający się o piasek.

Kiedy znaleźliśmy się poza zasięgiem świateł domu, zapanował całkowity mrok. Nacho puścił mój nadgarstek i sięgnął do rozporka. Zrzucił spodnie na ziemię, a później bez słowa ściągnął ze mnie swoją koszulkę i ukląkł, żeby zdjąć mi majtki. Kiedy stałam przed nim naga, znowu wziął mnie za rękę i poprowadził do wody. Była ciepła, miękka i absolutnie czarna. Bałam się, ale wiedziałam, że jest ze mną i wie, co robi. Chwycił mnie wpół, posadził na sobie i podtrzymując za pupę, zaczął wchodzić coraz głębiej i głębiej. Kiedy woda sięgała już do połowy jego pleców, zatrzymał się. Stał, nie odzywał się, nie ruszał, tylko słuchał.

– Chcę spędzić z tobą resztę życia, dzieciaku, i wiem, co zaraz powiesz – wyszeptał. Złapałam oddech, żeby coś powiedzieć. – Ale tylko chciałbym, żebyś to wiedziała

– skończył mówić i chwytając mnie za kark, zbliżył usta do swoich. – Nie musisz mówić, co czujesz – powiedział cicho, a jego miętowy oddech sparaliżował mnie. – Czuję cię, Lauro. – Jego język wsunął się w moje usta, a ja przywarłam do niego, obejmując go udami. – Dwa światy, które kocham – powiedział, całując moje barki. – Ocean i ty.

Jego dłoń ujęła moje pośladki i jednym wprawnym ruchem wszedł we mnie.

– Mój – wyszeptałam, gdy kolejny raz zaczął pieścić mnie pocałunkiem.

Woda, w której stał, sprawiała, że moje ciało nic nie ważyło. Mógł robić ze mną wszystko. Wchodził głęboko i namiętnie, przenikając do każdego kawałka mojego ciała. Odchyliłam głowę i popatrzyłam w niebo. Gwiazdy, którymi było zasłane, sprawiały, że nic nie mogło równać się z tym, co czułam w tej chwili. Boże, to było doskonałe: on we mnie, ciepło, ta miękka woda, jakby dokładnie zaplanował nawet układ ciał niebieskich nad nami.

Lekko odsunął mnie od siebie, położył na niemal spokojnym oceanie i pieścił wolną ręką na zmianę moje piersi i łechtaczkę. Palce Kanaryjczyka zaciskały się na brodawkach, lekko je szczypiąc, a jego lśniące oczy wpatrzone we mnie doprowadzały do szaleństwa.

Gdy już myślałam, że za chwilę zacznę szczytować, jednym ruchem obrócił mnie tyłem do siebie i ponownie naparł na mnie twardą erekcją. Posadził mnie na sobie, co w normalnych okolicznościach, bez otaczającej nas wody, byłoby niemożliwe. Jedną dłonią złapał moją pierś, a druga spokojnie zataczała koła na łechtaczce. Jego zęby kąsały kark, szyję, ramiona, a on falował w identycznym rytmie jak ocean. Poczułam, jak w moim podbrzuszu rodzi się rozkosz, a cały środek rytmicznie się zaciska. Jęknęłam głośno i oparłam głowę o twarde barki Nacho. Dobrze wiedział, a raczej czuł, co się zaraz stanie, więc nabijał mnie na siebie coraz mocniej.

– Rozluźnij się – wyszeptał. – Pozwól mi dać ci rozkosz.

Te słowa wywołały eksplozję. Wbiłam paznokcie w trzymające mnie za piersi przedramię i doszłam.

– Muszę cię widzieć – wyszeptał, kiedy prawie udało mi się skończyć i znowu obrócił mnie przodem do siebie. – Dziewczynko – jęknął, kolejny raz całując mnie zachłannie. Owładnięta emocjami i podniecona do granic zaczęłam ponownie dochodzić, a on dołączył do mnie, wlewając ciepłe nasienie do mojego wnętrza.

Tkwiliśmy tak bez ruchu zapatrzeni w swoje ledwo widoczne oczy, a ja chciałam, żeby czas się zatrzymał. Żeby nie było tego cholernego ślubu, Massimo, mafii i wszystkiego, co w jednej chwili może popsuć to, co jest między nami.

Nie wypuszczając mnie z kolorowych ramion, obrócił się i zaczął powoli iść w stronę plaży.

– Nie – jęknęłam, wtulając się mocniej. Nacho stanął. – Nie chcę tego wszystkiego, zostańmy tu. Nie mam ochoty na to, co się teraz stanie, a jeśli nie ruszymy się z tego miejsca, do niczego nie dojdzie.

Łysy odchylił mnie nieco od siebie i popatrzył, przenikając spojrzeniem każdy kawałek tego, co nazywane jest duszą.

– Będę obok, dzieciaku, nie bój się. – Wtulił mnie w siebie i wyszedł z wody.

Postawił moje drżące ciało na werandzie i otulił ogromnym ręcznikiem, a później znowu chwycił na ręce. Zabrał mnie pod prysznic, zmył słoną wodę, po czym przeciągnął mi przez głowę kolejną ze swoich koszulek. Później wcisnął pod kołdrę i okrył swoim ciałem. Zasnął z twarzą w moich mokrych włosach.

Przeciągnęłam się i sięgnęłam ręką w bok, żeby przytulić do siebie swojego mężczyznę, ale jego połowa łóżka była pusta. Przerażona otworzyłam oczy i zobaczyłam telefon leżący na poduszce i kartkę obok: „Zadzwoń do mnie". Chwyciłam go i przekręciwszy się na plecy, wybrałam numer Kanaryjczyka.

Odebrał po pierwszym sygnale.

– Ubierz się i chodź na plażę – usłyszałam w słuchawce.

Nie miałam ochoty wstawać z łóżka, ale ten jego niemal władczy ton… Otworzyłam szeroko oczy i przeciągnęłam się raz jeszcze, po czym wstałam. Umyłam zęby, później naciągnęłam na pupę mikroskopijne szorty, białą koszulkę na ramiączkach – bez stanika – i zwykłe trampki, conversy. Czułam się tu zupełnie na luzie. W naszym azylu mogłam być nawet naga. Związałam włosy w niedbały kok, tak by kilka kosmyków figlarnie spadało mi na twarz, wcisnęłam na nos okulary i otworzyłam drzwi.

Na widok Nacho stojącego obok dwóch karych koni uśmiechnęłam się szeroko.

– Ukradłeś je komuś? – zapytałam rozbawiona i podeszłam do niego, a on pocałował mnie w usta.

– Burza i Piorun, są nasze.

– Nasze? – powtórzyłam zdziwiona, a on wyszczerzył szereg białych zębów. – A mamy ich więcej?

– Tak, jakieś... – Chwilę myślał. – Dwadzieścia trzy więcej, w sumie dwadzieścia pięć, ale niebawem będą kolejne. – Poklepał ogromne zwierzę, a ono wtuliło mu łeb w klatkę. – To fryzyjczyki, holenderskie konie zimnokrwiste. Są bardzo silne i kiedyś były używane jako konie bojowe. Dobrze ciągną... – zawiesił się, zerkając zza okularów. – ...powozy, ale dziś będą tylko dosiadane. Chodź.

Ogromny kary koń miał długą grzywę i niesamowity, gęsty ogon. Wyglądał jak wielki, bajkowy kucyk.

– Skąd wiesz, że umiem jeździć? – zapytałam, podchodząc i łapiąc lejce.

– Czuję w twoich ruchach, że jazda konna nie jest ci obca – z rozbawieniem uniósł brwi.

Wsadziłam nogę w strzemię i mocno odbiłam się od ziemi. Umościłam się w siodle. Nacho z uznaniem pokiwał głową, a i ja byłam zaskoczona, że do tego, by wsiąść, nie potrzebowałam pomocy. Już dawno nie jeździłam, ale podobno to jak z rowerem – nigdy się nie zapomina. Szarpnęłam lejce i cmoknęłam, po czym kilka razy zawróciłam i wreszcie stanęłam przodem do Nacho.

– Chcesz sprawdzić, czy umiem anglezować? – Poruszyłam trzymanymi w rękach skórzanymi pasami, wydałam z siebie okrzyk i puściłam się cwałem przez plażę.

Była pusta, szeroka i w tej chwili tylko moja. Obróciłam głowę i popatrzyłam, jak Kanaryjczyk z rozbawieniem wskakuje na siodło i pędzi za mną. Nie zamierzałam mu uciekać, a jedynie coś udowodnić.

Przyhamowałam, przechodząc w kłus, tak by mógł mnie dogonić, i patrzyłam na wprost, upajając się widokiem.

– No proszę – stwierdził z uznaniem, równając się ze mną. – Tego o tobie nie wiedziałem.

– Co... myślałeś, że to będzie kolejna rzecz, której mnie nauczysz?

– Szczerze mówiąc, tak – pokiwał głową, śmiejąc się. – Ale widzę, że to raczej ty możesz uczyć mnie.

Powoli jechaliśmy po mokrym piasku, w który zapadały się końskie kopyta. Nawet nie wiem, która była godzina, bo zapomniałam spojrzeć na zegarek, kiedy zrywałam się z łóżka. Ale chyba niezbyt późno, bo na dworze nie było upału, a słońce jeszcze nisko wisiało nad horyzontem.

– Miałam jakieś dziesięć lat, kiedy mój tata zabrał mnie do stadniny. – Uśmiechnęłam się na to wspomnienie. – Moja mama, histeryczka, nie była zbyt zachwycona tym pomysłem, bo mała dziewczynka i wielki koń oznaczało dla niej trwałe kalectwo. Ale tata zignorował ją i jej czarnowidztwo i woził mnie na lekcje. I tak oto od prawie dwudziestu lat dosiadam czasem te piękne zwierzęta. – Poklepałam klacz, na której grzbiecie siedziałam. – Hodujesz je?

– Relaksują mnie. – Delikatny uśmiech na jego twarzy zdradzał słabość do tych zwierząt. – Matka je kochała, zupełnie odwrotnie niż u ciebie, to ona wsadziła mnie w siodło. Po jej śmierci długo nie lubiłem jeździć do stadniny, ale kiedy ojciec zapowiedział, że ją sprzeda, sprzeciwiłem się i obiecałem, że się nią zajmę. Później okazało się, że to dość lukratywny interes i nawet wielki wódz przekonał się do pomysłu, by konie zostały w naszych rękach. – Westchnął i jakby otrząsnął się ze wspomnień. – Tak że widzisz, moja śliczna, mamy również kilka kucyków dla ciebie. – Kolejny raz obdarował mnie jednym ze swoich chłopięcych uśmiechów, po czym wyrwał do przodu.

Nacho nie był człowiekiem zamkniętym w sobie i tajemniczym, wystarczyło zadać mu pytanie, by uzyskać odpowiedź. Były w nim jednak emocje, które ukrywał albo których po prostu nie chciał pokazywać. Mieszkały w nim dwie dusze i każda z nich sprawiała, że był najbardziej wyjątkowym człowiekiem, jakiego poznałam. Uśmiechnęłam się na myśl o tym, że należy do mnie, i popędziłam za nim.

ROZDZIAŁ 17

W Kairze byliśmy w sumie trzy dni i dziękowałam Bogu, że tylko tyle. Takiego upału jak w Egipcie nie doświadczyłam chyba nigdy w życiu. Nacho musiał „popracować", więc miałam sporo czasu dla siebie. W Egipcie Kanaryjczyk wyjątkowo nie pozwolił mi na swobodę poruszania się bez ochrony, więc niemal wszędzie podróżowałam z Ivanem. Nie należał on do gadatliwych, jednak cierpliwie odpowiadał na moje pytania. Zwiedziłam piramidy, choć to raczej zbyt wiele powiedziane, bo moja klaustrofobia nie pozwoliła mi wejść do środka. Ale z zewnątrz widziałam wszystko doskonale. Pojechaliśmy do meczetu, Muzeum Egipskiego i oczywiście obowiązkowo na zakupy. Biedny Ivan wykazał się podczas tego ostatniego dużym spokojem i cierpliwością, za co nagrodziłam go popołudniem nad basenem.

Po kilku dniach spędzonych w Kairze i jego okolicach nabrałam pewności, że Egipt nie jest krajem dobrym do życia dla kobiety takiej jak ja, a słowo „kobieta" jest tu kluczowe. Islam wyznawany przez większość mieszkańców zdecydowanie zbyt mocno ograniczał prawa kobiet. Zakazywał im tak wiele, że aż nie mogłam w to uwierzyć. A tym bardziej nie byłabym w stanie zaakceptować.

Ale „najlepsze", o czym dowiedziałam się w tym zaskakującym kraju, z pokręconą jak dla mnie kulturą, to instytucja strażnika moralności. To taka policja obyczajowa, która podobno może skazać na śmierć, chociażby za seks nie z własnym mężem. Na tę myśl lekko się przeraziłam. Przecież uprawiałam seks z kochankiem i czułam się przez to jeszcze bardziej zagrożona niż wcześniej. Abstrahując od tego, spora część tutejszych pań wyglądała jak buki z Muminków. Zakutane w szmaty pokazywały tylko oczy, albo i to nie. Nacho przez godzinę mnie błagał, żebym zakryła ramiona i kolana, aby nie wyróżniać się z tłumu, więc dla świętego spokoju uległam. Ale Kanaryjczyk był chrześcijaninem. Gdyby był muzułmaninem, dostałabym w łeb albo by mnie ukamienował; i to zgodnie z prawem. Nie byłoby problemu, gdybyśmy byli w kurorcie turystycznym. Ale stolica to zupełnie inna bajka. Najważniejszym plusem miejsca, w którym spędziłam tych parę dni, była pogoda. Z nieba lał się żar, nie widziałam nawet jednej chmury, a moje ciało po jednym dniu opalania stało się czarne. Woda w basenie hotelu Four Seasons była przyjemnie chłodna, a obsługa niewzruszona widokiem moich nagich, mikroskopijnych piersi. Niestety, suknia, która czekała na mnie na Sycylii, wymagała, bym opalała się bez stanika, a więc musiałam być topless.

Oczywiście ten argument nie docierał do Ivana i nie obyło się bez telekonferencji z moim biegającym gdzieś po pustyni facetem. Kazałam mu zająć się swoimi sprawami i obiecałam noc pełną wrażeń, po czym nadal upajałam się słońcem. Jak dobrze było mi ze świadomością, że nie pojawi się tu za chwilę spocony ze złości i nie każe mi się odziać.

Kiedy wróciliśmy na Teneryfę, uświadomiłam sobie, że za dwa dni muszę znowu stąd wylecieć. Było mi niedobrze na myśl, że zobaczę to wszystko, co zostawiłam za sobą. Ale z drugiej strony cieszyłam się, bo istniała szansa, że uda mi się zabrać kilka drobiazgów. Olga przed wyjazdem obiecała, że zapakuje przynajmniej moje rzeczy przywiezione z Polski i postara się odszukać komputer.

Od rana w piątek Nacho miotał się po mieszkaniu. Tak zdenerwowanego nie widziałam go jeszcze nigdy. Trzaskał lodówką, wrzeszczał przez telefon na ludzi, aż w pewnym momencie wyszedł z domu, by po chwili wrócić. Nie chciałam wchodzić mu w drogę, więc zapakowałam małą walizkę, zniosłam ją na dół i ustawiłam przy ścianie.

– Kurwa mać – wrzasnął, stając przede mną, a ja uniosłam brew do góry, patrząc na niego jak na idiotę. – Dzieciaku, ja cię nie puszczę, to jest bez sensu, dopiero co strzelałem do tego człowieka, a teraz mam pozwolić ci polecieć na jego wyspę?! – Kręciłam głową, patrząc na zielonooką furię. – Olga zrozumie, jestem pewien, że wybaczy ci nieobecność. Nie mogę namierzyć tego skurwiela – jęknął zrezygnowany i złapał oddech, by gadać dalej.

– Kochanie – przerwałam mu, chwytając twarz Kanaryjczyka w dłonie. – Ona nie ma innych przyjaciółek, a ja jestem jej druhną. Nic się nie stanie, nie popadaj w obłęd. Wszystko ustaliliśmy, będę mieszkała w twoim domu, z twoją ochroną, spędzimy wieczór panieński, pijąc wino w zamkniętej na cztery spusty sypialni. – Kiwałam głową, przytakując samej sobie. – A następnego dnia wyszykujemy się, weźmiemy ten ślub i wrócę, tak?

Westchnął, opuścił ręce wzdłuż ciała i zastygł ze wzrokiem w podłodze. Ten żałosny widok złapał mnie za serce, a do oczu napłynęły łzy. Nie miałam pojęcia, jak mam mu pomóc. Ale przecież wiedziałam, że nie mogę też zawieść przyjaciółki.

– Nacho, nic się nie stanie, rozumiesz? – Uniosłam jego brodę tak, by na mnie popatrzył. – Rozmawiam co dzień z Olo i Domenico, Massimo zniknął. Zaufani ludzie Domenico będą ochraniać wesele, dajesz mi kilkunastu ludzi. Nie dręcz się już tym. – Przysunęłam się do niego i wcisnęłam język, przebijając się przez jego zaciśnięte wargi.

Czułam, że nie ma ochoty ani nastroju na amory, od dwóch dni niemal mnie nie dotknął, ale miałam to w dupie i nie zamierzałam wyjechać bez porządnego dymania. Obróciłam go i brutalnie cisnęłam nim o ścianę, chwytając za nadgarstki – tak jak sam miał w zwyczaju robić. Jego zdziwione oczy patrzyły, jak osuwałam się po jego ciele aż do rozporka.

– Nie chcę – jęknął, próbując mnie zatrzymać.

– Wiem – stwierdziłam z rozbawieniem. – Ale on chce.

Szturchnęłam nosem napęczniały rozporek.

W tym momencie silne, kolorowe ręce podniosły mnie z ziemi i trzymając za łokcie, zaniosły do wyspy kuchennej.

Położył mnie na niej, ale o delikatności nie było mowy. Jednym ruchem rozpiął mi guzik w szortach, ściągnął je i rzucił na ziemię. Później chwycił za uda i zaczął zsuwać mnie z blatu, drugą ręką uwalniając napęczniałego kutasa.

– Doigrałaś się – wycedził z uśmiechem przez zaciśnięte zęby.

– Taką mam nadzieję – stwierdziłam i zagryzłam dolną wargę, czekając, aż nabije mnie na siebie.

Tym razem mój mężczyzna nie był delikatny, a dokładnie taki, jak się spodziewałam, że będzie. Odczułam całą jego złość i frustrację, wszystko, co buzowało w nim od kilku dni, każdą emocję. Był namiętny, brutalny, nieustępliwy, doskonały. Wziął mnie na blacie, jak chciał – tak mocno, jak miał ochotę. Pieprzył mnie w każdej możliwej pozycji, jednocześnie okazując ogromną miłość i przywiązanie. Słuchał, czuł, a każdy jego ruch był przeze mnie i dla mnie. Bez bólu, bez niekontrolowanej agresji, tylko uczucia, które potrzebowałam poznać. Zastanawiałam się, czy to potrzebne, bym prowokowała go do takich zachowań. Ale skoro potrafił być i taki, oznaczało to, że była to część jego.

Staliśmy na płycie lotniska: on nie chciał mnie wypuścić, a ja nie chciałam być wypuszczona – obie te rzeczy trochę utrudniały odlot. Nacho trzymał moją twarz w dłoniach, wpatrując się we mnie zielonymi oczami i co jakiś czas całując. Nic nie mówił, nie musiał, dokładnie wiedziałam, co się dzieje w jego głowie.

– Za dwa dni jestem z powrotem – wyszeptałam, niemal słysząc zniecierpliwiony oddech pilota.

– Dziewczynko… – zaczął, a jego ton mnie zmroził. – Gdyby coś poszło nie tak…

Przyłożyłam mu palec do ust, by zamilkł, i popatrzyłam ufnie w jego zatroskane oczy.

– Wiem. – Kolejny raz wsadziłam język w jego usta, a on podniósł mnie do góry, nie odrywając warg. – Pamiętaj, że jestem tylko twoja – powiedziałam, gdy wreszcie mnie puścił, i odeszłam w stronę schodków. Wiedziałam, że jeśli się odwrócę, pobiegnę do niego i będą nici z wyjazdu. A wtedy Olga mnie zabije.

Po drodze łyknęłam tabletkę uspokajającą i łapiąc głęboki wdech, weszłam na pokład latającej śmierci ze skrzydłami. Starałam się nie myśleć o tym, gdzie się znajduję i, o dziwo, poszło mi bardzo dobrze, bo moje myśli krążyły wokół mężczyzny, którego wciąż widziałam przez niewielkie okienko. Stał smutny, a może zły, z rękami w kieszeniach dżinsów, a jego biała, opinająca klatkę koszulka niemal pękała pod wpływem powietrza, które nabierał w płuca. Boże, jak bardzo chciałam wysiąść. Chyba nigdy w życiu niczego bardziej nie pragnęłam. Wybiec, rzucić się w jego ramiona i olać to wszystko. Miałam pokusę, żeby w tej chwili zachować się jak totalna egoistka. I gdyby chodziło o kogoś innego, tak bym zrobiła. Ale, niestety, Olga była zawsze i na każde zawołanie do mojej dyspozycji, a ja tym razem miałam okazję się jej za to odwdzięczyć.

Stewardesa podeszła do mnie z kieliszkiem szampana, więc zgarnęłam go z tacy i wypiłam. Wiedziałam, że połączenie leków z alkoholem to masakryczny pomysł, ale że bąbelki przyspieszają działanie pigułek, wypiłam je.

Kiedy wyszłam z terminala, na Sycylii właśnie kończył się dzień. Wsiadłam do prawdopodobnie opancerzonego samochodu. Przed nim stał jeszcze jeden pojazd, za nim kolejne dwa. Myślę, że gdy prezydent USA przylatuje do jakiegoś kraju, jego ochrona jest mniej ostentacyjna. Mój telefon zaczął dzwonić, kiedy tylko go włączyłam, i łagodny głos Nacho umilał mi podróż do domu. Nie rozmawialiśmy o niczym szczególnym, właściwie to pieprzyliśmy głupoty, które odwracały moją uwagę od miejsca, w którym się znalazłam. Niestety, widok buzującej i dymiącej Etny sprawił, że kilka razy zabrakło mi powietrza, zwłaszcza że jechaliśmy w stronę Taorminy. Na moje szczęście auta zjechały z autostrady w nieznanym mi kierunku i ruszyły w górę zboczem wulkanu. Po kilkudziesięciu minutach zaparkowaliśmy przed wielkim murem, a ja wytrzeszczyłam oczy ze zdziwienia. To była forteca zupełnie nie w stylu kolorowego Kanaryjczyka.

– Kochanie, co to za twierdza? – zapytałam, kiedy opowiadał mi o swoich dzisiejszych wyczynach na desce.

– O, więc dojechaliście – roześmiał się. – No wiem, że trochę to przypomina bazę wojskową, ale przynajmniej łatwo chronić dom, a raczej jego zawartość – zawiesił się.

– Moi ludzie to specjaliści, którzy doskonale znają teren, jesteś tam bezpieczniejsza niż w bunkrze. – Był poważny i spokojny. – Ivan prowadzi?

Potwierdziłam, lekko się uśmiechając. – Bardzo cię proszę, dziewczynko, słuchaj go we wszystkim, on wie, jak zajmować się tym, co najcenniejsze.

– Nie popadaj w paranoję, Łysy! – zażartowałam.

– Łysy? – wybuchnął śmiechem. – Kiedyś na złość zapuszczę włosy i zobaczysz, jak okropnie może wyglądać facet. A teraz zjedz kolację, bo nie sądzę, byś miała dziś w ustach coś prócz śniadania. I mojego penisa.

Niemal czułam jego chłopięce rozbawienie, a ja z radości, że wrócił mu humor, prawie przebierałam nogami.

– Rozmawiałem z Domenico – ciągnął. – Olga będzie u ciebie za godzinę. Cała rezydencja jest do waszej dyspozycji, bawcie się dobrze.

Schowałam do torebki telefon, wcześniej niemal go całując. Boże, jak bardzo można być idealnym, pomyślałam. Po chwili Ivan otworzył mi drzwi. Dom był, oczywiście, ogromny, dwupoziomowy, a okalał go przepiękny ogród. Wypielęgnowane alejki ciągnęły się między wspaniałą roślinnością i skrywały w tunelach z drzew. Nie byłam pewna, czy jest to najbezpieczniejsze miejsce na świecie, ale skoro zabójca na zlecenie mówił, że tak, nie zamierzałam się z nim kłócić. Zaskakujący w tej budowli był fakt, że zupełnie nie pasowała do otoczenia. Nowoczesny kształt, ostre krawędzie i dziesiątki niezabezpieczonych tarasów, które przypominały otwarte szuflady. Biały, biały i jeszcze raz biały kosmiczny klocek.

Wszyscy mężczyźni wytoczyli się z samochodów, a ja nagle poczułam się osaczona. Nie było ich kilkunastu, raczej kilkudziesięciu. Zza każdego rogu wystawało ich kilku, paru było w domu, jeszcze kilku na skarpie przy murach. Istna armia. Zastanawiałam się, po co to wszystko, ale szybko sobie przypomniałam, gdzie jestem i kto może tu przebywać.

– Nie bój się – uspokoił mnie Ivan, opierając mi dłoń o plecy. – Marcelo po prostu lubi przesadzić. Roześmiał się gardłowo i poprowadził mnie do środka.

Tak jak się spodziewałam po tym, co zobaczyłam na zewnątrz, dom był niebywale nowoczesny. Szkło, metal i kanciaste kształty. Na dole był wielki salon z sufitem na wysokości pierwszego piętra, wyłożony białymi płytami, a zaraz obok kanapy płaski, kilkucentymetrowy basen. Obok stół jadalniany na dwanaście krzeseł i pufy w kształcie kulek. Dalej rozpościerał się cudowny widok na taras i zbocze wulkanu, a po prawej wzrok przykuwała niewiarygodna kuchnia. No tak, mój facet lubujący się w gotowaniu musiał mieć sprzęt najwyższej jakości. Kominek był gigantyczną prostokątną dziurą w ścianie, która za pomocą czarodziejskiego przycisku zmieniała się w słup ognia. Miałam pewne wątpliwości, do czego konkretnie służy, więc kiedy mój umysł podsunął mi kilka pomysłów, przerażona ruszyłam dalej. Weszłam na schody i zobaczyłam ogromną otwartą przestrzeń ze szklanymi ścianami. Gdzie tu prywatność, pomyślałam, a wtedy Ivan przycisnął guzik na ścianie i szkło stało się całkowicie mleczne. W każdej z sypialni, do której wchodziłam, stały jedynie nowoczesne łóżko i telewizor. Każda miała także swoją łazienkę i garderobę.

Prowadzona przez mojego opiekuna doszłam na koniec korytarza, a kiedy otworzył znajdujące się tam drzwi, moim oczom ukazała się cudowna, przytulna i bardzo skandynawska przestrzeń. Wielkie, białe, drewniane łoże stało na środku, dalej miękkie, kremowe fotele i puszyste dywany. Tak, zdecydowanie, była to sypialnia pana tego domu.

Na komodzie stały zdjęcia Amelii, Pablo i Nacho. A obok moje. Zaciekawiona wzięłam do ręki fotografię, której zupełnie nie kojarzyłam. Byłam na niej blondynką i... byłam w ciąży. Musiał być to kadr z filmu. Siedziałam przy blacie w kuchni Kanaryjczyka i wpatrywałam się w niego.

– Czyli mamy w domu kamery – wycedziłam pod nosem. Zupełnie nie byłam zdziwiona tym faktem. Odstawiłam ramkę, a zdjęcie Nacho przestawiłam tak, by mieć je tuż przy łóżku. Dzięki temu, że zielone, roześmiane oczy patrzyły na mnie z nocnej szafki, miałam złudne wrażenie jego obecności.

Dziwne uczucie: być na Sycylii, a sercem na Teneryfie. Gdyby kilka miesięcy temu ktoś powiedział mi, że będę tu, gdzie jestem, dałabym sobie obciąć obie nogi, że to kompletna bzdura.

– Najebka! – krzyknęła Olga, wybiegając z samochodu.
– Cześć, suko. – Przytuliła mnie, a ja poczułam spokój.
– Oczywiście przesadzam, że się upijemy, ale możemy odrobinkę skosztować. Bo wiesz, ja jutro muszę wyglądać jak milion dolarów, a nie psia kupa.

– No wiem – stwierdziłam z uśmiechem, prowadząc ją do domu. – Nacho zadbał, byśmy miały co kosztować.

Jak sprawy? – Objęłam ją i pokazałam ręką drogę na tylny taras.

– Kurwa, organizacyjnie doskonale, zwłaszcza że nie muszę nic robić, bo od wszystkiego mam ludzi. – Zatrzymała się przy barierce. – A właśnie, Lari, na cholerę jest ich tu aż tylu? Jak wjeżdżałam, sprawdzili wszystko, czekałam tylko, aż zajrzą mi w majtki.

Przepraszająco wzruszyłam ramionami i pociągnęłam ją za sobą.

Faktycznie, tego wieczora się nie upiłyśmy, a jedynie zmoczyłyśmy usta w szampanie. Rozmawiałyśmy o wszystkim, a głównie wspominałyśmy to, co działo się przez ostatni rok, uświadamiając sobie, jak bardzo zmieniło się nasze życie. Kiedy mówiła o Domenico, w jej głosie czułam pewność. Darzyła go przedziwną, ale ogromną miłością. Dogadywali się i bawili jak przyjaciele, kłócili jak małżeństwo i pieprzyli jak kochankowie. Byli stworzeni dla siebie. On niby miękki i na pozór całkowicie ugodowy, kiedy przeginała, zamieniał się w nieustępliwego furiata, czym zdobywał ją za każdym razem od nowa. Kochała go i to nie ulegało wątpliwości.

W sobotni poranek obydwie w otoczeniu mojej armii ruszyłyśmy do hotelu, w którym miałyśmy przygotować się do ceremonii. Siedząc na krześle fryzjerskim, popijałam kolejną butelkę wody, którą wręczył mi Ivan. Miałam jeszcze do wyboru sok, mrożoną herbatę i całą skrzynkę innych napojów, które jeździły za mną w samochodzie. Nacho nie dzwonił do mnie od czasu, kiedy obudził mnie jego słodki śmiech. Zaraz potem mój chłopak przypomniał mi, że już jutro będę razem z nim. Wiedziałam, że gdyby mógł, nie rozłączałby się ze mną, ale chciał dać mi – mimo specyficznej sytuacji – choć minimum przestrzeni, więc dręczył Ivana. Biedny mężczyzna odbierał telefon średnio co piętnaście minut, zaciskając szczęki jeszcze przed wypowiedzeniem pierwszego słowa. Zapewne nigdy nie widział swojego szefa ogarniętego taką paranoją, ale i Nacho nie był przyzwyczajony, że nie kontroluje sytuacji osobiście. Kanaryjczyk był perfekcjonistą, który wolał nie spać dwa dni niż pozwolić, by cokolwiek poszło nie tak.

– Laura, kurwa, trzeci raz cię pytam. – Głos Olgi poderwał mnie do góry, a wizażysta niemal wydłubał mi oko pędzlem.

– Ja pierdolę, nie drzyj się – warknęłam. – Co chcesz?

– Czy ten kok nie jest zbyt wysoki? I zbyt gładki? – Pocierała włosy, próbując je uklepać. – Chyba nie jest ładny, trzeba zrobić coś innego… – Kręciła się od lustra do lustra. – Generalnie chujowo wyglądam, idę się umyć, musimy zacząć od nowa. Boże, to bez sensu, ja nie chcę wychodzić za mąż. – Chwyciła mnie za ramiona. Była bliska histerii. – Po co mam tracić wolność? Jest tylu facetów na świecie, później on zrobi mi dziecko… – Z jej ust wydobywał się potok słów, a twarz zrobiła się sino-blada.

Uniosłam dłoń i wymierzyłam jej solidny policzek, a ona zamilkła, gapiąc się na mnie z nienawiścią. Cała obsługa złapała się za głowy i patrzyła, co się dalej stanie.

– Jeszcze raz? – zapytałam spokojnie.

– Nie, dziękuje, raz wystarczy – odpowiedziała niemal szeptem, wracając na fotel i łapiąc głęboki oddech. – Dobra obniżmy trochę tę konstrukcję i będzie pięknie.

Godzinę później Emi osobiście zapinała Oldze suknię. Było to dość osobliwe, bo przecież panna młoda odbiła jej faceta. Z ulgą jednak odkryłam, że mój wyjazd dobrze im zrobił i dogadywały się wręcz wzorowo. Skończyła, a ja zobaczyłam przyjaciółkę w całej okazałości. Wyglądała zachwycająco. Ledwo powstrzymywałam płacz. Długa, jasnoszara kreacja ciągnęła się kilka metrów za nią. Nie była skrojona jakoś oryginalnie – niby zwyczajna suknia, bez ramiączek i luźno puszczona od talii, ale te kryształy... Jasne kamienie tworzyły linie, zawijały się, zwisały i połyskiwały, tworząc na tkaninie coś na kształt świetlnego obrazu. Na piersiach było ich najwięcej, później ku dołowi coraz mniej, aż rozpuszczały się zupełnie w okolicy stóp, tworząc złudzenie ombre. Myślę, że cała konstrukcja ważyła ze sto kilogramów, ale Olga miała to w dupie, chciała być księżniczką i była. Do tego stopnia, że uparła się na diadem, co skwitowałam wybuchem śmiechu. Kiedy odkryłam, że mówi poważnie, odpuściłam, żeby nie psuć jej wizji. W pierwszej chwili słyszałam także coś o koronie na wzór carów rosyjskich, ale ten pomysł udało mi się wybić jej z głowy. Szczęśliwie, bo wyglądałoby to na bal przebierańców, a nie ślub.

Gdyby nie ten jebany diadem, cała stylizacja byłaby mocno vintage, a ja umarłabym z zachwytu. Uwielbiam suknie ślubne w kolorze innym niż biel, a ta była spektakularna, wielowarstwowa i bardzo nietypowa mimo pozornej prostoty.

– Będę rzygać – powiedziała Olo, zaciskając dłonie na moich nadgarstkach.

Sięgnęłam spokojnie po cooler, w którym wcześniej stało wino, i patrząc na nią beznamiętnie, podsunęłam jej pojemnik pod usta.

– Śmiało – powiedziałam, kiwając pokrzepiająco głową.

– Ja pierdolę, ale ty jesteś, wiesz... – prychnęła, usiłując dojść do drzwi. – Nic człowiek nie uświadczy współczucia – mamrotała.

– Przecież obie wiemy, że jeśli wykażę choć odrobinę troski, wpadniesz w histerię. – Przewróciłam oczami i ruszyłam za nią.

Przed wejściem stały zaparkowane samochody, dwa mojej ochrony i trzy od Torricellich. Jeden z nich miał zawieźć nas do kościoła, a pozostałe były przeznaczone dla smutnych panów. Domenico niechętnie, ale zgodził się, by kierowca był od Kanaryjczyków. Zastrzegł jednak, że ochroniarz w samochodzie musi być z Sycylii. Teraz całe to towarzystwo mierzyło się wzrokiem, usiłując ogarnąć sytuację.

Kościół Madonna della Rocca. Aż zrobiło mi się słabo, kiedy wjechaliśmy na wzgórze. Niby wiązały się z tym miejscem dobre wspomnienia, ale w obecnej sytuacji wcale ich nie chciałam. Wiedziałam, że ślub nie odbędzie się nigdzie indziej, ale wiedzieć a widzieć to dwie różne sprawy.

Mario, consigliere Massimo, przywitał mnie bladym uśmiechem i, kiedy stanęłam obok, pocałował w policzek.

– Miło cię widzieć, Lauro – powiedział, poprawiając marynarkę. – Chociaż trochę się pozmieniało.

Nie bardzo wiedziałam, co mam odpowiedzieć, dlatego stałam i gapiłam się na zapierającą dech w piersiach panoramę, która rozpościerała się przed moimi oczami. Już bliżej niż dalej, powtarzałam w myślach, czekając przed kościołem, aż tata Olgi stanie obok niej i wejdziemy do środka. Kiedy wszystko było gotowe, odwróciłam się w stronę panny młodej i przytuliłam ją mocno.

– Kocham cię – wyszeptałam, a w jej oczach zatańczyły łzy. – Będzie fajnie, zobaczysz. – Pokiwała głową, a ja chwyciłam ramię podane mi przez starszego Sycylijczyka i pozwoliłam, by poprowadził mnie do kościoła.

Przekroczyliśmy próg i stanęliśmy przy ołtarzu, gdzie – szczerząc zęby – czekał już Domenico. Pocałował mnie w policzek i rozpromienił się jeszcze bardziej. Rozejrzałam się po mikroskopijnym wnętrzu, a odczucie déjà vu nie dawało mi spokoju. Te same smutne gangsterskie twarze, ten sam klimat, jedyną różnicą była szlochająca mama Olgi, która choć się starała, nie była w stanie wziąć się w garść.

Nagle z głośników rozbrzmiało *This I Love* Guns N' Roses, a ja wiedziałam, że moja przyjaciółka już tonie we łzach. Uśmiechnęłam się na myśl o tym, jak cudowną tremę przeżywa, i zwróciłam wzrok w stronę wejścia. Kiedy pojawiła się w progu, Domenico niemal padł na zawał, a ona, nie czekając, aż ojciec podprowadzi ją do przyszłego męża, rzuciła mu się w ramiona i zaczęła szaleńczo całować. Tata machnął ręką i poszedł do wyjącej już jak dzikie zwierzę matki, po czym objął ją ramieniem. Narzeczeni natomiast, ignorując wszystkich zebranych, walili w ślinę i gdyby nie fakt, że piosenka dobiegła końca, pewnie robiliby to nadal.

Wreszcie lekko zdyszani stanęli przy ołtarzu, a ksiądz pogroził im palcem. Już nabierał powietrza, by zacząć ceremonię, gdy w drzwiach kaplicy stanął Massimo.

Nogi się pode mną ugięły. Trzęsąc się jak galareta, obsunęłam się na krzesło. Mario chwycił mnie za łokieć, a Olga, przerażona i zdezorientowana, patrzyła, jak Czarny się do mnie zbliża. Wyglądał zniewalająco. Czarny smoking i biała koszula idealnie pasowały do bardzo ciemnej opalenizny. Był wypoczęty, spokojny i poważny.

– To chyba moje miejsce – powiedział, a Mario odsunął się, zostawiając mnie z nim sam na sam.

– Cześć, mała – rzucił.

Dźwięk tych słów sprawił, że miałam ochotę uciekać, zwymiotować i umrzeć jednocześnie. Nie mogłam oddychać, serce waliło mi jak młotem, a krew chyba zupełnie odpłynęła z twarzy. Był tu, stał koło mnie i pachniał. Boże, jak on pachniał. Zamknęłam oczy, usiłując się uspokoić. Wreszcie narzeczeni odwrócili się w kierunku ołtarza i ksiądz zaczął ceremonię.

– Pięknie wyglądasz – szepnął Massimno, pochylając się nieco, ujmując moją dłoń i opierając ją o swoje przedramię. Kiedy mnie dotknął, przez nasze ciała przeszedł prąd, a ja jak poparzona wyrwałam palce i opuściłam je tak, by nie mógł ponownie po nie sięgnąć.

Moja klatka piersiowa, w wąskiej, wydekoltowanej sukience, unosiła się i opadała w szaleńczym tempie, kiedy ksiądz powtarzał kolejne formuły. Nie byłam w stanie ustać, nie potrafiłam również ignorować mojego męża stojącego obok. A przecież nie mogłam sobie pozwolić na słabość, bo wyczułby ją i wykorzystał.

Miałam wrażenie, że pół godziny, które spędziliśmy w tym niewielkim wnętrzu, trwało wieki. Modliłam się, żeby sekundy mijały szybciej. Wiedziałam, że Kanaryjczyk już wie o powrocie Czarnego i zapewne szaleje z niepokoju i wściekłości. Moja ochrona została przed kościołem, więc nie miałam pojęcia, co się dzieje, a przede wszystkim, co jeszcze się stanie.

Ukradkiem zerkałam na Czarnego. Był skupiony, stał ze splecionymi w pasie, luźno spuszczonymi rękami i słuchał. Choć ja wiedziałam, że to pozory, bo co chwilę czułam na sobie jego palący wzrok. Jak to możliwe, że był tak piękny. Podobno balował i wyniszczał swój organizm, a tymczasem wyglądał, jakby przeżył prawdziwą metamorfozę – z herosa w boga. Równo przycięta broda przypominała mi chwile, w których uwielbiałam jej drapanie, a dłuższe niż zwykle włosy, starannie zaczesane, zdradzały, że długo przygotowywał się na tę chwilę.

– Podoba ci się to, co widzisz? – zapytał nagle, spoglądając na mnie. Choć chciałam, nie byłam w stanie przestać na niego patrzeć. Zamarłam. – On nigdy nie będzie cię tak pociągał – wyszeptał i zwrócił twarz w stronę ołtarza.

Jezu, chcę stąd uciec. Zwiesiłam głowę. Nerwowo łapałam powietrze i czułam ucisk w mostku.

Wreszcie msza dobiegła końca. Wszyscy goście, zupełnie jak poprzednio, udali się na wesele, a my przeszliśmy do kaplicy, żeby podpisać dokumenty. Czarny z promiennym uśmiechem ucałował i pogratulował obojgu, a ja w tym czasie usiłowałam trzymać się jak najdalej od niego.

– Ty, kurwa, oszuście – warknęłam, łapiąc za łokieć Domenico. Odciągnęłam go nieco na bok. – Powiedziałeś, że go nie będzie.

– Powiedziałem, że zniknął. Ale przecież nie mogę zabronić mu przyjść na ślub. – Złapał mnie za barki i popatrzył w przerażone oczy. – Wszystko jest tak, jak ustaliłem z Hiszpanami, nic się nie zmienia, uspokój się…

– Chciałbym wam przedstawić Ewę – usłyszałam. Obróciłam głowę i zobaczyłam, że Massimo trzyma pod rękę piękną ciemnooką kobietę. Stała obok niego z promiennym uśmiechem, tuląc się do jego ramienia, a uczucie zazdrości jak miecz przecięło moje ciało.

Przecież to ja go zostawiłam. Nie mogłam mieć pretensji ani nawet prawa czuć tego, co właśnie czułam, ale, kurwa, serio? Olśniewająca dziewczyna z długimi, czarnymi włosami podała mi rękę i się przywitała. Nie wiem, jak bardzo głupio wyglądałam, ale biorąc pod uwagę mój szok, prawdopodobnie idiotycznie. Ewa nie należała do wysokich, ale za to łudząco przypominała mnie. Drobna, elegancka i bardzo subtelna. No dobrze – zupełnie mnie nie przypominała.

– Poznaliśmy się w Brazylii i…

– I oszalałam na punkcie tego wspaniałego faceta – dokończyła za niego, a my z Olo ostentacyjnie przewróciłyśmy oczami.

Obróciłam się do nich tyłem, nie mogąc już wytrzymać naporu uczuć, które targały moim ciałem, i poszłam podpisać dokumenty.

– No i po kłopocie – stwierdziła rozbawiona Olga, stając obok. – On ma kogoś, ty masz kogoś, rozwód i żyjemy dalej. – Pokiwała głową.

– Olka, kurwa! – wycedziłam przez zaciśnięte zęby. – On znalazł sobie dupę w trzy tygodnie. Ja pierdolę, jesteśmy małżeństwem.

– To się nazywa hipokryzja – spoważniała. – Poza tym dla ciebie to doskonała wiadomość, bo istnieje szansa, że wszystko dobrze się skończy. Więc podpisuj dalej te świstki i jedźmy już.

– Ale jak to... – urwałam, wiedząc, jak głupią rzecz chcę powiedzieć.

– Lari, posłuchaj. – Poważny ton Olgi nie zwiastował nic miłego. – Zdecyduj się, kurwa, albo surfer, albo twój mąż, no nie możesz mieć obu. – Przewróciła oczami. – Nie doradzę ci, bo nie jestem bezstronna, a wolałabym mieć cię przy sobie. To twoje życie, zrób tak, żeby tobie było dobrze. – Pokrzepiająco pokiwała głową.

Stanęłam przy Ivanie, czekając, aż Olga i Domenico skończą robić sobie zdjęcia. W końcu Ivan podał mi telefon. Wzięłam kilka głębszych wdechów i przyłożyłam go do ucha.

– Jak się czujesz, dzieciaku? – zapytał Nacho z troską w głosie.

– Wszystko w porządku, kochanie – wyszeptałam, odchodząc nieco w bok. Moja popielata kreacja z gracją sunęła za mną. – On tu jest.

– Wiem, kurwa – warknął Kanaryjczyk. – Lauro, bardzo cię proszę, postępuj zgodnie z tym, co ustaliliśmy.

– Jest z kobietą, wydaje mi się, że odpuścił – stwierdziłam najbardziej obojętnym tonem, na jaki było mnie stać.

W tym momencie odwróciłam się i zobaczyłam, jak uśmiechnięty Massimo prowadzi swoją partnerkę do auta. Otworzył jej drzwi, a kiedy wsiadała, pocałował ją w czubek głowy. Ze złości aż zacisnęłam pięści. Później obszedł samochód i zanim z gracją wsunął się do środka, zatrzymał się i wbił we mnie czarne oczy. Telefon niemal wypadł mi z ręki. Bezwiednie rozchyliłam usta, usiłując złapać więcej powietrza. Cwaniacki uśmiech, który zatańczył na jego wargach, sprawił, że prawie straciłam przytomność.

– Lauro! – Głos w słuchawce postawił mnie do pionu. Obracając się w kierunku morza, potrząsnęłam głową.

– Co się dzieje, dziewczynko, mów do mnie.

– Nic, po prostu się zamyśliłam. – Wbiłam oczy w ziemię i czekałam na ryk silnika ferrari, który upewni mnie, że jestem bezpieczna. – Już chcę być obok ciebie – powiedziałam i odetchnęłam z ulgą, kiedy rozbrzmiał huk, a później zaczął systematycznie zanikać. – Olga idzie, muszę kończyć, zadzwonię w drodze na lotnisko – obróciłam się i poszłam w stronę Ivana. Oddałam mu telefon.

– On udaje – powiedział ochroniarz, biorąc ode mnie aparat. – Torricelli udaje, Lauro. Uważaj na niego.

Nie miałam pojęcia, o co mu chodzi, więc tylko pokiwałam głową i zadumana wsiadłam do środka. Głowa pękała mi od natłoku myśli, a wąska, długa suknia coraz bardziej cisnęła. Każda wsuwka wbita w moje misternie upięte na gładko włosy mnie uwierała, a dzika furia rozlewająca się po ciele odbierała mi rozum.

– Muszę się napić – uznałam. – Mamy alkohol?

– Marcelo zakazał, byś piła – spokojnie odpowiedział Ivan.

– Chuj mnie obchodzą zakazy! Mamy alkohol czy nie?

– Nie – odpowiedź była krótka i niesatysfakcjonująca.

Oparłam głowę o szybę i gapiłam się bezmyślnie za okno, trawiąc jad.

Przed wejściem do posiadłości, w której odbywało się przyjęcie, stały dziesiątki ochroniarzy, niemal opancerzone auta, a nawet policja. Domenico i Olga nie chcieli robić wesela w hotelu, bo zamarzyło im się przyjęcie w ogrodzie. Na wielkim terenie niedaleko morza ustawiono zatem gigantyczny namiot i przystrojono go tak, że wyglądał jak z bajki. Stałam, spokojnie czekając na parę młodą, aż poczułam się obserwowana. Dobrze znałam to uczucie i wiedziałam, kogo zobaczę, jeśli się obrócę. Unosząc nieco skraj sukni, odwróciłam się w prawą stronę i zamarłam. Jak wielki słup kilkanaście centymetrów ode mnie stał Massimo z rękami w kieszeniach. Lodowate, czarne oczy wbijały się we mnie, a zagryzana przez zęby warga błagała o litość. Znałam ten wzrok, ten rytm i te usta. Wiedziałam też, jak smakują i co potrafią. Zrobił krok i stanął, niemal stykając się ze mną.

Ivan odchrząknął i razem z pięcioma mężczyznami zbliżył się o kilka kroków.

– Odwołaj swoje psy – powiedział Massimo, wpatrując się w sześć osób za mną. – Mam tu ponad setkę swoich ludzi, to groteskowe. – Kpiący uśmiech wymalował się na jego ustach. – Domenico i Olga zmienili trasę i zahaczyli o jakiś las czy krzaki, więc mamy chwilę, pogadajmy. – Podał mi ramię, a ja z niewiadomych powodów je objęłam. – Z posiadłości jest tylko jedno wyjście – krzyknął do ochrony. – To, przy którym stoicie.

Ivan wycofał się, rzucając mi poważne spojrzenie, a ja pozwoliłam, by Massimo poprowadził mnie w stronę ogrodu. Czułam, jaki jest gorący, jak pachnie i jak jego silne mięśnie napinają się pod marynarką. Szliśmy w ciszy wśród alejek, a ja poczułam, jakbym cofnęła się w czasie.

– Firma jest twoja – odezwał się po chwili. Nigdy nie należała do mnie, więc możesz przenieść ją na Kanary i tam działać dalej. – Zdziwiło mnie, że mówił akurat o firmie, a jeszcze bardziej fakt, że robił to tak spokojnie. – O rozwodzie nie chcę dziś rozmawiać, ale wrócimy do tego tematu po weselu. Rozumiem, że zostaniesz kilka dni? Obrócił się w moją stronę, a jego łagodne spojrzenie zupełnie mnie rozwaliło.

– Po północy wracam na Teneryfę – ledwo wydusiłam z siebie, przygnieciona mocą jego czarnych oczu.

– Szkoda, chciałem wszystko załatwić od ręki, ale skoro tak bardzo ci się spieszy, pomyślimy o tym kiedy indziej.

W cieniu palm stała piękna altana, a w niej ławka, do której mnie poprowadził. Usiadłam, a on zajął miejsce obok. Patrzyliśmy na morze, a ja nie mogłam uwierzyć w jego przemianę.

– Uratowałaś mi życie, mała, a później mnie zabiłaś – jęknął żałośnie, a ja spuściłam wzrok. – Ale dzięki temu odżyłem, znalazłem Ewę, przestałem ćpać i dokonałem kilku lukratywnych przejęć. – Popatrzył na mnie rozbawiony. – Właściwie to obroniłaś mnie przed samym sobą, Lauro.

– Cieszę się, ale to, co zrobiłeś z psem… – zawiesiłam się, czując, jak żółć podchodzi mi do gardła. – Nie sądziłam, że potrafisz być takim potworem – wydobył się ze mnie ledwo słyszalny, łamiący się głos.

– Słucham? – zapytał zdziwiony, obracając się w moją stronę. – Tego samego dnia, kiedy wyjechałaś, odesłałem go do rezydencji Matosa.

– No wiem, kurwa, dostałam pudełko z poćwiartowanym zwierzęciem – odparowałam z wściekłością.

– Co takiego? – zerwał się i stanął przede mną, jakby nie rozumiał, o co mi chodzi. – Osobiście wysłałem człowieka z żywym psem w transporterze. – Kolejny raz zagryzł wargę. – Owszem, chciałem, żeby jego widok przypominał ci o mnie i zadawał ból. Ale…

– Nie zabiłeś Prady? – Sytuacja zaczynała mnie przerastać. – Słuchaj, dostałam zmasakrowanego psa w pudełku po ukochanych butach i kartkę.

– Mała – ukląkł przede mną, łapiąc moje dłonie. – Jestem potworem, to prawda, ale po co miałbym skrzywdzić psa wielkości kubka do kawy? – Uniósł brwi i czekał. – Chryste, ty naprawdę sądzisz, że ja to zrobiłem? – Zasłonił usta dłonią i chwilę myślał. – Matos, ty skurwysynu. – Wstał i się roześmiał. – No tak, mogłem się tego spodziewać… Za wszelką cenę. – Pokręcił głową. – Wiesz, co on mi powiedział, kiedy wyszłaś z restauracji na Ibizie? – Czułam, jak kolejny raz robi mi się słabo, ale byłam zbyt ciekawa, by teraz stracić przytomność albo przynajmniej zwymiotować. – Że za wszelką cenę ci udowodni, jak niewart jestem uczucia, którym mnie darzyłaś. – Kolejny raz wybuchnął smutnym śmiechem. – Sprytny jest, nie doceniłem go.

Słyszałam w uszach przeraźliwy pisk, a oddech grzązł mi w płucach. Nacho? Kolorowy, delikatny człowiek miał skrzywdzić tak bezbronną, maleńką istotę? Nie mogłam w to uwierzyć.

Czarny widział, że biję się z myślami, wyciągnął z kieszeni telefon i wybrał numer, po czym powiedział kilka słów i się rozłączył. Po paru minutach ciszy i patrzenia bezmyślnie na morze w altanie pojawił się wielki człowiek.

– Sergio, co zrobiłeś z psem, którego kazałem ci zawieźć na Teneryfę? – zapytał poważnym tonem, zmieniając język na angielski.

– Odstawiłem go wedle polecenia do rezydencji Matosów. – Zdezorientowany człowiek patrzył to na niego, to na mnie. – Marcelo Matos powiedział, że nie ma Laury i on go odbierze.

– Dziękuje, Sergio, to wszystko – burknął Massimo i oparł się rękami o balustradę, a mężczyzna odszedł.

– Lari! – krzyk Olgi wyrwał mnie z otępienia. – Chodźcie.

Podniosłam się i zachwiałam lekko, bo zakręciło mi się w głowie. Czarny doskoczył do mnie i podtrzymał.

– Wszystko w porządku? – zapytał z troską, zaglądając mi w oczy.

– Nic nie jest w porządku!

Wyrwałam mu rękę i unosząc dół sukni, ruszyłam w stronę przyjaciółki.

Ustawiliśmy się przed wejściem do magicznego namiotu, a Massimo podał mi ramię. Nie zmuszał mnie, bym go chwyciła, nie prosił, podał i czekał. Objęłam je delikatnie i wszyscy czworo ruszyliśmy w stronę tłumu. Ludzie krzyczeli i klaskali, a Domenico przemawiał. Wyglądaliśmy jak jedna, wielka, szczęśliwa rodzina. Panowie stali po bokach, a my w środku sztucznie szczerzyłyśmy zęby. O jakże dużo energii kosztowało mnie udawanie w tym momencie zadowolonej. Brawa umilkły, a Sycylijczycy poprowadzili nas do stołu ustawionego na niewielkim podeście w głębi namiotu.

Zanim usiadłam, mijając kelnera, chwyciłam kieliszek szampana z tacy i go opróżniłam. Olo popatrzyła na mnie zdziwiona, a Ivan wykonał krok naprzód. Zatrzymałam go gestem dłoni i machnęłam, by się wycofał, a on posłusznie wykonał polecenie. Obsługa podała mi kolejne pełne szkło, a ja wlałam je w siebie, czując, jak łagodzi moje nerwy. No tak, alkoholizm, pomyślałam, upajając się działaniem wytrawnego płynu.

Po kilku minutach Domenico złapał dłoń Olgi i pociągnął ją w stronę parkietu, by wykonać pierwszy taniec.

Ja natomiast znów kiwnęłam na kelnera, bo mój kieliszek pokazywał dno.

– Upijesz się – stwierdził Massimo, pochylając się w moją stronę.

– Taki mam zamiar – wybełkotałam, machając ręką.

– Nie martw się, idź zabawiać tę swoją Ewę.

Czarny się zaśmiał, chwycił mój nadgarstek i pociągnął w stronę parkietu.

– Ciebie zabawię, bo zaraz złożysz się jak scyzoryk.

Minęłam sześciu ludzi z mojej ochrony, a Ivan pokręcił głową, patrząc, jak Massimo tuli mnie do siebie. W dupie to miałam, byłam tak skrajnie wściekła na całą tę kanaryjską ekipę, że najchętniej odprawiłabym ich wszystkich w cholerę.

– Tango – szepnął Czarny, całując mnie w obojczyk.
– Twoja suknia ma idealny rozporek.

– Mam majtki – stwierdziłam, zaczepnie oblizując usta.
– Tym razem mogę poszaleć.

Wypity alkohol i buzująca we mnie złość sprawiły, że było to najlepsze tango w moim życiu. Massimo, jak zawsze, doskonale prowadził, pewnie trzymając mnie w ramionach. Po zakończonym tańcu wszyscy łącznie z parą młodą obdarzyli nas gromkimi brawami, a my pokłoniliśmy się godnie i wróciliśmy do stolika.

– Lauro, telefon – powiedział Ivan, podchodząc do mnie i podając mi aparat.

– Nie mam ochoty na rozmowy – oświadczyłam pijana, mrużąc oczy. Powiedz mu, że... – Myślałam chwilę, a przez mój upojony umysł przelewał się potok myśli. – Albo daj, sama mu powiem.

Złapałam telefon, uniosłam się z miejsca i poszłam w stronę wyjścia.

– Dziewczynko? – Cichy głos rozlał się w mojej głowie.

– Za wszelką cenę? – wrzasnęłam zirytowana. – Jak, kurwa, mogłeś, ty bezmyślny idioto?! I tak mnie miałeś, już i tak byłam w tobie zakochana, ale ty wolałeś jeszcze bardziej obrzydzić mi faceta, od którego do ciebie uciekłam. Mało ci było? – Kucnęłam, czując, jak fala wymiotów po wypiciu butelki szampana w dwadzieścia minut zbliża się w zastraszającym tempie. – Zabiłeś mi psa, kurwa, i zrobiłeś to tylko po to, by pogrążyć Massimo. Jak mogłeś? – Po policzkach popłynęły mi łzy, a kiedy poczułam na sobie dłonie, poderwałam się.

Zaskoczony Ivan stał obok i gapił się na mnie.

– Przegiąłeś, Nacho! – wrzasnęłam do słuchawki i roztrzaskałam telefon o kamienny bruk. – Nie jesteś już potrzebny – warknęłam do ochroniarza, a ten złapał powietrze w płuca, by coś powiedzieć.

Wtedy zakołysałam się i poczułam, jak wypity szampan wraca mi do ust. Odwróciłam się w stronę niewielkiego płotka i zaczęłam wymiotować na idealnie przystrzyżoną trawę.

Nie wiadomo skąd pojawił się przy mnie Massimo i jego ludzie. Sycylijczyk mocno mnie objął, podtrzymując w pionie.

– Panowie, już chyba jesteście wolni, możecie opuścić teren posiadłości – warknął do Ivana, kiedy moim ciałem wstrząsały kolejne konwulsje.

Wszyscy mężczyźni chwilę stali, mierząc się wzajemnie wzrokiem. W końcu Kanaryjczycy ocenili swoje siły, uznali, że porażka jest nieunikniona i się wycofali. Usłyszałam trzask drzwi samochodu, a później dwa ciemne auta z piskiem przejechały przez bramę.

– Boże, mała – wyszeptał Massimo, podając mi chusteczkę. – Zabiorę cię do domu.

– Ewę sobie zabierz – odburknęłam.

– Moja żona jest ważniejsza – zaśmiał się. – A nie przypominam sobie, bym miał jakąś prócz ciebie.

Nie byłam w stanie z nim walczyć, zwłaszcza że gdybym zaczęła się szarpać, prawdopodobnie obrzygałabym wszystko dookoła.

ROZDZIAŁ 18

Obudził mnie dźwięk telefonu. Wtulona w silne ramiona, uśmiechnęłam się. Już po wszystkim, pomyślałam i otworzyłam oczy. Ręka, która tuliła mnie do potężnej klatki piersiowej, nie miała nawet jednego rysunku. Natychmiast otrzeźwiałam, odganiając resztki snu, i dotarło do mnie, gdzie jestem. Zerwałam się, ale nie zdążyłam nawet zejść z łóżka, kiedy ogromna dłoń powaliła mnie na materac.

– To chyba do ciebie – stwierdził, podając mi telefon. Na wyświetlaczu zamrugał napis „Olga".

– Wszystkiego najlepszego – wymamrotałam zdezorientowana.

– Jezu, żyjesz – słyszałam ulgę w jej głosie. – Zniknęliście tak nagle i zastanawiałam się, czy wyjechałaś bez pożegnania i gdzie pojechałaś. – Jej głos był wesoły. – Po tym, jak z Massimo wybiegliście tak wcześnie, rozumiem, że dokonałaś wyboru? Bardzo się cieszę, że wracasz... – Gadała podekscytowana Olga, nie dając mi dojść do słowa.

– Przeszkadzasz nam, zajmij się mężem – powiedział rozbawiony Massimo, zabierając mi z ręki aparat, i się rozłączył. – Tęskniłem – powiedział, moszcząc się na mnie, a jego wielki kutas oparł się o moje udo. – Lubię pieprzyć się z tobą po alkoholu, bo nie masz absolutnie żadnych zahamowań. – Pocałował mnie, a ja usiłowałam sobie przypomnieć, co się działo ostatniego wieczoru; bezskutecznie.

Kiedy dotarło do mnie, że jesteśmy nadzy, a mnie boli wszystko, zakryłam twarz dłońmi.

– Hej, mała. – Zabrał je, żeby na mnie popatrzeć. – Jestem twoim mężem, nic niebywałego się nie stało. – Unieruchomił mi nadgarstki, kiedy kolejny raz chciałam się za nimi skryć. – Uznajmy, że usuwamy z naszej pamięci ostatnie tygodnie. – Wyczekująco popatrzył na mnie. – Zachowywałem się jak palant, więc miałaś prawo uciec i… – Kiwał głową na boki – zaczerpnąć wolności. Ale teraz już wszystko się poukłada, zajmę się tym.

– Massimo, proszę – jęknęłam, usiłując wyjść spod niego. – Muszę do toalety.

Czarny przekręcił się na bok, uwalniając moje ciało, a ja zawinięta w poszewkę przeszłam przez pokój. Nie wiem, dlaczego się wstydziłam, skoro prawdopodobnie przez kilka godzin pieprzył mnie na wszystkie możliwe sposoby. Ale jakoś nie czułam się swobodnie.

Co ja najlepszego wyprawiam? Popatrzyłam w lustro na swój rozmazany makijaż i potargane włosy; brzydziłam się sobą. Ostatnie, co pamiętam, to rozmowa z Nacho, a później… czarna dziura. Więc właściwie nie wiem, co wyprawiałam, ale zapewne nic mądrego. Westchnęłam i odkręciłam wodę, żeby wziąć prysznic.

Stojąc pod gorącą wodą i usiłując okiełznać potworny ból głowy, zastanawiałam się, co teraz powinnam zrobić.

Wrócić do męża, pogadać z Nacho, a może olać obydwu i zająć się sobą? Bo jak pokazał mi ostatni rok, przez facetów przewracałam sobie życie do góry nogami.

Weszłam do garderoby, zerknąwszy wcześniej na nagiego Massimo, który oparty o framugę okna rozmawiał przez telefon. Ach, te pośladki, pomyślałam. Najpiękniejsza dupka świata. Podeszłam do swojej części i zaczęłam grzebać w szufladach w poszukiwaniu majtek i koszulki.

Wtedy moją uwagę przykuła półka z butami. Zawsze panował na niej ład i porządek, a wszystkie pary ustawione były kolorami. Wszystkie z wyjątkiem długich kozaków, które spokojnie mieszkały w eleganckich pudełkach.

Oddech ugrzązł mi w gardle na widok długich butów Givenchy leżących na podłodze. Boże, nie są w pudełku, a Olga zapewniała mnie, że nie była na naszym piętrze, bo drzwi były zamknięte, a klucz miał Massimo. Gapiłam się na jasne kozaki leżące przy szafie, aż poczułam, jak ktoś na mnie patrzy.

– Oj – usłyszałam. – Nie wpadłem na to, że znajdziesz się tu tak szybko.

Obróciłam się w jego stronę i zobaczyłam, jak zbliża się do mnie, zaciskając w rękach pasek od szlafroka.

– Nie szkodzi. – Wzruszył ramionami. – Miałaś tylko odprawić tych debili i znaleźć się tutaj. Mówiłem ci, że nie odejdziesz ode mnie i sprowadzę cię do domu, a wtedy już nigdy z niego nie wypuszczę.

Moja dłoń wymierzyła mu energiczny cios. Próbowałam rzucić się do ucieczki, ale złapał mnie i w kilka sekund powalił na miękki dywan, krępując nadgarstki. Siedział na moich biodrach zadowolony z widoku. Jego jedna ręka trzymała moje, związane wysoko w górze, a druga niemal z czułością gładziła po twarzy.

– Moje maleństwo, takie naiwne. – Uśmiechał się kpiąco. – Naprawdę uwierzyłaś, że Ewa jest dla mnie kimś ważnym i z jej powodu dam ci rozwód? – Pocałował mnie w usta, a ja splunęłam mu w twarz. – Nooo, widzę, że wchodzimy na zupełnie inny poziom. – Oblizał to, co było na jego wargach, i pociągnął mnie do góry. Nowe zasady omówimy, jak wrócę ze spotkania, a w tym czasie ty zajmiesz się… leżeniem. – Rzucił mnie na łóżko i kolejny raz usiadł na mnie. – Długo się zastanawiałem, jak zdyskredytować tego wytatuowanego debila. – Sięgnął ręką za belkę łóżka i wyciągnął zza niej łańcuch. – Patrz, co mam. – Pomachał mi przed oczami opaską. – Kazałem zamontować kolejny zestaw w rezydencji, wiem, że lubisz tę zabawę. – Rzucałam się na łóżku, usiłując przeszkodzić mu w przykuciu mnie, ale nie byłam dość silna.

Po chwili leżałam przypięta do wszystkich czterech kolumn, a on z zadowoleniem zakładał spodnie, patrząc na moje nagie, rozciągnięte ciało.

– Kocham ten widok. – Uniósł brwi z widocznym zadowoleniem. – Wszedłbym w ciebie, gdyby nie to, że muszę wyjaśnić Domenico i Oldze, że wróciliśmy do siebie i w najbliższym czasie zamierzamy się długo i intensywnie godzić. Jak dobry mąż przyniosę ci śniadanie i takie tam. – Wciągnął przez głowę czarną koszulkę. – W przeciwnym razie któreś z nich tu przyjdzie, a wtedy będę musiał przestać być taki miły. – Zmrużył oczy, kolejny raz patrząc między moje nogi. – Leż grzecznie, a ja zaraz wrócę.

Usłyszałam, jak zamykają się drzwi, a do moich oczu napłynął potok łez. Boże, co ja zrobiłam? Odurzona alkoholem uwierzyłam w całą szopkę, którą przede mną odstawił, i łyknęłam najgłupsze kłamstwo świata – że najlepszy facet, jakiego poznałam, mógł skrzywdzić mojego psa. Leżałam, rycząc ze złości, a im dłużej myślałam o tym, co się stało, tym większa ogarniała mnie panika. Zdradziłam Nacho, nawrzeszczałam na niego, odprawiłam jego ludzi i bezmyślnie dałam się uwięzić. Teraz Kanaryjczyk myśli, że wróciłam do Massimo, więc nie ma szans, że po mnie przyjedzie. Olga i Domenico uwierzą we wszystko, co powie ten tyran, zwłaszcza że odebrałam ten jebany telefon od Olo, a wczoraj w kościele okazałam zazdrość. Nie wspomnę o tuleniu się do męża na parkiecie i wspólnych spacerkach. Waliłam głową w poduszkę, bo tylko nią mogłam poruszać. Ten złamas, wychodząc, nawet nie przykrył mnie kołdrą, więc leżałam naga i skuta, jak seksualna niewolnica czekająca na swojego pana.

– No i widzisz, kochanie – powiedział Czarny, kiedy już wrócił i gapił się na moje krocze. – Znowu jesteśmy razem, twoja przyjaciółka nie posiada się ze szczęścia, mój brat odetchnął z ulgą, wszystkim nam zrobiłaś wielką przyjemność, wracając. – Wyciągnął spode mnie kołdrę i mnie przykrył. – Za chwilę zjawi się lekarz, żeby ci podać kroplówki. Trzeba trochę cię wzmocnić po wczorajszej nocy.

– Na chuj mi kroplówki? – warknęłam do niego.
– Wypuść mnie!

– Nie bądź wulgarna – upomniał mnie, odsuwając
z twarzy pasmo włosów. – Przyszłej matce to nie wypada.
– Pogroził mi palcem i wyszedł, nim zdążyłam coś powiedzieć. – Podałem ci wczoraj środki odurzające – krzyknął
z łazienki. – Muszę zatroszczyć się o twój organizm, żeby
był silny i gotowy na dziecko.

Leżałam, gapiąc się w sufit, i czułam, jak ogarnia mnie
panika. Jeśli kiedykolwiek wcześniej czułam się zniewolona i więziona, było to nic w porównaniu z tym, co przeżywałam w tej chwili. Na myśl o tym, że Massimo zrobi mi
dziecko, że nigdy nie będę z kolorowym chłopcem i że nie
wrócę do tego, co zostawiłam na Teneryfie, kolejny raz po
policzkach pociekły mi łzy. Ryknęłam.

Czarny, przebrany w garnitur, usiadł koło mnie i wpatrywał się we mnie.

– Dlaczego płaczesz, mała?

Jezu, czy on mówi poważnie, pomyślałam, gapiąc się
na niego bezmyślnie. Byłam pusta w środku i czułam, jak
popadam w letarg. Jakbym zasnęła, widząc wszystko, a raczej zapadła w śpiączkę, nie mogłam się odezwać, ruszyć,
a przez moment także oddychać.

Wtedy do drzwi na dole rozległo się pukanie i po chwili lekarz siedział już obok mnie. Najciekawsze było to, że
nie był zupełnie zaskoczony pozycją, w której mnie zastał.
Utwierdziło mnie to w przekonaniu, że nie takie rzeczy tu
widział.

– Pan doktor poda ci leki uspokajające, będziesz po nich spać, a jak się obudzisz, wszystko będzie dobrze – powiedział Don, gładząc mnie po policzku, po czym wyszedł z pokoju.

Żałośnie popatrzyłam na lekarza, który zupełnie nie zwracając na mnie uwagi, wbił mi wenflon w żyłę. Później zaciągnął coś z fiolki. Odpłynęłam.

Każdy kolejny dzień wyglądał tak samo, z tą różnicą, że budziłam się bez więzów. Nie miało to jednak znaczenia, bo leki, które ciągle mi podawał Massimo, powodowały, że nie byłam w stanie podnieść się z łóżka. Mój mąż karmił mnie, mył i pieprzył jak kukłę. Przerażające było to, że zupełnie nie przeszkadzało mu, iż nie uczestniczę czynnie w tym, co robił. Często płakałam w trakcie, a po mniej więcej tygodniu – tak sądzę, bo nie miałam pojęcia, ile dni minęło od mojego przybycia tu – po prostu patrzyłam w ścianę.

Czasami zamykałam oczy i myślałam o Nacho. Wtedy robiło mi się dobrze. Ale nie chciałam dać Massimo poczucia, że to dzięki niemu się uśmiecham, po prostu się wyłączałam.

Każdego dnia modliłam się, by umrzeć.

Pewnego dnia obudziłam się wyjątkowo rześka i wypoczęta, a głowa nie ciążyła mi jak przez ostatnie dni. Wstałam z łóżka, co także było dla mnie szokiem, bo poprzednio błędnik nie pozwalał mi nawet unieść się z poduszki. Usiadłam na skraju materaca i czekałam, aż świat przestanie wirować.

– Miło cię widzieć w dobrej formie – powiedział Czarny, wyłaniając się z garderoby. Pocałował mnie w głowę.

– Domenico i Olga wyjechali w podróż poślubną, nie będzie ich przez dwa tygodnie.

– Oni cały czas tu byli? – zapytałam zdezorientowana.

– Oczywiście, ale w ich mniemaniu ty byłaś w Messynie, bo tam mieszkamy – pamiętasz?

– Massimo, jak ty to sobie wyobrażasz? – zapytałam. Pierwszy raz od dnia wesela zaczęłam myśleć logicznie.

– Czym tym razem będziesz mi groził? – Zmrużyłam oczy, gdy stanął przede mną, zapinając czarny garnitur.

– Niczym – odpowiedział, wzruszając ramionami. – Zobacz, poprzednio szantażowałem cię śmiercią rodziców, a mimo to zakochałaś się we mnie w niecałe trzy tygodnie. Uważasz, że nie jesteś w stanie kolejny raz mnie pokochać? Ja się nie zmieniłem, mała…

– Ale ja tak – stwierdziłam spokojnie. – Kocham Nacho, a nie ciebie. Myślę o nim, kiedy wkładasz we mnie swojego kutasa. – Podeszłam do niego, patrząc z nienawiścią w jego kierunku. – Marzę o nim, kiedy zasypiam, i mówię mu „dzień dobry", kiedy się budzę. Masz moje ciało Massimo, ale serce zostało na Teneryfie. – Obróciłam się, by wreszcie samodzielnie pójść do łazienki. – I prędzej odbiorę sobie życie, niż sprowadzę na ten świat istotę, która będzie zależna od ciebie.

Tego już nie wytrzymał. Chwycił mnie za szyję i zawlókł do najbliższej ściany. Uderzył mną o nią. Furia, która go ogarnęła, sprawiła, że ciemne oczy były zupełnie czarne, a po czole ściekała mu strużka potu. Po tygodniu leżenia byłam bardzo słaba, więc tylko wisiałam w powietrzu, nie dotykając stopami ziemi.

– Lauro! – zaczął i wolno odstawił mnie na podłogę.

– Nie jesteś w stanie zakazać mi samobójstwa – powiedziałam ze łzami w oczach, kiedy odrobinę zwolnił uścisk na szyi. – To jedyny wybór, na który nie masz wpływu, i to cię tak wkurwia, co? – Zaśmiałam się kpiąco. – Więc licz się z tym, że długo tak nie wytrzymam.

Twarz Czarnego przybrała wyraz rozpaczy i smutku, a jego ciało odsunęło się ode mnie. Zimne oczy zastygły na moich i miałam wrażenie, że właśnie coś zrozumiał.

– Massimo, kochałam cię i dałeś mi wiele szczęścia – mówiłam dalej, licząc na pozytywną reakcję. Ale po prostu minęliśmy się gdzieś. – Wzruszyłam ramionami i zsunęłam po ścianie, siadając na dywan. – Możesz trzymać mnie tu i robić mi te wszystkie straszne rzeczy, tylko w pewnym momencie odechce ci się kukły, a zachce żaru, a ja ci go nie dam. – Rozłożyłam bezradnie ręce. – Długo chcesz pieprzyć trupa? – Milczał i tylko patrzył. – Właściwie to nie chodzi nawet o seks, ale po co ja ci jestem? Możesz mieć każdą kobietę na ziemi. Choćby taką Ewę.

– To dziwka – warknął. – Dostała polecenie, żeby zagrać rolę, to zagrała.

– Sam zabiłeś naszego psa? – zapytałam, zaskakując go nagłą zmianą tematu.

– Tak. – Wbił we mnie beznamiętne spojrzenie. – Mała, ja zabijam ludzi, patrząc im w oczy, więc pomyśl, czym było dla mnie zabicie zwierzęcia.

Siedziałam, kręcąc głową. Nie mogłam uwierzyć, że tak mało go znam. Wspomnienie pierwszych miesięcy zdawało się w tej chwili jednym wielkim kłamstwem. Jak to możliwe, że nie zauważyłam, że udaje? Przecież facet, który siedzi teraz przede mną, to potwór i tyran. Jakim cudem udało mu się tak długo udawać miłość i przywiązanie? A może ja nie chciałam widzieć prawdy?

– Opowiem ci teraz, co będzie się działo przez najbliższe dwa tygodnie. – Podszedł do mnie i uniósł mnie z ziemi. – Możesz robić, co chcesz, ale będzie za tobą chodził jeden z moich ludzi. Nie zejdziesz jedynie na pomost i nie wyjdziesz poza teren posiadłości. – Poprawił mankiety i znowu wbił we mnie czarne spojrzenie. – Skoro planujesz odebrać sobie życie, na co oczywiście nie pozwolę, chroniący cię człowiek będzie miał przeszkolenie medyczne i udzieli ci pomocy. – Westchnął, łapiąc mnie za policzek. – W sylwestra coś we mnie umarło, wybacz mi. – Pocałował mnie delikatnie w usta i wyszedł.

Stałam otumaniona, nie bardzo rozumiejąc jego huśtawki nastrojów. Raz chciał mnie zabić, raz terroryzował i straszył, a za chwilę mi się wydawało, że znowu widzę faceta, którego kochałam. Wzięłam prysznic i ogarnęłam się nieco, ubrałam w szorty, koszulkę i ułożyłam na łóżku. Włączyłam telewizor i zaczęłam knuć. Zasadniczo rezydencja nie miała dla mnie tajemnic, znałam ją doskonale, ogród i cały teren wokół także. Skoro Nacho umiał porwać mnie mimo ochrony, ja będę potrafiła mimo niej uciec.

Zamówiłam sobie śniadanie do pokoju. Nie chciałam sprawdzać, czy Massimo nie kłamał i czy faktycznie będzie łaził za mną jakiś troglodyta. Zjadłam i poczułam się jeszcze lepiej. Podniesiona na duchu nadzieją na ucieczkę poszłam rozglądać się za ratunkiem. Jedyną drogą wyjścia był taras wiszący dwa piętra nad ziemią. Popatrzyłam w dół i uznałam, że upadek z tej wysokości raczej skończy się śmiercią, a na pewno trwałym kalectwem, szybko więc porzuciłam pomysł wydostania się stąd po związanych ze sobą prześcieradłach.

Miotałam się po apartamencie, aż w końcu mnie olśniło. Skoro on mógł udawać, ja także się postarałam. Może nie zajmie mi to tak mało czasu jak jemu, ale istnieje szansa, że za miesiąc czy dwa uśpię jego czujność. Tylko czy Nacho zaczeka? Czy będzie chciał słuchać, po tym, jak ja nie dopuściłam go do głosu? A może już nie mam do kogo uciekać? Kolejna fala płaczu zalała moje oczy. Zawinęłam się w kołdrę i tuląc głowę do poduszki, zasnęłam.

Obudziłam się wieczorem i gdyby nie fakt, że wolałabym nie ocknąć się wcale, pewnie zdołowałabym się na myśl, że przespałam cały dzień. Obróciłam głowę i zobaczyłam, jak Massimo siedzi w fotelu i wpatruje się we mnie. To był kiedyś częsty widok, zwłaszcza kiedy wracał nocą, robiąc mi niespodziankę.

– Hej – wyszeptałam zachrypniętym głosem, udając czułość. – Która godzina?

– Właśnie miałem cię budzić. Niedługo podadzą kolację, chciałbym, żebyś ze mną zjadła.

– Dobrze, tylko trochę się ogarnę – symulowałam zgodną żonę.

– Chcę pogadać – poinformował mnie, wstając. – Za godzinę widzimy się w ogrodzie. – Obrócił się i wyszedł.

On chce pogadać... Ale czy jest coś, co jeszcze nie zostało omówione? Przecież już dostałam instrukcje. Przewróciłam oczami i ruszyłam w stronę łazienki.

Pomyślałam, że ta kolacja to doskonała okazja, by zacząć wprowadzać mój plan w życie. Nawet jeśli Nacho mnie oleje, uciekę do rodziców albo dalej. Przynajmniej będę wolna. Później opowiem wszystko Oldze, ona powie to Domenico i może on będzie w stanie coś z tym wszystkim zrobić. A jeśli nie, po prostu zniknę i tyle.

Przekopałam szafę w poszukiwaniu czarnej, prawie przezroczystej sukienki, w którą ubrałam się na pierwszą kolację z Massimo. Oczywiście obowiązkowo nałożyłam czerwoną bieliznę i pomalowałam oczy na ciemno. Upięłam włosy w gładki kok i wsunęłam na stopy niebotycznie wysokie szpilki. Tak, wyglądałam cudownie, doskonale i dokładnie tak, jak chciałby zobaczyć mnie mój mąż. No może poza tym, że ponieważ byłam odurzona przez wiele dni, wyglądałam jak narkomanka.

Wzięłam głęboki wdech i ruszyłam w dół po schodach. Kiedy tylko otworzyłam drzwi, ukłonił mi się wielki, a właściwie ogromny człowiek. Rozchyliłam szeroko usta, nie mogąc uwierzyć w to, że ludzie bywają tak duzi. Po chwili ruszyłam korytarzem, a ogr podążał za mną.

– Mój mąż kazał ci chodzić za mną? – zapytałam, nawet się nie odwracając.

– Tak – burknął.

– Gdzie on jest?

– W ogrodzie, czeka na panią.

I słusznie, pomyślałam, idąc pewnym krokiem, a dźwięk moich obcasów zwiastował nadciągający kataklizm. Chcesz się bawić Torricelli, to ja się z tobą zabawię lepiej, niż sądzisz.

Przeszłam przez próg i gorące powietrze uderzyło mnie w twarz. Dawno nie wychodziłam z klimatyzowanej willi, więc nie miałam świadomości, jaka temperatura panuje na dworze.

Szłam powoli, wiedziałam, że mimo iż siedzi tyłem, to słyszy mnie i prawdopodobnie czuje. Na wielkim stole stały świece, a ich blask delikatnie oświetlał pięknie zastawiony stół. Kiedy byłam już niemal u celu, mój mąż wstał i odwróciwszy się w moją stronę, zamarł.

– Dobry wieczór – wyszeptałam, mijając go.

Poszedł za mną i odsunął krzesło, na którym usiadłam, a człowiek z obsługi wyrósł jak spod ziemi i nalał mi szampana. Massimo zmrużył oczy i z gracją usiadł obok. Mimo że w tej chwili nienawidziłam go najbardziej na świecie, nie byłam w stanie nie zauważyć, że wygląda zachwycająco. Jasne, prawie białe lniane spodnie, rozpięta koszula w identycznym kolorze z podwiniętymi rękawami i srebrny różaniec. Co za hipokryzja, żeby człowiek tak okrutny i tak podobny do szatana nosił na sobie boski symbol.

– Prowokujesz mnie, mała – dźwięk jego niskiego głosu przyprawił mnie o gęsią skórkę.

– Zupełnie jak wtedy... Czy tym razem też chcesz się ze mną drażnić?

– Podsycam wspomnienia – stwierdziłam, unosząc brwi, i nabiłam kawałek mięsa na widelec.

W ogóle nie byłam głodna, ale niestety moja rola wymagała, bym zachowywała się względnie normalnie, więc zmusiłam się do włożenia kęsa do ust.

– Mała, mam dla ciebie propozycję – powiedział, opierając się o fotel. – Daj mi jedną noc z tobą, ale z taką, jaką cię miałem. Później będziesz wolna.

Wytrzeszczyłam oczy, a widelec brzęknął o talerz. Massimo siedział poważny i czekał na to, co powiem.

– Chyba nie rozumiem – wymamrotałam skonsternowana.

– Jeszcze raz chciałbym poczuć, że jesteś moja. Potem, jeśli będziesz chciała, będziesz mogła wyjechać. – Sięgnął po kieliszek i upił łyk. – Nie jestem w stanie cię więzić, a właściwie nie mam na to ochoty. A wiesz dlaczego? Bo prawda jest taka, Lauro, że nie jesteś i nigdy nie byłaś moim wybawieniem. Nie pojawiłaś się w moich wizjach, kiedy zostałem postrzelony i prawie umarłem. Ja po prostu widziałem cię tamtego dnia. – Zmrużyłam oczy i popatrzyłam na niego zdziwiona.

– Chorwacja ponad pięć lat temu, mówi ci to coś? – Zbliżył się do mnie nieco, a ja zesztywniałam. Faktycznie, byliśmy z Martinem i Olo w Chorwacji kilka lat wcześniej. Serce zaczęło mi walić jak oszalałe.

– Cały czas kłamałeś, to tak bardzo w twoim stylu... – Rzuciłam bez sensu, sądząc, że blefuje, a informacje zdobyli jego ludzie.

– Nie cały, dowiedziałem się tego przypadkiem. – Zarzucił nogę na nogę i rozsiadł się wygodniej. – Kiedy straciliśmy dziecko. – Jego głos lekko się załamał, a Massimo odchrząknął. – Nie byłem w stanie normalnie funkcjonować. Mario imał się różnych sposobów, bym wrócił do żywych. Byłem potrzebny. Zwłaszcza po tym, jak Fernando został zastrzelony, a wszystkie rodziny zaczęły patrzeć mi na ręce. Wtedy Mario wymyślił hipnozę.

Kolejny raz popatrzyłam na niego z niedowierzaniem.

– Wiem, jak to idiotycznie brzmi, ale było mi już wszystko jedno. Mógł mnie nawet zabić. – Wzruszył ramionami. – Terapia w krótkim czasie przyniosła efekty, a na jednej z wizyt ja to po prostu zobaczyłem. Zobaczyłem prawdziwą ciebie.

– Skąd wiesz, że to nie twoja kolejna projekcja? – zapytałam obrażonym tonem, jakby zależało mi na byciu jego wybawieniem. Sekundę później przewróciłam oczami na myśl o tym, jak to zabrzmiało. Ale to, co mówił, było tak absurdalne, że aż mnie zaciekawiło.

– Przykro ci? – zapytał. Rzuciłam mu obojętne spojrzenie i parsknęłam kpiąco. – Mała, mi też serce pękło, kiedy zrozumiałem, że to nie los, lecz czysty przypadek wsadził cię do mojej głowy. – Rozłożył teatralnie ręce. – Wybacz. Byłaś wtedy na imprezie w jednym z hoteli, tańczyłaś z dziewczyną, był tam też Martin. My wyszliśmy ze spotkania i staliśmy na tarasie piętro wyżej. Wy się bawiliście. – Upił łyk i popatrzył na moją przerażoną twarz. – To był weekend, a ty miałaś na sobie białą sukienkę.

Oparłam się mocno plecami o krzesło, usiłując uspokoić oddech. Pamiętam ten dzień, to było tuż przed moimi urodzinami, ale jak, do cholery, mógł to wiedzieć, a co dziwniejsze pamiętać, po tylu latach? Wyraz szoku nie znikał z mojej twarzy.

– Istnieje w hipnozie coś takiego jak regresja, która pozwala cofnąć się do dowolnego fragmentu swojego życia. My musieliśmy cofnąć się do mojej śmierci. – Pochylił się w moją stronę. – Chwilę po tym, jak cię zobaczyłem, już nie żyłem. – Gapiłam się na niego przerażona, zastanawiając się, czy to kolejna z jego gierek, czy może jednak prawda.

– Po co mi to mówisz? – zapytałam oschle.

– Żeby wyjaśnić ci, dlaczego mi na tobie nie zależy. Byłaś tylko mrzonką, ostatnim zapisanym obrazem, wspomnieniem, i to nawet nieszczególnym. – Wzruszył ramionami. – Uwolnię cię, bo nie jesteś mi potrzebna. Ale wcześniej chcę ostatni raz posiąść cię jako moją żonę. Ale nie z przymusu, tylko dlatego, że ty tego chcesz. Potem będziesz wolna. Wybór należy do ciebie.

Myślałam chwilę i nie mogłam uwierzyć w to, co właśnie usłyszałam.

– Jaką dasz mi gwarancję, że to nie jest twoja kolejna poza?

– Podpiszę papiery rozwodowe przed i odprawię całą obsługę z posiadłości. – Przesunął w moją stronę kopertę, która leżała obok niego. – Dokumenty – powiedział i wyciągnął z kieszeni telefon. – Mario, zabierz wszystkich ludzi do

Messyny – powiedział po angielsku, tak bym zrozumiała.

– Przejdźmy się. – Wstał, podając mi rękę.

Odłożyłam serwetkę i wzdrygnąwszy się, chwyciłam dłoń, którą do mnie wyciągnął. Poprowadził mnie przez ogród, aż doszliśmy do podjazdu, gdzie do podstawionych busów wsiadali ludzie. Z nieukrywanym zdziwieniem patrzyłam, jak dziesiątki osób ładują się do nich i odjeżdżają. Na końcu wyszedł Mario, skinął do mnie i wsiadł do czarnego mercedesa. Byliśmy sami.

– Nadal nie wiem, czy to nie podstęp – pokręciłam głową.

– A więc sprawdźmy.

Massimo prowadził mnie po kolejnych zakamarkach, a ja z butami w dłoni spokojnie szłam za nim. Obejście wszystkiego, co należało do Dona, zajęło nam prawie godzinę, i faktycznie, nigdzie nie było nawet żywej duszy.

Wróciliśmy do stołu, a on kolejny raz nalał nam szampana i popatrzył wyczekująco.

– No dobrze. – Rozerwałam kopertę, zaglądając do środka. – Załóżmy, że się zgodzę, czego oczekujesz?

Przeglądałam papiery napisane w moim ojczystym języku i z ulgą odkryłam, że nie kłamał. Co prawda nie wszystkie paragrafy rozumiałam, ale wyglądało na to, że tym razem mój mąż postanowił zachować się tak, jak obiecał.

– Chcę na jedną noc odzyskać kobietę, która mnie kochała. – Patrzył na obracaną w dłoniach nóżkę kieliszka. – Chcę poczuć, że całujesz mnie z miłością i pieprzysz się ze mną, bo potrzebujesz tego, a nie bo musisz. – Westchnął głęboko i odwrócił wzrok do mnie. – Dasz radę przypomnieć sobie, jak to jest, kiedy sprawiam ci przyjemność?

Przełykałam ślinę, która stawała się coraz gęstsza i analizowałam jego propozycję. Odłożyłam trzymane dokumenty i gapiłam się na niego. Mówił poważnie. Rozważałam w myślach jego propozycję. Wizja seksu z nim mnie przerażała i paraliżowała. Ale z drugiej strony... Robiłam z nim takie rzeczy, że może jedna noc nie sprawi mi różnicy. Kilka godzin i zniknę stąd na zawsze, jeden raz, setki wspomnień, wiele wysiłku i będę wolna. Patrzyłam na niego, zastanawiając się, czy jestem tak silna, czy moje zdolności aktorskie pozwolą na zagranie ostatniej roli u jego boku. Mimo tego, że był tak pięknym mężczyzną, brzydził mnie. Nienawiść, która paliła moje ciało, prędzej pchnęłaby mnie do morderstwa niż do czułych gestów wobec tego człowieka. Rozsądek jednak wygrywał z sercem, a zimna kalkulacja z emocjami. Potrafisz – dodawałam sobie otuchy.

– Zgoda – powiedziałam spokojnie. – Ale bez wiązania, spinania, narkotyków, łańcuchów. – Skinęłam głową w stronę szampana. – Bez alkoholu.

– Dobrze – pokiwał głową twierdząco i wyciągnął do mnie dłoń. – Ale zrobimy to w miejscach, które wybiorę ja.

Wstałam i założyłam buty, a on poprowadził mnie do domu. Serce waliło mi jak oszalałe, kiedy szliśmy razem przez korytarze. Dokładnie wiedziałam, które pomieszczenie będzie pierwsze. Chciało mi się rzygać na myśl o tym, co zaraz miało się stać.

Gdy dotarliśmy do biblioteki, powoli zamknął drzwi i przeszedł w stronę kominka. Z nerwów coraz bardziej chciało mi się wymiotować i miałam dreszcze, zupełnie jakbym miała zrobić to pierwszy raz. Czułam się jak kurwa, która za chwilę odda się najbardziej znienawidzonemu klientowi.

Delikatnie chwycił moją twarz w dłonie i zbliżył się nieco do mnie, jakby czekając na pozwolenie. Przez moje rozchylone usta przelatywało powietrze, które wysuszało wargi. Oblizałam je mimowolnie, a ten gest sprawił, że Massimo jęknął i wtargnął języczkiem do środka. Poczułam, jak przez nasze ciała przepływa prąd, przedziwne uczucie w stosunku do człowieka, którego nienawidziłam. Odwzajemniłam pocałunek, walcząc z mdłościami, a on go pogłębił, czując aprobatę z mojej strony. Jednym ruchem obrócił mnie i całując szyję i kark, zsunął dłoń do mojego uda, a później w górę aż do koronkowych majtek.

– Uwielbiam – wyszeptał, dotykając ich delikatnej struktury, a ja poczułam, jak wszystkie włoski na moim ciele stają dęba. To połączenie jest dla mnie jak narkotyk.

Przesunął moją twarz do swojej i kolejny raz głęboko pocałował. Jego długie place wsunęły się we mnie, rozsunęły wargi i przycisnęły łechtaczkę. Z gardła wydobył mi się wyreżyserowany jęk i poczułam, jak się uśmiecha. Udawałam, że działa na moje zmysły zupełnie jak kiedyś. Pocierał palcami najwrażliwsze miejsce, a ja zachłannie go całowałam.

– Chcę cię poczuć – wyszeptał, ciskając mną w miękką kanapę.

Jednym ruchem zsunął się z kanapy, rozpiął rozporek i wszedł we mnie. Wrzasnęłam, wbijając głowę w poduszki, a on stanowczo chwycił moje biodra i zaczął szaleńczo pieprzyć. Wiłam się i drapałam go, a zimny wzrok wpatrzony w moje zamglone oczy odsuwał się coraz dalej. Zamknęłam powieki, nie mogąc znieść tego, co mi robił. Nagle zobaczyłam twarz Nacho. Uśmiechniętego, rozbawionego, kolorowego chłopaka, który niemal z nabożnością traktował mnie za każdym razem, gdy mógł mnie dotknąć. Poczułam przejmujący ból w podbrzuszu. Próbowałam nadal odgrywać kobietę ogarniętą ekstazą. Nie byłam jednak w stanie otworzyć oczu, nie chciałam, bo wtedy potok łez, który wzbierał pod powiekami, wybuchłby jak wulkan. A wtedy cały plan szlag by trafił. Czułam w sobie twardego kutasa, który nieustępliwie rozrywał mnie od środka. Boże, co za katorga.

– Nie mogę – wyszeptałam. Wydobyły się ze mnie spazmy płaczu.

Massimo zamarł, a jego twarz zdradzała przejęcie i szok. Przez chwilę nie ruszał się nawet o centymetr, aż wycofał się i wstał, zapinając rozporek.

– Idź spać – wycedził przez zęby, a ja złączyłam nogi i zwinęłam się w kłębek. – Nasza umowa właśnie została anulowana. – Stanął do mnie tyłem i podszedł do biurka.

Ledwo podniosłam się z miękkiej kanapy i na uginających się nogach wyszłam z pomieszczenia. Przeszłam przez plątaninę korytarzy i weszłam do naszego apartamentu. W garderobie ściągnęłam z siebie sukienkę, przebrałam się w podkoszulek i bawełniane spodenki. Wsunęłam się pod kołdrę i, ciągle szlochając, przytuliłam głowę do poduszki. Czułam wstyd i nienawiść do siebie. Byłam głupia i naiwna, jeśli sądziłam, że ten człowiek ma honor. Leżałam, łkając, i zastanawiałam się, jaka śmierć będzie dla mnie najłagodniejsza. Zamknęłam oczy.

Nagle potężna dłoń zatkała mi usta. Choć odruchowo głośno krzyknęłam, nie rozbrzmiał żaden dźwięk.

– Dziewczynko – to jedno słowo sprawiło, że ogarnęła mnie kolejna, jeszcze silniejsza fala łez. Tym razem nie rozpaczy, ale nadziei.

Ręka zniknęła z moich ust, oddając mi władzę nad przepływem tlenu, a ja przywarłam do mojego wybawcy. Był tu, czułam go, miętowy oddech obezwładniająco rozlewał się po mojej twarzy, kiedy tuliłam się do niego.

– Przepraszam, przepraszam, przepraszam… – dukałam przez łzy, a jego klatka unosiła się i opadała zbyt szybko.

– Później – wyszeptał tak cicho, że ledwo go słyszałam.

– Lauro, musimy uciekać.

Nie byłam w stanie wypuścić go z objęć. Nie teraz, kiedy wreszcie miałam go przy sobie, a każdy jego oddech upewniał mnie w przeświadczeniu, że jest prawdziwy. Próbował odczepić mnie od siebie, jednak bezskutecznie, nie było siły, która w tej chwili mogła odsunąć mnie od Nacho.

– Lauro, on zaraz może tu przyjść.

– Wszyscy ludzie z rezydencji zostali wywiezieni do Messyny – wydukałam przez łzy, jesteśmy sami.

– Niestety nie – to, co powiedział, odebrało mi oddech.

– Cała ochrona czeka jakiś kilometr dalej, mamy dosłownie kilka minut, on kolejny raz cię okłamał.

Podniosłam głowę i mimo że nie widziałam zielonych oczu, wiedziałam, że patrzy na mnie.

– Słyszałeś wszystko? – zapytałam, a na myśl o tym, że wie, do czego doszło, serce rozpadło mi się na miliony kawałków.

– To teraz nieistotne. Dzieciaku, ubieraj się. – Podniósł się ze mną i delikatnie popchnął w stronę garderoby.

Nie zapalałam światła, odruchowo sięgnęłam po szorty i wcisnęłam stopy w trampki, które stały na półce. Prawie biegiem popędziłam do sypialni w obawie, że jeśli się nie pospieszę, on zniknie.

Dłoń Kanaryjczyka złapała mnie w progu, pociągnęła do łazienki i zamknęła drzwi. Blade światło, które oświetlało pomieszczenie, pozwoliło mi wreszcie go zobaczyć. Stał ubrany trochę jak komandos, cały na czarno z pomalowaną twarzą. Na plecach miał karabinek, a po bokach szelki z pistoletami. Wyciągnął jeden i mi go podał.

– Musisz wyjść przez główne drzwi, reszta jest zablokowana. – Odbezpieczył i przeładował broń. – Jeśli kogoś spotkasz, strzelaj, nie zastanawiaj się, tylko od razu wal. Rozumiesz? – Wcisnął mi w dłonie broń i patrzył, czekając na potwierdzenie. – To jedyny sposób, byśmy stąd wyszli i wrócili do domu.

– Do domu – powtórzyłam, kolejny raz zalewając się łzami.

– Lauro, nie czas teraz na histerię, będę z tobą. Pamiętaj, do ciebie nikt nie strzeli. – Pocałował mnie, a dotyk jego ust zatrzymał cieknący z oczu potok.

Pokiwałam głową i poszłam w kierunku schodów. Otworzyłam drzwi i rozejrzałam się w ciemności. Nikogo nie było. Oparta bokiem o ścianę sunęłam wzdłuż korytarza, nasłuchując kroków za mną, ale te nie rozbrzmiewały. Już miałam się cofnąć i wrócić do apartamentu, ale przypomniałam sobie, jak Nacho mówił, że będzie ze mną, i pewnie ruszyłam naprzód. Zaciskałam w rękach pistolet, przerażona myślą, że za chwilę będę musiała go użyć.

Kiedy pokonałam jedno piętro, trochę mi ulżyło, bo nie napotkałam nawet żywego ducha. Powoli i bezdźwięcznie zeszłam po schodach, po czym prawie biegiem rzuciłam się przez hol. Wiedziałam, że od wolności dzieli mnie już tylko krok.

Wtedy drzwi biblioteki się otworzyły, a smuga światła wylała na korytarz. Massimo jak duch stanął parę metrów przede mną, a ja wyprostowałam ręce i wymierzyłam w niego lufę. Czarny zaniemówił i wrósł w ziemię, przyglądając mi się ze wściekłością.

– Nie wierzę – wydusił po kilkunastu sekundach. – Przecież oboje wiemy, że się nie odważysz. – Zrobił krok, a kiedy nacisnęłam spust, z tłumika wydobył się tępy gwizd.

Wazon stojący na stoliku rozprysnął się na setki kawałków, a Don zatrzymał się w pół kroku.

– Nie ruszaj się – wycedziłam przez zęby. – Mam tyle powodów, żeby cię zabić, że nie potrzebuję jeszcze jednego – powiedziałam pewnie, mimo że moje ręce telepały się tak, że nie trafiłabym w ścianę obok. – Jesteś chorym, podłym zwyrodnialcem, którego nienawidzę. Odchodzę od ciebie, więc jeśli chcesz żyć, właź do tej pierdolonej biblioteki i zamknij drzwi – warknęłam, a on zaśmiał się, wkładając ręce w kieszenie.

– To ja nauczyłem cię strzelać – powiedział niemal z dumą. – Nie zabijesz mnie, jesteś zbyt słaba. – Zrobił krok do przodu, a ja zamknęłam oczy, szykując się do strzału.

– Ona może nie – głos Nacho rozbrzmiał tuż za moim uchem, a później poczułam miętowy oddech – ale ja tak, i zrobię to z rozkoszą.

Zza mojej głowy wysunęła się kolejna lufa i silna dłoń przesunęła mnie na bok.

– Massimo, jakże długo na to czekałem – powiedział Kanaryjczyk, mijając mnie. – Ostrzegałem cię na Ibizie i spełnię swoją obietnicę.

Massimo stał jak wmurowany, a ja niemal czułam jego wściekłość. Łysy podał mi dłoń i kiedy ją chwyciłam, przesunął mnie, lekko wypychając do przodu.

– Właź do środka – powiedział, wskazując Czarnemu kierunek, a ten cofnął się do wnętrza. – Lauro, biegnij na podjazd, czeka tam na ciebie Ivan. Nie oglądaj się, nie cofaj, tylko biegnij do niego.

Serce biło mi jak oszalałe, a nogi odmówiły posłuszeństwa. Stałam obok niego i ostatnie, czego chciałam, to zostawić ich tu samych.

– Nacho… – zaczęłam niemal szeptem.

– Pogadamy o tym w domu – rzucił, nie odrywając wzroku od Massimo, i pchnął mnie w stronę holu.

Zrobiłam krok, ale coś ciągle nie pozwalało mi od niego odejść.

– Ostatni tydzień był doskonały – powiedział Czarny, patrząc na mnie. – Dawno się tyle nie pieprzyłem, uwielbiam jej dupę. – Oparł się o futrynę drzwi.

– Lauro, biegnij – warknął Nacho.

– Brałem ją jak zwierzę, nieprzytomną i bezbronną, a ona ciągle kwiliła i prosiła o więcej – zaśmiał się złowrogo. – Matos, proszę cię, przecież obaj wiemy, że nie wyjdziesz stąd żywy.

Nie wytrzymałam: wyrwałam do przodu i walnęłam Massimo rękojeścią w twarz. A kiedy ogłuszony ciosem wpadł do biblioteki, zalewając się krwią, zamknęłam drzwi.

– Albo z tobą, albo zostaję – powiedziałam, łapiąc Kanaryjczyka za rękę.

Nacho pociągnął mnie za sobą i zaczął biec. Kilka sekund później usłyszałam za plecami, jak drzwi biblioteki otwierają się z hukiem. Byliśmy już na schodach, kiedy rozległ się pierwszy strzał. Marcelo biegł, a ja usiłowałam dotrzymać mu tempa. Już niemal widziałam drzwi wyjściowe, kiedy jak słup wyrósł przed nami Mario.

Zahamowaliśmy, a nim Nacho zdążył unieść broń, wycelowany w niego pistolet przysłonił mi cały świat.

– Proszę – jęknęłam żałośnie, a starszy mężczyzna popatrzył na mnie. – Ja nie chcę tu być, nie chcę żeby to trwało dalej… – Głos mi się łamał, a łzy płynęły po policzkach, kiedy słyszałam kroki Massimo na piętrze. – To potwór, boję się go. – Słyszałam tylko oddech Nacho i kroki, które były coraz bliżej.

I wtedy Mario opuścił broń, wzdychając ciężko, i odsunął się z drogi.

– Gdyby jego ojciec żył, nigdy by do tego nie doszło – wyrzucił z siebie i schował w mrok korytarza, robiąc nam przejście.

Kanaryjczyk kolejny raz chwycił mnie za nadgarstek. Kiedy wybiegliśmy na zewnątrz, Ivan podbiegł, zarzucił mnie na plecy i pognał w stronę pomostu.

ROZDZIAŁ 19

Ostrożnie uchyliłam powieki. Bałam się obrazu, który pojawi mi się przed oczami. Doskonale pamiętałam wczorajszą noc, ale tylko do momentu wejścia na łódź. Później już kompletnie nic. A może coś poszło nie tak i znowu zobaczę moje miejsce kaźni i Massimo, który pojawi się jak zły sen. Wciągnęłam głęboko powietrze i popatrzyłam na pokój, a fala łez zalała mi oczy.

Nasz azyl, domek na plaży, przez drewniane żaluzje wpadało słońce, a cudowny zapach oceanu wlewał się przez otwarte okno.

Obróciłam głowę i spuchniętymi oczami popatrzyłam na siedzącego w fotelu Nacho. Był pochylony, a usta zakrywał dłońmi. Patrzył na mnie zielonymi oczami i milczał.

– Przepraszam – kolejny raz wydusiłam z siebie słowo, które zamierzałam powtarzać do końca życia.

– Mam dla ciebie propozycję – powiedział tak poważnie, że przeraziłam się na myśl o tym, co powie. – Nie rozmawiajmy o tym nigdy. – Przełknął głośno ślinę i zmarszczył brwi. – Mogę tylko podejrzewać, co przeżyłaś, więc jeśli nadal nie chcesz, żebym go zastrzelił, nigdy mi o tym nie mów. – Wyprostował się i oparł plecami o fotel. – No chyba że zmieniłaś zdanie?

– Gdybym je zmieniła, strzeliłabym mu w głowę wczorajszej nocy – westchnęłam, siadając i opierając się o zagłowie łóżka. – Nacho, wszystko, co się stało teraz na Sycylii, wydarzyło się z mojej winy. To przez moją totalną głupotę. – Wpatrywał się we mnie pytająco. – Uwierzyłam Massimo we wszystkie kłamstwa i naraziłam cię na niebezpieczeństwo. Ale on to wszystko tak dobrze zaplanował... – jęknęłam. – Zrozumiem, jeśli nie będziesz chciał już ze mną być.

– Powiedziałaś, że jesteś we mnie zakochana – spokojny ton zadźwięczał w pomieszczeniu.

– Słucham? – zapytałam, nie mając pojęcia, o czym mówił.

– W dzień ślubu Olgi, kiedy wrzeszczałaś na mnie przez telefon, powiedziałaś, że i tak już byłaś we mnie zakochana – patrzył nieco pogodniej w oczekiwaniu na moją reakcję.

Wbiłam wzrok w kołdrę i zaczęłam skubać paznokcie, nie miałam pojęcia, co mu odpowiedzieć. Właśnie runęła moja zapora, a człowiek siedzący obok odzierał mnie z kłamstw, którymi karmiłam samą siebie. Nie chciałam być w nim zakochana, bałam się, a jeszcze bardziej przerażało mnie to, że on mógł się o tym dowiedzieć.

– Dziewczynko – powiedział Nacho, siadając na łóżku. Uniósł mi palcem brodę.

– Byłam pijana i pod wpływem środków odurzających – wypaliłam bezmyślnie, nie wiedząc, co innego mogłabym powiedzieć.

Kanaryjczyk uniósł brwi z rozbawieniem i zdziwieniem, gapiąc się na mnie zielonymi oczami.

– Czyli nie była to prawda? – Kąciki jego ust uniosły się delikatnie.

– Chryste – szepnęłam i na powrót usiłowałam pochylić głowę, ale on przytrzymał ją i nie pozwalał uciec od siebie wzrokiem.

– No więc?

– To ja cię próbuję przeprosić za to, że zachowałam się jak kompletna kretynka, a ty mnie pytasz, czy jestem w tobie zakochana? – Pokiwał głową z szerokim uśmiechem. – Jesteś idiotą, jeśli nie zauważyłeś tego, co do ciebie czuję. – Udzielił mi się jego radosny nastrój.

– Oczywiście, że zauważyłem, ale chcę byś wreszcie to powiedziała. – Przesunął dłoń na mój policzek, gładząc go delikatnie.

– Marcelo Nacho Matos – zaczęłam poważnie, a on cofnął się nieco – od dość dawna, jak sądzę, a na pewno od kilku tygodni – zawiesiłam głos, a on czekał przejęty – jestem w tobie szaleńczo i bezgranicznie zakochana.

Uśmiech, jaki pojawił się na twarzy Kanaryjczyka, był największy, jaki dotąd widziałam w jego wykonaniu.

– A co najgorsze dla ciebie, każdego dnia zakochuję się w tobie jeszcze bardziej. – Wzruszyłam ramionami. – Nic na to nie poradzę, to twoja wina.

Kolorowe ręce złapały mnie za kostki u nóg i pociągnęły w dół tak, że po chwili leżałam znów głową na poduszce.

Wytatuowane ciało wisiało kilka centymetrów nade mną, a zielone oczy oglądały twarz.

– Bardzo cię pragnę – powiedział, szturchając moje usta dolną wargą. – Ale musi cię zbadać lekarz. Boję się, że twój organizm jest wycieńczony.

To, co powiedział, sprawiło, że wspomnienia z ostatnich dni przeleciały przez moją głowę jak tajfun. Próbowałam nie płakać, ale łzy same się uwolniły i powoli spływały po policzkach. Im dłużej o tym myślałam, tym większe poczucie winy we mnie rosło. A na koniec przyszło najgorsze. Massimo robił to wszystko w konkretnym celu, a ja nie łykałam tabletek. Przerażenie, które wymalowało się na mojej w twarzy, sprawiło, że Nacho podniósł się i usiadł obok.

– Co się dzieje? – zapytał, dotykając mojej twarzy, która wyglądała jak martwa.

– Boże – wyszeptałam, chowając się w dłoniach.

– O nie, dzieciaku, mów – oderwał moje ręce od twarzy i patrzył na mnie.

– Ja mogę być w ciąży, Nacho – wypowiedziałam te słowa i niemal widziałam, jak zadają mu fizyczny ból.

Zacisnął szczęki i wbił wzrok w podłogę, a po chwili wstał i wyszedł z sypialni. Leżałam otumaniona własnymi wnioskami, a gdy drzwi kolejny raz się otworzyły, stanął w nich ubrany w kolorowe spodenki.

– Idę popływać – rzucił i poszedł w stronę wyjścia. Trzasnął drzwiami z takim impetem, że prawie wypadły z futryny.

Czy to się kiedyś skończy, pomyślałam, kręcąc głową, i zakryłam twarz kołdrą. Niestety, nie byłam w stanie schować się przed własnym rozumem, który pukał do mnie z pytaniem: a co będzie, jeśli... Miałam na to tylko jedną odpowiedź: nie dopuszczę do tego, by cokolwiek łączyło mnie z tym potworem.

Sięgnęłam po telefon, który zostawił Nacho, i zaczęłam przeglądać internet w poszukiwaniu ratunku. Po kilkudziesięciu minutach okazało się, że jest dla mnie nadzieja, i to nieszczególnie inwazyjna. Są leki, które powinny załatwić sprawę. Odetchnęłam z ulgą i odłożyłam komórkę Kanaryjczyka na szafkę nocną. Bóg jednak trochę mnie kocha, bo poza tym, że nie dał mi w życiu farta, dał mi rozum, który działał całkiem sprawnie.

Teraz pozostawała tylko kwestia uspokojenia Nacho. Podeszłam do szafy i przebrałam się w maleńkie stringi i kolorową koszulkę do surfingu. Umyłam zęby, spięłam włosy w wysoki kok i biorąc deskę, ruszyłam w stronę wody.

Ocean był bardzo wzburzony, jakby wyczuwał nastrój swojego Posejdona, który przecinał fale – skupiony i niebywale seksowny. Przypięłam linkę do kostki i rzuciwszy się na wodę, zaczęłam wiosłować.

Kiedy dopłynęłam do miejsca, gdzie załamywały się fale, siadłam i czekałam. Wiedziałam, że Nacho widział mnie, kiedy płynęłam, ale chciałam, żeby sam zadecydował o tym, kiedy się do mnie zbliży. Na szczęście nie kazał mi długo na siebie czekać, bo kilka minut później siedział już obok, spokojnie na mnie patrząc.

– Przepraszam – kolejny raz to słowo wydobyło się z moich ust, a on przewrócił oczami.

– Możesz przestać? – zapytał już lekko zirytowany.

– Lauro, zrozum, że ja nie chcę już o tym myśleć, a za każdym razem, kiedy słyszę „przepraszam", wszystko do mnie wraca.

– Pogadajmy o tym, Marcelo.

– Kurwa, nie mów tak do mnie! – wrzasnął, a ja podskoczyłam, prawie spadając do wody.

Jego gwałtowna reakcja zagotowała mnie i żeby uniknąć kłótni, położyłam się na desce i zaczęłam płynąć w stronę brzegu.

– Dzieciaku, przepraszam – krzyknął kolorowy chłopak, ale ja nie miałam zamiaru się zatrzymywać.

Dopłynęłam do plaży i cisnęłam deską o piach, odpięłam uprząż i pobiegłam w stronę domu. Stanęłam przy blacie w kuchni i oparłam o niego dłonie. Dyszałam wściekła i mamrotałam kolejne przekleństwa. Wtedy silne dłonie obróciły mnie i poczułam na plecach chłód lodówki, o którą byłam oparta.

– Kiedy rzuciłaś słuchawką – zaczął, opierając się o mnie czołem – myślałem, że mój świat się wali, nie mogłem oddychać, nie byłem w stanie myśleć. – Zamknął oczy. – Później, gdy Ivan zadzwonił do mnie i opowiedział, co się stało, przeraziłem się jeszcze bardziej. Powiedział, że jesteś pijana i chyba naćpana, że nie chciałaś słuchać i Torricelli zabrał cię do posiadłości. Wtedy sądziłem przez moment, że chcesz do niego wrócić. – Podniosłam głowę, nie mogąc uwierzyć w to, co mówi. – Nie patrz tak na mnie – powiedział, odsuwając się nieco. – Ty uwierzyłaś, że poćwiartowałem ci psa. Przyleciałem na Sycylię, ale ten jego dom jest, kurwa, jak bunkier, a armia, którą zgromadził, czekając na mnie, skomplikowała sytuację. – Usiadł na blacie, patrząc na mnie. – Trochę więcej czasu niż zwykle zajęło mi przygotowanie wszystkiego. Poza tym zachowanie Domenico i Olgi nieco mnie zmyliło. – Wzruszył ramionami. – Byli spokojni, funkcjonowali normalnie. Wahałem się. – Spuścił głowę. – Aż wyjechali, a mnie udało się podsłuchać jedną z rozmów Massimo. Wszystko stało się jasne i w jeden dzień zorganizowałem akcję odbicia cię.

– Słyszałeś naszą rozmowę w ogrodzie? – zapytałam, a on milczał, patrząc na swoje zwisające stopy. – Słyszałeś?! – wrzasnęłam, kiedy nie odpowiadał.

– Słyszałem – odpowiedział niemal szeptem.

– Nacho. – Podeszłam do niego, łapiąc za policzki, i delikatnie pocałowałam. – To był jedyny sposób, żeby mnie wypuścił, wiesz przecież, że nie zrobiłabym tego dla przyjemności. – Patrzyłam na niego, ale w zielonych oczach widziałam tylko pustkę. Boję się – wyszeptałam. – Boję się, że po tym wszystkim odsuniesz się ode mnie i będziesz miał do tego prawo. Obróciłam się, pocierając skronie. – Zrozumiem, Nacho, serio.

Zrobiłam krok, żeby pójść do sypialni i się przebrać, a wtedy kolorowe ręce sięgnęły po mnie. Kanaryjczyk chwycił mnie w ramiona i posadził na sobie, niosąc w stronę wyjścia.

– To jesteś zakochana czy nie? – zapytał poważnie, przechodząc przez drzwi.

– Kurwa, ile razy mam ci to powiedzieć? – zirytowana popatrzyłam na niego.

– Tyle, żeby zakochanie przeszło w „kocham cię" – powiedział i położył mnie na szerokim, miękkim leżaku za domem. – Będę się tu z tobą kochał, jeśli pozwolisz. – Uśmiechnął się i pocałował delikatnie.

– Każdego dnia marzyłam o tym. – Ściągnęłam mokrą koszulkę jednym ruchem. – Nie było sekundy, byś nie był ze mną. – Złapałam za łysą głowę i przyciągnęłam do siebie, zatracając się w pocałunku.

Ciepły, miętowy język pieścił mój, a wytatuowane dłonie sięgnęły do mokrych spodenek, które oklejały jego umięśnione pośladki. Ściągnął je, nie przerywając pocałunku, a ja kątem oka zobaczyłam, że jest bardzo gotów.

– Chyba cieszysz się na mój widok. – Uniosłam brwi z rozbawieniem, a on wyprostował się, górując nade mną.

– Otwórz buzię... proszę – powiedział z uśmiechem i złapał grubego kutasa w prawą dłoń.

Położyłam się wygodnie, grzecznie wykonując polecenie. Nacho klęknął po obydwu stronach mojej głowy i pokazał, bym zsunęła się w dół jeszcze kawałek. Kiedy leżałam niemal na płasko, zbliżył się do mnie i pozwolił, bym pocałowała twardą główkę. Stęskniona chciałam objąć go całego wargami, ale cofnął biodra.

– Powoli – wyszeptał i raz jeszcze mi go podał, niespiesznie opierając twardy członek o mój język. – Mogę dalej? – zapytał z szelmowskim uśmiechem, pokiwałam twierdząco. Wsunął go jeszcze odrobinę, a ja odruchowo zaczęłam ssać. – Jeszcze? – oddychając coraz ciężej, czekał na pozwolenie.

Chwyciłam jego pośladki i przysunęłam go bliżej, tak by jego penis wsunął mi się aż do gardła.

– Niech te śliczne rączki tam zostaną – rozkazał, opierając się o zagłówek leżaka. Z każdą chwilą napierał coraz głębiej.

Jego zapach, smak i widok nade mną powodowały, że podniecenie niemal rozsadzało mi czaszkę. Wbiłam paznokcie w wytatuowane pośladki, chcąc poczuć go jeszcze bardziej. Nacho syknął i patrząc spod przymrużonych powiek, wsadził go do końca, po czym zatrzymał biodra. Usiłowałam przełknąć ślinę, ale nie mogłam, jego objętość dusiła mnie i uniemożliwiała oddech.

– Przez nos, dziewczynko – stwierdził rozbawiony, kiedy poczuł, że się krztuszę. – Nie ruszaj się.

Z niezwykłą gracją przekręcił się, nie wyciągając kutasa z moich ust, i już po chwili jego język zsuwał się po moim brzuchu w kierunku ud. Kolejny raz przydusił mnie swoją długością, dominując nade mną w pozycji sześć dziewięć. Zupełnie jak za pierwszym razem, gdy robiłam mu loda, z tą jednak różnicą, że teraz to ja byłam na dole.

Smukłe palce złapały boki stringów i niespiesznie zaczęły zsuwać je w dół. Już nie mogłam się doczekać, aż zanurzy we mnie język, a że byłam całkowicie unieruchomiona, swoje żądze mogłam wyrazić, jedynie ssąc. Jak oszalała robiłam

Łysemu laskę, wkładając w to wszystkie siły i umiejętności. Jednak, o dziwo, zupełnie nie robiło to na nim wrażenia. Nadal w wyznaczonym przez siebie tempie ściągał moją miniaturową bieliznę przez kolana, łydki i kostki.

Kiedy wreszcie zdjął mokry kawałek materiału, rozchylił mi uda tak szeroko, jak było tylko możliwe, i przywarł wargami do mojej łechtaczki. Mój krzyk stłumił trzymany w ustach penis, a Nacho zachłannie delektował się moim smakiem. Jego język wkradał się w każdy zakamarek mojej mokrej cipki, a zęby co jakiś czas przygryzały łechtaczkę. Boże, te cudownie skrojone usta były stworzone do tego, by zaspokajać nimi kobietę. Oblizał dwa palce i wsunął je we mnie, a ja otumaniona doznaniem wyrzuciłam w górę biodra. Wolną ręką przytrzymywał moje wijące się ciało, a drugą atakował bezlitośnie. Czułam jak wir, który tak uwielbiam, zaczyna obracać się w środku, a wszystko wokół przestaje być wyraźne. Nic mnie nie interesowało, nic nie było ważne, mój mężczyzna właśnie doprowadzał mnie na skraj rozkoszy i na tym tylko chciałam się skupić. Już zaczynałam dochodzić, kiedy ruch między moimi nogami ustał, a on obrócił się do mnie.

– Rozpraszasz się – stwierdził z rozbrajającym uśmiechem, oblizując usta.

– Jak zaraz nie zaczniesz robić tego, co przerwałeś, zrobię się agresywna. – Roześmiał się i zszedł ze mnie, a moja żałosna mina zdradzała ogromne rozczarowanie. – Nacho! – warknęłam z pretensją, gdy układał się między moimi nogami.

– Zaraz dojdę – wyszeptał, wchodząc we mnie, a ja odrzuciłam głowę do tyłu i wydałam z siebie niemy krzyk. – Ty zresztą też. – Wprawił swoje ciało w ruch, a ja poczułam, jak odlatuję. – Dobrze wiesz, że muszę cię widzieć. – Pocałował mnie i zaczął pieprzyć w szaleńczym tempie.

Jedną nogę zanurzał w piasku, a druga, zgięta w kolanie, opierała się o leżak, na którym mnie brał. Podniósł mnie za kostkę i ułożył ją sobie na barku, dzięki czemu dotarł jeszcze głębiej. Całował stopę i łydkę, przyglądając mi się, a pożądanie i miłość biły od niego.

Wtedy jego penis znalazł się w takim miejscu, że nacisnął guzik, na którego włączenie czekałam. Szczytując, złapałam go za głowę i wbiłam język w usta tak głęboko, jak to było możliwe, po czym zamarłam na kilka chwil. Ciało Nacho wciąż uderzało w moje i poczułam, jak wlewa się we mnie gorącym strumieniem. Oboje spięliśmy się miotani orgazmem, a nasze ciała zlały się w jedno, oddychające wspólnym rytmem. Po chwili otrzeźwieliśmy i rytmiczne ruchy, już zdecydowanie wolniejsze, powróciły, aż zupełnie ustały. Kanaryjczyk opadł na mnie, całując obojczyk, w który po chwili wtulił głowę.

– Tęskniłem – wyszeptał.

– Wiem, ja też. – Głaskałam jego plecy, odzyskując oddech.

– Mam dla ciebie prezent, czeka w rezydencji. – Uniósł się, nie wychodząc ze mnie, i patrzył wesoło. – Oczywiście możemy zostać tu, jeśli chcesz.

– Chcę – przycisnęłam go do siebie i upajałam się szumem fal uderzających o plażę.

W naszym azylu spędziliśmy kilka dni, Nacho nie pracował, nie robił właściwie nic prócz zajmowania się mną. Gotował, kochał się ze mną, uczył surfować i grał na skrzypcach. Opalaliśmy się, rozmawialiśmy i wygłupialiśmy jak dzieciaki. Kilka razy sprowadził konie, a nawet raz, po kilkudziesięciu minutach proszenia, zabrał mnie to swojej stajni. Obserwowałam, jak opiekuje się końmi, jak je czyści i mówi do nich. One tuliły się do niego, czując ogromną miłość i wdzięczność za doskonałą opiekę.

Przyszedł jednak dzień, kiedy obudziłam się sama i znalazłam go w kuchni siedzącego przy blacie. Jak tylko zielone oczy popatrzyły na mnie, wiedziałam, że nasza ucieczka dobiegła końca. Nie złościłam się i nie miałam pretensji, wiedziałam, że ma swoje obowiązki, które i tak zaniedbał przeze mnie.

Ostatni raz poszliśmy popływać, a później grzecznie się ubrałam i wsiadłam do szpanerskiego samochodu.

Wjechaliśmy na podjazd, a kiedy wysiadłam, smukła dłoń chwyciła mnie za moją. Chłopięcy uśmiech, który wymalował się na jego twarzy, zwiastował, że coś knuje.

– Prezent – stwierdził, szczerząc zęby – czeka na ciebie w naszej sypialni. – Uniósł brwi. – A że nie masz pojęcia, gdzie się ona znajduje, pozwól, że cię zaprowadzę. – Przewrócił oczami. – Nim moja siostra odkryje, że tu jesteś, i przyczepi się do ciebie, uniemożliwiając mi jego wręczenie.

Szarpnął mnie, minął ogromne drzwi i wszedł do środka. Próbowałam zarejestrować wszystkie charakterystyczne miejsca, żeby się nie pogubić i zapamiętać położenie przynajmniej jednego pokoju. Zwłaszcza że tylko ten mnie interesował.

Weszliśmy schodami na piętro, a później na kolejne i jeszcze następne. No tak, pałac rodziny Matosów był imponujący, ale to, co zobaczyłam na poddaszu, przerosło moje najśmielsze wyobrażenia.

Cała jedna ściana była ze szkła i wychodziła na klifowe wybrzeże i ocean. Coś niebywałego. Pomieszczenie było gigantyczne, miało jakieś dwieście, może trzysta metrów. Miało ściany wyłożone jasnym drewnem, a szerokie deski okalały także sufit. Kremowe, skórzane narożniki łączyły się ze sobą, tworząc coś na kształt kwadratu, w środku którego stała biała, błyszcząca, wielopoziomowa ława. Zza kanap wyglądały wysokie, czarne lampy, które zwisały leniwie nad futurystycznym stolikiem. Dalej był stół z sześcioma krzesłami, a na nim cudowne białe lilie. W głębi antresola, a na niej gigantyczne łóżko z widokiem na całe studio. Obróciłam się i zobaczyłam, że za plecami mam ścianę z mlecznego szkła, za którą jest łazienka. Dzięki Bogu toaleta była za normalnymi pełnymi drzwiami.

Kiedy uspokajałam się nieco, rozglądając dokoła, usłyszałam dziwny dźwięk. Wyjrzałam zza mlecznego szkła i oniemiałam. Nacho prowadził na czarnej smyczy małego, białego bulteriera.

– Prezent – powiedział, szczerząc się szeroko. – A właściwie to moje małe zastępstwo, obrońca i przyjaciel w jednym.

– Uniósł brwi, a ja stałam zaskoczona. – Wiem, że to nie jest mała, puchata kulka, ale bulteriery też mają swoje zalety. – Usiadł na podłodze koło psa, a ten wdrapał się na jego kolana i zaczął lizać go po twarzy. – No, powiedz coś, bo pomyślę, że ci się nie podoba. Gapiłam się na tę rozbrajającą scenę, a serce waliło mi jak szalone. – Kochanie – zaczął spokojnym tonem – pomyślałem sobie, że właśnie tak możemy się poznawać, opiekując się żywą istotą, za którą będziemy odpowiedzialni. – Skrzywił się nieco, wciąż nie widząc reakcji we mnie.

Podeszłam do nich bliżej i usiadłam na podłodze, a biała fajtłapa zeszła z kolan Kanaryjczyka i niepewnie podeszła do mnie. Najpierw polizała mi dłoń, a później skoczyła i obśliniła całą twarz.

– To on czy ona? – zapytałam, odpychając jasną świnkę od siebie.

– Oczywiście, że on – stwierdził niemal oburzony. – To silny, wielki, zły... – W tym momencie pies rzucił się na niego i zaczął go lizać, radośnie machając ogonem. – No dobra, ale kiedyś taki będzie. – Zrezygnowany powalił zwierzaka, drapiąc go po brzuchu.

– Wiesz, że psy upodabniają się do właścicieli? – Uniosłam wesoło brwi. – Poza tym z jakiej okazji ten prezent?

– Ha! Bo widzisz, moja droga – poderwał się z miejsca i pociągnął mnie za sobą. – Za dokładnie trzydzieści dni masz urodziny – wyszczerzył się – trzydzieste. – Przewróciłam oczami na dźwięk tego stwierdzenia. – Ten rok był dla ciebie przełomowy. – Spuściłam głowę, przytakując. – A ja sprawię, że zakończy się jak bajka, a nie jak koszmar. – Pocałował mnie w głowę i przez chwilę tulił. – No dobra, a teraz chodźmy do Amelii, bo czuję, że moja wibrująca komórka za chwilę eksploduje.

Siedzieliśmy przy stole, jedząc późny lunch. Całe towarzystwo śmiało się i żartowało, a ja nie mogłam przestać myśleć o tym, co powiedział Nacho. Mój rok mijał, to niesamowite, że te trzysta sześćdziesiąt pięć dni minęło tak szybko. Pamiętam dzień, w którym zostałam porwana, a raczej noc, kiedy się obudziłam. Na to wspomnienie uśmiechnęłam się smutno. Nie mogłam nawet przypuszczać, jak to się wszystko potoczy. Przypomniałam sobie chwilę, gdy zobaczyłam Massimo, takiego pięknego, władczego i niebezpiecznego. Później zakupy w Taorminie i te wszystkie podchody, jego próby podporządkowania mnie sobie i mój sprzeciw. Cała ta gra teraz wydawała mi się niewinna. Wyjazd do Rzymu i afera w klubie, która niemal kosztowała mnie życie. Popatrzyłam na Kanaryjczyka, który jedząc kawałki banana, opowiadał coś kolegom. Tego dnia w Nostro jeszcze nie wiedziałam, że los właśnie złączył mnie z najcudowniejszym facetem na ziemi. Skubałam suszoną szynkę, myśląc o tym, jaka byłam później szczęśliwa. Kiedy pierwszy raz kochałam się z Czarnym, a później on zniknął. No i dziecko. Na to wspomnienie zemdliło mnie i odruchowo złapałam się za brzuch. A co jeśli kolejny raz noszę je w sobie… Zimny pot, który poczułam na plecach, schłodził całe moje ciało, mimo że na dworze było ponad trzydzieści stopni.

Dłoń Kanaryjczyka zacisnęła się na mojej.

– Co się dzieje, dzieciaku? Znowu masz udar – wyszeptał, całując mnie w skroń.

– Jakoś słabo się czuję – odpowiedziałam, nawet na niego nie patrząc. – Chyba powrót do rzeczywistości mi nie służy, położę się. – Wstałam, składając pocałunek na jego łysej głowie, i pożegnałam się z gośćmi.

Weszłam do pokoju i wzięłam z półki telefon Nacho, a później wybrałam numer Olgi. Wiedziałam, że zaraz kończy się jej miesiąc miodowy i nie powinnam go psuć, ale z drugiej strony tak bardzo jej potrzebowałam. Chyba dziesięć razy łączyłam się i rozłączałam, aż w końcu odłożyłam go i poszłam pod prysznic.

Kolejne dni były walką z samą sobą. Z jednej strony chciałam iść do lekarza i mieć to z głowy, z drugiej bałam się tak bardzo, że nie byłam w stanie się do tego zmusić. Nacho albo zapomniał o całej rozmowie, albo tak dobrze udawał, nigdy nie wracając do tematu.

W końcu kiedy zebrałam się w sobie, a obawy wygrały, umówiłam się na wizytę – w tajemnicy przed moim mężczyzną. Ubrana w szorty i koszulkę zeszłam na podjazd, gdzie oczekiwał już na mnie miniczołg. W tej samej chwili moja torba zaczęła wibrować.

– Co się, kurwa, znowu stało? – zapytała Olga, kiedy odebrałam. – Ten despota niemal wywlókł Domenico z samolotu i zniknęli. Jestem w domu, ale wasze piętro jest zamknięte. Gdzie jesteś? Znowu się kłócicie? – Milczałam, nie mogąc uwierzyć w to, że ona nie ma o niczym pojęcia.

– Olo, trochę się wszystko popierdoliło – jęknęłam, chowając się do wnętrza auta. – Nie pogodziliśmy się z Massimo. On to wszystko zaplanował i kolejny raz mnie porwał.

– Co?! – Jej wrzask rozerwał mi bębenki w uszach.
– Ja pierdolę, co za typ, gadaj.

Opowiedziałam jej całą historię, oszczędzając kawałek o tym, jak mój mąż gwałcił mnie wiele dni. Uznałam, że poczucie winy, które bym w niej wzbudziła, nie było potrzebne.

– Pierdolony manipulator – westchnęła. – Lari, ja byłam przekonana, że faktycznie się pogodziliście. Bo wiesz, na weselu to nawet trochę się zdziwiłam, ale ta twoja zazdrość i scena, którą urządziłaś Kanaryjczykom. – W jej tonie słychać było żal. – No i później, kiedy wsiadłaś do jego ferrari, wcześniej niemal robiąc gałę, gdy otworzył ci drzwi. – Westchnęła po raz setny. – No co ja miałam myśleć? I jeszcze odebrałaś telefon, a później on taki rozpromieniony zszedł i myślałam, że wszystko wróci do normy. Pamiętasz, jak rozmawiałyśmy o tym, że Nacho jest być może twoją fanaberią? – Przytaknęłam. – No więc właśnie myślałam, że do tego doszłaś dzięki tej całej Ewie i sytuacji. No wiesz, ślub, Taormina, ten kościół, wspomnienia...

– Dobra – zamknęłam jej usta, nie chcąc już tego słuchać. – Powiedz mi tylko jedno, czy Massimo był z Mario?

– Tak – to jedno słowo sprawiło, że kamień spadł mi z serca. – A czemu pytasz o niego?

– Nie powiedziałam ci najważniejszego. To Mario pozwolił nam uciec. – Oparłam czoło o kierownicę. – Bałam się, że Massimo go zabije.

– No nie zabił, przynajmniej do dzisiaj. Ale wiesz co, wypytam Domenico, jak wygląda sytuacja, i dam ci znać. A jak z Nacho? – kończąc pytanie, zawiesiła głos.

– Właściwie dobrze – jęknęłam. – Cóż, świadomość, że jego dziewczyna po pijaku dała dupy innemu, nie raduje go zbyt mocno, ale rozumie, że podano mi środki odurzające. Co nie zmienia faktu, że go zdradziłam.

– Gówno prawda! – wrzasnęła. – Laura, nawet nie waż się popaść w ten stan, dobrze wiem, co teraz będzie. Wleziesz do łóżka i będziesz przeżywać, generując kolejne problemy. – Jej zrezygnowany ton rozrywał mi serce. – Posłuchaj, zajmij się czymś. O, może ogarnij zdalnie firmę. Weź skontaktuj się z Emi, tam jest od cholery roboty.

– Na razie to ja jadę do lekarza. – W słuchawce nastała cisza. – Niestety, mogę być z nim w ciąży.

– Ja pierdolę. – Szept Olgi dopłynął do moich uszu. – No to twoje dziecko będzie miało w razie czego rodzeństwo.

– Podniosłam się jak rażona piorunem i uderzyłam głową w zagłówek. – Jestem w ciąży, Lari.

– O Jezu – do oczu napłynęły mi łzy. – I dopiero teraz mi o tym mówisz?

– Oj, no bo dowiedziałam się przypadkiem, kiedy byliśmy na Seszelach.

– Kochanie, tak się cieszę – łkałam do słuchawki.

– No ja też, ale myślałam, że powiem ci to osobiście, i wiesz, że będziesz tu ze mną. – Na te słowa niemal dopadły mnie wyrzuty sumienia.

– Olo, ja usunę ciążę, nie chcę, by cokolwiek łączyło mnie z tym psychopatą.

– Przemyśl to jeszcze, kochanie. A najpierw się dowiedz, czy jest się nad czym zastanawiać, i daj znać.

Pukanie w szybę poderwało mnie z miejsca, aż telefon upadł mi na podłogę. Kolorowy chłopak stał przed drzwiami, unosząc ze zdziwieniem brwi. Podniosłam aparat i pożegnałam się z Olgą, a później wcisnęłam guzik, który opuścił dzielącą nas przezroczystą taflę.

– Cześć, dzieciaku, gdzie się wybierasz? – zapytał lekko podejrzliwie.

A może mi się wydawało, że jego ton nie był normalny. Zerknęłam w dół i zobaczyłam, jak nasz wciąż bezimienny pies ociera się o jego nogi.

– Kupić coś mordercy. – Wskazałam na zwierzaka. – Mam ochotę się przejechać.

– Wszystko ok? – Oparł się rękami o drzwi i położył na nich brodę, patrząc na mnie z troską.

– Rozmawiałam z Olgą. – Podniósł się nieco. – Wrócili z Seszeli i…

– I…? – popędzał mnie.

– I spędzili cudowne chwile, ale niestety powrót do rzeczywistości trochę ją przeraził. – Wzruszyłam ramionami. – Ale jest opalona, wypoczęta i zakochana, tak jak ja. – Cmoknęłam w nos kolorowego chłopaka. – A teraz jadę, kochanie. – Uśmiechnęłam się do niego najradośniej, jak tylko potrafiłam. – Chyba że chcesz jechać ze mną?

Modliłam się w myślach, żeby odmówił.

– Muszę spotkać się z Ivanem, za tydzień lecimy do Rosji.

– Wsunął się do środka przez otwór w drzwiach i wcisnął mi język aż do gardła. – Pamiętaj, że to potężny samiec, morderca i przywódca stada. – Uśmiechnął się promiennie. – Żadnego różu, kokardek czy kolorowych kosteczek. – Napiął bicepsy, prezentując mi je. – Siła i moc, trupie czachy, pistolety.

– Jesteś głupi – wybuchnęłam śmiechem i założyłam okulary.

– Jak już wrócisz, daj znać, jak było u lekarza – krzyknął, odchodząc, a ja zamarłam.

Kurwa, kurwa, kurwa… waliłam głową o kierownicę. Wiedział, cały czas wiedział i czekał, a ja jak debilka usiłowałam wcisnąć mu bezsensowne kłamstwo. Zacisnęłam powieki, oddychając głęboko. Niszczę swój związek, nim jeszcze można nazwać go związkiem. Rozdrażniona i wściekła na siebie wrzuciłam bieg i popędziłam przez podjazd.

ROZDZIAŁ 20

Siedziałam na miękkiej kanapie w poczekalni prywatnej kliniki i skubałam paznokcie. Z nerwów byłam gotowa drzeć włosy z głowy, ale trochę szkoda mi ich było. Lekarz po rozmowie ze mną kazał pobrać krew i poinformował, że wyniki będą za jakieś dwie godziny. Nie miałam siły jeździć, nie byłam w stanie myśleć, więc siedziałam, bezmyślnie gapiąc się na przychodzące pacjentki.

– Laura Torricelli. – Całe moje ciało spięło się na dźwięk nazwiska, które widniało w moim dowodzie.

– Kurwa, pierwsze, co zrobię jutro, to wrócę do panieńskiego – wymamrotałam, idąc w stronę gabinetu.

Młody lekarz przeglądał wyniki, wzdychał i kręcił głową. Później patrzył w komputer, aż w końcu zdjął okulary i składając ręce w kopułkę, zwrócił się do mnie:

– Pani Lauro, wyniki badania krwi ewidentnie wskazują, że jest pani w ciąży.

W głowie usłyszałam gwizd. Serce waliło mi tak, jakby miało wyskoczyć z piersi, a zawartość żołądka podeszła do gardła. Doktor widział, że za chwilę stracę przytomność, więc zawołał pielęgniarkę. We dwoje ułożyli mnie na leżance i podnieśli mi nogi w górę. Chcę umrzeć i to jak najszybciej, powtarzałam w głowie, usiłując dojść od siebie. Lekarz mówił coś do mnie, ale ja w głowie słyszałam tylko dudnienie krwi.

Po kilkunastu minutach wróciłam do siebie i kolejny raz usiadłam na krześle przed doktorem.

– Chcę pozbyć się ciąży – stwierdziłam pewnie, a młody mężczyzna wytrzeszczył oczy. – I to jak najszybciej. Czytałam, że są tabletki, które mogę wziąć i pozbyć się problemu.

– Problemu? – zapytał zaskoczony. – Pani Lauro, a może najpierw rozmowa z ojcem dziecka albo psychologiem? Ja, niestety, muszę odradzić pani takie kroki.

– Panie doktorze! – zaczęłam odrobinę za ostro. – Pozbędę się tego dziecka z pana pomocą lub bez. Ale z uwagi na zabieg, który przeszłam na początku tego roku, uważam, że jednak lepiej zrobić to pod okiem lekarza.

– To, o co mnie pani prosi, nie jest legalne w tym kraju.

– Żeby uspokoić pańskie sumienie – przerwałam mu – powiem tylko, że jest to owoc gwałtu, a ja nie chcę mieć nic wspólnego z gwałcicielem. I zanim oświadczy pan, że powinnam zgłosić sprawę na policję, chciałabym powiedzieć, że nie ma takiej możliwości. No więc, pomoże mi pan czy nie?

Młody lekarz siedział i myślał, a ja niemal czułam, jak bije się ze swoimi myślami.

– Dobrze, proszę wrócić jutro i zostanie pani u nas na jeden lub dwa dni. Zastosujemy leki, a później zrobimy ewentualny zabieg, jeśli będzie taka potrzeba. – Podziękowałam mu grzecznie, po czym wyszłam.

Wsiadłam do wielkiego samochodu i zaczęłam ryczeć, fale płaczu przelewające się przez moje ciało były jak wzburzony ocean. Kiedy jedna ustawała, nadchodziła kolejna i tak aż do momentu, gdy nie miałam już siły wyć. Włączyłam silnik i ruszyłam przed siebie, nie mając pojęcia, dokąd chcę pojechać. Mijałam promenadę i poczułam niepohamowaną potrzebę samotności, zupełnie jak wtedy, gdy dowiedziałam się o poprzedniej ciąży. Dokładnie tak samo jak wtedy potrzebowałam popatrzeć na ocean.

Zaparkowałam niedaleko plaży surferów i nałożyłam na nos ciemne okulary, po czym poszłam w stronę wody. Usiadłam na piasku i ryczałam dalej, gapiąc się bezmyślnie na ocean. Chciałam umrzeć, nie wyobrażałam sobie, jak mam powiedzieć o tym wszystkim Nacho. Bałam się, że nie będzie potrafił patrzeć na mnie tak jak do tej pory.

– Dzieciaku. – Jego ciepły głos sprawił, że całe moje ciało się spięło. – Porozmawiajmy.

– Nie chcę! – warknęłam, usiłując zerwać się z miejsca, ale długie ręce usadziły mnie z powrotem. – Poza tym, co ty tu w ogóle robisz? – Oburzona usiłowałam wyswobodzić się z uścisku.

– Nie będę ukrywał, że samochody mają GPS, a po tym, jak dziwacznie zachowywałaś się w domu, wybacz, ale chciałem sprawdzić, co się dzieje. Co powiedział lekarz?

Jego głos załamał się na pytaniu. Myślę, że zanim jeszcze je zadał, już dawno znał odpowiedź, widząc mnie w takim stanie.

– Jutro mam zabieg w klinice – wymamrotałam z głową niemal w piasku. – Trzeba coś mi tam wyciąć.

– Jesteś w ciąży? – Jego ton był spokojny i pełen troski.

– Lauro, rozmawiaj ze mną – upomniał mnie, gdy milczałam. – Do cholery jasnej! – wrzasnął. – Jestem twoim mężczyzną, nie zamierzam patrzeć, jak męczysz się sama. Jeśli nie pozwolisz sobie pomóc, zrobię to wbrew twojej woli. – Podniosłam na niego zapłakane oczy, a on ściągnął mi z nich szkła. – Dziewczynko, jeśli w tej chwili nie porozmawiamy, zadzwonię do lekarza, a on wszystko mi opowie – patrzył wyczekująco.

– Jestem w ciąży, Nacho. – Kolejny raz ryknęłam płaczem, a on mocno mnie przytulił. – I przysięgam na Boga, że tego nie chciałam. Przepraszam.

Uciszał mnie i tulił w ramionach, wcześniej posadziwszy mnie na swoich długich nogach. Otulona jego kolorowymi ramionami czułam się bezpieczna. Wiedziałam, że mogę przestać się bać, bo mnie nie opuści.

– Zajmę się tym jutro i za dwa dni będzie po wszystkim.

– Zajmiemy – poprawił mnie, całując w czoło.

– Nacho, pozwól mi zrobić to samej. Nie chcę cię tam, chociaż wiem, jak to okrutnie brzmi. – Spojrzałam na niego żałośnie. – Błagam cię, im bardziej jesteś zaangażowany w tę sytuację, tym większe mam poczucie winy. Chcę już mieć to z głowy i skończyć temat tego pojeba raz na zawsze.

Pokiwał głową i objął mnie jeszcze mocniej.

– Będzie tak, jak zechcesz, kochanie, tylko już nie płacz.

Kiedy wróciliśmy do domu, usiłowałam zachowywać się normalnie, ale niestety, szło mi to dość opornie. Co chwilę zaszywałam się gdzieś, żeby wybuchnąć płaczem, a najchętniej to schowałabym się gdzieś i wyszła dopiero, kiedy to wszystko będzie już za mną. Kanaryjczyk widział, jak się miotam, i próbował nie pokazywać, jak to wszystko go dobija, ale niestety udawanie szło mu równie źle co mnie. Dzięki Bogu, dzień szybko się skończył, a długi, samotny spacer z psem zdecydowanie mi pomógł.

Następnego dnia obudziłam się bardzo wcześnie i z zaskoczeniem odkryłam, że Nacho już nie ma w łóżku. Zasypiałam z nim, bo tulił mnie do swojej szerokiej piersi, ale oboje nie czuliśmy się z tym komfortowo. Jakby Massimo siedział między nami, odpychając nas od siebie.

Wzięłam prysznic i ubrałam się w pierwszą napotkaną w szafie rzecz. Miałam głęboko w dupie, jak będę dziś wyglądać. Nie chciałam myśleć, nie chciałam czuć, chciałam obudzić się już za dwa dni i poczuć ulgę. Zapakowałam niewielką torbę z najpotrzebniejszymi rzeczami i poszłam na śniadanie. Tam, niestety, także nie zastałam mojego faceta, nie było też psa ani Amelii. No tak, chciałam sama załatwiać sprawy, to mam. Zrezygnowana usiadłam przy wielkim stole, a na widok jedzenia mnie zemdliło. Wolałam patrzeć w dal. Gotowa byłam zagłodzić to niczemu niewinne maleństwo we mnie niż pozwolić, by owoc tych okropnych wydarzeń zniszczył mi życie. Wzdrygnęłam się na tę myśl, a łyk herbaty wrócił i nim zdążyłam wstać z miejsca, zwróciłam wszystko na ziemię. Wytarłam usta i westchnęłam ciężko, patrząc na niewielką plamę.

– Już chyba odechciało mi się pić – jęknęłam.

Przy poprzedniej ciąży wymioty zaczęły się zdecydowanie później niż teraz. A może byłam tak podatna na sugestię, że sama świadomość powodowała mdłości. Pokręciłam głową i poszłam w stronę domu.

Godzinę później siedziałam w samochodzie, jadąc w kierunku kliniki. Mój telefon milczał, a i ja nie miałam ochoty dzwonić teraz do Nacho. Nie musiałam pytać, gdzie jest, doskonale wiedziałam, że zaszył się w swojej pustelni. Zapewne surfuje, pije piwo, jeździ konno i wścieka się w samotności. Było mi przykro, że te wszystkie emocje dotykają go z mojej winy, ale nie miałam na to wpływu. Amelia o niczym nie wiedziała, ale Olga! Olśniło mnie i wybrałam na klawiaturze jej numer. Wczoraj z tych wszystkich emocji zupełnie zapomniałam, żeby do niej zadzwonić.

– No, kurwa mać, nareszcie! – warknęła, a ja uśmiechnęłam się na dźwięk jej głosu. – No i co?

– Właśnie jadę na zabieg. – W słuchawce usłyszałam westchnienie. – Jutro już powinno być po wszystkim.

– Czyli jednak? – kolejny raz wciągnęłam głęboko powietrze. – Kochanie, tak mi przykro.

– Przestań, Olka – wyszeptałam łamiącym się głosem. – Nie użalaj się nade mną. Poza tym nie chcę o tym gadać. Powiedz lepiej, czego się dowiedziałaś.

– A no widzisz, Mario żyje i ma się dobrze, bo Massimo nie miał pojęcia, że tamten był w domu. Przynajmniej tak wywnioskowałam. Tak że o niego nie musisz się martwić. Czarny ma złamany nos. Podobno zajebałaś mu w twarz pistoletem? – W słuchawce rozbrzmiał perlisty śmiech.

– I bardzo dobrze zrobiłaś, trzeba było mu jeszcze w jaja kopa sprzedać, takiego solidnego. No w każdym razie on chyba nie zamierza cię już szukać. Domenico przekonał go, że to desperacja, która nie przystoi głowie rodziny. – Westchnęłam z ulgą. – Ale wiesz, jak to z nim jest, nigdy nie możesz być pewna, że odpuścił.

– Przynajmniej jedna dobra wiadomość – stwierdziłam, zjeżdżając na parking. – Olo, kończę, trzymaj kciuki za mnie. Mam nadzieję, że przylecisz do mnie, żebym mogła uściskać ciężarówkę. No właśnie, a jak ty się czujesz? – Ogarnęło mnie poczucie winy, że egoistycznie skupiłam się wyłącznie na swoim problemie.

– Och, wybornie. Seks jest lepszy niż kiedykolwiek, Domenico kocha mnie jeszcze bardziej niż wcześniej, nosi niemal na rękach, schudłam, cycki mi urosły. No same plusy. – W jej głosie słychać było radość. – Lari, przylecę do ciebie, ale bliżej twoich urodzin.

– Kurwa, urodziny – jęknęłam, parkując. – Psa dostałam.

– Znowu?

– No tak, tylko teraz to jest pies, a nie wróbel skrzyżowany z myszą. To bulterier. – Słyszałam, jak łapie oddech, żeby coś powiedzieć. – To jeszcze nic, co dzień dostaję kolejne prezenty. Przeróżne: gokarta razem z torem do ścigania, deskę do surfingu, kurs latania helikopterem – rozśmiałam się. – Ola, kocham cię, pogadamy za dwa dni.

– I ja ciebie – jęknęła smutno.

– Trzymaj się – wydusiłam.

Schowałam telefon, wzięłam głęboki wdech i mocno zacisnęłam dłoń na rączce torby. Do dzieła – pomyślałam.

Lekarz robił mi USG, trzymając coś na kształt wibratora w mojej biednej cipce. No cóż, nie jest to najprzyjemniejsza czynność na ziemi, ale trudno – skoro trzeba. Nawet nie patrzyłam w monitor, nie chciałam, żeby zrodziły się we mnie jakiekolwiek uczucia. Poruszając we mnie rurą, powiedział:

– No dobrze, pani Lauro, dostanie pani tabletkę, po której rozpocznie się krwawienie. – Wiercił we mnie plastikowym bolcem i gapił się w monitor. – Później zobaczymy, czy będzie konieczny zabieg, czy nie. – Bezmyślnie patrzyłam w sufit. – Ciąża jest dość duża, w końcu to siódmy tydzień. Ale zobaczymy, jak zareaguje pani organizm...

Niemal go nie słuchałam, bo w sumie nie obchodziło mnie, co mówił, ale nagle ocknęłam się z letargu:

– Słucham? – zapytałam zdziwiona. – Który tydzień?

– No około siódmego, jak sądzę. – Wciskał guziki na urządzeniu, jakby coś mierzył.

– Ale panie doktorze, to nie jest możliwe, bo ja zostałam...

W tym momencie mnie olśniło! Dziecko nie było Massimo, to Nacho był ojcem!

Niemal kopnęłam rękę z USG, która mnie badała, i zerwałam się na równe nogi z taką prędkością, że zakręciło mi się w głowie. Skołowana usiadłam z powrotem, a lekarz gapił się na mnie zdziwiony.

– Panie doktorze – zaczęłam, trzymając się oparcia. – Jest pan pewien, że dziecko nie ma około trzech tygodni?

Zdumiony pokiwał głową twierdząco.

– W stu procentach. Płód jest za duży i badania krwi pokazują, że poziom hormonów właściwy dla...

Nie słuchałam go, nie miałam po co. Jezu, to nie jest dziecko tego tyrana, to owoc znajomości z kolorowym chłopcem, który zostanie ojcem. Uśmiechnęłam się szeroko, a lekarz zgłupiał już do reszty.

– Dziękuję, panie doktorze, ale ani zabieg, ani tabletka nie będą konieczne. Czy z dzieckiem jest wszystko dobrze?

– Z idiotyczną miną kiwał głową, potwierdzając. – A mogę dostać zdjęcie i opis?

Wybiegłam z kliniki i popędziłam do samochodu. Jeszcze dobrze nie wsiadłam, a już wybrałam numer Łysego. Nie odebrał. Pewnie pływa, pomyślałam i odpaliłam silnik, po czym nastawiłam nawigację na naszą samotnię.

Mój nastrój i podejście zmieniło się diametralnie. Łzy znowu płynęły mi po policzkach, ale ze szczęścia. Nie wiedziałam, czy to dobry czas na dziecko, tak krótko się znamy... Najważniejsze było jednak, że to jego maleństwo. Widziałam, jak bardzo kocha Pablo, a teraz damy mu rodzeństwo. Będą wychowywali się razem. I jeszcze dzieciak Olo...

– Kurwa, właśnie! – wrzasnęłam i wybrałam numer przyjaciółki. Odebrała po drugim sygnale. – Olka, jestem w ciąży! – krzyknęłam radośnie, a ona zamilkła.

– Ja pierdolę, ale jazda… Lari, dobrze się czujesz? – zapytała, nie rozumiejąc, o co chodzi. – Dali ci jakieś leki, co się dzieje? – pytała przerażona lekko drżącym głosem.

– To jest dziecko Nacho! – Po chwili ciszy w słuchawce rozległ się pisk. – Massimo mógł się starać, ile chciał, a ja już byłam w ciąży.

– Boże, Lari – usłyszałam, jak płacze. – Będziemy matkami.

– Tak! – wrzasnęłam, szczerząc się szeroko. – A nasze dzieci będą w tym samym wieku. Zajebiście, co?

– Nacho już wie? – zapytała po chwili wspólnego pisku.

– Właśnie do niego jadę. Zadzwonię jutro, jak się trochę uspokoję.

Pędziłam przed siebie wściekła, że nie mam guzika teleportacji, żebym już obok niego stała.

Wjechałam na piasek i zobaczyłam motocykl oparty o palmę. To oznaczało, że tu był. Nie miałam pojęcia, jak mu to powiedzieć – wprost czy jakoś delikatniej. Zatrzymałam się w pół kroku. A może on wcale nie chce dzieci? A ja postawię go przed faktem, który może zniszczyć to szybciej niż skrobanka, którą planowałam.

I wtedy przypomniałam sobie, jak nad basenem, gdy byliśmy na Tagomago, powiedział, że nie boi się ewentualnej ciąży, bo jak stwierdził „w jego wieku to już czas". Pytałam go wtedy o moje tabletki antykoncepcyjne, a on popędzał mnie, żebym się przebrała do pływania. Wiedziona tą myślą zaczęłam biec.

Wpadłam do domku i zobaczyłam, jak siedzi na podłodze, plecami oparty o szafki kuchenne. Podniósł na mnie zdziwione spojrzenie i wypuścił z ręki butelkę wódki. Przerażona tym, że pije, zamarłam na chwilę, a on podniósł się i zachwiał, chwytając lodówki.

– Co tu robisz? – zapytał niemal gniewnie. – A co z zabiegiem?

– Nie mogę go zrobić – powiedziałam, patrząc na niego, lekko oniemiała stanem, w jakim się znajdował. – To dziecko… – zaczęłam, a on ruszył w moją stronę.

– Kurwa mać! – wrzasnął, przerywając mi i cisnął butelką o ścianę. – Nie zniosę tego, Lauro. Wybiegł z domu i popędził w stronę wody.

Był tak pijany, że ledwo ruszał nogami. W moich oczach wezbrały łzy, a głos grzązł w gardle na myśl o tym, że w takim stanie będzie pływał.

– To twoje dziecko! – wrzasnęłam. – To twoje dziecko, Nacho!

EPILOG

– Do cholery jasnej, Luca. – Olga zerwała się z leżaka, a jej sprinterski bieg zwrócił uwagę wszystkich plażowiczów. – Ty mały gnojku, chodź tu. – Zrezygnowana uklękła na piasku, a śliczny ciemnooki chłopiec rzucił mi się w ramiona.

Otuliłam go ręcznikiem, posadziłam sobie na kolanach i zaczęłam wycierać mu włosy.

– On udaje, że nie rozumie polskiego – warknęła, kładąc się i chwytając butelkę wody. – Ale jak tylko zacznę mówić po włosku, to od razu jest reakcja, prawda? – Pstryknęła w nos ciemnego aniołka, który wiercił się na mnie.

– Przestań się denerwować, w ciąży to nie jest wskazane – powiedziałam ze śmiechem, patrząc na Olo. – Idź do mamy – szepnęłam mu do ucha, a on rzucił się na nią.

Tuliła go czule i ściskała, a chłopiec śmiał się i jej wyrywał. Puściła go w końcu, a on, niewiele sobie robiąc z jej zakazów, popędził do wody.

– Jest identyczny jak Domenico, on też zupełnie nie słucha tego, co mówię. – Pokręciła głową na boki. – Nie mogę uwierzyć, że jest już taki duży. Pamiętam, jak go rodziłam. – W jej głosie dało się wyczuć nutkę nostalgii.

– No… ja też. – Pokiwałam twierdząco, przypominając sobie, jak chciała nas wszystkich pozabijać.

Niestety, nie mogłam z nią być tego dnia, chociaż bardzo chciałam. Nakazała jednak Domenico, żeby połączył się ze mną na wideorozmowie. Postawił jej więc komputer za głową – w ten sposób asystowałam przy porodzie, umierając ze strachu. Olka darła się, biła Domenico, ubliżała mi, jemu i lekarzowi, a później płakała. Poród nie był zbyt długi, na nasze wspólne szczęście po dwóch czy trzech godzinach urodził się Luca. Najpiękniejsze dziecko, jakie widziałam.

– Wykończy mnie ten bachor – westchnęła Olo, a po chwili wrzasnęła. – Luca! – Miniaturka Domenico kolejny raz zaczęła pchać się do wody. – Ojciec tak go rozpuścił, że nie daję sobie z nim rady. – Usiadła, wkładając okulary na nos. – Oczywiście ojciec chrzestny, nie mówię o moim mężu. – Obróciłam głowę na bok i zerknęłam na nią jednym otwartym okiem.

– Massimo robi ci pod górkę? – Zaprzeczyła, kręcąc głową. – Oj, no musisz go zrozumieć, widzi w nim syna, którego nie ma.

– Jak będzie się nadal zadawał z tymi dziwkami, to w końcu mu się jakiś trafi. Dobrze, że rzadko bywa w rezydencji. – Westchnęła. – Ale jak już jest, to wtedy Luca dostaje miniaturkę ferrari, tor wyścigowy mu ostatnio kupił, dasz wiarę? Czterolatkowi! Kupił mu motorówkę, ale to jest jeszcze nic. Namówił Domenico, by Luca uczył się języków… czterech naraz! – wrzasnęła. – Dodatkowo gra na fortepianie, a także trenuje karate i tenis, bo podobno sport uczy dyscypliny.

Pokręciłam głową, nie mogąc uwierzyć, że minęło już pięć lat od czasu, kiedy się rozwiodłam. To nie była najłatwiejsza rzecz w moim życiu, zwłaszcza że Nacho i Massimo się nienawidzą. Sam rozwód był bardzo prosty, podpisanie dokumentów i tyle, natomiast droga do tego dnia była piekłem.

Dokładnie w moje urodziny Massimo wreszcie zrozumiał, że odeszłam od niego i zakochałam się w innym. Minęło wtedy dokładnie trzysta sześćdziesiąt pięć dni od czasu, kiedy mnie porwał. I nie wiem, czy wynikało to ze zdrowego rozsądku, czy zwyczajnie dotrzymał słowa, ale właśnie tego dnia obiecał mi rozwód.

Każdy normalny człowiek przesłałby dokumenty, pocztą, mailem, gołębiem pocztowym. Ale mój były mąż musiał dać najbardziej ostentacyjny sygnał mówiący „jestem bogaczem, stać mnie". Na Teneryfę przyleciało więc czterech siwych mężczyzn, którzy położyli przede mną tony dokumentów i wytłumaczyli, co w nich jest.

Na wstępie powiedziałam Czarnemu, że nic od niego nie chcę i nie wezmę ani grosza, ale jak Massimo na coś się uparł, nie było na niego mocnych. To był jeden z jego warunków, żeby w ogóle rozmawiać ze mną o wolności. Twierdził, że po tym wszystkim, co przeżyłam, należy mi się, jak to zgrabnie ujął – zabezpieczenie przyszłości i rekompensata. A chodziło jedynie o to, bym nie była zależna finansowo od Nacho.

I nie byłam, bo mój wspaniałomyślny były mąż pierwsze, co zrobił, to oddał mi we władanie firmę, którą stworzyłam, a na którą on wyłożył fundusze.

– Mamo! – Słodki krzyk sprawił, że uniosłam się i zobaczyłam ukochane małe rączki wyciągnięte w górę. – Tatuś pokazał mi delfina – powiedziała, kiedy porwałam ją w ramiona i usiadłam z nią w objęciach.

– Ach tak?! – Z nieukrywanym przejęciem pokiwałam głową, a Stella zerwała się i pobiegła w stronę oceanu. – Była niesłychanie aktywnym dzieckiem, zupełnie jak jej ojciec.

Czy ten widok kiedyś mi się znudzi, zastanawiałam się, patrząc na mojego męża, który z naszą córką na rękach szedł w moją stronę. Zawieszona na nim jak małpka mała blondyneczka z brązowymi oczami obdarzała go soczystymi pocałunkami. W jednej ręce trzymał deskę, drugą czule obejmował Stellę. Jego mokre, kolorowe ciało w niczym nie przypominało sylwetki niemal czterdziestoletniego faceta. Ciągły ruch był najlepszym czynnikiem konserwującym, do tego pięknie rzeźbił jego mięśnie.

– Podziwiam cię, że pozwalasz jej z nim surfować – powiedziała Olga z przejęciem, wpychając na siłę kawałek banana w usta Luki. – Ja bym chyba oszalała ze strachu. On sadza ją na tej desce, ona ciągle spada w odmęty. – Zamachała rękami. – To zupełnie nie dla mnie.

– Nie spada, tylko zeskakuje. I kto by pomyślał, że będziemy tak różnymi matkami – roześmiałam się, nie odrywając wzroku od mojego mężczyzny. – Z tego, co pamiętam, to ja miałam być tą spanikowaną, a ty tą, z którą moje dzieci będą palić papierosy.

– Ja im zapalę! – wrzasnęła. – Najlepiej by było, jakbyśmy zamknęły je w piwnicy aż do uzyskania pełnoletności. – Zamyśliła się. – Albo dla pewności do trzydziestki.

Nagle słońce zniknęło, a miękkie, słone od wody usta przylgnęły do moich warg. Trzymając na rękach naszą córkę, Nacho stał oparty jedną ręką o zagłowie leżaka, na którym się opalałam, i bezwstydnie mnie całował.

– Skrzywicie jej psychikę, zboczeńcy – stwierdziła moja przyjaciółka.

– Nie bądź zazdrosna – upomniał ją Nacho, uśmiechając się od ucha do ucha. – Jakby Domenico przestał strzelać fochy i przyleciał z tobą, też mogłabyś poczuć coś miłego w ustach.

– Pierdol się – odpowiedziała, nawet na niego nie patrząc, a ja w myślach podziękowałam Bogu, że nasze dzieci mówią w kilku językach, ale nie po angielsku. – Mój mąż po postu jest wierny rodzinie. – Wzruszyła ramionami, oburzając się.

– Aha – sarkastycznie stwierdził Łysy, siadając na moim leżaku. Sięgnął po ręcznik i zaczął wycierać Stellę. – Czyli ty jesteś złą kobietą mafiosa, bo zdradzasz rodzinę z kanaryjskimi gangsterami?

– Jeśli już, to z uroczą Polką. – Obsunęła nieco okulary, zerkając na niego. – A to, że przypadkowo jest żoną hiszpańskiego gangstera, to zupełnie inna sprawa.

– Kanaryjskiego – poprawiliśmy ją niemal chórem, a Nacho z zadowoleniem pogłaskał moją brodę, całując delikatnie raz jeszcze.

Luca, zobaczywszy, że Stella wyszła z wody, przylgnął do niej jak plaster. Miał niecałe pięć lat, ale świetnie odnajdywał się w roli brata, pokazywał jej muszelki, kamyczki, troszczył się o nią. Momentami, kiedy na niego patrzyłam, bardziej przypominał mi Massimo niż Domenico. Te jego czarne oczy patrzące na mnie z chłodem i wyższością... Był tylko dzieckiem, ale ja wiedziałam, że Don szykuje go na swojego następcę. Olo oczywiście nie dopuszczała do siebie tej myśli, jednak ja wiedziałam, po co zatrzymał ich w rezydencji.

Prawda była taka, że Domenico za sprawą brata i swojej pracy był niezwykle bogatym człowiekiem, więc spokojnie stać go było na dom, zamek albo nawet prywatną wyspę. Niestety, będąc cały czas pod wpływem Massimo, nie potrafił egzystować bez niego. Przekonał więc Olgę, że pozostanie w rezydencji to najlepszy pomysł, szczególnie że to przecież dom, w którym się poznali. Moja przyjaciółka przy Sycylijczyku stała się romantyczką i delikatną kluchą, więc omamiona tą historyjką, zgodziła się.

– Bycie samotną matką jest takie trudne. – Z zamyślenia wyrwał mnie głos Amelii, która stawiała swoją markową torebkę na leżaku obok mnie, zrzucając jednocześnie na piasek mokry ręcznik Nacho.

Odwróciłam się, patrząc z rozbawieniem, jak dwóch ochroniarzy niesie za nią górę zabawek, koszyki z jedzeniem i alkoholem, kolejny leżak, parasol – same niezbędne „drobiazgi".

– Tak, zwłaszcza z trzema niańkami wynajętymi dwadzieścia cztery godziny na dobę, kucharzem, pokojówkami, szoferem i jakimś przydupasem, który śmie nazywać się twoim facetem – warknął Nacho, wciskając córce czapkę na głowę.

– Czy nie możemy kupić tej plaży? – zapytała Amelia, zupełnie nie reagując na to, co powiedział. – Nie musiałabym za każdym razem znosić tu tego wszystkiego.

Łysy przewrócił oczami i pokręcił głową z irytacją, po czym podszedł do mnie. Okrakiem usiadł na leżaku, by po chwili położyć się na mnie, przygniatając mnie. Jego usta całowały moje, a ja wręcz czułam, jak obie kobiety po moich dwóch stronach piorunują nas wzrokiem.

– Dziś w nocy zrobimy sobie syna – wyszeptał między pocałunkami. – Będziemy kochać się tak długo, aż mi powiesz, że się udało. – Jego zielone oczy się zaśmiały, kiedy zaczął ocierać się kroczem o moją nogę.

– O nie – dziewczyny krzyknęły niemal jednocześnie, a Amelia zaczęła rzucać różnymi przedmiotami.

– Obrzydliwcy! Nie przy dzieciach – pomstowała Olga.

– One nawet nie patrzą – stwierdził Nacho, wstając. Wskazując palcem całą trójkę zajętą pastwieniem się nad jakimś robakiem zagrzebanym w piachu. – Poza tym już wam mówiłem – zwrócił się do Olgi. – Ty znajdź sposób na tego zawziętego Sycylijczyka. – Obrócił się w stronę siostry. – A ty… Myślał przez chwilę. – Zacznij jeść brom, skoro na facetów działa, na ciebie może też.

Chwycił deskę i poszedł w stronę wody.

– Wciąż go nie akceptuje? – zapytałam, patrząc na Amelię, a ta pokręciła smętnie głową.

– To już dwa lata, jak jesteśmy ze sobą, a on dalej nawet nie podaje mu ręki na powitanie – jęknęła zrezygnowana. – Myślałam, że skoro zatrudnił go w firmie, to przynajmniej będą ze sobą rozmawiać, ale nic z tego. – Padła twarzą na leżak. – Diego jest jednym z najlepszych prawników w Hiszpanii, jest dobry, uczciwy…

– Pracuje dla mafii – dodała sarkastycznie Olga.

– Kocha mnie. – Zignorowała ją Amelia. – Oświadczył mi się! – Wyciągnęła rękę z wielkim, pięknym pierścionkiem.

– Marcelo go zabije. – Kolejny raz dźwięk głosu Olo. przeszył moje uszy.

– Porozmawiam z nim – obiecałam, waląc pięścią przyjaciółkę w ramię. – Dziś w nocy, myślę, że sytuacja będzie najbardziej sprzyjająca. – Weźmiesz Stellę do siebie? – Popatrzyłam na Amelię, a ona przytaknęła.

– Nie rozumiem, dlaczego nie masz opiekunki. – Olga z dezaprobatą wytrzeszczyła oczy. – Ja bez Marii czuję się jak dziecko we mgle, poza tym jak sobie pomyślę, że Luca miałby przerwać mi orgię z mężem, to aż mnie trzęsie z przerażenia.

– No widzisz, a ja jeszcze pracuję. – Z rozbawieniem uniosłam brwi. – A właśnie, skoro mowa o pracy, otwieram w piątek kolejny butik, tym razem na Gran Canarii, popłyniecie ze mną? Będzie impreza, surferzy. – Pokręciłam biodrami. – Linia odzieżowa dla nich sprzedaje się lepiej niż ta włoska. Kto by przypuszczał.

– A Klara będzie? – Olo zawiązała pareo i sięgnęła po kolejny batonik. – W jej towarzystwie ciągle czuję się jak w liceum. – Roześmiałam się i udając smutek, przytaknęłam.

Odkąd kupiłam rodzicom w prezencie z okazji emerytury posiadłość, mogłam cieszyć się ich towarzystwem tak często, jak miałam ochotę. Mieszkali zaledwie godzinę promem od nas, właśnie na Gran Canarii.

Tata zaczął pasjonować się wędkarstwem morskim i dzięki temu całe dnie spędzał na morzu. A mama, no cóż... ona interesowała się tym, by zawsze wyglądać olśniewająco. Po sześćdziesiątce odkryła w sobie także nieznany wcześniej talent plastyczny i zaczęła tworzyć unikatowe rzeźby ze szkła, które ku mojemu zdziwieniu, całkiem dobrze się sprzedawały.

Początkowo myślałam, czyby nie przenieść ich na Teneryfę, ale taka bliskość mojej rodzicielki mogła zagrozić nie tylko mojemu związkowi, lecz także interesom Nacho. Na moje szczęście sława Marcelo i tego, czym się zajmował, nie była tak wielka jak w przypadku Massimo, zatem umieszczenie ich zaledwie kilkaset kilometrów ode mnie w zupełności wystarczyło.

– Fajnie się z wami gada, ale idę się trochę poruszać. – Sięgnęłam ręką na oparcie leżaka i chwyciłam różową koszulkę, idealnie pasującą do sportowego kostiumu, który miałam na sobie. – Ja popływam, a wy popilnujecie dzieci. – Chwyciłam deskę i ruszyłam w stronę oceanu.

– Jak to możliwe, że w tym wieku masz takie ciało – wrzasnęła Olo, która w swoim aktualnym stanie przypominała nieco wieloryba.

– Ruch, kochanie. – Wskazałam palcem najpierw deskę, a później mojego męża przecinającego fale. – Ruch! – Pocałowałam w głowę Stellę, która w otoczeniu chłopców lepiła zamek z piasku, i poszłam do wody.

Tak, moje życie było zdecydowanie kompletne. Miałam tu wszystko, co kocham. Spojrzałam na ośnieżone Teide, później na dziewczyny, które radośnie mi machały, aż w końcu mój wzrok spoczął na kolorowym chłopaku w wodzie. Siedział na desce unoszony przez kolejne fale i czekał… czekał na mnie.